T0013634

BESTSELLER

Pablo Rivero, licenciado en Comunicación audiovisual, ha interpretado a Toni Alcántara en la serie de TVE *Cuéntame cómo pasó*. Asimismo ha participado en películas como *De tu ventana a la mía* de Paula Ortiz, *Proyecto tiempo* de Isabel Coixet, *No me pidas que te bese porque te besaré* de Albert Espinosa o *La noche del hermano* de Santiago García de Leániz. En teatro ha participado en montajes como *La caída de los dioses*, dirigido por Tomaz Pandur, *Los hijos se han dormido*, dirigido por Daniel Veronese, *El sirviente*, dirigido por Mireia Gabilondo, y, más recientemente, en *La importancia de llamarse Ernesto*, los cuatro en el Teatro Español, o *Fausto*, también de Tomaz Pandur para el CDN, entre otros. Debutó como novelista con *No volveré a tener miedo*, que tuvo una gran acogida entre los lectores y la crítica y a la que siguieron *Penitencia*, *Las niñas que soñaban con ser vistas* y *La cría*. *Dulce hogar* es su quinta novela con Suma.

Biblioteca

PABLO RIVERO

Dulce hogar

DEBOLS!LLO

Papel certificado por el Forest Stewardship Council®

Penguin
Random House
Grupo Editorial

Primera edición en Debolsillo: febrero de 2024

Printed in Spain – Impreso en España

ISBN: 978-84-663-7389-0
Depósito legal: B-21.356-2023

Compuesto en Blue Action
Impreso en Novoprint
Sant Andreu de la Barca (Barcelona)

P 373890

*A todo aquel que haya tenido
dificultad para tener un hijo*

Bienvenido a mi pesadilla, creo que te va a gustar.

ALICE COOPER

Estaba en la cocina de su casa, sentado en la trona donde le colocaban para comer siempre sus padres cuando era pequeño. En ese momento tenía cuatro años; se acuerda de la edad porque todavía vivían en el piso y al adosado se mudaron al cumplir los cinco. Su progenitor, que se había situado justo enfrente, lo estaba ayudando a desayunar para que no tardara una eternidad. Su madre iba y venía sacando cacharros del lavavajillas, que habían dejado funcionando durante la noche. Lo recuerda porque él le echó la bronca.

—¡Mamá, no hagas ruido, que no oigo! —la recriminó enfurruñado.

Ella le sacó la lengua divertida. Con la edad ha aprendido a valorar la inmensa paciencia y dedicación que siempre tuvo durante su crianza. Nunca podrá estarle lo bastante agradecido. Mientras tomaba la leche con galletas, su padre sostenía un di-

bujo que él había hecho el día anterior en el colegio. En el papel aparecían tres figuras: bajo la primera y más grande había escrito «papá»; en la mediana, con el pelo largo, «mamá»; y, al lado, había una tercera casi del tamaño del padre, con el pelo oscuro en la cara tal y como lo llevaba él, donde ponía «yo».

—¿Quién es este? —le preguntó su padre.

—Yo.

—Sí, lo he leído, lo has escrito muy muy bien, pero, hijo, ¿es que no sabes cómo te llamas o qué? —bromeó.

A su mujer se le escapó una carcajada. Al matrimonio le parecía de lo más tierno, aunque dudaban de si había sido escrito completamente por él o si le había ayudado su profesora Esther. En cualquier caso, aunque se trataba de un «encargo», estaban convencidos de que él se habría empeñado en poner «yo» y no su nombre, y les gustaba que, siendo tan pequeño, tuviera tanta iniciativa.

—¡Madre mía, qué pelos de loco te has pintado! —continuó con la broma enseñándole el dibujo.

—¡Los que tiene!, ¡es el pájaro loco! —completó su madre acariciándole la cabeza y despeinándole aún más.

Él se reía también a carcajadas, cualquier broma la vivía como una fiesta.

—Otro mordisco..., vengaaa —dijo su progenitor mientras lo invitaba a morder una galleta mojada previamente en la leche—. Pero, buenooo, ¡ay, madre, esto sí que no!... Este niño está loco, y ¿cuántos dedos me has dibujado?

El crío miró el retrato e intentó contar, pero aún estaba aprendiendo y había pintado tantas curvas pequeñitas saliendo de la mano que le era complicado saberlo.

—¡Muchísimos! —lo ayudó—. ¿Y cuántos dedos tiene papá en esta mano? —le preguntó enseñándole la derecha con los dedos estirados—. ¡Cinco! Uno, dos, tres, cuatro y cinco. —Estiraba bien el dedo que contaba para que su hijo lo viera con claridad y no tuviera dudas.

—¿Y cuántos tengo yo? —preguntó su madre acercándose de nuevo.

—Pues... —contestó su esposo, que empezó a contar en voz alta los que le había dibujado a ella.

La madre y el niño se sumaron y acabaron por decirlo los tres a la vez.

—¡Cinco!

—¡Bien! A ver tú... —exclamó divertido su padre.

El matrimonio miró el dibujo y los dos se dieron cuenta de que no se había pintado dedos en ninguna de las manos y que parecían muñones. La madre no le dio ninguna importancia y siguió secando las copas antes de guardarlas en la vitrina. Mientras que el padre siguió con el juego.

—¿Y cuántos dedos tienes tú? —continuó, convencido de que el niño soltaría una carcajada cuando se diera cuenta de que se le había olvidado dibujarlos.

Así fue: al verlo, sonrió con picardía y simuló que contaba.

—¡Cuatro! —dijo exageradamente y después se echó a reír.

Sus padres se rieron con él.

—¡Qué sinvergüenza! —exclamó el progenitor—. A ver, ¿cuántos?

—¡Seis! —dijo el niño improvisando y se echó a reír incluso más fuerte.

—¡Gamberro! —intervino la madre.

—¡Dos! —El crío siguió riendo, disfrutando del juego.

—Es que no puede ser —dijo el padre mientras empezaba a hacerle cosquillas a su hijo, que se reía a carcajadas.

—¡Que se va a ahogar! —exclamó la madre asustada.

Cuando su padre se separó de él, el niño estaba hasta mareado de la risa.

—¿Cuántos? —le preguntó por última vez.

—Ninguno —respondió serio.

—Pero ¡no puede ser! —le dijo enseñándole los cinco dedos de la mano estirados—, ¿te imaginas estar así? —Escondió los dedos—. Casi como el Capitán Garfio. ¡A ver, tú!

El pequeño estiró los brazos y le mostró las manos con los puños cerrados y los dedos escondidos. Los giró y los mantuvo a la altura de la cara de su padre con gesto serio. Como si se los hubieran cortado. Al progenitor le cambió el gesto de inmediato, pero el niño, enseguida, enseñó los dedos para que viera que los tenía todos.

—¡Cinco! —exclamó contento.

Recuerda perfectamente que estiraba las yemas mucho, todo lo que podía, para que su padre supiera que de verdad los tenía todos y que solo era una broma. Esa imagen se repite en este momento, muchos años después, siendo un hombre mayor de lo que era su progenitor en aquel desayuno. Ahora estira los dedos lo máximo que puede para intentar alcanzar algo que le ayude a escapar, pese a que prácticamente no hay luz y no ve nada. Entonces escucha un crujido y siente el hachazo, un dolor extremo, el inmenso calor y el ruido de sus dedos cuando caen al suelo disparados. Sangre y más sangre. Se retuerce del dolor. No quiere que lo encuentren así, que ese sea el recuerdo que tengan de él. Se pregunta cómo ha sido posible llegar hasta ahí.

Recuerda que llamaron al telefonillo de casa y que era un paquete para él. Es adicto a la compra online y por ello se beneficia de las ventajas de ser cliente Prime. Abrió sin dudar y no prestó atención al repartidor porque, mientras se acercaba, estaba pendiente del paquete que traía. Quería saber qué era lo que había llegado, si era para él o si su mujer se había dado un «caprichito» de los suyos. La más absoluta confusión acompaña los siguientes segundos. Golpes en la cabeza mientras es arrastrado y cogido por los pies. Los gritos, los llantos, las imágenes y la culpa que sabe que lo acompañará hasta sus últimos momentos.

La sangre sigue chorreando por el corte. Grita de dolor, está a punto de perder el conocimiento. Entonces, el hombre se aproxima a él y le echa en la boca el humo del cigarro que está fumando. Prácticamente no hay luz en el cuarto en el que lo tiene retenido y no ve nada, pero reconoce el olor porque él fuma lo mismo. Antes de que le pueda suplicar, su agresor agarra tres de los dedos que le ha cortado y se los mete en la boca. Puede notar cómo una uña le araña la garganta, pero el dolor no es nada comparado con el que le producen las demás heridas y el sufrimiento emocional que está viviendo. Le provoca una arcada, está a punto de vomitar, se inclina y los escupe. Va a gritar cuando el hombre, que se ha puesto de rodillas muy lentamente, le pone otro de los dedos en los labios, indicándole que debe guardar silencio.

Pese a que su agresor está muy cerca, no puede ver con claridad los ojos ni parte de las cejas a través de los agujeros del verdugo negro que lleva puesto. Entonces el hombre enciende la linterna del móvil y lo apoya sobre su rodilla. La luz desde abajo le da un aire aún más siniestro, pero no es hasta que se quita el verdugo y puede verlo cuando recibe un nuevo golpe al descubrir quién es.

I

Hogar:

Domicilio habitual de una persona y en el que desarrolla su vida privada o familiar.

Fuego encendido en este lugar.

DÍA 1

1

Hoy es el día, a partir de este momento su vida cambiará para siempre. Lo sabe perfectamente y no lo puede desear más. Le ha costado mucho, pero igual que le sucede con todo lo que se propone. Lo ha conseguido. Hace dos semanas desde la última vez que estuvo ahí, apenas catorce días desde que saboreó por un instante la miel de la felicidad. Aquella mañana hicieron el camino en coche como dos niños pequeños a punto de descubrir el país de Nunca Jamás. Mientras conducía, su marido estiraba el brazo para entrelazar los dedos con los suyos. Sus miradas se cruzaron y, en lo que dura un parpadeo, se declararon su amor. Por fuera la casa seguía igual que las últimas veces que habían visitado la obra, pero antes de abrir la enorme puerta pivotante de acero, Rubén le pidió que se diera la vuelta. Después le tapó los ojos con las manos y la giró. Cuando Julia vio cómo había quedado todo, le empezaron a caer lágrimas de felicidad. Al final del día, al regresar al piso en el que vivían de alquiler hasta que se pudieran mudar, las lágrimas volvieron a descender por su rostro, con la diferencia de que esta vez lloraba a mares y sin ningún consuelo.

Las alertas saltaron días antes cuando se le empezaron a hinchar el vientre y los pechos y se mareaba cada dos por tres. Se decía a sí misma que igual era por algo que había comido, que estaría engordando o que se debía al estrés que le suponía despedirse de su trabajo para siempre, más aún después de todo lo que acababa de pasar a nivel familiar, por mucho que fuera una decisión más que meditada. Pero no, la sangre era la prueba. Le había vuelto a bajar la regla, lo cual no era ninguna novedad, y esto empezaba a hacer mella en la pareja. Aunque ya no se disgustaba de la misma manera, no dejaba de comer ni se pasaba una semana preguntándose por qué tenían tan mala suerte, si estaban siendo castigados por algo o si quizá era que no tenía que ser y significaba un aviso para que dejaran de intentarlo. No obstante, en el último año, ese dolor había pasado a otro estadio gracias a la ayuda del psicólogo al que visitaba cada miércoles, siempre y cuando no tuviera que trabajar, y que pensaba retomar cuando ya estuviera instalada en la casa. La construcción de la vivienda también había ayudado a relativizar la situación para que intentara no obsesionarse con el tema, quitarle hierro y buscar esa relajación de la que le hablaban cuando le contaban algún caso en el que finalmente habían conseguido ser padres una vez se habían olvidado de ello. Esa era su esperanza, llegar a ese momento, y aquel lugar era el idóneo para que sucediera. El problema era que Rubén había tenido que volar en el último momento y una vez más debía sobrevivir a las circunstancias sola.

Julia va recorriendo descalza las estancias con una sonrisa en la boca. El suelo porcelánico efecto hormigón ha quedado increíble, fue un acierto apostar por el gran formato aunque se gastaran un poco más. Al fin y al cabo ya se habían pasado con creces del presupuesto que tenían en un principio. Menos mal que se lo habían avisado y estaban preparados para afrontar todas las «sorpresas» que llegaron cada dos por tres. La casa se había construido en tiempo récord. Como alardeaba el constructor con su voz ronca, «en el mínimo posible para una casa que no es prefabricada», pero aun así había sido toda una guerra. Una eterna batalla. Solo de pensar en ello se pone enferma y no se lo puede permitir. Tiene que estar bien y con la mente despejada. Es consciente de que ahora viene la etapa en la que aparecerán los detalles mal rematados, los primeros desperfectos, las averías y demás «regalitos», pero tiene claro que no piensa verse superada por ello. «Poco a poco y con buena letra», como le decía siempre su madre. Es cuestión de prioridades y ahora las suyas ya no tienen tanto que ver con la casa, sino con ella misma y el sueño que se ha propuesto alcanzar: crear un verdadero hogar.

Después de un primer vistazo, le reconforta saber que, como le había prometido Rubén, todo lo principal estaba en orden y en su sitio gracias a la agencia de lujo que habían contratado para la limpieza de obra y mudanza, tan solo faltan algunas cajas por abrir, que ella indicó que dejaran tal cual, pero no tiene ninguna prisa. No quiere llenar la casa de todas las mierdas que se acumulan sin ningún filtro. Menuda suerte es que el trastero esté en el sótano para no tener que justificar por qué es incapaz de tirar todas esas cosas, que en su mayoría carecen de valor, incluso emocional.

A Julia le llama la atención el olor a limpio, espera que a su marido no le dé por fumar a escondidas, como acostumbra, y que en dos días huela todo a tabaco. Han hecho un pacto para que no fume como un carretero, pero, conociéndolo, ya le tocará llamarle la atención más de una vez. La pone mala que siga con ese hábito tan dañino y que luego tenga semejante obsesión con el deporte y se pase el día dando lecciones sobre salud, rutinas de ejercicios y nutricionismo. Aunque son esas contradicciones las que le gustan de él, que fuera responsable y canalla al mismo tiempo. «Al fin y al cabo, si no hiciera nada malo, qué aburrido sería todo, ¿no?», le decía Rubén guiñándole un ojo cada vez que los reproches subían de tono.

Mientras pasea por el enorme salón diáfano, separado de la cocina por dos enormes puertas de acero gris antracita y cristal, se deleita con cada detalle cuidadosamente elegido, como la carpintería exterior: la barandilla de cristal de la escalera y de toda la planta superior de la casa, desde donde se puede apreciar parte del salón y la espectacular vista del campo que hay enfrente, y la repisa de la chimenea, que es del mismo color que las puertas de la cocina. Otro de los protagonistas de su nuevo hogar era el dorado. Le había costado convencer a su marido, pero luego él le reconoció que había sido una buena elección: la enorme lámpara del comedor, las de mesa, a cada lado del sofá modular colocado de cara a la cristalera, y los marcos de fotos y figuritas situadas de manera provisional por las estanterías daban mucha luz. Un aire sofisticado que contrastaba con el exterior brutalista en hormigón con madera muy oscura. Ahora lo mira y le gusta cómo ha quedado todo, hasta el último rincón parece sacado de un libro de arquitectura y decoración vanguardista.

Al llegar a la altura del sofá se deja caer en la *chaise longue* para contemplar el paisaje a través de la cristalera. El mismo suelo del salón continúa en el porche hasta llegar a una franja de césped artificial que rodea una piscina infinita de pizarra negra. En el extremo hay un jacuzzi, su capricho, aunque en realidad toda la casa lo es, incluido el terreno en el que está construida. Aquel cuadrado lleno de chorros de agua caliente representa el verdadero lujo que supone poder bañarse en cualquier época del año. Lo enciende desde la pantalla de un pequeño monitor fijo en la pared. Hay uno en cada habitación para controlar la iluminación, las persianas, la temperatura, los toldos y el jacuzzi. También sirve como telefonillo, con una cámara que permite ver quién llama. Esa misma tarde piensa estrenarlo para disfrutar del atardecer con una copa de vino, como le ha prometido a Rubén. Aunque con el calor que hace igual tiene que apagarlo antes para no derretirse. A él le han asignado un vuelo a Río y no ha podido cambiarlo para estar juntos ese primer día pese a que lo llevara esperando tanto tiempo. En un primer momento ella se negó en redondo, le dijo que ya se bañaría cuando estuvieran los dos, pero, al final, le prometió que lo haría.

—Quiero una foto cuando estés dentro. Y desnuda…
—le había pedido Rubén con una sonrisa picarona.

Le da rabia que se hayan retrasado con la entrega de la casa casi cinco meses; si hubiera estado a tiempo, no tendría ese sabor agridulce, pese a lo maravillosa que ha quedado y lo afortunada que debería sentirse. Pero no deja de estar sola y encima justo cuando acaban de pasar dos semanas del primer día de regla y en teoría se es más fértil. Se levanta de golpe para apartar de su mente todo pensamiento negativo. El chute de adrenalina que le produce esta nueva aventura vital le hace sentirse fuerte. Tiene la casa más bonita que ha visto en su vida, nunca se hubiera imaginado en un lugar así, e iba a formar una familia en ella. No pensaba parar hasta conseguirlo.

Da un par de pasos y pega la cara al cristal. A pesar de que ha llegado el mes de octubre, hace calor y parece que todavía es verano. Aun así, corre el viento y se nota en los cientos de árboles que llenan el campo y cuyas ramas se mueven sin parar. Sin embargo, frente a ella, muy cerca de la vivienda, hay una enorme encina que debe tener cientos de años, que permanece firme sin que se le mueva ni una hoja. Un árbol de tronco grandioso cuyas ramas apenas tienen hojas y que preside el lugar imponiéndose sobre el resto de ejemplares y la maleza.

Julia desvía la mirada hacia el monte, desde donde vislumbra varios caminos de tierra, pero no ve a nadie. A su derecha hay un par de chalets adosados con una pequeña terraza. Las contraventanas están cerradas y parece que estuvieran vacíos. Entonces una pregunta la asalta: ¿habrá alguien en ese mismo momento que la esté observando? Vuelve a hacer otra pasada: vigila cada una de las casas que alcanza a ver, también los caminos, pero hay tantos arbustos y árboles, que le resulta imposible detectarlo. Esto la inquieta, quizá demasiado, y no le gusta la sensación extraña que le produce. Tiene un escalofrío. Un mal presentimiento. Se aparta de la ventana y sube resuelta las escaleras para ir a su habitación en la planta de arriba, ya que la parcela está en pendiente y la casa estructurada de manera escalonada: arriba del todo los dormitorios con sus cuartos de baño; en la planta intermedia las zonas comunes: la cocina, el lavadero y la terraza con piscina, y en el sótano un gran cuarto de estar, el trastero y una sala de cine. Cuando recorre el recibidor, en forma de U que une las habitaciones, vuelve a mirar hacia la cristalera doble que se eleva desde el suelo del salón hasta el techo, y al ver sin dificultad el exterior, es consciente de que lo que siempre le había parecido una fachada de cristal con vistas espectaculares ahora, de alguna manera, desde dentro, siente como un escaparate. Si alguien la hubiera estado mirando mientras caminaba por el salón, podría haber seguido sus pasos hasta donde se encontraba en ese momento.

Agiliza las zancadas y entra en el vestidor, donde nadie puede vigilarla. Está acelerada, pero ¿por qué? Es absurdo. Se hace una coleta, se pone las gafas de sol, coge las llaves del coche y sale por la puerta. No puede permitirse que el miedo se apodere de ella ese primer día en su nueva casa, más aún cuando sabe que en unas horas tendrá que dormir sola.

2

Cuando Julia abre la puerta del coche, el aire caliente le golpea la cara. El cambio climático es el responsable de que en Madrid, a primeros de octubre, tenga la misma sensación térmica que cuando llegaba de pequeña a Benidorm en pleno agosto. Antes, la humedad y el calor marcaban la diferencia, ahora casi inexistente, entre las dos ciudades. Lleva puesto un pantalón vaquero cortado a mitad del muslo, una camiseta de tirantes blanca y en los pies unas chanclas negras. Por suerte en la zona no conoce más que a una buena amiga, Pilu, con la que había estudiado y trabajado durante casi cinco años, pero que enseguida fue madre y «la retiraron» —como ella siempre bromeaba— a una casa gigante en esa misma urbanización. A esa hora seguramente estará preparando la comida, así que puede pasear sin tener que encontrársela. Pero si se cruza en su camino, le dirá la verdad sin problema: que acaba de llegar y está organizándolo todo. Aunque si por ella fuera tardaría días en llamarla, porque le gusta manejar los tiempos y que no la atosiguen. De ahí viene precisamente uno de los miedos que le provoca vivir en una urbanización a las afueras.

Lleva casi veinte años viviendo en el centro de Madrid y viajando sin parar por el mundo y, aunque ha vivido etapas en las que tuvo una vida social bastante intensa, se considera una persona muy independiente. No le gustan los grupos cerrados, las normas y las obligaciones que acarrean. Le provocan claustrofobia y, por experiencia, sabe que tarde o temprano siempre alguno de los miembros acaba mosqueado. Y es que, como ocurre con las parejas, qué complicado es estar en el mismo punto y con un grado de compromiso similar para que todos sientan que reciben lo que dan y que no solo se acuerden de una cuando se la necesita. En este sentido le da una pereza horrible tener de vecinos a Javier y Vanesa. Menos mal que se han mudado a Colombia por el trabajo de él y que por lo menos durante una buena temporada Rubén y ella no tendrán que sufrir que les restrieguen por las narices lo perfectos que son y la familia tan bonita que forman. Bastante tiene ya con verlo constantemente en las redes de Vanesa, donde muestra su intimidad de manera exhibicionista. Lo peor de todo es que gracias a ellos han conseguido construir en el increíble terreno en el que van a vivir. Por eso le hierve la sangre al pensar en el poder que eso les da tanto al mejor amigo de su marido como a su mujer, y lo mucho que lo van a aprovechar para recordarles que están en deuda.

Ha dejado el coche a cubierto enfrente de la zona comercial. Justo al aparcar se ha topado con una barrera levantada, ha mirado hacia la garita de seguridad, que está situada a apenas unos metros, pero no ha visto a nadie, así que ha aprovechado la coyuntura. Si hubiese dejado el vehículo al sol, está segura de que al entrar de nuevo al coche su piel habría ardido en llamas.

—¡Qué calor! —le sale del alma nada más poner el primer pie en el suelo.

Allá donde mire el verde es el protagonista. Hay muchísima vegetación por todos lados, además del campo que rodea la zona. Las jardineras cuidadas y las copas de árboles inmensos asoman por detrás de las vallas de las casas. Menos mal que no tiene alergia, aunque cada vez conoce más casos de personas que la han empezado a tener, incluso mayores que ella. Rubén llorará lo suyo porque cuando le da, se pone como un topo, pero en cuanto salga a correr y haga deporte fuera se le pasará. ¡Anda que no lo conoce bien!

Enfrente está la placita semicircular compuesta por pequeños locales: un supermercado, que extrañamente no pertenece a ninguna franquicia, una farmacia, una floristería, una clínica veterinaria, una papelería, una panadería, una tienda de chucherías, una cafetería restaurante, una pizzería y un sitio de paellas para llevar. El hecho de que contaran con casi de todo y a tiro de piedra fue uno de los motivos que les hizo pensar que era el sitio indicado y que el cambio tan grande que iban a dar se haría más llevadero. Hoy no ha ido andando para no subir cargada con ese calor, pero es un paseo agradable que piensa convertir en habitual.

Camina hacia el paso de cebra que hay a la derecha, pero tiene que esperar a que pase un autobús de línea que ha llegado antes. Al hacerlo, descubre a una mujer unos años más joven, no debe llegar a los treinta y cinco, esperando al otro lado con un carrito doble en el que van dos preciosos bebés. A Julia se le hace un nudo en la garganta, siempre le pasa cuando se cruza con una madre con su cría. Si además tiene varias, es aún peor. Por mucho que quiera disimular que no pasa nada, no es cierto. Esa imagen la enfrenta al peor de sus miedos: ¿y si nunca llega a tener un bebé? Bloquea ese pensamiento que la acecha de forma permanente y se esfuerza por sonreír a la mujer cuando están a la misma altura. Ella le devuelve el gesto y, en lo que dura ese intercambio cordial, Julia piensa si en realidad esa desconocida es tan feliz como aparenta. Si se siente realizada gracias a la maternidad o si quizá sus obligaciones por partida doble hacen que se sienta infeliz, frustrada por dejar de lado sus sueños, y esa maravillosa estampa no es más que una cárcel.

Mientras atraviesa la plaza y echa un vistazo al escaparate de la tienda de golosinas, vuelve a pensar en aquella madre y en la frecuencia con que hará el amor con su marido. Seguro que serán pocas, una vez a la semana como mucho. La excusa de los niños era infalible para librarse; Pilu, su compañera de vuelo y nueva vecina, que tiene dos hijos, siempre se lo dice. Ella se agarra a estas cuestiones cuando la sangre asoma y se confirma que vuelve a tener el periodo. Intenta pensar en este tipo de cosas, en todos los contras que la ayudan a sobrellevar la decepción. En ese momento, la puerta de la clínica veterinaria se abre y sale disparado un chihuahua enano de color clarito que corre como una liebre. Julia se gira para intentar que el perro no cruce la carretera. Al hacerlo, ve a un hombre de unos cincuenta años, muy alto y fuerte, de pelo negro y barriga prominente, mirándola. Aunque el sol le da de frente, siente sus ojos achinados fijos en ella.

—¡Muriel! ¡Muriel, quieta! ¡No salgas a la carretera! ¡Stop, stop! —exclama una mujer un poco mayor que ella, muy arreglada, que sale detrás de la perrita con una correa en la mano.

Julia se vuelve de nuevo y se fija en cómo la mujer avanza hacia su mascota y la ata.

—Buena chica. Es que odia el veterinario, no hay manera —le explica amablemente.

Julia le sonríe, parece una mujer agradable, pero se le congela el gesto al observar que el hombre ha dado un par de pasos más hacia ella y la mira sin ningún disimulo, mientras da una larga calada a un cigarrillo. La señora echa a andar con la perra en ese instante.

—Qué querrá el baboso este —masculla Julia.

Decide no pensarlo más, darse la vuelta y dirigirse al supermercado. Justo antes de entrar por la puerta confirma que, efectivamente, muy a su pesar, el desconocido sigue observándola. Sin embargo, al darse cuenta de que le ha descubierto, da una última calada a su cigarro y lo tira al suelo. Después empieza a andar hasta salir de su campo de visión.

3

El aire acondicionado está fortísimo dentro de la tienda, ese cambio tan brusco de temperatura podría provocar un corte de digestión a más de uno. Julia tiene el gesto torcido, pues no le ha gustado un pelo la manera insistente con que la miraba aquel hombre. ¡A ver si va a tener que ponerse un burka para bajar a comprar el pan! Manda huevos. El supermercado está muy limpio y ordenado. La parte de congelados tiene un aspecto más estándar, como en otras superficies similares, pero el resto parece más bien una tienda de pueblo de productos artesanales gourmet. Cuando encontraron el terreno y se enamoraron de él, bajaron a la plaza para investigar todo lo que había en los alrededores. En la panadería compraron un pan de espiga y unas empanadillas caseras que estaban para chuparse los dedos, pero lo que realmente los conquistó fue el pincho de tortilla que servían en un bar que había en la esquina con unas mesas en la terraza. Estaba delicioso. Sin embargo, en el supermercado no llegaron a entrar. Hasta ahora. Y menuda sorpresa.

Cuanto más se fija, más descubre que la calidad de los productos está a la altura de lo que probaron ese primer día. Compra alimentos variados, sanos y de la máxima calidad, además de frutos secos para preparar un buen picoteo, y una botella de champán para celebrar en cuanto pueda con Rubén esta ocasión especial. En la cesta no hay un postre porque ya pondrá ella la guinda final.

Se dirige hacia la caja arrastrando la cesta con ruedines que ha llenado hasta arriba. Cuando llega a la fila, delante de ella hay dos chicos deportistas que están pagando unas bebidas isotónicas. Mientras la cajera les cobra, Julia se fija en el culo y en las piernas del que está más cerca. Tiene el pelo rubio y las ondas doradas sobresalen bajo la gorra que lleva dada la vuelta. El pantalón corto deja al descubierto que tanto los muslos como los gemelos están dorados por el sol y los pelitos rubios llaman más la atención. No lo puede evitar, es ver un rubio y se vuelve loca, porque le recuerdan a los surferos que veía cuando pasó un año en San Diego, California. Aunque su amiga Pilu manejaba otra teoría: la culpa la tenía la cantidad de veces que había visto de pequeña *El lago azul.*

—¡Tus padres han creado un monstruo! Creo que lo mejor es que los llame ahora mismo para contarles que tienen una hija fetichista que se muere por un rubio desaliñado. Como no te aten, vas a acabar con un surfero hippy viviendo en Tarifa.

—Bueno, les dices eso y los que se mueren son ellos. En Tarifa voy a acabar yo..., será de vacaciones. Un mes en el mismo sitio y me da algo.

Julia, con la mirada fija en los muslos y el trasero respingón del joven, rememora con una sonrisa ese momento. La de años que hace ya de eso y lo mucho que ha cambiado, por suerte. Si tuviera que seguir viajando al ritmo que lo ha hecho todos esos años, se tiraría del avión en marcha. Necesita centrarse, encontrar la paz del hogar.

Cuando la cajera le da el cambio, el chico se gira hacia Julia y se da cuenta de cómo esta sube la mirada rápidamente, disimulando. Ella se ríe para sus adentros, ¡qué vergüenza! ¡Como la vea alguna madre y corra la voz, la queman en la hoguera! Su Rubén nada tiene que envidiar a esos chavales. Está a punto de cumplir cuarenta y cuatro y sigue siendo un tío muy guapo, altísimo y fibroso, con mucha presencia. De hecho, está más interesante ahora que cuando lo vio la primera vez que coincidieron en un vuelo, hace ya más de una década. Siempre iba estudiosamente despeinado y vestía impecable. Tenía mucho estilo. Era evidente que haber vivido en Nueva York le había dejado huella. Cuanto más piensa en él, más ganas tiene de que llegue para empezar por fin la aventura que han planeado juntos.

Al salir del supermercado, el calor vuelve a abordarla como si estuviese dentro de un horno. Intenta aligerar el paso para alcanzar cuanto antes el coche, pero entre las chanclas, que a lo tonto ha comprado bastante y que las bolsas pesan lo suyo, va más lenta de lo que le gustaría. Conforme se acerca al aparcamiento, se fija en que, aparte de la abundante vegetación, detrás de donde está su coche hay un bloque de pisos blancos muy vistosos que ya le habían llamado la atención más de una vez cuando pasaban por ahí.

—Qué bonitas son esas casas, la pena es que den a esta parte y no al campo —dijo Julia uno de los días que repararon en ellas de camino a la obra.

—El salón tiene terraza y da al otro lado, tiene buenas vistas, pero no como las de casa, claro.

—¡Anda! Y ¿cómo lo sabes? ¿Has estado investigando o qué?

—No te rías, pero son apartamentos para divorciados.

—Ahora sí que me vas a explicar por qué lo sabes —siguió diciendo juguetona.

—Uno de la sucursal del banco vive ahí, me lo dijo el jueves mi gerente cuando le conté que el dinero era para la obra y demás. Me preguntó por la zona y me lo contó. Vamos, que hay más gente, pero que por lo visto, como hay tantos coles por aquí, cuando hay separaciones, los padres se quedan cerca para ver a los niños y tenerlos a mano. Así que ya sabes, pórtate bien...

—¿O te vas ahí, de divorciado?

—¡No! Te vas tú, lista.

Los dos se echaron a reír. Sonríe recordando esa conversación. Al lado del bloque blanco hay otro, pero no tiene nada que ver, apenas dos plantas, de ladrillo oscuro y contraventanas de madera en no muy buenas condiciones. Es la primera vez que se fija en él ya que es bastante más bajo que el otro. Aparte de quedar eclipsado por las líneas modernas de su vecino, está oculto por los árboles enormes que salen de la parcela que colinda con el aparcamiento. Julia observa que hay un muro de ladrillo con una puerta grande que está abierta, seguramente para que puedan entrar los coches.

—Anda, que estar en este sitio y vivir en este bloque tan feo —mascalla—. Igual por dentro está bien —añade, mientras abre la puerta del maletero para meter las bolsas de la compra.

Las gotas de sudor descienden por su frente por el esfuerzo y, aún inclinada, se limpia con el brazo. Poco después cierra el maletero y al incorporarse se encuentra a un hombre de unos setenta y muchos años que lleva una camiseta blanca de Naranjito con el balón en la mano, del Mundial del 82. Tiene los ojos rojos y el pelo blanco, a trasquilones y enmarañado. La mira muy serio. Julia se pone recta del todo y sonríe con cara de circunstancias.

—Buenos días —dice prudentemente.

El señor mayor no contesta nada y niega con la cabeza. Se inclina un poco hacia ella y le susurra:

—Las llamas... —Julia no le entiende—, ten cuidado con ellas... o acabarás ardiendo.

Antes de que pueda decir nada, alguien se acerca por su espalda.

—Buenos días, Vicente, ¿qué?, ¿dando un paseo?

Al escucharlo, ella da un brinco, porque la ha pillado por sorpresa. Se gira y es el hombre que fumaba y la observaba antes de manera descarada. Al verlo de cerca se fija en que parece que tiene una herida en una ceja. Si bien es cierto que le había dado mala espina, percibe que su voz es agradable y que le está intentando echar un cable. El anciano no le responde y vuelve a mirar a Julia con los ojos vidriosos y le dice:

—El fuego se lo lleva todo por delante.

—Claro que sí, claro que sí. Deje a la chica, que se le va a estropear la compra —interviene de nuevo el desconocido dándole en el hombro para que se marche.

El señor mayor comienza a andar y, antes de llegar al paso de cebra, grita:

—¡Todo cenizas!

Julia está asustada, la manera en la que se ha dirigido a ella la ha dejado con el miedo en el cuerpo. La mirada del anciano, enrojecida y cristalina al mismo tiempo, está cargada de vivencias. ¿Por qué la ha increpado de esa manera? ¿Es un aviso?

—Discúlpelo, el pobre no está bien, por aquí hay mucho *quedao*. Espero que no la haya asustado.

—Está bien, no se preocupe.

—La he visto entrar antes.

—Ah, sí, sí… —contesta Julia dando la vuelta por el otro lado para meterse en el coche y largarse de ahí.

Aunque aquel hombre la haya ayudado, sigue sintiéndose acorralada.

—En esta zona solo pueden aparcar los miembros de la comunidad. Los inquilinos —la informa, más serio.

El cambio de tono hace que Julia se pare para responder.

—Es que vivo aquí. Me acabo de mudar. Bueno, en realidad, nos hemos mudado mi marido y yo.

—Genial. Entonces su marido le habrá dado un mando con un triángulo azul.

—No, no me ha dado nada. Acabamos de llegar.

—Verá, normalmente la barrera está bajada, cada propietario tiene derecho a dos mandos para poder pasar. Si no, es difícil acceder aquí. ¿En qué calle vive usted?

Julia piensa un instante si responder o no. Se acuerda de lo que le ha grabado a fuego su madre desde niña sobre no hablar con extraños.

—Pedrales, 23 —dice finalmente para no parecer desconfiada.

—Voy a necesitar más datos, pura rutina, pero para que no se le estropee la comida, si quiere, deme su teléfono y la llamo yo. —Al ver que la mujer se lo piensa continúa—: Soy Jacinto, trabajo en la garita de seguridad. No llevo el uniforme porque nos van a traer ahora los nuevos. Ha cambiado el logo de la contrata… —aclara.

—Ah, ¿y no tiene un teléfono donde pueda llamarle mejor yo, que ahora con la mudanza estamos hasta arriba? Así lo guardo por si tengo alguna urgencia o si necesitamos algo…

—Claro, sí. Mejor, mejor, tome nota o… no hace falta que apunte, lo busca en internet. Con poner que quiere el número de la garita de la urbanización le sale sin problema. Si tiene alguna duda o cualquier cosa, nos llama, somos varios compañeros.

—Perfecto, muchas gracias.

Julia cierra la puerta del coche. El vigilante de seguridad se despide con la mano cuando pasa por su lado de camino a la salida. Antes de que la barrera se cierre a su paso, mira por el retrovisor y ve que Jacinto no se ha movido del sitio y que continúa observándola fijamente.

4

El coche de Julia recorre la rampa que lleva hasta el garaje techado situado en el exterior de la vivienda, junto a la puerta principal. Aparca al lado del deportivo de su marido. Por espectacular que resulte, con la deslumbrante carrocería en color gris perla, ella no puede verlo. Sabe que no existe razón alguna, que muchas veces los pensamientos que la atormentan no tienen una base objetiva y que probablemente se deban a una especie de TOC o de superstición debido a la tensión que ha estado sufriendo en los últimos años. Pero, para Julia, tanto ese coche como el que ella conducía no eran más que un reflejo de lo que consideraba «su mayor problema». Cada uno se desplazaba en su automóvil, cada uno disfrutaba de su rutina y de sus viajes…, pero si querían formar una familia, deberían unificar las pertenencias de alguna manera.

Todo tenía que convertirse en uno, aunque no fuera de manera literal.

Al año de no quedarse embarazada, lo vio claro: tenían que poner toda su energía en formar la familia que ansiaba y la primera muestra de ello sería vender sus respectivos coches y comprar uno familiar. Uno con un maletero más amplio que les permitiera llevar sin problema el carro y todas las cosas del bebé, algo que sería complicado en el deportivo. Si su marido quería mantener el pequeño para no depender los dos del mismo, le parecía bien, pero nada que hiciese referencia a la vida independiente que cada uno había llevado hasta el momento. Por eso ella decidió dejar su trabajo y aparcar una rutina incompatible con su sueño. Después vendría el terreno y todo el camino hasta llegar hasta el punto vital en el que se encuentran en ese instante, pero ahí sigue el maldito deportivo. Y también su maldito problema.

Pone el freno de mano y agarra las bolsas de la compra, que ha colocado en el asiento del copiloto. Al abrir la puerta, escucha unos ruidos extraños, como un seseo. Por un momento piensa que es una niña, pero, enseguida, se concreta en una voz de mujer hablando con tono aniñado. Viene de la casa de al lado, así que no puede ser otra que la vecina. Deja las bolsas en el suelo y cierra la puerta con cuidado. Sigilosamente se esconde detrás de una de las columnas y desde ahí saca un poco la cara e intenta divisar a la mujer, que continúa hablando.

—Vamos, quita, que tengo que plantar esto para que en primavera esté bonito otra vez —dice con voz melosa.

A través de la vegetación que cubre parcialmente la valla metálica de simple torsión que separa las dos parcelas, descubre a la vecina de rodillas junto a unos montones de tierra, apartando a un mastín enorme para poder plantar un pequeño arbusto que sostiene en una de sus manos. Julia se apoya más y disfruta de su posición privilegiada para fijarse en cada detalle de su desconocida nueva vecina. Debe tener unos setenta años, pero está en muy buena forma, delgada y peinada con raya en medio y un moño en la cabeza. Va vestida con una camiseta de flores de manga larga y un pantalón ancho de lino. Tanto el tono que emplea como la manera en la que achucha al perro, con la excusa de apartarlo, dejan intuir que es una persona cálida y amable. Precisamente esa es la única información que tiene de ella: que es una mujer encantadora. Días antes de empezar la obra intentó presentarse, pero nadie respondió al telefonillo. Después, con todo el follón que tuvo, evitó el momento de presentarse, pese a que sabía que le convenía tener a los vecinos de su lado el tiempo que durara la obra. «Un vecino tocapelotas puede ser peor que los del ayuntamiento», dijo el constructor en tono jocoso cuando la aconsejó que lo volviera a intentar.

Sin embargo, parecía que no era el caso. Lo supieron unos meses después, cuando tras una semana volando fuera de España, visitaron la obra y el constructor les dijo que podían estar tranquilos.

—No saben la suerte que tienen con la mujer que vive en la casa de al lado. Hemos tenido un problema con el agua y nos ha pasado una manguera por la valla para que pudiéramos usarla. Jamás se queja del ruido o de los camiones que en ocasiones taponan la calle. Ya les digo que otra no lo hubiera hecho y habría puesto el grito en el cielo.

Aun así, en sus planes no estaba entablar una estrecha relación con ella. Ser agradable en ocasiones se convertía en un arma de doble filo si se traducía en preguntar demasiado. No quería arriesgarse a que se convirtiera en otra lacra más y le diera el coñazo ni tener que contarle todos los avances y novedades cada vez que la saludara, como le ocurría con las vecinas de su madre cuando iba a visitarla al pueblo. No tenían filtro. Entonces no había podido elegir, pero en este nuevo comienzo pensaba en no crear ese tipo de relaciones o al menos retrasar el momento.

Viéndola ahora, Julia intuye que esa generosidad de la que hablaba el constructor es propia de la sencillez que transmite. Se ve a la legua que no es una mujer ostentosa y, por su experiencia de años de trato con el público, eso se traduce en que no tiene que compararse con nadie ni aparentar nada para reafirmarse y estar contenta consigo misma. Eso le gusta.

La mujer moldea la tierra alrededor del arbusto pequeño con mimo, transmite paz. Mientras la observa, Julia se pregunta si cuando tenga su edad también cuidará de su jardín casi como si fuera su bebé. El pensamiento la pone triste. Mira hacia su terreno y tiene el aspecto de un descampado en el que una máquina especial para sacar el máximo rendimiento a la plantación ha removido la tierra con esmero, tal y como les dijeron en su día, pero en ese momento ofrece un aspecto lúgubre en comparación con el jardín, casi un bosque, de la casa de al lado.

La siguiente fase del proyecto de la vivienda tendrá que ver con el paisajismo. Javier y Vanesa, sus vecinos del otro lado, les han recomendado al paisajista que ha hecho todos los jardines de las mansiones de los futbolistas en La Finca. Han insistido en que lo llamaran y dijeran que lo hacían de su parte, ya que a ellos también se lo había diseñado. La obra de sus vecinos había terminado hacía más de medio año con el jardín incluido, gracias a que parte de la construcción de la casa era prefabricada. Por eso habían ganado meses de ventaja.

Ella se pregunta si la insistencia en que lo contraten no es más que una manera de poner al límite su solvencia. Ambas familias saben de sobra que Julia y Rubén están económicamente muy por debajo en ingresos y estatus social, además no tienen ni la mitad de contactos. Aunque Rubén pertenezca a una de las familias más adineradas de Madrid y haya mantenido un vínculo estrecho con todo el grupo que lidera Javier, su amigo del alma, exdiputado de la Comunidad de Madrid y ahora también vecino. Llegados a este punto a Julia no se le caerán los anillos si tiene que decirles que buscan otro estilo, pues piensa que el de su vecina va mucho más acorde con el paisaje del monte que tienen de fondo. Menos estudiado, pero más natural y frondoso, algo que puede ir bien con el estilo arquitectónico más rústico de su casa.

La vecina continúa plantando arbustos similares en la misma zona, mientras el perro entra y sale de su campo de visión. No alcanza a ver a nadie más, tampoco recuerda que los de la obra le mencionaran ningún marido o familiar. ¿Vivirá sola? Por no saber, no sabe ni su nombre. Antes de empezar a hacer conjeturas sobre el tipo de vida que podría llevar una mujer de esa edad en soledad, escucha un ruido extraño. Una especie de gemido que le pone los pelos de punta y que no llega a adivinar si se trata del perro, de otro animal o incluso de una persona. Cuando va a estirar el cuello para descubrir de qué se trata, los ladridos del perro le hacen dar un brinco. Es evidente que la ha descubierto, pero Julia se esconde tras la columna sin que la mujer pueda verla cuando alza la mirada hacia ella. Su corazón se desboca, se siente como una cría a la que han descubierto haciendo una travesura. Tanto preocuparse porque su vecina no meta las narices en su vida y al final es ella la que ha estado a punto de mostrarse haciéndolo descaradamente. Qué vergüenza, si empezaba así el primer día, qué haría después. Qué habría pensado esa mujer si la hubiera visto.

Agarra las bolsas de nuevo y se dirige, un poco agachada, hacia la puerta de entrada. No se quita la extraña sensación que le ha dejado el sonido que escuchó unos segundos antes. Lo más lógico sería pensar que, entre gemido y gruñido, provenía del mastín. El perro la estaba viendo y la había avisado antes de lanzarse a ladrar. Sin embargo, el ruido era muy extraño y cuanto más se repite en su cabeza, más terrorífico le parece.

5

Al abrir la puerta las líneas de luces led empotradas en el techo se encienden y escucha el sonido del aire acondicionado. La casa está domotizada, su marido le advirtió de que varias cosas se pondrían en marcha una vez abriese la puerta. La imagen del monte enmarcado por el enorme ventanal de doble altura resulta apabullante. Sin embargo, todo el despliegue de efectos se ve ensombrecido por la sensación de soledad que la embarga. Menos mal que la luz que entra por todos lados no deja sitio a la oscuridad de sus pensamientos. Se quita las zapatillas y baja con las bolsas hacia la cocina. A mitad de las escaleras escucha el sonido de la chimenea, que se encuentra encendida. No recuerda que la han programado para dar la bienvenida. Las llamas son artificiales, pero aun así se acerca a contemplarlas y permanece unos minutos frente a ellas, como hipnotizada. El humo y los troncos decorativos propician que resulte de un realismo increíble.

En ese momento, en el que espera con todas sus ganas a que vuelva su marido, el fuego simulado la traslada de golpe a la última vez que han estado los dos frente a una chimenea. Fue durante un fin de semana en el que raramente ninguno tenía que volar a otro país. Rubén le dijo que había alquilado una casa rural en la Sierra de Madrid y que tenía una sorpresa que darle. Estando allí, salieron a pasear por el campo y aprovecharon para comer en un restaurante que les habían aconsejado. Después regresaron a la casa y, frente a la chimenea, hicieron el amor. Al terminar, aún abrazados, él le susurró al oído: «Es nuestro». Ese fue el instante en el que Julia supo que su marido había conseguido el terreno del que se había enamorado y donde podrían construir su hogar. Ella lo besó con pasión, se miraron a los ojos y se giró hacia las llamas.

«Las llamas…, ten cuidado con ellas o acabarás ardiendo». Cuando las palabras que le ha dicho el anciano hace un rato se repiten en su cabeza, entonces regresa. «El fuego se lo lleva todo por delante», escucha de nuevo con claridad. Puede recordar con total precisión la forma en la que el hombre la ha mirado, con ojos desorbitados. Aquella frase le ha dado de lleno.

Julia agarra el mando a distancia y lo apaga de inmediato. De pronto esa extraña sensación, que se esmera en esquivar, se adueña de nuevo de ella. Tanto la manera en la que el hombre ha pronunciado sus advertencias como los gruñidos que ha escuchado en la parcela de al lado le han dejado muy mal cuerpo. Está demasiado susceptible y no quiere volver a pensar en dos palabras: fuego y madre. No puede evitar asociar ambos términos, pero su unión la revuelve especialmente.

6

Un vaso de gazpacho y unas tostadas de pan tumaca con jamón se presenta como el menú ideal para un día caluroso. Lo pone todo en la bandeja y sale al porche que resulta una prolongación del salón y la cocina. El sol se le hace insoportable. Huye de él como si fuera una vampira, no aguanta las quemaduras y no quiere ser víctima de un cáncer de piel. Además, ahora mismo no sabe dónde está la crema de protección solar o si tiene alguna.

Mira al frente y confirma que no hay un solo árbol en toda la parcela. Ninguna de las numerosas encinas que recuerda esparcidas por el terreno ha sobrevivido. Entiende que muchas coincidirían tal vez con la estructura donde estaba proyectada la casa y tuvieron que cortarlas. Según el jefe de obra, otras había que quitarlas para que las máquinas pudieran pasar y poder meter también el material de la obra sin problema. Era el peaje que habían tenido que pagar, ya plantarían después alguna. El caso es que en toda la parcela no hay ninguna sombra, excepto una semicircunferencia que proviene de la copa de un frondoso árbol que se cuela de la parcela de la vecina. Hasta que vinieran los de los toldos a tomar medidas y a instalarlos, cuando el sol le diera de lleno, ese sería su sitio. Además, a ese rincón le tiene cariño porque ahí fue donde se sentó con su marido el primer día que lo trajo al terreno.

Coloca la bandeja sobre la mesa exterior de comedor y coge una de las sillas plegables para dejarla en la zona elegida. Se dirige allí con la comida, se sienta y estira las piernas apoyándolas sobre un trozo de tronco que ha sobrevivido a la poda. Da un sorbo al gazpacho disfrutando del airecito que le llega. Le recuerda a cuando de pequeña iba con su madre de excursión a la Pedriza y hacían una parada a medio camino para sentarse sobre una piedra y comer un bocadillo mientras disfrutaban del paisaje. Su progenitora era especialista en aprovechar esos momentos de calma para abordar algún tema que le preocupase, sobre todo durante la adolescencia de su hija, o simplemente para contarle alguna anécdota sobre su trabajo o vivencia que terminaba siempre en una pequeña enseñanza.

Julia da un mordisco a una de las tostadas. El jamón de bellota es de primera calidad. Está deliciosa. Al subir la mirada se encuentra con que en las ramas desnudas de la encina enorme que preside el monte frente a su casa hay cuatro palomas que la están mirando. Si de algo puede presumir Julia es de tener muy buena vista y está convencida de que las aves la observan. La idea de dejarles unas migas al terminar ronda su cabeza, pero no quiere malacostumbrarlas y que se le llene todo de bichos en dos días.

—Fuera —dice sin gritar.

Las palomas siguen en la misma posición, impasibles. Julia apoya el plato sobre sus rodillas y comienza a dar palmas cada vez más fuerte hasta que poco a poco, de una en una, emprenden el vuelo. Un gesto de felicidad se dibuja en su rostro. Parece una niña contenta por haber conseguido su objetivo. Sin embargo, un ruido a su espalda seguido de una voz le borra la sonrisa de golpe.

7

El plato con las tostadas casi se cae al suelo. Julia lo sujeta con las manos y se gira levemente.

—Ay, perdona, no quería asustarte, es que le estaba tapando la boca para que no se pusiera a ladrar por el ruido —dice la vecina con una voz dulce mientras aparta las ramas de un seto para hacerse hueco.

El perro no se separa de su lado.

—Es que no me lo esperaba, no se preocupe.

—Uy, no, no me trates de usted, por favor. Que me hace sentir mayor.

—De acuerdo. —Sonríe Julia.

—Y no soy mayor…, soy muy mayor…

Ambas sonríen, la mujer de manera muy dulce. Habla de una forma tan pausada y con un volumen tan suave que, de primeras, le ha costado entender lo que le estaba diciendo.

—Yo soy Julia, encantada. Y tampoco soy ninguna niña.

Deja el plato en la silla y se levanta educadamente.

—Pues lo parece, eres preciosa.

—Muchas gracias.

—Como tu casa, ¡qué barbaridad!

—Ay, sí, muchas gracias —responde Julia girándose levemente para contemplar su vivienda orgullosa.

—Yo soy Laura y si no tuviéramos esta valla, ahora mismo te daba un abrazo de bienvenida como Dios manda.

Julia le extiende la mano y la mujer se la da.

—Ya habrá tiempo —le dice mientras contempla los ojos azules, casi transparentes, de su vecina.

—Has elegido el mejor sitio, mira que hay inventos ahora, pero como la sombra de un buen árbol no hay nada. Los árboles son símbolo de salud, a mí me dan la vida.

—Se está muy a gusto, la verdad.

—Sigue comiendo, por favor, no quiero molestarte.

—No lo haces —responde Julia con sinceridad.

Todos sus prejuicios se vienen abajo, la mujer transmite la cercanía y amabilidad que ella tanto necesita en ese punto de inflexión en su vida. Mientras da un sorbo al gazpacho, la vecina sigue hablando.

—Bueno, después de tanto tiempo, no os lo creeréis —dice Laura señalando a la vivienda.

—No te imaginas. Menos mal porque, ¡madre mía!, nunca había hecho una obra tan grande, así desde cero, y…

—… es peor que un parto con dolor… —Laura completa la frase.

Julia sonríe disimulando el pellizco que acaba de sentir en el estómago.

—Y tenéis que dar gracias porque ha ido bastante rápido para la casa que es y lo complejo del terreno en pendiente. A nosotros en su día..., en el siglo I antes de Cristo, ya nos costó lo suyo levantar la nuestra. Y encima ahora con lo pejigueros que están los del ayuntamiento, que no se puede hacer de nada...

—Yo de eso ni idea, mi marido es el que se ha encargado de todo. Por cierto, muchas gracias por ayudarnos durante la obra, ya nos contaron. Sentimos mucho las molestias, que han sido muchos meses. Pasamos para daros las gracias, pero no debíais de estar en casa.

—Debía, vivo sola. Bueno, con este travieso..., este gigantón se llama Pepe. —Señala al perro que la ronda y olfatea con la lengua fuera el terreno colindante.

—Hola, Pepe.

Julia saluda con dulzura al animal sin acercarse, no le gustan los perros. Los gatos tampoco. No es muy amante de los animales, en general.

—Mi marido murió recientemente —termina de decir.

—Vaya, lo siento mucho.

—Son cosas que pasan, ley de vida. Todos tenemos que morir tarde o temprano. —Julia traga saliva, es una frase que se ha repetido constantemente durante el último año—. Lo suyo es que sea lo más tarde posible, ¿verdad?

—Y tanto, ¡ojalá!

—¡Seguro! Mi marido no se pudo quejar. La vida fue justa con él. Murió mayor y habiendo disfrutado mucho.

La mujer habla de una manera sencilla, sin sentimentalismos y con un fino y exquisito sentido del humor. Julia está cómoda, no siente que esté entrando en una parcela que no sea de su incumbencia. Al contrario. Debajo de aquel árbol, con los rayos del sol entrando tímidamente y el aire suave, aquellas palabras se tornan deliciosas. Hay algo en ese momento que le recuerda a las excursiones con su madre. Podría cerrar los ojos y dormir plácidamente mientras la vecina de voz cálida sigue hablando sin aspavientos sobre los temas que por desgracia rondan su cabeza.

—Me alegro de que así fuera —contesta.

—Los mayores tenemos que estar agradecidos de haber disfrutado de las pequeñas cosas. Anda que no hay gente joven que muere antes de tiempo. Eso no es justo. Es antinatural.

Julia asiente y esconde sutilmente el rostro para que no vea las lágrimas que asoman por sus ojos.

—No te quiero molestar, solo deseaba presentarme y daros la enhorabuena. Ha quedado muy bonita. La mía por dentro es otra cosa, ¿eh? Que a mí me gusta mucho cuidar los detalles…

—Me lo creo, el jardín lo tienes precioso.

—Muchas gracias, hija. Estas plantas son como mis niños. Lo que pasa es que ya hay cosas, como esta fachada, que se caen a pedazos, pero yo ya no estoy para arreglar nada… Lo siento por vosotros, a ver si crece la enredadera más y la cubre un poco.

—Por favor, no te preocupes. Faltaría más…, está como tiene que estar. Te entiendo perfectamente. Yo creo que cuando terminen las cuatro cosas que faltan y lo que vaya saliendo, no vuelvo a arreglar nada en mi vida. Y no me has molestado. Ya se lo diré a mi marido. Ahora está fuera, ya te lo presentaré.

—Me encantará conocerlo. Si necesitáis cualquier cosa, si estás sola, digo…

—Ah, gracias, te llamo.

—Ya sabes dónde estoy. Te daré un consejo, yo, que llevo cincuenta años viviendo aquí: en este tipo de urbanizaciones siempre hay líos de vecinos. No entres al trapo, por mucho que te busquen, haz el esfuerzo de mantenerte al margen. Eso es un sinvivir, te va quitando la energía poco a poco. Acuérdate.

—No hace falta que me lo digas, no tengo intención de hacer mucha vida social. ¡Qué pereza! Pero muchas gracias por el aviso, lo tendré en cuenta.

—Claro que sí, como en casa no se está en ningún sitio. Voy a seguir poniendo a punto el jardín. Llámame si necesitas algo o tienes miedo, no seas tonta, que yo sé lo que es dormir sola.

Laura se despide con una enorme sonrisa. Julia la ve alejarse seguida de su perro. Esa calidez reconfortante de la que había disfrutado durante la conversación se esfuma de un plumazo al recordar que, en apenas unas horas, tendrá que enfrentarse en soledad a la oscuridad de la noche.

8

El sol empieza a bajar a la altura del monte que hay frente a la casa. El cielo está poblado de nubes y tiene pinta de que va a haber una puesta de sol increíble, perfecta para la instantánea que le pidió su marido. Aunque de sobra sabe que lo de menos será el fondo. Con una sonrisa en la boca Julia sube las escaleras para ponerse un bañador, no sin haber cerrado la cristalera del salón y comprobar que lo ha hecho un par de veces. No hay rastro de la inquietud que le produce la cuenta atrás que acaba de empezar hasta que todo se quede a oscuras. La conversación con la vecina le ha dejado tan buen sabor de boca que, si flaquea y le entra el miedo, piensa tener presente la tranquilidad que transmite Laura. No podía ser mejor referente, le da mucha confianza saber de primera mano que es posible llegar a ser feliz como pretende. Si consigue la mitad de la paz que transmite su vecina, lo demás irá sobre ruedas.

Ya tiene la inspiración, ahora solo debe calentar motores para conseguirlo. Abre el tercer cajón de uno de los armarios, pero no encuentra lo que busca. Revisa en tres más hasta dar con su objetivo: un biquini rojo cuya parte de abajo es un tanga que compró la primera vez que viajó a Brasil. A Rubén le pone como una moto. Normalmente lo lleva cuando van a alguna cala tranquilos, aunque al final no le dura puesto ni un segundo. Si hay algo que disfruta es estar desnuda. El nudismo le resulta un verdadero placer: nadar sin telas pegadas, sentir la arena y el sol sobre su piel libremente, sin ataduras, pero, sobre todo, el roce con el cuerpo también desnudo de Rubén. Cada vez que lo practican acaban haciendo el amor. Sin importarles quién pueda estar mirándolos. «Qué disfruten», se decían la última vez, riéndose, mientras volvían a comerse la boca como dos novios adolescentes.

Cuando va a cerrar el cajón, este no responde al presionarlo. Vuelve a intentarlo varias veces, pero el *push* no hace caso. Resopla y lo cierra empujando con las manos. Saca el móvil del bolsillo y en las Notas busca en la que pone «Arreglos» y apunta: «Cajón del vestidor».

Da unos pasos hacia el espejo, que continúa desde el vestidor hasta el baño, interrumpido por el plato de ducha con una enorme mampara de cristal. La descomunal puerta que separa esta zona del dormitorio está abierta y entra mucha más luz. Apoya el biquini en el inodoro que tiene justo detrás, escondido entre dos armarios grandes. Se desnuda y deja la ropa en el suelo. El reflejo le devuelve la imagen de una mujer más que atractiva. Siempre ha tenido una constitución delgada, como su madre y su hermana, y con el poco ejercicio que hace y controlando los dulces, consigue mantener un cuerpo no muy lejano al que tenía con veintipocos cuando rompía corazones por los resorts de todo el mundo en los que se hospedaba cuando trabajaba. Dirige la mano hacia su vientre liso. Siempre que se mira termina haciéndolo. Lleva tanto tiempo imaginando el momento en que sus dedos puedan deslizarse por una curva prominente que le parece casi un imposible. Aparta la mano y agarra el tanga.

Antes de que a su marido le dijeran que le cambiaban el turno y que volaba esos días, se depiló por completo para estar como a él le gusta para el estreno de la casa. Gracias a esa precaución, ahora no asoma ni un solo pelo. Se mira los pechos, la envidia de sus amigas. Ya no se lo recriminan, pero se da cuenta de que en sus miradas hay cierto recelo y está segura de que muchas de ellas desean que sea madre solo por el hecho de que se le puedan caer un poco. Su piel, aún con buen tono del eterno verano, está tersa y firme y eso sabe que pone de mala leche a su grupo. Casi tanto como todas las famosas que le enseñan en Instagram que dan a luz y al día siguiente ya tienen abdominales. Estira la mano para agarrar la parte de arriba y, mientras busca el cierre para intentar abrochársela, le parece ver a alguien reflejado en el espejo. La silueta de un hombre plantado en una calva en mitad del monte. Julia tarda unos segundos en reaccionar, la ha pillado tan de sorpresa que tarda en entender en qué zona exacta está situado para que ella pueda observarlo desde ahí. Se gira de golpe y, como acto reflejo, tira de la puerta corredera para ocultarse un poco, al tiempo que se fija bien en el área en la que está el merodeador. Pero no hay nadie. Vuelve a abrir la puerta un poco y da un par de pasos hacia la enorme cristalera que ocupa todo el frente de la cama. Unos metros más abajo lo ve bajando el monte. Tiene una constitución atlética y lleva puesta una sudadera con capucha azul oscura, casi negra, que le tapa casi toda la cabeza, menos la cara.

Julia puede distinguir unos rasgos varoniles, pero está convencida de que es un jovencito que debe de estar haciendo deporte o caminando, por el pantalón corto que lleva puesto. La pregunta es si durante su trayecto, al fijarse en la casa, se ha encontrado o no con el «premio» de verla desnuda en el reflejo del espejo. El chico sigue bajando hasta que llega a otro claro y levanta la cabeza de golpe. Entonces sí ve sus ojos puestos en ella. A Julia se le corta la respiración. El cruce de miradas dura apenas unos segundos, pero, pese a la lejanía, le alcanza su intensidad. Es evidente que la está observando, pero es ella la que siente que la ha pillado espiándolo. Antes de que cierre la puerta del todo, el muchacho baja la cara y avanza por el monte. Julia suspira aliviada, va a cerrar la puerta del todo, pero al final se lo piensa y la deja abierta.

9

Cuando va a salir de nuevo por la cristalera abierta del salón, lo que encuentra ante sus ojos le hace recordar el motivo por el que se enamoró de ese lugar. No solo es el paisaje, con el cielo en tonos salmón premonitorios del espectacular atardecer que acaecerá, sino distintos detalles, como que en la piscina hay un pato con la cabeza en tonos azules y verdes, con un aro blanco en el cuello y el pecho marrón y gris, que se desliza por el agua con la elegancia de un cisne. Julia ha estado en resorts tropicales y selvas amazónicas, también ha nadado con tiburones y ha realizado todo tipo de actividades que solo la gente con pasta se puede permitir. Ha podido hacerlas gracias a su trabajo. Y, sin embargo, ahora se encuentra ahí, totalmente impresionada como si nunca hubiese visto un pato. Porque una cosa es viajar por el mundo y verlos en su hábitat natural y otra que haya uno nadando en tu propia casa. Verlos ahí cobra otro valor.

Tira del pomo para correr la puerta hasta que la superpone sobre la hoja anterior. Uno de los detalles de los que están más orgullosos es que las tres hojas de cristal se pueden esconder detrás de una de las paredes gracias a un carril que las va superponiendo hasta integrarlas dentro del muro, dejando todo el salón abierto al exterior. Saca el móvil y pone una sesión chill en el hilo musical que se escucha por distintas zonas de la casa y del exterior, según se seleccione, gracias a la domótica. Al escuchar la música, el pato echa a volar. A Julia le hubiera gustado sacarle una foto para mandársela a Rubén, pero no va a ser nada comparado con la que se hará en unos minutos. Deja la toalla en el césped artificial al lado del jacuzzi e introduce la punta del pie derecho en él. Está ardiendo, se muere del gusto. Le encanta el agua casi quemando. Se mete despacio, sin hundirse del todo, para que no se le moje el móvil. El calor intenso provoca un efecto relajante instantáneo. Coloca el teléfono en uno de los laterales y cruza los brazos en el bordillo para apoyar la barbilla a la altura de las muñecas y hacer una instantánea mental del momento. Supone que con el tiempo acabará por acostumbrarse, pero, ahora mismo, el paisaje que tiene delante, cada vez más anaranjado, propio de un cuadro de Van Gogh, la tiene con la boca abierta. La luz está preciosa, coge el móvil para inmortalizar la estampa en una fotografía panorámica. Después le da la vuelta y confirma que los tonos naranjas sobre su rostro resultan mejor que cualquier filtro. Ha llegado el momento. Apoya el teléfono en uno de los lados del jacuzzi y se desabrocha la parte de arriba del biquini. Antes de quitársela se asegura de que nadie pueda verle los pechos al estar suficientemente metida en el agua. Mira hacia el monte y a simple vista no ve a nadie. No hay rastro de Laura, la vecina, que tiene todas las contraventanas que dan a esa parte cerradas, y en la casa de sus conocidos, pese a que todas las ventanas y ventanales tienen los cristales tintados, sabe con certeza que no hay nadie. Aun así, vuelve a mirar hacia todos lados y, como una niña traviesa, se quita la parte de abajo. El calor ahora resulta mucho más gustoso. La desnudez la conecta con el momento, con su cuerpo y con la naturaleza. Cierra los ojos y se teletransporta a cuando nadaba como Dios la trajo al mundo en las playas nudistas que siempre buscaba en cualquiera de los destinos a los que le tocaba viajar. Era su premio. El simple hecho de poder bañarse desnuda era el mejor regalo. La mayor desconexión.

El recuerdo de distintas ráfagas de alguno de los encuentros que habían surgido de manera espontánea y casi salvaje en alguna de esas calas la han puesto cachonda. Vuelve hacia donde está la toalla y se seca para agarrar de nuevo el móvil. Se apunta a sí misma, la iluminación es aún mejor. Los pezones se reflejan erectos y rosados, más de lo normal por la luz. Su cuerpo parece de porcelana del mismo tono. Inclina el dispositivo hasta que el ángulo permite mostrar su desnudez. El agua y el rasurado completo hacen que su vulva se vea más grande de lo que es. Sabe que, en cuanto la vea, Rubén va a soñar con meter su lengua en ella. Ese pensamiento no ayuda a apagar el calentón que tiene.

La imagen es perfecta: ella en la mejor de sus versiones con la casa de fondo. La idea de que él no pueda elegir con cuál de ellas dos se queda la pone aún más. Julia no lo tendría tan claro, pero a él lo conoce de sobra y con certeza sabe que no dudaría ni un momento. Prendería fuego a la vivienda antes de perder a «su chica», como la llama él, pese a llevar más de una década casados. Envía la foto y, aunque quiere que le conteste ya, sabe que si no tiene respuesta en un margen breve de tiempo es porque está trabajando. En cualquier caso, Julia ya ha cumplido su cometido. Está segura y ahora también quiere su recompensa.

Comprueba que el volumen del móvil está al máximo para escuchar las notificaciones. Ojalá le haga directamente una videollamada con el rabo fuera, como tantas veces, y es que los dos se han hecho expertos en todo tipo de juegos para sobrevivir a la distancia. Al principio les resultaba frío, pero después los había ayudado a crear un nuevo código que después adaptaban cada vez que conseguían verse en persona. Mientras espera, sigue viendo el paisaje. Juega con sus muslos, rozando uno contra otro. Se frota los labios cada vez con mayor intensidad. Tiene todo el cuerpo dentro del agua, nadie puede verla. Aun así no conecta la luz del interior del jacuzzi ni ninguna del exterior. Solo enciende desde el móvil la de los focos que hay colocados en algunos peldaños de la escalera de acceso que dan una luz ambiente bastante tenue, perfecta para su propósito: que desde fuera sepan que hay alguien en la casa, pero que no puedan verla en detalle y mucho menos saber dónde se encuentra en ese momento ni lo que está haciendo.

El mensaje con la foto sigue sin el doble check que indique que Rubén la ha visto. Deja el teléfono y empieza a recorrer su cuerpo con las manos muy suavemente. Mira hacia la leve franja de sol que está a punto de desaparecer mientras se masajea los muslos, los gemelos y después la planta de los pies. Esa relajación es la que más la incendia; estando así, podrían hacerle lo que quisieran. ¡Qué gusto! De pronto se acuerda del chico que la miraba desde el monte y la idea de que pueda seguir frente a ella, quizá más escondido entre los árboles, sin riesgo a ser descubierto con la luz cada vez más escasa, vuelve a dejarla sin respiración. Aún puede percibir la intensidad de su mirada. Se seca la mano levemente y agarra el teléfono para comprobar si su marido le ha escrito. La pantalla está sin luz y, al ponerla en vertical frente a ella, lo que ve reflejado casi le hace lanzar el móvil al fondo del agua.

10

El corazón de Julia late a mil por hora. El reflejo en la pantalla del teléfono muestra su imagen difuminada y, detrás de ella, lo que parece ser una sombra negra con unos enormes brazos. En su cabeza alberga la posibilidad de que alguien esté avanzando en su dirección para atraparla. Piensa en qué ocurriría si viera a una persona en el interior de la casa yendo hacia ella a toda prisa. El pensamiento dura apenas un segundo, el tiempo que tarda en girarse de golpe y entender de qué se trata: es la lámpara del comedor del diseñador Serge Mouille, con los enormes brazos en forma de ramas que desembocan en pequeñas tulipas también negras. Suspira aliviada, no puede ser que su cabeza la traicione de esa manera y vea peligros donde no los hay. Con la tontería se le han cortado las ganas de seguir jugando; además, Rubén no ha respondido a su mensaje, seguro que no lo hará hasta que termine de trabajar. Justo cuando no queda rastro del sol se vuelve a poner el biquini y decide salir del jacuzzi.

La oscuridad de la noche empieza a imponerse y no desea que la pille desprevenida. No quiere tener que recoger nada ni encontrarse con la imagen del monte a oscuras. Se ha enrollado alrededor del cuerpo una toalla. Antes de entrar en la casa, se sirve un vaso de gazpacho y se lo lleva a la parte de arriba. De camino, en la fila de interruptores pegada a la isla, enciende el led del mueble de la cocina, la vitrina y la línea de luces que hay bajo el hogar de la chimenea. De pronto la casa está superiluminada, es más que una señal para que desde fuera piensen que hay alguien. Aunque si quisieran entrar, seguramente llevarían rato observándola y ya sabrían de sobra que está sola. Termina de subir los peldaños de las escaleras cabreada consigo misma por dar rienda suelta a sus elucubraciones en lugar de cortar por lo sano, tomarse una pastilla que la deje fuera de combate y levantarse al día siguiente como si nada.

Deja la luz de la escalera también encendida y acelera el paso hasta meterse en el vestidor y cerrar la puerta tras ella. Después se dirige a la habitación y cierra la puerta de acceso que hay por ese lado. Entonces entra en el lavabo, enciende la luz y se bebe el gazpacho de un sorbo. Se quita el biquini y lo deja tendido en el borde de la bañera. Vuelve a taparse con la toalla y se lava los dientes a la velocidad del rayo. No tiene tiempo de desmaquillarse y hacer su rutina de belleza, hace un pis rápido y se mete en el dormitorio cerrando la puerta corredera a su paso. Nada más encerrarse, la oscuridad la envuelve por completo. Se pone muy nerviosa y enciende la linterna del móvil a toda prisa. No ha encendido ninguna luz del dormitorio y fuera está prácticamente a oscuras, pese que en el interior de la casa ha dejado bastantes luces encendidas. Intenta apartar la mirada para no volver a caer en malos pensamientos que la atormenten, pero a lo lejos divisa un par de luces que provienen de las casas cercanas. Va a bajar la persiana desde la aplicación de la domótica en el teléfono, pero, finalmente, se dirige hasta la botonera y escucha cómo cada lama hace su recorrido de bajada hasta que la cristalera doble queda sellada por completo. Enciende la lámpara de la mesilla mucho más aliviada. Se quita la toalla y la deja en uno de los apoyabrazos de hierro de la butaca tapizada con piel de vaca que tanto le gusta. Abre la cama y se mete dentro. El tacto de las sábanas limpias de seda sobre su cuerpo le resulta de lo más gustoso. Merecía la pena lo que habían pagado a la agencia de limpieza, el servicio había sido impecable. Esta vez tenía que dar la razón a sus vecinos cuando les aseguraron que el nivel de gusto y precisión rozaba lo exquisito. Ojalá tengan la misma suerte con la chica que se ocupe de las tareas domésticas. Es la primera noche que va a pasar en la casa que pretende que sea para el resto de su vida y no consigue quitarse el mal sabor de boca que la ha acompañado a lo largo del día. Mira el teléfono y confirma que su marido sigue sin ver la foto que le ha enviado. Cierra los ojos y habla bajito.

—Todo va a ir bien. Tengo una casa de ensueño; mi vecina, contra todo pronóstico, no puede ser más maja y cariñosa; vamos a encontrar una chica estupenda que me tendrá como a una reina y en nada llega Rubén y se acabará el miedo y la sequía…, vamos a follar como si no hubiera un mañana…

Julia se ríe ella sola, cuando está nerviosa se pone muy bestia y le hace gracia lo burra que puede llegar a ser.

—Y además voy a ver a Pilu, ya es hora.

Piensa que cuanto antes se normalice su situación, mejor. Así que coge el móvil y sus dedos se mueven a toda velocidad mientras escribe a su amiga: «Holaaa. Ya estoy aquííí…, ¿desayunamos mañana?». En menos de un minuto recibe una respuesta: «Aaah, sí, por favor…, qué ganas. Mañana a las 9.00 en la panadería, al lado del sitio de las tortillas. Besitos. Qué ganasss».

Julia sonríe, pone el despertador a las 8.30 y deja el teléfono de nuevo en la mesilla. Duda en si encender la televisión para tener luz y que haya ruido de fondo, pero después piensa que si alguien entra en la casa, prefiere escucharlo y poder reaccionar a tiempo. Termina cerrando los ojos con la esperanza de conciliar el sueño cuanto antes.

11

Un golpe seco la despierta de golpe. Pese a llevar horas dormida, su cabeza estaba en guardia, porque nada más escucharlo se ha erguido automáticamente como un vampiro incorporándose de su ataúd. Tarda unos segundos en saber dónde está. La habitación iluminada por la lámpara de diseño de la mesilla de noche, con todas las paredes blancas y el frente con las persianas antracita hasta abajo, resulta de lo más ecléctica. Aún aturdida, intenta discernir si el ruido que ha retumbado pertenece a un sueño o si ha sido en la planta inferior. Si tuviera ya las cámaras, podría mirarlo sin moverse de ahí. Coge el móvil y ve que son las tres de la madrugada y también que tiene cinco videollamadas perdidas de su marido. Tarde como siempre. Se levanta, se tapa con la toalla y abre la puerta que da al pasillo. No escucha nada más, todo está en calma. Iluminado con las luces led el espacio principal de la casa que puede ver desde arriba está espectacular. Está sudando, el ambiente dentro de la habitación con todo cerrado le resulta muy cargado, fuera se encuentra mucho mejor. Necesita beber agua, está seca.

Con la mano recorre la barandilla de cristal de la planta de entrada, mirando hacia el salón y hacia las vistas que parecen directamente una cortina negra corrida, salpicada por las luces y siluetas que se reflejan del interior iluminado. Del exterior no hay ningún rastro, tan solo divisa la parte del porche hasta media piscina a la que llega la luz que mantiene encendida en el interior. Pese a todo pronóstico, en lugar de asustarse más, el hecho de no ver con detalle la ayuda a no dar rienda a su imaginación. El ambiente creado es tan artificial que la calma. Además piensa que si ella no ve lo que hay fuera, tampoco pueden observarla a ella desde ahí, aunque sepa que es falso.

Baja las escaleras y va hasta el otro extremo del salón, donde está la cocina y en la esquina se sitúa la nevera doble. Coge un vaso de un armario y se sirve agua. Entonces mira de nuevo hacia fuera y esta vez la idea de que cualquiera podría estar mirándola en ese momento tranquilamente sin ser visto se le clava como un puñal. Decide beberse el agua arriba y apretar el paso cuanto antes. Sube las escaleras y cuando está recorriendo el pasillo abierto hasta la habitación, ve reflejada la luz de la lamparita que hay en la consola de la entrada, justo en el centro del espacio junto a la puerta. Se gira para volver y apagarla cuando se da cuenta de que no está encendida. Efectivamente no recuerda haberlo hecho. Mira otra vez el monte y la cristalera de doble altura, en cuya parte inferior se refleja casi todo el salón y los puntos de luz que sí ha encendido. Mira arriba y aún observa una pequeña luz amarillenta. Intenta entender si es que hay alguna otra lámpara en la que no ha reparado. «Igual rebota en la barandilla exterior, que también es de cristal», piensa. Pero nada encaja y, conforme se mueve, la luz continúa en el mismo sitio. Se concentra y vigila más atenta. En ese momento se apaga de golpe y esa zona se queda a oscuras. ¿Hay alguien que la ha apagado al ser descubierto? En una milésima de segundo la luz vuelve a encenderse. Es un punto minúsculo en la inmensidad de la noche. Juraría que es la llama de una pequeña antorcha o un mechero, pero la cuestión es quién está de madrugada con un mechero en mitad del campo mirando hacia su casa. Inmediatamente recuerda otra vez las torpes palabras del anciano: «Las llamas…, ten cuidado con ellas o acabarás ardiendo». Julia corre a la habitación, cierra la puerta y se esconde bajo las sábanas. No quiere pensar más en eso, pero no puede evitar que su cuerpo empiece a temblar.

DÍA 2

12

Los ojos de Julia se abren como platos dos horas antes de que suene el despertador. La habitación sigue iluminada por la lámpara de la mesilla que dejó encendida. Después del susto que pasó de madrugada, se había puesto el antifaz que estaba en el cajón de la mesita para poder pegar ojo, pues nunca ha tolerado la claridad. Estira el brazo y da al interruptor manual que sube la persiana. Fuera la luz es muy tenue, apenas ha amanecido, pero el paisaje aparece igual de bello. De día todos los males desaparecen, se despereza y se permite quedarse un poco en la cama relajada. Luego se levanta y coge la toalla y el móvil. Se pone un top y un short corto que utiliza para hacer deporte y baja a la cocina a prepararse un té para empezar a ser persona.

De camino va apagando las luces que dejó encendidas. Abre la puerta de una de las cristaleras que quedan a la altura de la cocina y extiende la toalla para que termine de secarse. Mientras calienta el agua, mira el móvil y lee un mensaje que tiene de su marido: «Gracias por la foto, amor, me ha venido muy bien. Ahora, que sepas que voy a capar a los de la domótica por el retraso con las cámaras, porque podría haberme dado un buen festín viéndote en el jacuzzi». Julia sonríe y mira hacia la esquina del porche donde cuelgan unos cables, sabe que ahí colocarán la cámara que cubrirá esa zona. En el interior también habían dejado preinstaladas varias, una mínimo por planta. Continuó leyendo el mensaje de su marido, que todavía no había terminado. «Tengo una mala noticia, te dejo un audio mejor».

Julia aprieta los dientes, retira el agua de la placa e introduce la bolsita de té verde mientras se dice que no piensa enfadarse, que le diga lo que le diga no le va a joder el día. Da al *play* y escucha la voz de su marido en modo altavoz. «Cariño, no podré estar ahí pasado mañana. Me piden hacer un vuelo más. No te enfades, luego hablamos. Qué ganas de estar ya en casa. Pasa buen día. Te quiero». «Genial», piensa. «Cojonudo, sola otra noche más… Perfecto».

De momento no tiene claro si salir por la puerta de abajo de la parcela, que da acceso directo al campo, para correr en ayunas por el monte antes de ver a Pilu, o si hacer un poco de yoga en su habitación. Finalmente opta por la segunda opción para no acabar mandando a Rubén un mensaje bomba. Tiene que empezar el día con buen pie, es su principal meta a corto plazo. La que conseguirá que el resto venga solo. Aunque, por mucho que se esfuerce, le atormenta la idea de tener que pasar aún dos noches sola. Ella que había sido la persona más independiente del mundo, que de jovencita disfrutaba viajando sola en Interrail, había desarrollado un terrible pánico a la soledad sobre todo a partir de las noches en vela en el hospital pidiendo para que su madre mejorara y pudiera contarle alguna de sus historias o regañarla por algo.

Mira a su alrededor y descubre por primera vez cómo se ve el salón y el jardín a esa hora del día: los primeros rayos del sol irrumpen tímidamente en el cielo y está precioso. A cualquiera que le dijera que pasar un día sola ahí suponía una tortura para ella o un motivo para montar un buen pollo, como el que tenía ganas de organizar, la tomaría por loca. Saca la bolsita del té para que no amargue, la tira a la basura y sube a su habitación.

Encuentra la esterilla en el armario grande que ha dejado como auxiliar para los esquís y demás armatostes. La coloca en el lateral de su cuarto, al lado de la planta enorme que tienen en un macetón en la esquina y frente a la cristalera, que abre para que entre el aire fresco. Menudo lujo hacer yoga con esas vistas y sin un solo ruido. Disfruta de la sesión valiéndose del movimiento de los árboles y el vuelo de los pájaros para proyectar la respiración y la paz que pretende alcanzar. Siente su cuerpo fuerte y tonificado. No tiene ninguna lesión que la impida estirarse del todo. En un momento en el que está fijándose en lo que parece ser un conejo dando saltos por el monte, intuye a alguien que se mueve entre los frondosos arbustos. Tiene que comprarse unos prismáticos. Espera un minuto para intentar distinguir si es una persona, como le ha parecido y, si es así, se pregunta quién puede ser. Pero no ve nada más, quizá no hay nadie. Aguanta unos segundos y vuelve a inhalar aire mientras trata de olvidar y sumergirse en la relajación que va consiguiendo con cada movimiento.

Al terminar se siente genial. Se mete en la ducha. A la sensación placentera del agua cayendo se le suman los rayos del sol y el aire que entra de la calle y envuelven su cuerpo desnudo. Qué gustazo. Tiene tiempo de sobra, así que se aplica la mascarilla de aceite de oliva que tanto le gusta y que le deja el pelo tan sedoso. Se la unta en el cabello con un leve masaje de las yemas de los dedos. Mientras espera aprovecha el jabón que escurre para frotarse los trapecios. Entra una bocanada de aire más fuerte que le pone la piel de gallina. Ha dejado la puerta corredera que da a la habitación abierta, sin caer en que desde un ángulo determinado se la puede ver desde la parte alta del monte. Se fija por si hubiera alguien, pero a la distancia a la que está tampoco le importa mucho si la observan. De hecho, bromea pensando en que si fuera el chico de la tarde anterior, hasta se quedaría un rato más. Se aclara la cabeza y cierra los ojos. Cuando los abre de nuevo, a lo lejos, en lo alto del monte, parece que hay alguien. No está tan cerca como ayer, pero lleva la capucha puesta y juraría que es él. ¿De nuevo está ahí observándola? Desde luego, no se mueve. Duda en si llamar a Jacinto, el vigilante de la garita, para comentárselo, o si lo deja pasar; al fin y al cabo, el muchacho podría estar dando un paseo o haciendo ejercicio y tal vez habrá parado para descansar. Aunque duda, porque le parece demasiada casualidad haberlo visto ya dos veces seguidas. Es probable que sea una rutina que tiene desde hace tiempo y es ella la que lo está interrumpiendo. Tampoco le puede culpar, la casa es un espectáculo. Llama la atención. Y seguramente ella no se aguantaría si lo viera a él duchándose. Se ríe para sus adentros, pues sabe que se pondría en primera fila. ¡La cita con Pilu! Sale de la ducha y comienza a secarse con la toalla. Se revuelve el pelo con fuerza, sin percibir que en una de las calvas del monte más cercanas a la casa vuelve a aparecer el chico de la capucha que no le quita ojo.

13

Cada paso que da cuesta abajo hacia la entrada de la urbanización, donde están el club y la zona comercial, le hace sentirse orgullosa. En la última revisión médica le habían dicho que tenía el colesterol por las nubes y no por su alimentación —aunque en el fondo la comida basura le gusta tanto o más que el sexo y de vez en cuando se da un capricho—, sino por genética, lo había heredado de su padre, que murió en un fatal accidente cuando ella era una adolescente. Una de las pautas que le había dado la doctora era que tenía que hacer ejercicio y un mínimo de diez mil pasos al día. Cuando estaba activa laboralmente, le era complicado ser constante, salvo por las carreras que se daba por las terminales de los aeropuertos, pero ahora no tiene excusa y caminar es otro de los objetivos a cumplir en esta nueva etapa. No ha podido elegir una mejor mañana, hace un día buenísimo.

Mientras recorre el camino, se encarga, además, de alzar la cara para que el sol le dé bien. Otra de sus carencias era la vitamina D: desde que las líneas de expresión empezaron a marcarse en su rostro por todo el sol que había tomado en el pasado, decidió cortar por lo sano. Aunque, por lo visto, los dos extremos son igual de malos y ahora no le venían mal unos minutos al día al sol sin protección alguna. Conforme baja empieza a ver una línea de coches, algunos en doble fila, y decenas de niños corriendo con sus padres a la entrada del colegio que hay a mitad de la cuesta. Madres y padres con dos, tres o cuatro niños de la mano y en sus brazos que se las apañan para movilizar cada día a sus crías como verdaderos héroes. Julia los observa con una sensación agridulce, le produce ternura y admiración, pero no puede evitar un pensamiento: «Unos tanto y otros tan poco».

—Venga, Julia, tampoco podrías tener cuatro. Te has puesto hace dos días como quien dice. Tendrías que haberte decidido a los treinta y no lo hiciste, así que no te quejes —se dice en voz baja mientras camina.

Cuando está con el ánimo alto, le gusta hacer de poli malo para quitarse la tontería y no caer en ese oscuro victimismo que no la lleva a ningún sitio. Después de esquivar el rebaño de familias, compra con su móvil unos prismáticos pequeños para que lleguen lo antes posible. El pedido se lo enviarán en un día, le notifica la aplicación. Cuando levanta la mirada, está ya en el aparcamiento donde dejó el coche el día anterior. Entra por un lateral y, al llegar al centro, se fija otra vez en el edificio de ladrillo oscuro y con contraventanas de madera que parece salido de otra época, junto a la despampanante urbanización de divorciados. Tiene un aire siniestro, le parece horrible vivir en una zona tan idílica y luego tener que meterse en un piso con unas ventanitas tan pequeñas. «¿Estará abandonado?», se pregunta al fijarse en que todas permanecen cerradas. De pronto, del portal salen un chico y una chica vestidos con uniformes verdes de enfermería y un vaso de cartón en la mano que le dan la respuesta. Los dos han salido a fumar y encienden sus cigarrillos. Los uniformes la dejan intrigada, ahora le preguntará a Pilu.

Está tan pendiente del edificio que, cuando se da cuenta, se encuentra parada en mitad de la carretera del aparcamiento, con una hilera de coches estacionados a la izquierda. Ha sido un acierto bajar andando porque no hay ni un hueco. Cree que se debe a que es la hora de entrada a los colegios. Da unos pasos más antes de girar a la derecha hacia la zona comercial donde ha quedado, cuando, frente a ella, cerca de la garita, ve a Jacinto, el vigilante al que conoció el primer día.

El hombre, que sigue sin uniforme, tiene un cigarro en la boca y se lo enciende con una cerilla que saca de una cajetilla que tiene en el bolsillo. Todo ello sin dejar de mirarla. Julia le hace un gesto con la mano, pero no recibe un saludo de vuelta. Entonces el vigilante camina hacia ella a pasos agigantados. Conforme se acerca, aprecia sus ojos encendidos, rojos, casi en llamas. ¿Querrá comentarle algo más sobre el mando para aparcar o sobre el club social y sus normas? Se dice que tiene que ser algo así, pero, si no se hubiera presentado ayer como el guardia de seguridad, ahora mismo se pondría a gritar como una loca pidiendo ayuda. Sin pensarlo, da un par de pasos hacia atrás. Una voz femenina interrumpe el momento.

—¡Julia!

Al girarse se topa con Pilu, que la saluda con la mano como si la recibiera en el aeropuerto después de estar un año fuera de Erasmus. Nunca se había alegrado tanto de encontrarse con su amiga como ahora. Cuando se da la vuelta hacia el hombre, este ya ha desaparecido. Mira hacia los lados, buscándolo. No hay rastro de él. Sin pensarlo, comienza a andar hacia su amiga con energía, pero de pronto se imagina a Jacinto agachado entre dos coches mirándola con el cigarro en la boca. La imagen le viene como un flash y le pone los pelos de punta.

14

Después de un fuerte abrazo, las dos amigas se miran. Solían ser uña y carne, habían viajado juntas durante más de una década y compartido muchas confidencias. Eran casi como hermanas. Juntas se lo pasaban pipa y además se entendían: las dos eran muy prácticas y les gustaba hablar sin tapujos. Pero cuando Pilu fue madre, se mudó con su marido y el bebé a esta urbanización cerca de sus suegros. Y, aunque estos les prometieron que los ayudarían, cuando llegó su segundo hijo, la dinámica se hizo imposible y decidió dejar de trabajar. Así que Julia no pudo disfrutar de ella en el trabajo, tampoco podían quedar a comer, dar una vuelta o salir a tomar una copa, como solían hacer cuando viajaban juntas. Aunque la verdadera razón por la que Julia se había distanciado era que no soportaba que le estuviera enseñando fotos de sus hijos día y noche y que toda la conversación girara siempre alrededor de ellos o de la maternidad. Un día Pilu se lo dejó caer, y le reprochó que nunca fuese a verla y que los niños iban a ser adolescentes la próxima vez que lo hiciera. Ahora ha llegado el momento de limar asperezas, porque con el tiempo se ha dado cuenta de que era ella la que tenía un problema. Quiere a su amiga y en esta nueva etapa la necesita a su lado.

—Pero ¡qué guapa estás, estás hecha un pibón!…, como siempre —exclama Pilu.

—¡Y tú!

—Anda, anda… Bueno, para tener dos niños no me quejo, la verdad.

Pilu hace una minipausa, Julia lee en su rostro que su amiga piensa que ha metido la pata. Hace siglos que no hablan del tema, pero en su día empezó a preguntarle sin parar por qué no se animaba a ser madre, insistiendo en que era el momento. «A ver si vas a tener el síndrome de Peter Pan», le decía cuando Julia se explicaba. Ella le contó que les estaba costando. Así que no hay que ser muy listo para darse cuenta de que el problema persiste si aún no ha llegado ningún bebé.

—¡Qué ganas tenía de verte! —dice Julia agarrándole las manos para demostrarle que está todo bien.

—¡Y yo! Por fin…, ahora que te tengo a mano no te pienso soltar. Vamos a sentarnos, que me han reservado mi mesa. —Y se dirige a la más apartada, en la esquina de la terraza—. Es la mejor. Aquí no se te puede sentar nadie al lado para cotillear. Esto parece muy tranquilo, pero es un nido de víboras. A ver…, estoy exagerando, pero es para darle un poco de emoción.

—¿Quieres emoción? Me acaba de pasar una cosa rarísima con el de la garita.

—¿Con quién?

—Jacinto, creo que me dijo que se llama. El que es tan enorme que parece un oso.

—Ay, ni idea, y menos de los nombres. No es el de la entrada al club, ¿verdad?

—Creo que no. Estaba fuera. Venía desde la garita hacia mí de una manera un poco rara. Lo he saludado y no me ha dicho nada. Me ha dado cosa. Es tan grande que impone.

—Pero ¿está ahí? —Pilu se levanta de la silla, mira hacia el puesto de trabajo del vigilante—. Ay, hija, no lo veo desde aquí.

—Nada, si en realidad tampoco ha pasado nada. Ha sido una sensación. Lo vi ayer también cuando llegué y me comentó algo de un mando azul para poder aparcar...

—Sí, el que tenemos los propietarios. Imagínate si todos los que vienen al cole pudieran aparcar en nuestra zona, sería imposible. Acabaríamos a leches. Ya a veces te ponen uno delante y te quedas encerrada hasta que le sale del... moverlo... Así que ni te cuento. Te conviene tener uno, créeme.

—Ya le diré a Rubén que se lo pida. De momento me gusta bajar andando.

—Hija, gracias por venir tan temprano. Es que o es ahora, que dejo a los niños, o ya más tarde es complicado porque tengo pilates.

—No, si a desayunar me viene genial —interrumpe—. Me he levantado prontísimo.

—¡Bueno, que ya estáis aquí! —dice levantando la mano para que venga el camarero—. La casa habrá quedado espectacular, ¿no? Las referencias que me enseñaste eran una pasada. A ver si me la enseñas, que alguna vez que he pasado por el campo he mirado, pero no me entero de dónde es..., como esto es pequeño... —dice irónica—. Es un laberinto de calles y me pierdo.

—¡Claro! Cuando quieras, organizamos una cena o algo.

Julia saca el móvil y busca alguna de las fotos más actuales.

—Pero tiene que ser un viernes, que es el día que tengo acordado con la chica.

—Viernes, genial —responde mientras le enseña las imágenes.

—¡Joder, es increíble! Es gigante, ¡madre mía! Esto está hecho para llenarlo de churumbeles.

Pilu frena en seco su entusiasmo, consciente de que es el tema que no quiere tocar si su amiga no habla sobre él.

—Esa es la idea, sí. Pero de momento...

Julia sonríe con cara de circunstancia.

—Vaya, lo siento. ¿Todavía seguís...?

—Todavía. Pero, vamos, que no es que no podamos. No lo doy por perdido. Es solo que llevamos un tiempo intentándolo y la cosa se resiste.

—Ah, bueno, eso es muy normal. Tranquila, a mí me pasó que entre el primero y el segundo pasaron tres años porque no había manera, y eso que los quería seguiditos.

—Yo llevo intentándolo dos años. —Antes de que la lástima se dibuje en el rostro de su amiga, Julia añade—: Pero también te digo que entre la licencia de la casa, y las obras, que han sido un infierno...

—¡¿Y cuándo no, cariño?! ¡Qué pesadilla...! Lo que han rematado bien, cuando vienen a arreglar todas las chapuzas, se lo cargan... Es un no parar..., un bucle terrible.

—Bueno, nosotros de momento hemos tenido suerte. A ver lo que va apareciendo durante estos días, pero por ahora no he encontrado gran cosa. Han sido más las dificultades para construir en pendiente y todo lo que salió sobre la marcha: cumplir con los caprichos, como yo los llamo.

—No, si ya te conozco yo a ti, qué lista. —Julia le hace un gesto chulesco y las dos se ríen—. Mira el lado bueno, yo con dos no me da para mucho capricho.

—Ya. —Le sale una sonrisa acartonada, la que repite cada vez que le recuerdan «su suerte» por no tener la atadura de los hijos.

—Bueno, y también el trabajo, que no paras, menuda cabra loca, todo el día de un lado para otro...

—También. Pero ya he parado.

—¿Al final sí?

Julia afirma con la cabeza. En ese momento llega el camarero.

—Buenos días, ¿qué os pongo? Pilar, ¿lo de siempre?

—Sí, un cortado con un cruasán a la plancha con mantequilla y mermelada de fresa.

—Pues yo lo mismo, pero con té verde y sin la mantequilla y la mermelada. Gracias.

—Nos estamos cuidando, ¡eh!

—Aún sigo guerrera, ya sabes. Lo que te estaba diciendo: que he alargado demasiado lo del trabajo, quería haberme pedido la excedencia mucho antes. Pero tenía miedo de que no se lo tomaran bien, ya los conoces...

—Qué me vas a contar...

—Pues eso..., si lo piensas, llevaba media vida ahí. Y la cabra tira al monte —dice entre risas.

—Sí que cuesta, sí —responde Pilu cómplice.

—No, ya en serio. Tuve que parar por temas familiares y necesitaba un poco de calma y estabilidad para poder seguir intentándolo. Me lo recomendó mi ginecólogo después de mil intentos fallidos. Estaba ya medio loca con tanta hormona, las tenía disparadas. Así que decidimos hacer cambios y no obsesionarnos tanto, relajarnos y no estar tan pendientes hasta que termináramos la obra y todo «se colocara en su sitio naturalmente». Me encontraba ya en un bucle en el que antes de hacerlo ya estaba con el «no» por delante. Por más que lo intentes, es inevitable, el proceso se convierte en algo horrible. Una auténtica psicosis. Empecé a ir al psicólogo y me ha ido genial. Me ha ayudado mucho.

—Es que por lo que me estás contando, esa dinámica solo puede ir a la contra. Aunque también te digo que todas las parejas que conozco que han pasado por eso, con *in vitro* fallidas y demás, que les parecía un imposible, en cuanto se han olvidado un poco, se han quedado embarazados de manera natural.

—Ya. Eso nos dicen. Ojalá.

—Hombre, en esa casa seguro que la cosa cuaja, qué maravilla.

—Eso esperamos.

—Porque habéis mirado que los dos podéis, ¿no? —pregunta con cautela.

—Sí. Ha costado saberlo. Yo sé que puedo, cero problema, pero Rubén no quería hacerse las pruebas. Ya sabes…

—Para no sentir amenazada su masculinidad…

—O por lo que sea. Me costó lo suyo, pero al final, al poco de ver la parcela, se las hizo y en el seminograma le salió que todo estaba OK.

—Qué bien.

—No sabes lo mucho que ayudó. Por eso ha metido mucha energía en la compra del terreno, la licencia y la construcción. Yo creo que, después de saber que podía, le entró la prisa.

—¿Y ahora?

—Pues nada, cuando el problema era más que evidente, intentamos la inseminación artificial, pero tampoco ha resultado. Lo demás es lo que te he contado: con todo lo que teníamos a la vez, optamos por que cuando terminaran las obras y nos instaláramos, lo intentaríamos de manera natural y si no funciona, empezaremos con la *in vitro*. Igual estamos perdiendo el tiempo, pero quiero agotar todas las balas antes de pasar a palabras mayores.

—Te advierto que la *in vitro* está a la orden del día, aunque no todo el mundo lo cuente…

—Ya, ya…, yo qué sé… Tampoco lo vamos a estirar mucho más: la incertidumbre que se alarga en el tiempo se convierte en un verdadero infierno. Rubén está volando fuera de España, pero estoy deseando que vuelva para «ponernos a ello».

—Jejeje, eso es lo suyo, claro… También menuda faena que ahora que todo el mundo teletrabaja él tenga que trabajar fuera de casa sí o sí.

—Habrá un día que podrán pilotar los aviones por holograma, verás…

—O a distancia por algún rollo virtual que se inventen… —bromea.

—En principio viene mañana. Estoy cachonda perdida, así que se me está haciendo eterno.

—Uy, qué peligro, con lo que tú has sido…

—Soy, perdona. Calla, que ya me puedo dar prisa. Que en nada cuarenta y ahí todo se complica.

—Oye, guapa, que yo ya los tengo…

—Los cuarenta, sí, y dos hijos también. No tienes ese problema, ya has cumplido.

—Tampoco se trata de cumplir con nadie, sino hacerlo por ti misma, ¿no?

Odia cuando Pilu se pone filosófica, a analizar cada uno de sus actos como si fuera una adolescente perdida.

—Lo sé, es una forma de hablar. Si no estuviera convencida de que es algo que quiero, no lo intentaría tanto, te lo aseguro.

—Ya sé que yo te he metido mucha caña con el tema, pero vamos, que no te dé miedo eso, que llegas de sobra… —respondió Pilu conciliadora.

—No, si lo que me da miedo ahora es dormir sola…

—¡Ya! No te había dicho nada, pero si da al campo tiene que dar cosilla…

—Impone un poco… bastante. Como lo piense mucho, me muero —dice bromeando—. Además, desde lo de mi madre, tengo un pánico a estar sola…

—Ya, jo, cuánto lo siento cariño. —Le pone la mano en la rodilla cariñosamente—. ¿Cómo estás de eso?

—Bien, estoy bien, de verdad…

—Oye, llámame si necesitas algo o vente a dormir a casa hasta que vuelva Rubén, no seas boba, y hacemos fiesta de pijamas esta noche y ya de paso mañana llevas a los niños al cole… o que los lleve la chica, mejor…

—¡Por cierto! Estoy pendiente de que una agencia me mande una, pero si no me gusta o me falla, igual te pregunto por si conoces a alguna.

—Cuenta con ello, le pregunto a la mía. Aquí hay mucho movimiento.

De pronto Pilu sonríe de oreja a oreja, Julia tarda en darse cuenta de que es porque ha visto a alguien detrás de ella. Se gira y ve a dos mujeres de su edad aproximadamente vestidas con mallas y sudaderas.

—Buenos días —dice una de ellas acercándose.

—Hola, chicas, os voy a presentar a Julia. Una amiga de toda la vida que se acaba de mudar a la urbanización.

—¡Ah, genial! Bienvenida. Yo soy Sara —saluda la otra.

—Y yo Paula.

—Encantada —contesta Julia después de darles dos besos.

Sin decir nada más, las dos se sientan en las sillas que hay vacías. Pilu le pone cara de circunstancia, pero ella duda de si no ha sido algo planeado para integrarla en lo que parece ser su grupo de amigas de la zona. El aviso que le dio

Laura, su vecina, el día anterior sobre que se mantenga al margen de los líos de la urbanización le viene a la cabeza. No obstante conoce a Pilu y sabe que ha hecho esto con la mejor intención.

—¿Y Eva? —pregunta Pilu.

Las dos se miran un segundo.

—Ahora vendrá. Ya la conoces, está acompañando a Blanquita y Jose hasta la puerta de clase —contesta Sara.

—Pues menos mal que solo tiene dos porque si no…

—Desde lo que le pasó a Roberto, el niño de Carmen y Luis, en el club está obsesionada.

Todas se miran con cara de circunstancia. Julia las mira sin saber a qué se refieren y qué pudo ocurrirle al niño que mencionan, pero, por sus caras, es evidente que se trata de algo grave.

—¿Qué le pasó? —pregunta tímidamente.

—Se lo llevó Sweet Bunny, el conejo ese —dice su amiga.

15

Sweet Bunny es un famoso conejo de peluche blanco, imagen de una de las marcas más vendidas de galletas y dulces para niños en España y otros países, que se caracteriza por el sabor a tarta de zanahoria de sus productos. Eso es lo que debería de haberle encantado al conejo de más de dos metros que aparecía en los anuncios, pero por lo visto él, o alguien que se disfrazaba igual, prefería a los niños. Eso es lo que se cuenta en lo que ya se ha convertido en una leyenda urbana. En poco más de un año y medio, solo en la Comunidad de Madrid habían desaparecido treinta y dos menores y, según mostraban las cámaras de seguridad, al menos en una decena de los casos aparecía el enorme conejo llevándose a los niños inconscientes en brazos. Todo empezó cuando secuestraron a Lucas Sweet Bunny, el niño más famoso de España, con más de un millón de seguidores en

Instagram y que protagonizaba los anuncios de la marca junto con el icónico conejo. A medida que el número de niños desaparecidos aumentaba y se los fue relacionando con el famoso conejo, sobre todo una vez que varios testigos y cámaras de seguridad lo confirmaron, la marca decidió eliminarlo de toda la publicidad y retirar las cajas ya distribuidas para cambiar el logo y que no quedara rastro de él. Pero los disfraces y memes circularon como la pólvora en las redes y en las fiestas, y la imagen cada vez era más y más turbia. Ese fue el fin de su estrepitoso éxito.

Julia está al tanto de toda esta historia, pero lo que no esperaba es que una de sus víctimas fuera de la urbanización a la que se acababa de mudar. Se le ponen los pelos de punta solo de pensar que Sweet Bunny campa por ahí a sus anchas.

—Fue el pasado Halloween, en la urbanización lo celebramos por todo lo alto —le cuenta Pilu.

—Sí, somos así, podemos agilipollarnos como los yanquis, pero si celebras la Semana Santa o propones hacer un paso de procesión, te queman en la hoguera, vamos. Pero el Halloween de los cojones, para sacarnos los cuartos con los disfraces y todas las mierdas que hay que comprar de calaveras e historias de decoración, más los caramelos..., eso sí que le parece bien a todo el mundo.

—¡Paula! —le llama la atención Sara para que deje hablar a Pilu.

Julia sigue escuchando atenta.

—Pues eso, que todo el club estaba decorado de Halloween, habíamos contratado a unos animadores y a un grupo para que cantara canciones de fantasmas, muertos vivientes y vampiros… Lo llevamos haciendo unos cinco años, toda la urbanización puede entrar, pero con el requisito de ir disfrazado para la ocasión.

—Un buen acojone, vamos, porque en las zonas que hay menos luz… —añade Paula.

—Hay todo tipo de público, pero como también van los chavales, incluidos los de veintitantos, estos se emocionan a la hora de empuñar hachas y armas de todo tipo. Y, claro, también se pringan de sangre y cicatrices como si no hubiera un mañana.

—Alguna aprovecha también para pillar: mira a Rocío, la madre de Germán y María, que iba de porno enfermera. Se le había olvidado la sangre, eso sí… —intervino Sara.

—¡Y las bragas! —completa Paula.

—¡Ala! —exclama de nuevo Sara.

A Julia le hace gracia la intervención de Paula, se identifica con ese humor y la manera de hablar tan directa. Aun así sigue atenta la historia, sin perder el gesto de preocupación. Realmente le inquieta el asunto. El camarero se acerca con lo que habían pedido y lo pone sobre la mesa.

—Buenos días, ¿lo de siempre? —les pregunta a las demás.

—Por favor —contesta Sara.

Paula asiente.

—Qué pena que no sea más guapo, porque majo es un rato… —susurra esta última cuando se aleja el camarero.

—Bueno. A ver si me dejan —continúa Pilu, matando con la mirada a su amiga e ignorando su desayuno—, el tema es que no sé si has entrado. —Julia asintió—. Pues imagínate todo: las canchas, las pistas de tenis, las de pádel, los columpios, las gradas, la fuente… Todo lleno de gente disfrazada, la mayoría niños, adolescentes y veinteañeros. ¿A que no sabes cuál fue el disfraz que más se repitió?

Antes de que Julia responda a la pregunta casi retórica, Sara toma la palabra.

—Imagínate cuando llegamos todas con los niños y nos encontramos lo menos veinte conejos de peluche gigantes, no sabes qué miedo. Encima algún idiota se puso sangre de mentira para que chorreara por la boca y los dientes enormes del conejo.

—Cariño, era Halloween, qué quieres… —matiza Paula irónicamente.

—Uno de ellos se llevó al niño —dice Pilu con contundencia—. Pudo comprobarse en una de las cámaras de las farolas de la avenida principal. Lo llevaba agarrado como un koala. En las imágenes se cruza con un montón de gente, pero parecía que el crío estaba dormido y que el padre se lo llevaba a casa. Sin embargo, en el vídeo ambos se pierden en la oscuridad del bosque que colinda con esta parte y hasta ahora no ha habido ni rastro…

—Para bien ni para mal, no como ocurrió con los otros niños —interviene Sara.

—Qué horror —dice Julia, visiblemente afectada.

—No te angusties, que por suerte no tienes hijos —sentencia Pilu.

—Hija, eso que te ahorras —se adelanta Paula antes de que pueda palparse la violencia del momento—. Te doy los míos, que me tienen hasta el mismísimo.

—¡Uy, y yo los míos! Estoy agotada —se suma Sara.

Ese es exactamente el tipo de humor que más le jode a Julia: cuando se bromea sin preguntarse el nivel de gravedad y necesidad de la otra persona. Quizá ella se quedaría con sus hijos. Quizá se comprase un jodido disfraz de conejo blanco para llevárselos a todos. A los de Pilu y a los de sus amigas, para que supieran lo que era no tenerlos. Está tan cabreada que se interrumpe a sí misma antes de que el grupo de mujeres pueda leer su mente por alguna expresión que se le escape y el conejito parezca solo un chiste a su lado. No sería la primera vez, Pilu la conoce bien y sabe que es bastante transparente.

—No tiene niños, de momento —corrige su amiga—. Ha vivido lo más grande y ahora viene aquí a crear una familia y retirarse en su nuevo hogar.

Por la manera en la que reaccionan las demás, Julia duda sobre si ya las ha avisado del tema o si son paranoias suyas y aún existen personas con cierta sensibilidad sobre el tema, aunque estén en vías de extinción.

—Como todas, vamos —responde Paula.

—Algunas los tuvimos antes de venirnos aquí —aclara Sara.

—Hablemos de otra cosa —suelta Pilu.

Julia aparta la mirada para intentar que no noten el enfado, que cada vez le cuesta más controlar, y se topa con el edificio feo que la tiene intrigada. Decide cambiar de tema otra vez.

—¿Qué hay en ese edificio? No son viviendas, ¿no?

Las mujeres miran hacia donde señala. Al ver el bloque al que se refiere, todas miran a Pilu. Parecen pedirle permiso para responder. Julia se fija en su amiga y se da cuenta de que la pregunta la ha pillado totalmente desprevenida y no parece ser un tema del que le apetezca hablar, lo cual da un valor mucho más oscuro a ese edificio del que ya intuía.

16

En lo que el camarero está de vuelta y sirve los desayunos, Pilu mira hacia el edificio de ladrillo y madera en malas condiciones, situado frente a ellas, al otro lado del aparcamiento, y vuelve a armarse de valor para tomar las riendas de una conversación que es evidente que le hubiera gustado evitar. Tanto Julia como las demás prestan atención.

—En su día creo que se construyó para convertirse en una residencia de lujo. Te hablo de los años setenta o así. Mucha gente de pasta de Madrid se hacía aquí una segunda vivienda para pasar el verano y los fines de semana que hiciera bueno, y todo esto se puso de moda.

—Mis padres, por ejemplo —interviene Sara.

—Esto hizo que gran cantidad de gente adinerada conociera la zona e invirtiera, entre otras cosas, construyendo la residencia que, como te decía, era muy top en esa época, pero ahora, como ves, deja mucho que desear.

—Bueno, es que ya no es una residencia, ¿no? —dice Paula con su característica ironía, invitando a su amiga a que siga contando.

—No, no lo es. Duró unos quince años, no más. Por lo que dicen hubo algún chanchullo o lío entre los dueños, varios inversores, y fueron a juicio. Estuvo mucho tiempo requisada…

—Abandonada, vamos… —interviene de nuevo Paula.

—Y al final tuvieron que venderla a precio de saldo para pagar la deuda que tenían…

—Y ahora es… —pregunta tímidamente Julia.

—Desde hace unos años es un centro de presos con problemas mentales, pero tranquila, que a los peligrosos nunca los dejan salir, están completamente aislados. Eso por dentro es enorme. Rara vez te encuentras a alguno, tan solo a los más mayores porque los llevan a tomar un pincho cuando hace bueno. Pero siempre vigilados, y los que son inofensivos, no hay peligro —dice Pilu para que no entre en pánico.

Sin embargo, el gesto de Julia ha cambiado por completo al escuchar a su amiga. El episodio con el anciano en el aparcamiento de pronto deja de ser una anécdota inofensiva. Su expresión muestra el miedo que le da acordarse de su aspecto y de la manera en que habló con ella.

—¿Qué te pasa, he dicho algo?

—No, no.

Por el modo en que su amiga ha reaccionado, Julia se da cuenta de que tiene que trabajar la relación con Pilu. Está demasiado pendiente, actúa con pies de plomo para no meter la pata, como si ella fuese una enferma. Odia que le haga sentirse así.

—Veees…, sabía que te ibas a poner así. Por eso no te lo quería contar, porque entre lo del maldito conejo y esto, te vas a querer marchar y yo te quiero bien cerquita. —Pilu la agarra del codo y se pega mucho a ella, cariñosa.

—De verdad que esta urba es como un pueblito en el que luego no pasa nada… —se suma Sara.

—Bueno, sin contar lo de Fran y Yolanda… —interviene Paula.

—Ay, calla…, unos padres del cole que se divorciaron y él la liaba parda. En la piscina del club nos echaba la caña a todas las madres sin ningún pudor —cuenta Pilu.

—Pero tranquila, que robos no hay ni uno —le señala Sara.

Pese a que la conversación vuelve a ser distendida y en tono más coloquial y animoso, Julia sigue con el gesto torcido. Las demás se dan cuenta y la miran con curiosidad.

—Es que ayer me pasó una cosa muy extraña…

—Lo del de seguridad… —dice Pilu.

—¿Con cuál? —pregunta Paula extrañada.

—No, no —interviene enseguida Julia para evitar tener que abrir otro melón—, con un anciano. —Todas la miran extrañadas—. Bajé a comprar algo al súper y cuando estaba metiendo las bolsas en el maletero, apareció un hombre mayor, de unos setenta y pico años, con una pinta muy rara. Vestía ropa vieja, tenía los ojos muy rojos y el pelo revuelto. Me miró con una cara muy rara… y me dijo cosas que me pusieron los pelos de punta.

—¿Qué cosas? —pregunta Paula.

—Pero ¿y qué te dijo? —insiste Pilu.

—No sé qué del fuego, las llamas…

—¡¡Cómo?! —exclama Paula, alucinando.

—Nada, sería una chorrada. Si están pirados…

—¿Qué te explicó exactamente, va? —la interroga de nuevo Pilu, esta vez con mayor contundencia.

Julia se esfuerza en recordar el momento con la mayor exactitud posible para ser lo más fiel y textual a las palabras que el hombre pronunció.

—Fue como un aviso. Primero me miró muy serio y me dijo: «Las llamas…, ten cuidado con ellas o acabarás ardiendo». —La expresión de las mujeres se tensa al escuchar la frase—. Creo que fue eso literal, negaba con la cabeza mientras lo decía, y después añadió: «El fuego se lo lleva todo por delante». Y, por último, que todo serían cenizas, todo cenizas o algo así….

De pronto el grupo de mujeres palidece. A Paula se le cae el tenedor que tiene en la mano. Y a distintos tiempos, lentamente, como si de una coreografía se tratase, una a una miran a Pilu. Es evidente que esta vez sí que hay algo realmente grave que Julia debe saber.

—Creo que sabemos por qué te lo decía —dice por fin su amiga.

17

Esta vez a Pilu le cuesta más arrancar. Se toma unos segundos y finalmente pregunta:

—¿No sabes lo que ocurrió? —le dice a su amiga.

—Obvio que no lo sabe, no creo que te cuenten eso cuando te van a vender una casa aquí —indica Paula con chulería.

—Un terreno —corrige Pilu.

—Pues un terreno, me da igual —contraataca.

—Es que llevamos una temporadita fina… —dice Sara.

—Hace tiempo ocurrió algo horrible. Hubo un incendio…

—No fue solo un incendio y tampoco sucedió hace tanto —especifica Paula.

—Bueno…, resumiendo, hubo un incendio. —Pilu hace un gesto a Paula para que no insista—. Un verdadero drama…, porque fue provocado y, por desgracia, afectó a algunos vecinos.

—Un pieza que… —sigue Paula.

—Vamos a dejarlo… —la interrumpe Pilu.

—Se organizó una buena, porque también se quemó un gran trozo de monte —sigue Sara.

Julia no es capaz de decir nada. Se ha quedado blanca y no quiere saber más detalles.

—Ya te digo que fue hace bastante… —interviene Pilu de nuevo al rescate.

—Por aquí hay mucho *piraómano*… Perdón, no he podido evitar el juego de palabras —se justifica Paula.

—Mira, de verdad te lo digo, aquí puedes estar tranquila. No hay ni un robo ni una pelea ni nada de nada, te lo digo de verdad —afirma Sara para calmarla.

—Pero ¿no te enteraste?, si salió en todos lados —insiste Pilu.

—Pues no, no sé… igual lo vi, pero no me enteré de que era aquí… entre los vuelos, la casa, lo de mi madre y… —Se hace una pausa incómoda—. He estado bastante ausente, la verdad.

En ese momento llega Eva, la amiga que faltaba. Antes de caer en la cuenta de que está también Julia, comienza a hablar muy acelerada, visiblemente alterada.

—Perdonad, pero vengo infartada. Es que no sabéis lo que me ha pasado… Resulta que después de dejar a los niños en clase, me ha pillado Araceli por banda, dándome el coñazo, para convencerme de que los apunte a la extraescolar de música en la hora del recreo… Ya le he dicho que no, que los niños son niños y tienen que jugar también, que me lo recuerde el año que viene, y que si no, ya habrá tiempo… Bueno, pues como ya venía tarde, he vuelto al coche a toda leche y, al sentarme en el asiento, me ha parecido notar algo detrás de mí… Llamadme loca, pero por un momento he pensado que el puto conejo estaba escondido en el asiento de atrás y que iba a matarme, igual que a la que salió en televisión. La que tenía el coche con los cristales *tintaos,* que la estaba esperando detrás, escondido, y le dio un golpe en la cabeza para quitarle el coche y llevarse ahí a su hija pequeña. Lo hizo para poder salir después tan tranquilo por la garita de seguridad de la urbanización de lujo donde vivía sin que nadie sospechara…

Pilu mira a Julia y por la expresión que tiene en la cara, se da cuenta de que todos sus esfuerzos por mantenerla al margen de lo ocurrido en la zona han fracasado.

18

Después de entrar por la puerta principal de su casa y girar la llave con tanta fuerza que por poco consigue darle una vuelta más de la que es posible, Julia llama a su marido para contarle todo de lo que se ha enterado en el desayuno. Querría haberlo hecho mientras volvía a casa a pie, pero se le había hecho bastante «cuesta arriba» literalmente, y no hubiera sido capaz de articular palabra. Al tercer tono sin obtener respuesta sospecha que Rubén no se lo va a coger. Cuelga, no quiere insistir, sabe que estará trabajando y que no puede contestar. Sin embargo, en menos de un segundo, cambia de opinión y lo llama de nuevo. Si lo tiene delante, que por lo menos vea que necesita hablar con él, porque ¿y si alguna vez lo hace por una necesidad real, una urgencia, y ocurre algo grave por no responderla? Al cuarto tono cuelga mosqueada. Pasa, no quiere estar encima. Ya ha hecho lo que está en su mano, verá la llamada y se la devolverá cuando pueda o le dé la gana. Cuando le sucede esto, ni se plantea escribirle o dejarle un mensaje, porque sabe de sobra lo que ocurrirá después: que pasará el resto de la tarde esperando una respuesta, mirando el móvil cada dos minutos para ver si lo ha leído o no. Odia entrar en ese juego, y hace que se sienta débil. No quiere parecer una víctima, una pobrecita dependiente que no sabe hacer nada sin él o sin su aprobación. Se niega. Quiere disfrutar también sin su marido.

Para conseguir olvidarse, sabe que la mejor terapia es estar entretenida, así que decide organizar bien el vestidor. «Lo primero es lo primero», piensa para sí misma bromeando. No le cuesta decidir dónde colocar las prendas y reconocer de un vistazo las que considera que deben ir en otro lugar. La tarea se le hace amena, encuentra cosas que ni recordaba que tenía y se da alguna que otra alegría cuando al probarse un trapito de hace siglos, comprueba que le queda incluso mejor que cuando era una cría.

Aunque la verdadera clave es la conversación que entabla consigo misma en voz alta. Si no le va a contar nada a su marido, verbalizarlo, haciendo las valoraciones pertinentes, es la mejor terapia. Disfruta desahogándose, es una verdadera experta. Lo hace hasta cuando va a hacer la compra. Está tan acostumbrada a ello que es muy frecuente que alguien se quede pasmado al verla, pensando que se le ha ido la cabeza totalmente. Y es que, en resumidas cuentas, menuda presentación en sociedad ha tenido. No ha faltado detalle. Durante el desayuno ha sufrido una emboscada en toda regla, aunque, al final, con tanta historia, a cada cual más turbia, le habían hecho un gran favor porque ahora tiene muy claro que donde más segura se siente es en su casa. Lo más desagradable fue la pregunta que le hizo Eva, la que llegó al final, nada más presentársela. Por supuesto, antes le hizo la del millón: si tenía hijos. Ella le contestó que no, que no tenía ninguno. Así que Eva puso la guinda.

—¿Por qué no os animáis a tener hijos? Los niños dan mucha alegría y necesitamos vidilla... —le había soltado con todo su coño.

Por acostumbrada que esté, es inevitable que a veces reciba este tipo de preguntas o comentarios como un puñetazo fuerte en el estómago lanzado a mala fe cuando el árbitro se despista en el ring. Le habían entrado unas ganas enormes de ponerse a llorar, pero no les regaló esa comidilla. Por años que cumpla, con todos los casos que hay, sigue sin poder entender cómo hay tanta gente que todavía hace preguntas relacionadas con la paternidad y la maternidad con tanta ligereza, sin conocer las circunstancias de la persona a la que se ha «agredido». Porque para ella no es otra cosa que una agresión. Demuestran tal falta de sensibilidad y de empatía que le cuesta creer que alguien pueda hacerlas de una manera tan trivial. Con la de mujeres y hombres que no pueden ser padres... Aunque quiere creer que no siempre es a propósito y se consuela pensando que debe ser porque muchas veces uno no cuenta el problema y los demás no son conscientes o no lo tienen presente. Si bien esto ya no debería ser una excusa, con la de casos que hay y lo mucho que se habla de ellos en los medios. Además, por otro lado, ¿y si hubiera decidido que no quería ser madre? ¿Quién era Eva, a quien acababa de conocer, para valorarlo diciéndole que se tenía que animar? ¿Acaso esa vidilla y alegría de las que hablaba no se podían obtener sin parir? Ella había sido muy feliz tanto los años que había estado soltera como los que no. Es un tema de prioridades, de decisiones en la vida, y hay que tener libertad para decidir sobre la tuya sin ser juzgado ni sufrir valoraciones de pacotilla, más aún sin conocer los detalles. ¡Hay que ser más prudente, joder! Y eso que siendo amigas de Pilu, está segura de que formarán parte de lo mejorcito de la zona.

Después de todas las historias, a cada cual más siniestra, y esa puntilla, le había costado la vida disimular su evidente negativa cuando le pidieron que se apuntara a pilates con ellas. «Es nuestro ritual, como una terapia. Te va a encantar», le habían dicho. El hecho de que necesitara el carnet de la urbanización y una serie de trámites jugó a su favor para dejarlo en el aire, para «cuando me instale en condiciones». Ni loca se apuntaba; era precisamente lo que quería evitar: meterse de lleno en el grupo de madres, encima sin serlo, para llevarse todo lo malo sin disfrutar de lo bueno. Prefería seguir a su bola y ver a Pilu tranquilamente cuando le apeteciera.

Al fin y al cabo, en este instante, lo que ocupa su cabeza es la sucesión de acontecimientos extraños que le han pasado desde que llegó a su nueva casa y la posible relación con todos esos hechos horribles que, en realidad, no deberían tener nada que ver. Pero lo cierto es que ahora, cuando le viene la imagen de un fuego, con sus llamas, el humo y la ceniza, se pone mala. Piensa otra vez en su marido, cuando regrese y empiece a fumar a escondidas, y eso le recuerda al vigilante encendiendo su cigarro y con la vista fija en ella. También le viene a la cabeza la llama que había visto por la noche, que parecía un mechero encendido. No quiere echar más leña al fuego dándole vueltas a lo raro que es el tal Jacinto o a lo sexy que era el chico que la miraba desde el monte anoche… Sin duda la llama tendría que ver precisamente con eso: un chaval fumándose un cigarro a escondidas o alguien saliendo a fumar para no dejar el olor en casa. Si no le hubieran contado la historia del incendio, no le resultaría tan inquietante.

Llaman al telefonillo y suena un par de veces más hasta que llega a la pantalla desde donde se ve la calle. Mira y pregunta, pero no ve nada ni responde nadie. Abre la puerta de la entrada y pregunta de nuevo desde ahí; al hacerlo se fija en que hay un sobre marrón tirado al lado del buzón. El repartidor ha debido de lanzarlo. Al cogerlo se fija en que no pesa nada, no tiene remitente y tampoco destinatario. Lo abre y no hay nada. Mete la mano y toca algo suave, entonces saca los dedos y descubre que los tiene grises. Vierte parte del interior sobre su otra mano y se da cuenta de que lo que hay dentro son cenizas. Julia corre hasta la puerta otra vez, la abre y mira hacia ambos lados de la calle para ver si descubre a la persona que lo ha dejado, pero no hay ni un alma. Cierra y vuelve a entrar en la casa con la duda de si se trata de un error o si realmente alguien se lo ha lanzado y con qué intención.

19

Julia está sentada en mitad del suelo del vestidor con las piernas cruzadas, el móvil en la mano y mirando hacia el lucernario que hay en el techo, como si el cielo encapotado fuera a darle la respuesta que necesita a la pregunta que lleva haciéndose los últimos cinco minutos: ¿debe llamar a Pilu para contarle lo que acaban de dejarle en su casa o se convertirá en carne de cañón para tener a su grupito de amigas cotilleando y todo el día pendientes? No, ni hablar. Cuanto más lejos las tenga, mejor.

La pantalla del móvil se ilumina y suena el tono de que ha llegado un nuevo mensaje. Piensa que es su marido y se pone contenta, pero la alegría se desvanece al segundo cuando comprueba que se trata de la notificación de una llamada perdida. No lo entiende, alguien ha llamado y no ha podido ponerse en contacto con ella cuando el teléfono ni siquiera ha sonado. Como si hubiera estado comunicando o no tuviera cobertura. Mira y confirma que sí la hay. Un mensaje aparece en la pantalla. Es de la empresa de domótica para avisarla de que al día siguiente por la tarde irán a instalar las cámaras. Al final del texto adjuntan un teléfono para cambiar la cita. Aunque le hubiera gustado tener noticias de Rubén, que vayan a instalar el sistema de videovigilancia es una buenísima noticia.

No baja a comer hasta pasadas las tres, aunque suele tener un horario de lo más europeo. Pero, al final, cogió carrerilla y se puso a redistribuir también la ropa de Rubén y todos los complementos. Se le ha echado el tiempo encima. Repite el gazpacho y se prepara una ensalada rápida. Decide salir a la mesa del porche, aprovechando que el día está bastante nublado y no tiene riesgo de ponerse como un cerdito rosado en cuestión de segundos.

Mientras mastica se fija en el paisaje, no vislumbra a nadie caminando por una ruta que, según ha cotilleado por internet, transita mucha gente. «Habrá que ver el fin de semana», piensa. Un montón de pájaros sobrevuelan la zona. Se queda ensimismada observando cómo pasan de largo, pero su cabeza le juega una mala pasada y vuelve a mirar el móvil en busca de noticias de su marido. No parece que haga caso a las llamadas que le ha hecho. Se enfada porque él sabe de sobra que le sienta fatal que haga eso, se lo ha dicho mil veces.

—Vale que quieras ser muy profesional y no mirar el móvil, bravo por ti. Pero si tu mujer está sola… ¿Y si me pasa algo? —le reprochaba siempre.

—Pero qué te va a pasar a ti... ¡Si el peligro eres tú!

Su marido siempre ha sido especialista en huir de los conflictos. «Para unos días que estamos juntos, ¿para qué vamos a discutir?», le solía decir. Eso la desesperaba, pero acababa entrando al trapo y a los cinco minutos volvían a estar enredados en el mejor de los sentidos.

Entonces escucha una voz familiar tarareando una canción que le recuerda a su madre y también a su abuela. Se le pone la piel de gallina, está visiblemente emocionada. Sabe que la escuchaba cuando era una niña y los recuerdos regresan como ráfagas a su mente. No necesita estirar el cuello para saber que es Laura, la vecina. Pero le encanta espiar y se asoma levemente para ver a la mujer bajando por la parcela, junto a su perro, hasta que llega a la parte final, la que justo pega con el campo.

Hasta ahora no ha prestado atención a esa parte del jardín de su vecina y le llama la atención que esté mucho más descuidada que la parte de arriba y la zona que tiene a la altura del porche. Solo hay alguna encina intercalada entre la maleza y plantas silvestres que decoran la pendiente. Abajo del todo hay una valla de simple torsión en condiciones reguleras y una especie de construcción o muro de ladrillo de poco más de medio metro. Ya le había dicho que ella no tenía energía y quizá tampoco presupuesto, así que no le extraña que lo tenga más dejado, demasiado terreno para mantener y regar una sola persona. Hay también una zona donde la valla se encuentra tumbada totalmente y el exterior se integra a la perfección con el interior. Cualquiera puede entrar y Laura está de lo más relajada, lo cual a ella le proporciona mucha tranquilidad. La mujer deja de cantar para hablar al perro cariñosamente. Después le lanza una pelota y el mastín ladra y mueve el rabo.

—Chisss… No ladres, que molestas…

Julia sonríe, le encanta la vitalidad que desprende esa mujer. En un momento histórico en el que la salud mental es un verdadero estigma, le da esperanza descubrir que es posible vivir al margen de conflictos e historias que nos la complican cuando en realidad no son importantes. Ese instante es todo lo contrario a lo que ha vivido durante el desayuno. En los veinte minutos que pasó con Pilu y sus amigas le pareció que se había ido a vivir a un lugar mezcla de *Dinastía* y *Falcon Crest* con el pasaje del terror, pero si mira a su vecina Laura, le parece que está en *La casa de la pradera*. Siente la necesidad de concentrarse en eso y creer que es posible. Aunque se da cuenta de que mucho tiene que ver con que su vecina es de otra generación y que ha crecido sin tantas necesidades impuestas, esas que parece que hay que seguir para alcanzar la felicidad más allá de lo superficial. Esa felicidad que parece que se evapora enseguida. Sin duda, Laura es todo un modelo a seguir, pero, aunque la vea feliz y en paz consigo misma, también le asusta la idea de terminar tan sola como ella.

Antes de recoger la cocina, Julia enciende la televisión desde el móvil para ver las noticias mientras descansa un rato tirada en el sofá. Cuando se gira para dejar todo en la pila, la imagen que refleja la cristalera le hace soltar el plato, que se hace trizas en el suelo. Aparece lo que está emitiendo la televisión de ochenta pulgadas. Las llamas de un incendio se mezclan con la visión del monte y, a bote pronto, le ha parecido que el fuego se estaba acercando a su casa.

Cuando se le pasa el susto, abre por la parte de la cocina, deja todo sobre la pila y, mientras busca una escoba y el recogedor, se gira para seguir viendo las llamaradas, los árboles y las casas calcinadas, los cielos negros por el humo, las cenizas, los bomberos desesperados luchando por apagar un fuego y demás tragedias que están emitiendo. La sucesión de planos está acompañada por la voz de un reportero que habla sobre la eterna ola de calor y el mayor número de incendios que persisten durante días y semanas. El titular que aparece escrito en la parte inferior de la pantalla es «El cambio climático y sus consecuencias». Julia se queda hipnotizada por las llamas. Le arde la cabeza. Va a por el mando y apaga la televisión. Con este acto desaparece la sensación de ahogo. Termina de recoger y se maldice por no tener aún una chica en casa que se ocupe de ese tipo de cosas.

El sofá está formado por módulos a uno y otro lado de un mismo respaldo. Una parte mira hacia la chimenea y la televisión y la otra hacia las privilegiadas vistas. Julia mete las cuatro cosas que ha usado para comer en el friegaplatos y después se sienta de cara al campo. La montaña de cojines que ha colocado antes de tirarse abraza sus riñones y lo agradece hasta límites insospechados. A pesar de que había tenido una hernia y sabía perfectamente que cualquier día podía pasarle factura, pecaba de poco prudente. Mismamente esa mañana, en que ha ordenado los kilos de ropa que tienen entre su marido y ella.

Mira por encima las noticias del día en una aplicación donde se encuentran las versiones digitales de algunos de los principales periódicos del país. Antes de caer en una depresión, opta por cerrarla y abrir Instagram. El día anterior solo lo había consultado durante una hora. Es su récord y se siente orgullosa de estar consiguiendo pasar mucho menos tiempo enganchada. Y es que había decidido reducir el tiempo considerablemente y mantenerse al margen. Antes se pasaba el día viendo las publicaciones de las mamás perfectas con sus bebés pluscuamperfectos dando clases sobre qué tenían que hacer el resto de las mortales para conseguir ser tan perfectas como ellas. No podía ser, se negaba a estar tan pendiente de tantísima chorrada.

Hablando de madres perfectas, le aparece la foto de Vanesa, su otra vecina, la que vive en Colombia junto a su familia, la que siempre tiene que ser la reina del cotarro. En la publicación sale con su característico tono de piel extremadamente moreno-anaranjado, la melena por los hombros cada vez más dorada y llena de estudiadas ondas alrededor de la cara, los ojos claros enmarcados por unas cejas tatuadas. Los labios son cada vez más carnosos y se pregunta si es por culpa de los filtros o porque se le está yendo ya un poquito la mano. Siente náuseas al verla, pero al leer el texto que acompaña a la imagen, la arcada se le corta de golpe.

20

Julia está a punto de pellizcarse para cerciorarse de que no se trata de una pesadilla. Vuelve a leer el texto: «Aquí una que está ultimando los preparativos para volver a… ¡mi Madrid! ¡Preparaos!». Y después de veinte emoticonos a cada cual más bobo escribe unos cuantos hashtags tópicos a tope: #lovemadrid, #deMadridalcielo, #HogardulceHogar. La fecha de la publicación se remite a varios días atrás. Mira que Vanesa le había advertido de que probablemente vendrían al cumpleaños de la madre de Javier, pero había querido olvidarlo en su afán de evitar las interferencias que la despistaran de su compromiso consigo misma de encontrar la paz que necesitaba para formar una familia y un hogar. Pero en ningún caso se imaginaba que sería justo cuando se mudaban ellos, qué mala suerte. Encima, seguro que insistirían en pasar a ver cómo estaba la casa y advertirían mil cosas a medias. Disfrutarían de lo lindo apuntando las diferencias evidentes entre los lujos y detalles, los materiales y proporciones por los que habían tenido que optar ellos en comparación con su vivienda, que parecía un centro comercial de Dubái. Por supuesto que también presumirían de lo maravilloso que era todo en Colombia, y Vanesa tendría tiempo para sacarle el tema estrella: su problema para tener hijos. Pondría su voz suave y repetiría «cariño» antes y después de cada palabra. Ya se cuidaría de hacerla sentir inútil y fracasada, y después le mostraría a sus tres niños rubios para terminar de rematarla.

Lo que más le jode es que quieran competir cuando ni Rubén ni ella han luchado nunca por superarlos, ni siquiera por estar a su altura. Era absurdo, porque su recién estrenada casa de diseño domotizada es un chiste comparada con la de Javier y Vanesa, que parece una nave espacial de todo lo que se puede hacer a nivel tecnológico. Es consciente de que Rubén y ella no son millonarios ni mucho menos, simplemente han sabido aprovechar las circunstancias: ha trabajado mucho, han tenido suerte, pero también han sido listos y han sacado la mayor rentabilidad a su esfuerzo. Por lo demás, ahora tienen una bonita hipoteca, así que, aunque quisieran, no podrían alcanzarlos, y Javier y Vanesa lo saben perfectamente. No solo compiten en el plano económico. Sus vecinos saben que están muy por encima de ellos. Javier ha sido diputado de la Comunidad hasta hace relativamente poco y está muy bien relacionado, aun así necesitan imponerse y reafirmarse a cada segundo.

Es cierto que por muy buenos amigos que fueran, Javier y Rubén siempre estaban compitiendo. Toda la educación que tenía Javier se transformaba en prepotencia cuando se trataba de negocios y de alardear delante de su marido, consciente del daño que le hacía. En resumen, que Vanesa y Javier siempre consiguen lo que quieren y por eso Rubén y ella están en deuda con ellos. Julia fue quien encontró y se enamoró del terreno, pero fue Javier quien consiguió que les dejaran construir en él y agilizar el papeleo para que pudieran hacerlo cuanto antes sin esperar los plazos eternos que suelen sufrir el resto de los mortales de la zona.

Vuelve a mirar la foto en la que Vanesa, además de sonreír hasta donde parece imposible, no muestra ni un maldito poro en la cara. La odia, sobre todo porque tiene tres hijos a los que no debe hacer mucho caso con tantísima vida social y compromisos que tiene en Colombia. Tres, hay que joderse. Ya les podrían dar uno a ellos, ¡qué injusta es la vida! «Ojalá se estrelle el avión», piensa en un pronto. Hasta ella misma se sorprende. Enseguida se siente mal por los niños. Qué culpa tienen ellos, sobre todo la bebé.

Julia vuelve al muro del perfil de su vecina y desliza el dedo hacia abajo para ver las fotos recientes de Estrella. Es una niña preciosa. «A la tercera va la vencida», escribía su madre bajo la foto en la que la mostraba recién nacida por primera vez. Ella siempre quiso una niña y tenía tanta suerte que al final la había tenido. Julia echa humo por las orejas. Precisamente, en ese momento, escucha ruidos justo al lado de la mansión de sus «amigos».

¡No puede ser que ya estén aquí! Corre hasta el baño del salón y se asoma con cuidado a la ventana que da a la parcela de Javier y Vanesa. No consigue ver nada fuera de lo normal, más allá de la enorme estructura de piedra natural, mármol, madera color roble y cristales tintados. Regresa donde la cristalera y sale fuera. Por suerte, sus ostentosos amigos sí plantaron enormes pinos y cipreses en los laterales en busca de una mayor intimidad. Ahora le sirven a Julia para avanzar sin ser vista y poder observar sin reparo.

Los ruidos no cesan. Escucha un motor, que no alcanza a saber si lo localiza arriba de la parcela o más a su altura. De lo único que está segura es de que le ha sonado «lejano». Después escucha un golpe, como si cayera algo de peso, y unas pisadas. Julia cruza los dedos para que no estén de vuelta. Eso sí que le parecería terrorífico y no los incendios y los conejos asesinos.

Sale al jardín y escucha cómo una puerta rechina al ser abierta en ese lateral, sube sigilosa unos cuantos peldaños de las escaleras para ver si, desde lo alto, es capaz de averiguar qué están haciendo. Se pone de puntillas y descubre que hay una puerta pequeña abierta en la zona de más abajo. No recuerda qué había ahí cuando les hicieron el *house tour*, pero tenía que ser algún cuarto de instalaciones o similar. Da otro par de pasos para conseguir divisar algo más cuando, desde el interior, aparece un hombre que está arrastrando algo por el suelo. Antes de que Julia pueda reaccionar, el desconocido se yergue y la pilla espiándolo descaradamente. Es muy alto y tiene sus ojos oscuros clavados en ella de una manera inquietante.

21

El hombre lleva una gorra puesta del revés y sigue manteniendo la mirada a Julia, que se ha quedado pálida. Más cuando advierte que él desvía los ojos hacia su top. Se maldice por haber salido sin sujetador, aunque desde donde está no cree que pueda ver mucho. Lo cierto es que hay una valla de más de dos metros entre los dos. No obstante, no puede evitar sentirse intimidada, aun así intenta mantener la calma y disimula con naturalidad.

—Hola, ¿qué tal? —exclama sonriente.

—Hola —responde él con un tono seco.

—Estaba mirando, porque... es que nos acabamos de mudar y...

—¿La puedo ayudar en algo?

—Pues sí, la verdad..., ¿es usted jardinero?

—Sí, señora. Jardinero y de mantenimiento. —Julia sonríe para sus adentros—. También les llevo la piscina para que esté impecable todo el año.

—Ah, ¡qué maravilla! Eso me había parecido, sí. Eso es. Precisamente nosotros somos muy amigos de Javier y Vanesa. Tenemos que buscar también una empresa de jardinería y piscinas, así que...

—Pues si me da un teléfono, los llamo y si quiere les explico lo que hago, las tarifas...

—Eso sería fantástico, pero mejor llame al telefonillo, que solemos estar en casa. Si no, ya le abordaré yo otro día, como hoy. —Se ríe sola forzando la gracia mientras suplica que sea un día que esté su marido.

El jardinero permanece muy serio, con la misma profundidad en la mirada.

—Pues cuente con ello. Estos días tengo que venir más para que esté todo a punto. En cuanto tenga un rato, me paso.

—Muchas gracias, encantada.

—Igual. Soy Karim.

—Julia.

Él vuelve a inclinarse para meter algo, que Julia no alcanza a ver, dentro del cuarto.

—Qué grandes son todos aquí, madre mía... —susurra mientras regresa al porche.

Ahora tendrá que elaborar un mínimo discurso sobre lo que piensan hacer en el jardín y demás si no quiere parecer una idiota, en el caso de que llame y Rubén esté fuera todavía. Aunque siempre puede darle el número de su marido para que hable con él, tendría que haberlo hecho, pero ha sido todo tan repentino que ha salido del paso como ha podido.

Saca el móvil y confirma que sigue sin tener noticias de Rubén. Con lo fácil que es dar señales de vida, mandando algo, aunque sea un emoticono o un simple corazón, y ya estaría contenta…, menos sola.

Al levantar la vista, frente a ella, se topa con la encina de tronco enorme e inmensos brazos sin hojas. En una de las ramas hay de nuevo varias palomas mirando en su dirección, todas muy quietas. Otra llega volando y se posa en el otro extremo. Se les unen gorriones, más palomas y otros pájaros negros, más pequeños que los cuervos, pero igual de siniestros. En menos de un minuto hay por lo menos cuarenta ejemplares de distintas especies, todos ellos mirando hacia la casa. Julia traga saliva, parece una estampa sacada de una película de terror. Solo espera que no estén pendientes de ella para beber en la piscina en cuanto se meta en la casa, ¡qué asco! Así que comienza a dar palmas con fuerza, tanta que se hace daño, pero consigue que levanten el vuelo. La nueva propietaria sonríe orgullosa, siguiendo con la mirada a una de las últimas palomas que se alejan, hasta que divisa al chico con la capucha caminando por un claro del bosque y mirando en su dirección. Ella aparta los ojos rápidamente y se queda en el sitio e intenta disimular, para que no parezca que lo ha visto y que sabe que está ahí. Se gira y lo vigila en el reflejo de la cristalera. Su silueta no está nítida, pero advierte que posee un cuerpo atlético. Entonces, de un impulso, entra en la casa, cierra y sube las escaleras hasta el despacho de arriba, en el extremo opuesto a su habitación, junto a la casa de Javier y Vanesa.

El enorme ventanal, que queda por encima de la mesa de escritorio, está tapado por unas cortinas de lamas, en color crudo, como las de su habitación. Se pega a la esquina y se asoma levemente entre ellas. La luz de la tarde se cuela y dibuja las rayas sobre su rostro. Desde ahí sigue vigilando al chico, que continúa mirando al frente, justo donde estaba Julia antes. El sol hace efecto espejo en los cristales, con lo cual desde fuera es imposible que alguien se dé cuenta de en qué zona de la casa se encuentra. Esa ventaja le gusta, ahora es ella la que mira sin tapujos: esta tarde la sudadera del muchacho es granate, lleva un pantalón negro muy corto que deja al descubierto unas piernas muy largas y atléticas. Desde ahí aprecia que tiene una espalda enorme pero cara de niño. Aunque solo puede apreciar, y no demasiado bien, el labio inferior y la barbilla.

Después de unos minutos en los que él está descendiendo despacio, se da cuenta de que debajo de la sudadera no lleva nada. Se ha bajado más la cremallera y puede apreciar las líneas de la zona alta del pectoral y el comienzo de los abdominales. Le encantan los hombres musculosos. El chico deja de mirar tanto al frente y parece buscar algo por el suelo, quizá setas o espárragos, pero de vez en cuando levanta la vista hacia la casa, aunque está claro que ya no es su prioridad.

Cuando el muchacho está más a su altura, lo que parecía borroso se va concretando más. Se acerca a un arbusto y se baja un poco los pantalones, pero estos se le escurren hasta casi la mitad del muslo. Julia toma aire, su respiración se acelera. Se siente turbada, por un momento incómoda y a la vez no puede dejar de mirar. Piensa que se encuentra frente a un pervertido que se muestra sin importarle si violenta o no a la otra persona, como si fuese un viejo verde. Sin embargo, el chico realiza sus movimientos de una manera natural. Si lo piensa bien es ella la que le espía a él y no siente, por tanto, que lo esté haciendo para ella, sino que, posiblemente, está dando un paseo por el campo y se ha parado para mear tan a gusto. Eso es al menos lo que se dice Julia para seguir mirando sin pudor. Se fija en su miembro y descubre que su tamaño está muy por encima de la media. O el joven está algo contento o todo lo tiene proporcionado, pues más o menos debe medir uno noventa. No sabe si es por lo que está viendo o por el morbo que le da saber que ahora es ella quien observa, pero está muy excitada.

Julia espera a que en algún momento el chico mire de nuevo hacia la casa y cuando lo hace, tira de las lamas hacia un lado para dejar la ventana despejada y llamar su atención. Cuando está segura de que la ha visto, Julia se dirige a la puerta y sale corriendo al pasillo. Da la luz para que él pueda diferenciar bien el recorrido. Entra en su habitación y se sienta en la cama. Aunque desde ahí no puede verlo, porque está a una altura más baja, abre la cristalera y enseguida lo ve mientras sube a zancadas a lo alto del monte. Aun así, ella sigue actuando como si no supiera que está ahí. Se quita el top y se queda con los pechos al aire. Sabe que el campo de visión del chico no le permite ver los pies de la cama, pero sí la parte superior.

Así que se tumba en ella. Desde ahí apenas divisa la parte de arriba de la capucha, pero sabe que la está mirando y que desea con todas sus fuerzas ver lo que está haciendo, que le gustaría estar ahí para poder sobarla. Eso es lo que a ella le gustaría. Julia se toca, imaginando que él está en la habitación, en la esquina, pero sin poder acercarse ni tocarla. Aunque en esa posición no puede observarla, se masturba para él. Entonces se incorpora y se penetra con mayor intensidad. Tiene los ojos cerrados, pero los abre lo suficiente para ver que el muchacho intenta mirarla. La confirmación de su deseo hace que se corra enseguida. Aunque no haya visto más allá de sus pechos, Julia se cerciora de que tras los espasmos de su cuerpo y después de dejarse caer sobre la cama, él sepa que ha terminado.

En cuanto su respiración recupera el pulso normal, recobra la razón. Todo lo divertido y sexual, ese morbo salvaje desaparece al instante para dar paso a una especie de vergüenza y a un elevado sentido del ridículo por la sensación de que la situación se le ha ido de las manos. Pese a que no desea darle importancia y quiere tomárselo como un momento divertido e inofensivo, no puede evitar preguntarse por qué ha tenido que hacer algo así. Desea con todas sus fuerzas que su marido vuelva ya. Decide actuar como si nada hubiera pasado, se levanta de la cama tranquilamente y se encierra en el baño para lavarse sin reparar en el chico. Sin embargo, no sospecha que no le va a resultar tan fácil ignorarlo.

22

Después de cenar y de revisar a conciencia que todos los accesos de la casa estén cerrados, Julia vuelve a la fortaleza en la que ha convertido su dormitorio para meterse en la cama. Mirando al techo, piensa que ha sido un día «completito», para olvidarlo, vamos. Estira la mano hacia el hueco de Rubén; no puede estar más tiempo forzando un enfado cuando lo que quiere es que regrese. Lo echa mucho de menos y se le empañan los ojos al pensar que cuando amanezca todavía le quedará un día y una noche enteras en soledad hasta que él esté a su lado. Se le está haciendo interminable. Agarra el móvil, que ha dejado sobre la mesilla, y, cuando está a punto de escribir un mensaje, aparece una videollamada entrante. Julia se seca las lágrimas corriendo al ver que es él y enseguida acepta.

—¡Hola, mi amor!

—Hola —dice ella mimosa, haciéndose notar.

—A ver…, ¿qué te pasa a ti? —Julia pone morritos, le gustaría montarle un pollo, pero está encantada, necesita mimos—. Cariño, he tenido un día de perros. No te imaginas, problemas en todos lados. Ya te contaré…, no me mires así, me gustaría estar ya ahí. Estoy hasta los huevos. No me lo pongas más difícil. —Para un segundo y sigue hablando con un tono mimoso similar al que emplea ella—. ¿Me quieres?

—Mmmm…

—¿No me quieres?

—Sííí…

—¿Cuánto?

—Mucho, ya lo sabes.

—Pues yo más. Nunca lo dudes. No sé qué pasa por esa cabecita, pero me preocupa que pienses que no quiero estar ahí o que no te dedico el tiempo suficiente porque no me da la gana…

—Si ya lo sé… —interrumpe ella.

—Es que es una putada, cada vez nos exigen más y las condiciones son peores…

—Pues como a todo el mundo…

—La última es que ha caído con covid también Luis, pero tranquila, que ya he dicho que yo más días no me puedo quedar. No hay opción, me da igual. Yo ya he cumplido. Pero, bueno, que no te quiero aburrir. ¿Has pasado buen día?

Julia está tentada de contarle toda la conversación del desayuno, pero prefiere omitirlo. A punto de dormir, no le parece la mejor idea sacar todos esos temas de nuevo. Sin embargo, al acordarse de alguno de los detalles que le habían dado las chicas del incendio en la urbanización y del conejo llevándose al niño agarrado, le vuelve el mismo miedo bloqueante de la noche anterior. Ya se lo contará relajadamente cuando esté ahí.

—Sí, no ha estado mal, pero es que tengo ganas de que vuelvas para que estemos aquí los dos juntos y estrenarlo todo...

—Ya, joder, con lo que nos ha costado. Estar ahí es una pasada, ¿no? Como siempre lo he visto empantanado, lleno de obreros y de mierda o sin muebles, me cuesta aún imaginármela como una casa..., como un hogar.

—Para eso faltas tú y..., ya sabes... —Julia se contiene, ambos saben lo que quiere decir—, pero lo será, encontraremos la manera. Tú solo preocúpate por volver.

Los dos se miran nostálgicos hasta que Julia rompe el momento idílico, hay algo que la descoloca por completo.

—¿Dónde estás?

—En mi habitación, ¿por qué?

—No, como solo veo el fondo blanco...

—Es muy minimalista, muy moderno. Ya sabes...

—No es eso, ¡que te he pillado! Se acaba de colar el humo, estás fumando. Así que apaga el puto cigarro, no solo por tu salud, sino para que no te encierren. Que ahí te la cortan por fumar.

—Joder, no me pasas ni una —dice Rubén dando una última calada al cigarrillo.

Julia observa sus labios absorbiendo la nicotina y cómo el humo sale a cámara lenta.

—¡Apaga! —le ordena.

La cámara del móvil de Rubén de golpe enfoca al suelo.

—Te tengo que dejar, cariño, en nada estoy ahí. Te echo mucho de menos.

—Yo también. —La imagen vuelve a enfocar la cara de su marido.

—En nada estoy ahí, piensa en eso.

—¡Ah! Mañana, si te portas bien, tienes premio, que vienen a... —Rubén ha terminado la llamada—... poner las cámaras —termina diciendo para sí misma.

Julia se queda unos segundos con el teléfono en la mano y después lo vuelve a dejar sobre la mesilla. La despedida ha sido precipitada, pero no piensa dar rienda suelta a su imaginación. Decide aparcar su extrañeza e inminentes celos para refugiarse en las últimas palabras que ha pronunciado Rubén y que le han hecho sentirse más acompañada y con menos miedos. Sabe que está siendo exagerada. Además, le han dicho que nadie roba ni entra en las casas de la urbanización. ¿Cómo van a entrar precisamente en la suya, si es como un búnker?

—Solo dos noches más..., ¡a por la segunda! —se dice mientras se coloca el antifaz y se acurruca bajo el edredón.

23

Cuarenta minutos más tarde, Julia se despierta y se destapa de golpe. Con todo cerrado y el calor que está haciendo esos días, la habitación se recalienta y parece un invernadero, sobre todo si se esconde bajo el edredón. Se muere por un vaso de agua muy fría. Aún tumbada se maldice por ser tan idiota de no haberse dejado un vaso lleno en la mesilla. En un primer momento el miedo le hace tener claro que no va a atravesar media casa sola como la noche anterior, pero se siente tan absurda que, finalmente, coge fuerzas y decide hacerlo. Con calma pero sin pausa, y sin fijarse en ningún detalle que pueda hacerle entrar en pánico. Al salir al pasillo, se encuentra con que la casa está iluminada por la luz de la luna. Le tienta ir encendiendo luces a su paso, pero se da cuenta de que no hace falta y así además evita que la vean desde fuera. Y lo más importante, ella puede observar mucho mejor el exterior. Ese fondo opaco la tranquiliza, esa noche no ve ningún reflejo. Baja las escaleras y las estrellas asoman a través de la cristalera. Es idiota, tiene que quitarse ese miedo absurdo y disfrutar del privilegio que es vivir en un sitio así. Recorre el salón con seguridad, ignorando sus miedos. Es su casa y la va a disfrutar, se lo ha ganado.

Llega hasta la nevera, en la esquina opuesta al porche, la abre y bebe a morro de la botella, como si no hubiera bebido en meses. Hace una pequeña pausa agradeciendo el fresquito y da un último trago. Va a rellenarla, pero solo quiere volver a la cama cuanto antes, así que la deja llena a la mitad. Cierra la puerta y, al girarse, se encuentra con una silueta negra pegada a la cristalera. Julia se queda congelada, la otra persona no se inmuta y también se mantiene en la misma posición: totalmente de frente y con los brazos largos estirados, con las manos como garras. Por su gran estatura y complexión física, Julia está segura de que es un hombre bastante grande, pero no puede ver ningún rasgo más porque va vestido por entero de negro y lleva puesto un verdugo del mismo color. El encuentro apenas dura unos segundos porque, en cuanto es capaz de reaccionar, da unos pasos hasta el monitor de domótica para encender la luz del porche y poder verlo con todo detalle. Sin embargo, antes de que el exterior quede iluminado, la figura se escabulle por uno de los laterales de la parcela.

Pasado el susto, lo primero que piensa es en pedir ayuda llamando a la garita de seguridad. Jacinto impone mucho, pero cree que, en este caso, es algo positivo. Está convencida de que si se planta ahí con su cigarro, ese tipo no volverá jamás. Entonces se da cuenta de que se ha dejado el móvil en la habitación. Sabe que todo está cerrado a conciencia, aun así, mientras sube las escaleras la sensación de inseguridad e indefensión que siente se va incrementando. Le parece que el desconocido puede colarse por cualquier sitio y en cualquier momento salir a su encuentro en alguna de las habitaciones. Enciende todas las luces desde el panel principal de domótica justo a la entrada para poder vigilar cada rincón, pero le faltan ojos. Coge el móvil para volver cuanto antes al salón y no perder de vista la zona exterior que divisa desde ahí. Cuando está bajando de nuevo, recuerda que el vigilante le dijo que podía buscar el número en internet poniendo el nombre de la urbanización. Para cuando da con él, ya se encuentra de nuevo casi en el mismo punto en el que se ha topado con la sombra. Pulsa para llamar y, antes de que suene el primer tono, mientras se acerca a la cristalera para vigilar el porche, observa que en el sitio donde estaba el hombre hay muchísima ceniza. Su cabeza conecta rápidamente con Jacinto, el vigilante —al que visualiza fumando—, y le hace querer colgar enseguida, pero, cuando está a punto de hacerlo, alguien responde al otro lado.

—¿Hola?

24

Julia sigue en el mismo lugar, congelada, con el convencimiento de que la observan. Apenas puede parpadear. Al llamar a la garita tiene el pálpito de que está cayendo en una trampa y se lo está poniendo en bandeja a Jacinto. Realmente su casa está a tiro de piedra de ahí y al vigilante le puede haber dado tiempo a llegar de sobra a su puesto de trabajo. Sin embargo, al otro lado de la línea responde una mujer.

—¿Hola? —repite esta.

—Buenas noches, soy la propietaria de la vivienda de calle Pedrales 23, llamaba porque su compañero me dio el teléfono y...

—Julián...

—No, no, Jacinto.

—Pero... no trabaja aquí, entiendo que es un vecino de la urbanización...

—No, es un vigilante. Jacinto..., un hombre muy alto, grande..., me dijo que trabajaba en la garita, fumador. Impone bastante.

—Pues siento decirle que el tal Jacinto se ha marcado un farol, porque aquí solo somos Julián y yo, y ninguno tenemos nada que ver con esa descripción.

—Pero está segura de... —intenta rebatir Julia desesperada.

—Señora, siento decirle que ese hombre no trabaja aquí.

La frase le cae como un bombazo y, enseguida, mil preguntas asaltan su cabeza: ¿quién era entonces el tal Jacinto y por qué le había pedido el teléfono? ¿Qué quería cuando iba hacia ella en el aparcamiento? Y, la peor de todas, ¿era la persona que estaba mirándola al otro lado del cristal apenas hace unos minutos?

—¿La puedo ayudar en algo? —le pregunta la mujer interrumpiendo sus pensamientos.

—Verá, es que estoy sola en casa. He bajado a beber agua de la nevera y al cerrarla, en el porche, pegado a la cristalera, me ha parecido ver a alguien. He encendido la luz corriendo, pero ya no estaba. Sin embargo, hay rastros de ceniza justo donde lo he visto y yo no fumo y mi marido no está...

—Espéreme ahí, voy enseguida.

—Gracias.

Al terminar la llamada, guarda el teléfono en favoritos. Sigue nerviosa, no siente las extremidades. Están laxas, sin fuerzas. Sin moverse del sitio, intenta asimilar lo que acaba de ocurrir, pero, por desgracia, todas las fieras que ha estado intentado domar, ahora se presentan más voraces si cabe: si se gira, puede toparse con Sweet Bunny, el maldito conejo; por todas partes, el fuego, todo el campo ardiendo. Tiene que mirar fuera para cerciorarse de que no hay ninguna llama encendida. Regresa a su mente el anciano que la advirtió en el aparcamiento sobre todo ello con la mirada desorbitada. Y también ese hombre, Jacinto, si es que se llama así, fumando y esperándola en posición de ataque... Julia se lleva las manos a la cabeza para intentar frenar el ritmo de sus fantasías antes de que acaben con ella. Y es que, más allá de todos esos fantasmas, reconoce un miedo mayor, algo abstracto. Un temor que no se personaliza en nada concreto y que no hay manera de que se le vaya del cuerpo. Es como una intuición que ha pasado a convertirse en una especie de estado anímico.

Cuando piensa que su cabeza ya ha sacado todo a relucir, una nueva imagen florece salvajemente. La del chico que la observa desde el campo con la capucha puesta. También puede verlo, como a los otros. Aunque no sea real, ella no puede evitar contener la respiración. El chico saca la lengua del todo y muy lentamente da un lametón al aire de la forma más lasciva. Julia siente pánico, pero también le gusta. Es consciente de que los dos sentimientos conviven en su interior. Y eso sí que le da terror.

25

En menos de cinco minutos el sonido del telefonillo devuelve a Julia a la realidad. Es lo bueno de que su casa esté casi al comienzo de la urbanización: que no tardan nada en llegar, lo cual le da mucha seguridad. Comprueba en la pantalla que es una mujer de uniforme la que está esperando fuera. La deja entrar y se asoma a la puerta principal. La vigilante es una chica más joven de lo que pensaba, debe de estar a punto de entrar en la treintena y tiene un cuerpo muy atlético.

—Buenas noches —le dice cuando la ve acercarse.

—Buenas noches, ¿está bien? ¿Ha visto o ha ocurrido algo más desde que hemos hablado?

—No, creo que no. Desde donde estaba no he visto nada más.

—Muy bien. Voy a hacer una ronda por la parcela. Espéreme dentro, por favor.

La vigilante se pone en marcha dejándola con la palabra en la boca, pero a Julia no ha podido darle mejor impresión. Admira a las tías así; rápidas y resolutivas.

—Perdona, aún no hemos puesto todas las luces en el exterior. Voy a encender los porches y las terrazas. Lo siento.

—No se preocupe, gracias —dice la chica, que ya ha sacado una linterna.

Julia cierra la puerta y vuelve al salón con casi todas las luces dadas. Utiliza la domótica desde el móvil para iluminar todo lo que puede y se acerca hasta la isla de la cocina, donde permanece de pie, sin dejar de mirar hacia afuera. Mientras espera, piensa en la vigilante buscando sola por la parcela, con los restos de escombros de la obra, sin ver apenas, y se imagina que la ataca por sorpresa el hombre vestido de negro. Continúa mirando hacia el exterior desde donde está y, entonces, su mente vuelve a regalarle otra visión que la estremece: de la oscuridad emerge una silueta negra que se va a acercando hasta hacerse más y más nítida. Es el hombre de negro que, bajo el verdugo, ella identifica como el supuesto guardia de la garita. Su tamaño y la manera en la que lleva un cigarrillo en la boca son inconfundibles. Cuando el tipo está a poco más de un metro del cristal, levanta la mano para mostrarle la cabeza decapitada de la vigilante agarrada por el pelo. La joven tiene los ojos y la boca muy abiertos. En ese momento alguien aporrea el cristal y a Julia casi le da un infarto. No puede sentir más alivio cuando descubre que es la agente y que sigue viva. Abre enseguida la cristalera.

—He recorrido toda la parcela y no he visto nada. Sin árboles es mucho más sencillo, pero se reducen los posibles escondites. Hay muchas huellas, pero no parece que sean de ahora. Yo diría que ha debido de entrar por el monte y se ha escapado también por ahí. Por la parte de delante es más arriesgado, cualquier vecino podría verlo. Me he fijado también en la ceniza que me ha comentado —dice señalándola en el suelo—. La he visto también en el otro lateral y aquí a la vuelta hay una colilla a la vista. Pero vamos, que, en cuanto me he fijado más, he visto que hay decenas.

—Sí, acabamos de terminar la obra y los obreros han dejado la parcela…, perdone —se disculpa Julia, no le extrañaría que alguna fuese también de su marido mientras visitaba la obra.

—¿Está usted sola? —Pese a que sea una pregunta rutinaria, Julia se pone alerta, pues de repente piensa que la vigilante puede estar compinchada con Jacinto o el hombre de negro o quizá con ambos…, ¡mierda!—. ¿Me ha escuchado? —pregunta la chica extrañada.

—Sí, sí, perdone. Aún estoy con el susto encima. Estoy sola —contesta entre dientes mientras se mete dentro de la casa y se dirige a ella sacando apenas la cabeza, para tener tiempo de reacción si decide cerrar de golpe.

—Comprendo que esté asustada. Me he quedado pensando en lo que me ha contado y le digo que esto es muy anormal. Esté tranquila, en esta urbanización no ha habido apenas robos porque la gran mayoría de viviendas dan al campo y es muy difícil meter una furgoneta. Ya le digo yo que no hemos tenido ninguna alarma ni denuncia, tampoco porque alguien estuviera merodeando. Pero no se preocupe, que estaremos pendientes.

—Gracias, cierre al salir, por favor.

Pese a la educación de la mujer, Julia está deseando cerrar. Eso sí que la tranquilizaría. Pero antes de poder hacerlo, la vigilante le hace otra pregunta.

—No tiene alarma, ¿verdad? —Julia niega con la cabeza—. Y tampoco cámaras...

—Las instalan mañana —responde rápidamente a modo de aviso.

—Me imaginaba, porque no las he visto. Pues qué pena, si hubiera tenido las cámaras hoy, nos habrían podido ser de gran ayuda. Yo de momento no instalaría una alarma, porque ya le digo que nunca pasa nada. Si cierra bien todo y tiene las cámaras, no será necesario. Si intentaran entrar, ya sería otra cosa, pero no va a suceder. Esto no es La Moraleja, por aquí no hay muchos casos, sí. Lo que le ha ocurrido es muy excepcional, y si le ha pillado, no creo que vaya a jugársela viniendo de nuevo.

—Le agradezco que haya acudido tan rápido a mi llamada —le dice prudente; no quiere volver a sacar las cosas de quicio.

—No lo haga. Es mi trabajo y lo hago encantada. Mire, yo feliz de que me llamen por este tipo de cosas. No me malinterprete; lo que quiero decir es que mientras no me llamen porque ha desaparecido un niño o una adolescente... Me refiero a lo del conejo, qué horror, yo estaba de guardia el día que se llevaron al último en las fiestas. Se me ponen los pelos de punta cuando lo recuerdo. Pobre niño, no ha aparecido aún... ¿Tiene hijos?

—No..., de momento.

—Pues entonces, de momento no tiene por qué preocuparse. —Ahora es la vigilante la que parece despedirse—. De todas maneras, coja mi teléfono personal por si llamara a la garita por algo urgente y comunicase. —Julia saca el móvil y guarda el número que le dicta Aldara, que así dice que se llama—. Cualquier cosa ya sabe dónde estoy...

—El mío es...

—Lo tengo, el suyo y el de su marido están en su ficha de vecinos, tranquila. Adiós, ¡ah, y eche siempre la llave!

—Sí, sí, gracias.

Julia cierra en cuanto Aldara se da media vuelta y se acerca al monitor de videovigilancia de esa planta para comprobar que la cámara del telefonillo, la única que tiene de momento, muestra efectivamente que sale de la parcela. Al cabo de un par de minutos confirma que es así. Por una parte se siente mal por haber dudado de ella cuando seguramente la quiere ayudar, pero está tan sugestionada por todo que prefiere curarse en salud. Duda si llamar a su marido para contárselo, pero al final declina la idea ya que, en el caso de que contestara, no iba a solucionar nada desde allí y tampoco quería volver a molestarlo.

Se bebe el agua que queda en la nevera y entra en el cuarto de la plancha y la lavadora que hay al lado, donde pidió que dejaran las herramientas. Coge el martillo más grande que encuentra y se vuelve al dormitorio, pero, al pasar por el recibidor de la entrada, escucha un lloro. Reconoce el llanto de un bebé en mitad de la noche y se le ponen los pelos de punta. De pronto le parece la cosa más siniestra que ha escuchado en mucho tiempo y le viene a la cabeza *La semilla del diablo*, una película que siempre que la ha visto le ha provocado pesadillas. En un primer momento piensa que puede ser Estrella, la hija de Javier y Vanesa. Quizá la familia está llegando en ese momento. Cede a la curiosidad y abre la puerta de nuevo. Sale sin dar ninguna luz para acercarse al lateral y comprobar si sus pronósticos son ciertos, pero antes de alcanzar su objetivo, un gato se cruza en su camino. Y se da cuenta de que es el animal quien emite el sonido, un maullido muy similar al llanto de un bebé.

Ahí está la explicación, lo sabe porque en el pueblo de su madre los gatos vagaban a sus anchas y lloraban como niños y una vecina le explicó que también lo hacían para llamar la atención de los adultos. Si esto es así, desde luego con ella no ha surtido efecto, porque le da tanto miedo, que se mete corriendo en casa para evitar que se lance sobre ella. Cierra con llave y se siente segura en el recibidor. Al darse la vuelta, mira al frente y descubre que, en mitad del monte, una pequeña llama reina entre la oscuridad. La misma de la noche anterior, solo que esta vez está segura de que quienquiera que sea se está acercando a su casa.

Ella ha salido escopetada de casa por si había suerte y la cogían en la peluquería sin tener hora. Pero no ha sido posible y al final se ha dado una vuelta por el centro comercial y ha acabado comprando unas flores. Le encantan, sobre todo las hortensias. Aunque esta vez se ha decantado por tres ramos enormes de lirios blancos que darán al salón el aroma especial que necesita.

Entra con el coche por la rampa del garaje de su casa y, cuando aparca, se queda unos minutos sentada viendo Instagram porque sabe que, en cuanto entre en su casa, se esfumará cualquier posibilidad de ocio. Busca unos selfis que se ha hecho en el probador de una tienda con un par de vestidos que la han enamorado. Sin embargo, puestos no han cumplido sus expectativas, aunque la culpa no sea exactamente de la prenda. No quiere subir la imagen al completo, pero prueba a recortarla en un plano americano aprovechando que, con la luz led que había, sale con una piel y unos ojos increíbles.

Cuando está en pleno proceso de edición, percibe algo que asoma por el lado izquierdo. Solo vislumbra una silueta difuminada, pero siente su presencia, y sabe que se trata de una persona. Gira la cabeza y ve en ese lateral de la parcela a un hombre bastante grande y que lleva una gorra puesta. No sabe quién es y se asusta. Va a llamar a su marido, pero el desconocido levanta una mano desde lejos para saludarla y se da cuenta de que lleva un guante y que con la otra sujeta una bolsa de basura con ramas que sobresalen. Debe de ser uno de los jardineros, sonríe para sus adentros alabando el buen hacer de su marido, que siempre la sorprende para bien, porque es tan nervioso que todo lo tiene bien organizado. Aunque siempre vienen tres o cuatro, para ganar tiempo porque la parcela es enorme, y ella no los diferencia bien ya que el que habla con ellos es su marido, piensa que quizá ese hombre sea un jardinero nuevo.

—Buenos días —exclama con la ventanilla bajada sin salir del coche.

—Buenos días, perdone, es que estoy quitando las malas hierbas y, al escuchar el coche, he pensado que era su marido. Subía a comentarle una cosa.

—Ahora le digo que salga, estará en casa.

—Gracias. Muy amable.

El hombre sonríe y desaparece por la parcela. Ella se queda encantada, pues le ha parecido muy educado. Sale del coche y entra en la casa. Lo primero que hace es llamar a su marido, pero no responde nadie. «Qué raro que no se les oiga», piensa ella. Observa que las puertas de las habitaciones están cerradas. Entonces le llega un mensaje de su marido al teléfono: «Estamos dando un paseo. Así tienes un rato para ti, que te lo mereces. TQ».

Una sonrisa se dibuja en su rostro, no puede creer que esto sea cierto y que pueda aprovechar para hacer cosas pendientes o descansar un poquito. Al llegar a su habitación la contempla encantada.

—No puede ser más bonita —susurra.

Entra en su enorme cuarto de baño y del armario de las cremas saca la mascarilla que le había regalado su cuñada por Navidad y que debía valer un dineral. Se la extiende cuidadosamente por el rostro y el cuello y espera los quince minutos que indica el bote antes de lavarse la cara para quitársela. Durante ese tiempo se mira en el espejo de cuerpo entero y no le espanta demasiado lo que encuentra reflejado en él. Está claro que se tiene que poner las pilas, pero no piensa obsesionarse, por lo menos hasta la semana que viene. Además, el pelo más corto la hace más esbelta, porque se le ve más el cuello. Aunque no haya conseguido que la peinaran, tiene que hacer una buena foto porque está deseando compartir su nuevo look en las redes.

Se asoma a la enorme terraza que hay en el lateral del dormitorio y desde ahí observa que el jardinero camina desde el cuarto de instalaciones hasta la parte más baja del jardín. Vuelve a entrar. Le quedan aún cinco minutos. Se tumba en la cama con cuidado para no manchar las sábanas o la almohada con el potingue. Cuando está más relajada, le parece escu-

char un ruido fuera, en su misma planta. Se levanta de golpe y sale al pasillo.

—¿Cariño?

Al no obtener respuesta, se acerca a la puerta de entrada y abre para ver si han vuelto. Sin embargo, no hay nadie fuera. Cierra y vuelve a echar la llave.

Se nota la cara cada vez más tirante y reseca. Vuelve al baño y se inclina sobre el lavabo para empaparse la cara y eliminar toda la plasta que tiene en el rostro. La tarea se complica porque la mascarilla se ha convertido en una costra arcillosa. «Ya puede merecer la pena», se dice cuando le empiezan a escocer los ojos. Cuando por fin termina de quitarse todos los restos, coge una toalla para limpiarse bien. Sin embargo, interrumpe la acción cuando, al incorporarse, detrás de ella, le parece ver la silueta borrosa de un hombre.

—¿Cariñ...?

Antes de que pueda terminar la frase, el desconocido la golpea en la cabeza con contundencia. Puede escuchar cómo su barbilla cruje al chocar contra la encimera, justo antes de perder el conocimiento y caerse.

El sabor a hierro inunda su boca horas después cuando recobra el conocimiento y, al abrir los ojos y mirar a su alrededor, descubre que la situación es infinitamente peor de lo que podría haberse imaginado. Es, sin duda, la peor de las pesadillas.

II

Morbo: atractivo que despierta una cosa que puede resultar desagradable, cruel, prohibida o que va contra la moral establecida.

DÍA 3

1

El tercer día en su nuevo hogar empieza con retraso porque se levanta más tarde de lo habitual, a eso de las diez de la mañana. Julia ha pasado mala noche, se levantó varias veces, aunque siempre consiguió volver a dormirse. Hasta que, sobre las cinco de la madrugada, al abrir el ojo aún dormida, vio un haz de luz que se coló por un lateral del antifaz. Se incorporó de golpe y se lo arrancó de la cara. Estaba temblando. Había tenido una horrible pesadilla en la que veía una pequeña llama que se acercaba, como la que había visto las pasadas dos noches, y de golpe todo empezaba a arder. Pero no era su casa, sino la entrada a la urbanización, la zona comercial, el campo, todo... Al recordarlo de golpe, su incipiente preocupación se ve interrumpida por el sonido del móvil, es Pilu.

—Dime que vienes a pilates —le suelta su amiga.

Tenía tantas cosas en la cabeza que ni se había vuelto a acordar de la propuesta que le habían hecho Pilu y sus amigas la mañana anterior.

—No puedo por…, es que tengo que estar en casa porque hoy me instalan las cámaras de seguridad. Me han dicho que vendrían durante la mañana y basta que salga para que lleguen…, ¡es la ley de Murphy! —responde para salir del paso.

—Valeee, pero a la siguiente te vienes sin falta. Cuando bajes por el club, pregunta para que te digan lo que hay que hacer, no tardas nada.

Julia está tentada de contarle el incidente con el hombre vestido de negro, pero se imagina perfectamente lo que le va a decir, que está sacando las cosas de quicio.

—Te tengo que dejar, que no he preparado la bolsa y la clase empieza en nada. Vente a pilates, anda, que te vendrá bien y es solo una hora…

—Hoy no puedo salir, de verdad. Y, además, está todo manga por hombro todavía.

Después de despedirse y colgar piensa en el chico de la capucha que la observa y la cara que pondría Pilu si le contara lo que había hecho. Sabía perfectamente cómo se lo hubiese tomado hace años, cuando era compañera de batallas, pero no tenía tan claro si ahora la juzgaría o si también pensaría que exageraba.

Levanta las persianas de la habitación y sale a la terraza. Echa un vistazo rápido y no se encuentra con su joven admirador. Lo busca de nuevo. Si se topa con él, tiene que dejarle claro que no quiere moscones. De hecho, está dispuesta a llamar a la seguridad de la urbanización si lo pilla otra vez espiándola. Sea como sea tiene que dejarlo resuelto antes de que vuelva su marido.

Mientras espera, decide cambiar las tornas y salir al monte, quiere ver su casa desde ahí y tratar de entender qué se siente siendo el que observa y no el observado.

2

Hace un tiempo estupendo para salir a caminar, pero no pega el sol tan fuerte como los días anteriores. Una vez preparada y con un plátano en la mano, Julia baja por el lateral que colinda con la mansión de sus amigos hasta llegar a la parte inferior donde hay una puerta estándar de simple torsión que da directamente al campo. Sale y cierra otra vez con el candado que pusieron para complicar mínimamente la tarea a quien pensara en forzarlo. «Con eso es más que suficiente», les dijo Javier, el amigo de su marido, cuando le mandaron una fotografía para preguntarle si no sería poca cosa. El aire puro y la naturaleza deberían hacerla sentir mejor, pero sigue inquieta, no es capaz de librarse del «mal cuerpo» que la acompaña desde hace dos noches.

Conforme avanza por el campo le llama la atención lo seco que está todo. Hace meses que no llueve y es una pena.

Hay un montón de árboles sin hojas, solo los troncos, y no porque sean caducos, están secos al igual que el terreno donde predomina un tono grisáceo. Deben de ser los claros que se notan tanto desde su parcela. Se dirige a la parte más alta y observa su casa. Desde ahí, a esa hora del día, sin el sol dando de frente, puede ver el interior sin problema: la línea de las escaleras, la televisión, los sofás, la cocina, la mesa del comedor, la chimenea y demás… Si estuviera dentro, podría seguirse a sí misma con la mirada. Desde donde está, sin tener la visión general, rodeada de copas de árboles desnudos con ramas inmensas, le parece que el lugar es mucho más tétrico que cuando lo observa desde su casa. La estampa no es tan verde y onírica como cuando la disfruta enmarcada por sus ventanales. Suena el teléfono y da un bote. Es una videollamada de su marido esperando a ser aceptada.

—¿Qué haces?

—Dando un paseo por el monte.

—Qué ganas de correr por ahí…

—Pensaba que ibas a decir de verme —interrumpe.

—Obvio, ¿estás bien?

—Sí, sí. —No lo está, pero no tiene energía para decirle nada sin parecer exagerada, le da miedo lo que pueda pensar.

Ya se lo contará en condiciones cuando vuelva.

—Luego hablamos, cuento las horas para regresar. En nada estoy ahí achuchándote.

—A ver si es verdad, ¡qué eternidad!

—Ala, pórtate bien.

—¡Y tú! —responde a la defensiva.

—Te quiero.

—Y yo.

Corta la llamada y Julia se queda con una sensación rara, no le gusta ocultarle nada a Rubén y le preocupa que él haya podido sospechar algo. Aunque esta vez es ella la que sabe que seguramente son cosas suyas. Sigue andando y, mientras lo hace, piensa en qué haría si de golpe se encontrara al chico de la capucha. No lo quiere pensar más, no va a entrar en esos juegos.

Aparta la mirada hacia la casa de Laura, la verdad es que el lateral que da a su vivienda está muy ennegrecido, con la pintura desconchada, y se nota fuera de lugar al compararlo con la suya y el casoplón de los ostentosos Javier y Vanesa. Cuando se fija en el jardín de sus vecinos, observa que en el lateral cercano a su casa hay un hombre grande inclinado, cargando algo de espaldas a ella. Julia intenta averiguar de qué se trata, pero no es capaz de distinguirlo porque justo entra por la puerta pequeña por donde estaba trabajando el jardinero el día anterior. Seguramente es Karim, la altura es la misma. Aunque no es capaz de saberlo con certeza y se maldice por no haber pedido antes los prismáticos. Sigue atenta hasta que vuelve a salir y, por fin, descubre lo que está transportando con dificultad: son bolsas de basura enormes, de color negro y llenas hasta arriba.

3

Pese a que Julia sabe que lo que saca el hombre de manera dificultosa pueden ser bolsas llenas de hojas, ramas y malas hierbas, su cabeza se pone en la peor de las opciones. Ella cree que podría transportar restos humanos, cadáveres y vísceras. Tiene que parar, no es sano dejarse invadir por ese tipo de pensamientos. Es evidente que el jardinero únicamente está haciendo su trabajo, solo depende de cómo se mire y, la verdad, su visión está bastante contaminada.

Sigue su paseo sorteando las ramas que en ocasiones le golpean la cara. En un determinado momento escucha unos sonidos muy cerca que la hacen ponerse en guardia. Julia mira hacia los lados, atenta, pero esta vez percibe algo parecido a un gemido. Parece que proviene de detrás de unas encinas de tronco corto, similares a grandes arbustos. Se acerca lentamente y por su cabeza planea la sombra de la duda: ¿habrá una pareja follando ahí mismo y los va a descubrir? Un gusanillo la recorre el cuerpo, sobre todo, cuando se pregunta si será el chico de la capucha quien gime de esa manera. Desde luego que ojalá lo fuera. Julia da un par de pasos más, pero, cuanto menos ruido quiere hacer, más se tropieza. Después de estar a punto de caerse por culpa de una roca inmensa, aparece un jabalí bastante grande frente a ella. Ahí tiene la respuesta; no es el chico ni una pareja, sino un jabalí seguido de sus tres crías que aparecen al instante. El animal se queda quieto, observándola, y ella hace lo mismo…, está decepcionada, porque aunque la inquiete la presencia del chico, se da cuenta de que, en el fondo, una parte de ella esperaba verlo de cerca. Vuelve en sí y piensa que el animal va a embestirla, pero ella reacciona rápido y se dirige a toda velocidad a uno de los senderos que bajan en otra dirección para no correr riesgos.

Sale poco después a un camino de acceso desde la zona comercial, justo en la entrada de la urbanización. Territorio prohibido, y no porque pueda aparecer Jacinto, el falso agente de seguridad, sino porque le ha dicho a Pilu que no podía salir de casa y en el margen de tiempo que ha pasado es imposible que le hayan instalado las cámaras de videovigilancia. Es lo que tiene mentir. Mira el reloj, son las once y diez de la mañana; todavía faltan veinte minutos para que termine la clase de pilates. Si es rápida, dispone de tiempo para entrar en el club y preguntar qué hay que hacer para apuntarse a natación, que es lo que realmente disfruta porque no tiene que adaptarse al *modus operandi* de ningún grupo.

Y es que grupo y relajación son dos palabras que no combinan bien para Julia.

Alcanza la entrada del club y entra por la puerta que hay en el edificio de la derecha. La puerta tiene colgado un cartel que dice: INSTALACIONES DEPORTIVAS. Recorre un pasillo hasta que llega a un recibidor. A un lado se encuentra con una cabina de secretaría en la que hay dos personas esperando, y enfrente, una cristalera enorme desde donde se ve nadar a la gente en la piscina. Julia se coloca detrás de la segunda mujer, pero da un par de pasos para mirar la instalación. Le llama la atención lo poco concurrida que está, en dos de las calles solo nada una persona. Eso es buena señal, porque cuando vaya no tendrá que esperar para bracear desahogadamente. En las dos calles laterales parece que imparten una clase o similar para gente mayor, y en el lado pegado a la cristalera, desde donde observa, hay también una piscina pequeña llena de madres con sus bebés. A Julia se le para el corazón. Cuando este tipo de imágenes la pilla de improviso su cuerpo reacciona de una manera tan subjetiva e irracional que le da miedo. A veces son taquicardias, otras se pone a llorar y en ocasiones se cabrea muchísimo. Ahora no siente sus latidos, se ha quedado congelada.

No había caído en que esto podía ocurrir, cuando iba a nadar más a menudo, no tenía las mismas necesidades. Se la han quitado las ganas de cuajo; de momento no está preparada para obviarlo, cada vez que saque la cabeza se enfrentará a la bonita estampa y le van a dar ganas de meterse bajo al agua y no salir hasta quedarse sin respiración.

—¿Quería algo? —le pregunta la mujer de la recepción.

—¿Eh? Sí, ¿me puede decir qué tengo que hacer para poder venir a nadar?

—¿Vive en la urbanización?

—Sí.

Cuando se dispone a explicarle la forma de proceder, alguien las interrumpe.

—¡Julia!

No llega a darse la vuelta, pero sabe de sobra que la acaban de pillar.

4

La segunda vez que escucha su nombre cree saber quién lo pronuncia. Es Paula, la amiga de Pilu, que viene a paso rápido por el pasillo que hay pasado el mostrador de recepción.

—¡Julia!, ¿al final te has animado?

—No, no, qué va. He bajado un segundo para ver si quedaban plazas y pedir la información de cómo apuntarme, pero hoy es imposible. Tengo que volver a casa corriendo, que vienen a ponerme las cámaras de seguridad —dice huidiza mientras hace un gesto a la mujer de la recepción y cede el turno.

—Me ha dicho Pilu que parecías un poco paranoica después de lo que hablamos ayer, ¿no estarás pensando en irte? Con lo que tiene que costar encontrar un terreno como el tuyo…

—¡Qué va! Es solo que estoy sola en casa y con todo lo que me contasteis, me siento un poco «sensible» —le responde Julia mientras camina hacia la salida.

—¡¿No estarás embarazada?!

—Que yo sepa, no —dice con cara de póquer, convencida de que se lo ha preguntado con mala intención.

—No te lo tomes muy en serio, que cosas pasan en todos lados y más después del covid. La gente se ha quedado trastornada o sin un duro. Aquí se vive muy bien…, a ver si nos invitas un día para que veamos la casa…

El móvil de Paula comienza a dar tono y a la segunda llamada deja de sonar.

—Mi marido, me hace perdidas para que salga. He terminado antes porque vamos a buscar a mi padre al aeropuerto y ha venido a recogerme. Por lo menos media horita de pilates me llevo *pa* el cuerpo.

Julia suspira aliviada, estaba en un punto en el que le iba a costar ser amable y fingir que las invitaría pronto cuando no había cosa que menos le apeteciera.

Salen a la calle y frente a ellas hay un coche aparcado y, apoyado en el capó, un hombre bastante alto, muy grande.

—¿Quieres que te acerquemos?

Julia visualiza a su marido de cerca y se estremece, ¿de dónde salen tipos tan enormes?

Paula puede que se sienta muy segura, pero ella está de nuevo muerta de miedo. Niega con la cabeza al tiempo que se lo agradece con una tímida sonrisa.

—No le digas nada a Pilu, por favor.

Cuando los adelanta, para coger la calle principal de subida a su casa, se gira de golpe y se encuentra a la pareja cuchicheando y mirándola de una manera que no le da buena espina, como si tramaran algo, pero ¿qué podía ser?

5

Después de comer se tumba un rato en la *chaise longue* frente a la piscina para vigilar si aparece el chico de la capucha y, de paso, descansar un rato. El sol hace que se le cierren los ojos, pero el sonido del telefonillo provoca que los abra de golpe. Mira la hora en el móvil pensando que se ha quedado mucho rato dormida y que son los técnicos que vienen a instalar las cámaras. Sin embargo, apenas son las cuatro de la tarde y queda aún una hora por lo menos hasta que lleguen; sería la primera vez que alguna de las contratas llega a la hora. No tiene ni idea de quién puede ser. Al incorporarse, se encuentra con que el árbol enorme vuelve a estar lleno de pájaros que miran hacia su casa. Julia tiene de nuevo la sensación de que la observan a ella. ¿La estaban contemplando mientras dormía? Son muchos más que el día anterior. El telefonillo suena una y otra vez y va corriendo hacia él sin llegar a abrir la cristalera para ahuyentar a todos esos pajarracos. Solo espera que responda alguien y no se repita la gracia del sobre con la ceniza.

—¿Quién es?

—Traigo un paquete para Julia.

—Sí, le abro.

Sube rápidamente sin caer en qué puede ser, quizá se trate de algún detalle de Rubén para compensar el retraso. Abre la puerta y no ve a nadie. Mira por la pantalla y hay una furgoneta, pero ninguna persona o movimiento. Se separa y vuelve a sonar el telefonillo. Pulsa de nuevo sin mirar y abre la puerta principal. Frente a ella, la puerta de fuera está abierta, mas no hay ningún paquete ni repartidor, le parece chocante. Sale y avanza con cautela, preguntándose por qué si han entrado, no han dejado nada o si estarán buscando algo; sin embargo, cuando está a punto de llegar, un hombre aparece por el marco de la puerta.

—¡Aquí está! Se me estaba resistiendo. ¿Me dice su DNI, por favor?

A pesar del susto que tiene encima, Julia se lo dice. El repartidor desaparece en lo que dura un suspiro y cierra la puerta tras él. Abre el paquete ahí mismo y comprueba que son los prismáticos que había pedido. Cuando levanta la vista, se encuentra con un gato plantado en la entrada. No le gustan los felinos y menos la mirada retadora con la que la mira este. Es el mismo que escuchó por la noche, lo reconoce porque tiene una calva en la cabeza y otra en el torso. Sigue avanzando hacia él, pero no se inmuta. Da una patada al suelo para espantarlo y, no obstante, no se mueve del sitio.

—¡Joder!, lo que me faltaba, no voy a poder entrar en casa por el puto gato. ¡Fuera! ¡Venga, *ciao!*

Ninguno de los movimientos que hace consigue provocar una reacción en el animal, que eriza el pelo del lomo y se curva poniéndose en posición de guardia. Julia da un paso hacia atrás instintivamente y amontona los cartones en los que venían los prismáticos para lanzárselos. Al final el gato maúlla de manera histriónica y sale pitando por uno de los laterales de la parcela, mientras ella entra en la casa con el convencimiento de que cualquier día el animal se le lanzará encima a traición.

6

A eso de las cinco y cuarto de la tarde llegan dos miembros del equipo de domótica para instalar las cámaras de seguridad. Lo bueno de haber dejado tomadas las decisiones con anterioridad es que ya no había duda de dónde tenían que ir colocadas ni en qué dirección apuntar, y van a tiro hecho. Mientras trabajan, Julia mira hacia el monte en busca del chico de la capucha, esta vez sin prismáticos.

Nada más irse el repartidor, los había estrenado. Gracias a ellos ha visto con nitidez las dos casas al otro lado del monte y ha comprobado que, efectivamente, solo tienen una ventana que da hacia su casa y que las contraventanas están cerradas. También se ha fijado en otros detalles que no había podido apreciar a simple vista y, por supuesto, los hubiese empleado sin ninguna duda si hubiese visto al chico de la capucha. Pero no fue el caso.

Tampoco en este momento, horas después, y da las gracias, porque prefiere que los técnicos no lo vean ahí plantado mirando con descaro. Aunque pueda parecer absurdo, se hubiese sentido muy violenta por si los técnicos sospechaban que había algo entre ellos dos.

Realizan la instalación en tiempo récord y, después de hacer varias pruebas para verificar el correcto funcionamiento y explicarle cómo ver las imágenes desde una aplicación que le pidieron que se instalara en el móvil, antes de irse colocan los carteles en las vallas exteriores de la vivienda, dos hacia el monte y dos en la calle principal.

Cuando se van, Julia quiere gritar a los cuatro vientos que ya tienen cámaras para que nadie entre. De todas formas, si a alguien se le ocurre, verá los carteles y se lo pensará dos veces antes de hacerlo. Además, el hecho de que la cuenta atrás para que vuelva Rubén haya comenzado la ayuda a enfrentarse a lo que le queda de día con una mejor actitud.

Sin embargo, pasa el rato y continúa nerviosa. No se duerme ni presta atención a la tele. En lugar de eso, se dedica a ver las imágenes de las cámaras en la aplicación de manera compulsiva. Le gustaría tener energía para hacer deporte, pero es incapaz y acaba por dejar el teléfono. Se queda mirando al monte mientras da vueltas al salón. «Qué raro que no haya aparecido el chico», se dice a sí misma, y vuelve a la carga para justificar por qué está tan pendiente de él: es que no puede tener un tío espiándola, día y noche. Eso es acoso puro y duro. Julia se calienta, y cuanto más tiempo pasa sin que el chico dé señales de vida, peor. No obstante, sabe que tiene en mente a Rubén la mayor parte del tiempo, salvo en momentos fugaces, en los que consigue cambiar el chip y no dar rienda suelta a la rabia que le da que no hayan estrenado la casa juntos. Julia no está bien, y la prueba de ello es toda la energía que dedica a la historia con el chico de la capucha. Para bien o para mal lleva todo el día pendiente de él, y aunque debería sentirse feliz porque no ha aparecido, está irritada. Si el muchacho no ha venido, y por tanto no la molesta, ¿por qué está tan enfadada? En su fuero interno sabe que, en realidad, lo que le jode es que, después de cómo se comportó ella el día anterior, él no haya vuelto hoy. La hiere en su orgullo, pero también está el deseo de verlo otra vez, incluso por puro aburrimiento.

Le ha vuelto a picar el gusanillo. Agarra los prismáticos y se pone de pie pegada a la cristalera del salón. Realiza un barrido por la zona en la que el chico se suele poner: recorre la encina enorme que está otra vez sin apenas pájaros, los arbustos, las piedras a lo largo del camino, los troncos desnudos que llamaron su atención esa mañana y, al seguir observando hacia la derecha, aparece él. Le llama la atención porque tiene el brazo estirado y le hace señales. Julia baja los prismáticos. ¿La está saludando? Enseguida mira de nuevo. El joven lleva puesta la sudadera de la última vez también con la capucha puesta y la cremallera desabrochada hasta abajo, por lo que puede verle el torso. Él repite el gesto con la mano mientras sonríe, levantando la cabeza para que lo vea bien. Julia se fija en sus facciones: tiene un mentón cuadrado y unas cejas gruesas que enmarcan su profunda mirada. Los labios carnosos y una sonrisa irónica del que sabe que tiene cierto poder. Es incluso más joven de lo que esperaba y también más guapo. En ese momento suena su móvil, en la pantalla aparece el número de la seguridad de la urbanización. Por un instante duda en responder, pero finalmente contesta.

—¿Sí?

—Tiene que venir a la garita —le dice tajante Aldara, la vigilante de seguridad—. Quiero comentarle algo importante sobre lo que sucedió anoche.

7

Frente a la garita de seguridad hay una hilera de contenedores para reciclar y, justo delante, un par de plazas de aparcamiento. Julia tiene suerte y puede dejar el coche en una de ellas. Al llegar, la vigilante le hace un gesto para que abra la puerta.

—Hola, perdone las prisas, pero quiero que esté al tanto de todo. Nosotros no tenemos acceso a las cámaras que hay en la avenida principal ni en las entradas a la urbanización porque es competencia de la Policía Local, pero tengo algún conocido y le escribí anoche para ver si me echaba un cable. Quería saber si en las horas anteriores y posteriores al suceso que me contó, se había captado a un hombre de esas características: muy alto y vestido de negro. Hemos tenido suerte y a mediodía tenía las imágenes, es lo que tiene que a una le deban favores. —Le guiña un ojo descarada.

—Gracias.

Julia sonríe. La chica le cae bien, no queda rastro de las sospechas que tuvo durante la noche.

—He estado revisando todo a conciencia. Durante la guardia nocturna tengo que estar muy pendiente de los coches que entran y salen, entre otras cosas, y me es más complicado, así que he venido antes. Lo malo es que, por mucho que he mirado, no tenemos nada; ninguna de las cámaras recoge a ningún desconocido que encaje con su descripción. He puesto especial interés en las de acceso a la urbanización, al club, a la zona comercial y paradas de autobús. Y nada. Nadie entra ni sale por las entradas al campo, salvo un par de chavales con sus bicis antes de que se haga de noche. —Julia está visiblemente decepcionada. No entiende a qué se debe entonces tanta prisa para que fuera a verla—. ¿Sabe lo que quiere decir esto? —Julia niega con la cabeza—. Que la persona que anoche estaba en el porche de su casa volvió al monte, por donde había entrado, y se perdió. Así que solo hay dos opciones: el bosque se lo tragó o se trata de un vecino de esta urbanización, alguien que desde ahí pudo regresar a su casa andando en la oscuridad, sin pasar por ninguna calle ni acceso principal. —Hizo una pequeña pausa continuó—: Probablemente alguien que la conozca. Julia, ¿hay alguien que tenga razones para querer entrar en su casa?

8

¿Alguien a quien conozca? La pregunta de la vigilante de seguridad se repite en la cabeza de Julia y, por más vueltas que le da, siempre llega a la misma conclusión: no conoce gente en la urbanización y menos hombres.

Repasa posibilidades. Conoce de vista al tal Jacinto, a Karim, el jardinero de sus vecinos; a Javier, aunque es imposible porque está segura de que no han vuelto, y al chico de la capucha. Todos ellos son hombres corpulentos que encajan con el que ella se ha encontrado cara a cara. La cuestión ahora es averiguar si el merodeador solo la estaba espiando o si pretendía entrar en su casa mientras ella dormía y qué razones podría tener para hacerlo. Necesita contárselo a Pilu, ella lleva años en la urbanización y seguro que puede ayudarla. Agarra el móvil y la llama.

—¿Qué tal las cámaras, las instalaron por la mañana? —pregunta con cierto retintín su amiga nada más cogerlo.

—Muy bien, sí. Hemos tenido suerte, han sido super-puntuales...

—No me mientas, me ha dicho Paula que te ha visto en el club.

Julia se sorprende por el tono tajante de Pilu, la hace sentir una cría.

—Sí, me escapé para preguntar qué tenía que hacer para apuntarme a pilates —se excusó.

—¿Por qué me mientes? Paula ha preguntado después a Carmen, la mujer que te ha atendido, y le ha dicho que querías información sobre la piscina, no de pilates.

—¿Y por qué te tiene que llamar Paula y dudar de lo que yo he dicho?

—¿Está mintiendo acaso? Y encima vas y le pides que no me cuente nada, ¡es que vamos! —Julia maldice el momento en el que le había pedido a Paula que no le contara a Pilu que la había visto, pero no quería que le dijera que había ido a apuntarse a pilates y después no tener excusa para no aparecer por clase—. Siento decirte que te has columpiado —continúa—, aunque me da igual, ya se me pasará, pero es que encima que pongas en ese aprieto a Paula... con la que en un día hablo más veces que contigo en los últimos cinco años. Solo te voy a decir una cosa: te has confundido de confidente porque, de todo el grupo, ella es la que más ganas te tiene.

—¿Cómo? —pregunta Julia extrañada.

—Lleva años deseando encontrar una parcela o casa con vistas al campo. Así que no le hace ninguna gracia que llegues la última y la consigas. Ándate con ojo, porque como te la jure, menuda es... y Julián, el marido, ni te cuento. ¡Ah! Cuando esto ocurra, no me llames para llorarme porque seguramente estaré «ocupada» con algo que me vengan a instalar...

—Pilu, déjame que te explique, anda, ¡que no es tan así! Hay un motivo importante...

—Ya hablaremos, que me tienes contenta. Cuídate.

Pilu le cuelga y Julia no insiste, su amiga acaba de darle una nueva opción con la que no contaba: el marido de Paula también es alto y fuerte. ¿Qué le habría dicho su mujer? ¿Se la tenía también jurada y tramaban algo contra ella? Le había dado esa sensación cuando los vio cuchichear al marcharse del club. Julia está alucinando con la pataleta propia de una niña que ha tenido Pilu y lo que acaba de contarle. Era lo que le faltaba, empezar con líos así, como cuando estaba en el colegio.

Recuerda las palabras de Laura, su vecina, cuando la advirtió de la mala praxis de algunos vecinos y le recomendó que se mantuviera al margen. Eso pensaba hacer, pero no cedería; si había sido el marido el que quiso asustarla por la noche y pensaban repetir la jugada, ahora con las cámaras les iba a salir el tiro por la culata, dado que no podrían entrar y, además, los grabarían. Era cuestión de esperar, solo tenía que aguardar a que cometieran un pequeño error.

Después de la conversación, le embarga otra vez esa sensación que tiene, cercana al presentimiento, de que todo lo que rodea a su casa y la urbanización tiene algo turbio. Necesita claridad, tiene que intentar desconectar. Un buen baño caliente le vendrá de perlas.

Va a ponerse un bañador mientras programa el jacuzzi para que el agua se caliente aún más. Elige un biquini minúsculo, confirma en el espejo del vestidor que le queda bien y se acerca hasta su habitación para echar un vistazo al monte. Después de aquel saludo antes de ir a ver a Aldara, al chico se lo ha vuelto a tragar la tierra. O quizá sigue ahí. Julia se sitúa en mitad de la cristalera para poder ser observada. Desde lo alto de la casa se siente con más poder, saca el móvil para disfrutar de su nuevo juguetito y revisa otra vez las cámaras de seguridad. La pantalla se divide en cuatro, según las cámaras que hay en cada planta. Al deslizar y llegar a la imagen que enfoca la piscina, pone el grito en el cielo. No puede creer lo que están viendo sus ojos. Cierra la puerta de la terraza y baja las escaleras rápidamente.

9

Conforme sale al pasillo y avanza, Julia se topa con la inesperada estampa: todo el desbordante está plagado de palomas y pájaros negros y grises de distintos tamaños, y en la piscina y en el bordillo del jacuzzi hay también varios patos. A Julia le repelen los pájaros y aves, sobre todo después de haber visto veinte veces *Los pájaros* de Hitchcock y haberse pasado media infancia jugando a que era Tippi Hedren y que la atacaban sin parar. Sin embargo, no es esto lo que la enfurece, sino que tanto el fondo como el exterior está lleno de manchas negras. Se han cagado por todas partes. Cuanto más se acerca, peor es la imagen, y le está dando un asco tremendo. Va directa al lavadero y agarra una escoba. Abre la cristalera del salón empuñando su arma, como si fuera una lanza. Algunos ejemplares salen volando nada más verla, pero otros se mantienen fijos en su sitio, mirándola, sin inmutarse. Julia comienza a realizar movimientos bruscos, amenazándolos.

—¡Fuera! ¡Largo! —exclama con mayor agresividad.

Poco a poco consigue que todas las aves se vayan salvo los patos. Estos siguen tranquilos, como si la cosa no fuera con ellos, y Julia enfatiza las amenazas apuntándolos desde más cerca.

—¡Vamos! ¡Fuera! —grita.

Al ver que sus esfuerzos no obtienen resultado, se plantea si los patos no pueden escucharla o si su campo de visión es limitado. Sea lo que sea no piensa darse por vencida. Se sube al cuadrado exterior de gresite del jacuzzi y los persigue con la escoba. Por fin se mueven, pero muy despacio y mirando de perfil, como si lo hicieran disimuladamente. Las heces que han ido dejando son con diferencia las más grandes. Se da cuenta de que hay verdaderos montículos dentro del agua y también en la zona donde se apoyan la cabeza y los brazos. Siente una intensa repugnancia.

—¡Largooo! —grita fuera de sí mientras intenta embestirlos con rabia.

Los patos por fin se dan por enterados y echan a volar. Pero Julia pierde el equilibrio y termina metiendo una pierna dentro del jacuzzi.

—¡Joderrr!

La saca enseguida y, aunque la caída podría haber sido mucho peor, solo se fija en las heces disueltas y, al pensar que las ha tocado, se pone mala.

—Aunque logres espantarlos, volverán. No olvides que eres tú la que está en su territorio y no al revés.

Julia se gira al escuchar la voz a su espalda. Es su vecina Laura, al otro lado de la valla. Junto a ella está Pepe, su enorme perro. La mujer la mira fraternalmente con su dulce sonrisa. Ella se la devuelve mientras se avergüenza de haber perdido los papeles. Por asqueroso que le parezca, está claro que ha pagado con aquellos animales todas sus preocupaciones.

—No te lo tomes como una invasión. Antes aquí no había ninguna piscina, pero sí un río con mayor cauce que ahora —continúa Laura—. Eres tú la que ha invadido su territorio, todos nosotros. Estamos en mitad de la naturaleza, hemos irrumpido en un lugar salvaje. Lo menos que podemos hacer es respetarlo. No se nos puede olvidar. Tendrás que convivir con ellos; es indispensable si quieres vivir tranquila y en paz sin partirte un tobillo.

—Ufff, es que mira cómo han dejado todo. Me he puesto nerviosa porque hasta que tengamos a alguien que venga a limpiar, me toca a mí, ¡es que parecen cagadas de dinosaurio! Así no me puedo meter en el agua… y todavía los patos son bonitos, pero lo de los gatos… Hay uno con calvas que está todo el tiempo por aquí ronroneando y cuando me lo cruzo, me reta con la mirada. Parece salido de una película de terror. Me da miedo.

—Pero no hacen nada, te lo digo yo. Hay que ignorarlos, entender que este también es su sitio. No les des bola. Esto es el campo, terreno salvaje lleno de animales que luchan por sobrevivir. Así es la naturaleza. Además, piensa que donde hay gatos, no hay ratas. No sé si has visto alguna vez una de campo, suelen ser marrones y no negras y de tamaño casi como mi perro.

—Qué horror, me dan un asco.

—¡Ves!, si te están haciendo un favor. Te acostumbrarás. Mejor los gatos que zorros y jabalís.

—He visto esta mañana uno con sus crías.

—¿Un jabalí? —Julia asiente—. ¿Te ha atacado? A veces se enfrentan.

—No, he salido corriendo. No le he dado pie.

—Nosotros aquí abajo teníamos gallinas y se las comieron los zorros. La verja está destrozada. Por eso desde entonces la zona de abajo la doy por perdida. Ya te digo que hay que saber que aquí no estamos solos y aprender a convivir con todos ellos.

—Si lo sé, mis padres eran de Palencia y me he pasado media infancia en el pueblo rodeada de animales. Pero siempre he sido un poco señorita y dejé de ir hace siglos. Sentía que no era mi sitio. Pero este lugar es otra cosa, cuando vine por primera vez, me enamoré y no contaba con todo esto…

—Es el sitio perfecto para echar raíces, desde luego que no os habéis equivocado. Es solo que no se puede luchar contra la naturaleza —le explica mientras mira hacia la piscina.

Julia sonríe. Una vez más la conversación con Laura le da el enfoque que necesita, donde cada cosa tiene el lugar e importancia que le corresponde. Le viene bien conversar con ella y relativizar. Verla es como asistir a una clase de relajación. Julia aprovecha la evidente complicidad.

—¿Alguna vez han entrado a robar en tu casa o has tenido algún problema de ese tipo?

—Qué va, ¿aquí quién va a entrar? Por el campo no pueden meter furgonetas, no hay acceso. Y para lo poco que podrían llevar a pie no les conviene enfrentarse a los dueños y meterse en problemas. Yo vivo tranquila porque, si entran, les resultaría imposible llevarse cosas sin que nadie los viese, y eso es un poco complicado. Que yo sepa, nunca ha habido agresiones. —Pero, de pronto, el rostro de Laura se crispa un poco—. Salvo…, pero ese es otro tema. En realidad, que recuerde lo único que se han llevado ha sido a un niño… Una tragedia.

Julia se prepara para la frase que vendrá a continuación, la famosa pregunta de rigor:

—No tienes hijos… —Ella niega con la cabeza sin poder aguantar las lágrimas que asoman a sus ojos, hay algo en la calidez con la que le habla la mujer que consigue ablandarla—. Todo llega, confía —le dice con mucho tacto—, y este lugar es el adecuado, créeme.

Julia, que se ha ido acercando a la valla durante la conversación, no puede contener las lágrimas que le caen por la cara. Ya es tarde para darse media vuelta, sabe que Laura la ha visto.

—¡No quería ponerte triste!

—No te preocupes, soy yo. Estoy muy sensible, son muchas cosas —se excusa Julia mientras se limpia los ojos.

La anciana estira el brazo e introduce su pequeña mano dentro de la parcela de su vecina. Julia valora el gesto y le da la suya.

—Ya has dado el primer paso: construirte un hogar. A partir de ahí todos los males son menores, porque ya tienes tu lugar. Y ya sabes lo que dice la película: «Como en casa no se está en ninguna parte», era así, ¿no?

Julia vuelve a sonreír.

—¿Tienes hijos? —pregunta con el mismo cuidado.

Laura deja de agarrarle la mano y da un paso hacia atrás.

—Uy, no. No pudimos, no se dio o Dios no quiso. Pero construimos esto y, aunque a mucha gente le cueste creerlo, creamos un hogar. Nuestro hogar. Hemos sido muy felices. La clave siempre fue querernos; luchar y ceder para conseguir estar a gusto. —Laura parece emocionada—. ¿Qué vas a hacer con todo esto? —pregunta la mujer señalando hacia la parcela sin ajardinar para cambiar de tema—. No me plantes algo que no pegue, ¿eh? Sé respetuosa con el entorno.

—Por supuesto, estoy esperando a que llegue Rubén para hablar con el paisajista y saber qué es lo que queremos. Lo hemos dejado para el final porque no podíamos más después de toda la obra. Pero, vamos, pondremos algo muy sostenible. Plantaremos más encinas y árboles similares a los del monte y que no necesiten mucha agua ni mantenimiento.

—Hacéis bien porque lo del riego, menuda broma. Aquí las casas más antiguas tienen un pozo. Si te das un paseo por el campo, los verás en la parte de abajo. Pero de unos años para acá ya no dejan, por lo visto. Ponen mil trabas y es una pena, porque nosotros hemos tenido un jardín verde durante años gracias a él. Creo que tus vecinos tienen un aljibe.

—Me suena que sí, algo nos contaron de que tenían un sistema para recoger el agua de la lluvia para después utilizarla para el riego, ¿es eso?

—Así es, aunque con este tiempo, que no cae ni una gota, muy rentable no es. Vosotros sois libres de hacerlo, pero yo me lo pensaría.

—Desde luego, un pozo sería lo suyo.

—Pues entérate bien de si puedes hacerlo. Asegúrate, que cada dos por tres hay un helicóptero sobrevolando para ver si se está construyendo algo ilegal. Vamos, que están todo el día como buitres a la caza para sablearnos y recaudar y recaudar… Cuando tienes un problema, te ignoran, pero para recaudar no les falta tiempo. El mío, entre que lleva toda la vida y que no se ve muy bien con las copas de los árboles y la vegetación, ahí sigue, aún no me han dicho nada. —Después de una pausa continúa con la conversación, dulce—. ¿Estás mejor?

—Sí, sí. Mucho mejor. Gracias.

—Me alegro; si me necesitas, ya sabes dónde estoy.

—Lo mismo te digo.

—¿Quieres que te lleve algo de comida? Siempre hago de sobra, la costumbre de cuando estaba mi marido…

—No hace falta, gracias.

Laura se despide con la mano y se adentra en el jardín. Julia se queda con una sonrisa en la boca, menuda suerte haber dado con esa mujer al lado y no con una de las bichas amigas de Pilu. Se gira y decide enfrentarse al problema con energía. Baja por el otro lateral hasta el cuarto de instalaciones. Mira en las notas del móvil las indicaciones que le había enviado su marido para depurar la piscina si había algún problema hasta que viniera un profesional. Las sigue al dedillo y cruza los dedos para no meter la pata. Después agarra un recogehojas y, cuando sale, en la parcela de sus otros vecinos se topa con alguien de espaldas que entra en el cuartito al que accedió el jardinero la tarde anterior. Debe de ser él, Julia espera un minuto para ver si con suerte sale y se ofrece a ayudarla o por lo menos se acuerda de que la tiene que llamar. Espera un poco más, pero no aparece, y sube de nuevo. Hace un buen repaso para quitar la porquería. Cuando termina, no ha eliminado todos los restos disueltos en el agua, pero el exterior ha quedado más limpio.

Vuelve al cuarto para dejarlo todo en su sitio y, cuando cierra, para su sorpresa, ve que no es el jardinero quien la está observando, sino el chico de la capucha, que la mira fijamente al otro lado de la valla, casi a su altura.

10

La mirada del chico desde tan cerca resulta muchísimo más intimidatoria. Julia tiene un primer impulso de taparse el cuerpo que deja ver el minúsculo biquini que lleva puesto. Pero decide que es mejor actuar como si nada, se asegura de que la puerta está bien cerrada y da un paso hacia las escaleras que conducen a la planta del salón. Un chis la frena de golpe. No hace falta que se gire del todo para darse cuenta de que ha sido él y que ahora está esperando su reacción. No piensa darle el placer. Va a seguir subiendo, ignorándolo por completo, pero después piensa que no puede permitirse ese tipo de juegos. Sobre todo a partir del día siguiente, cuando haya vuelto su marido, porque tendría que hacer un curso intensivo de interpretación para que Rubén se creyera que no conoce de nada al chico. Se gira y le hace un gesto con la mano para que se vaya.

—¿Qué soy, una cabra? —pregunta él con picardía mientras se acerca un poco más y se enciende un cigarrillo.

Julia se fija en cómo sus labios dan una honda calada y cómo se traduce después en una mirada de placer.

—Adiós —responde ella tajante, con el aire de superioridad que le otorga estar por encima de él, a mayor altura.

El chico chista mucho más fuerte, hasta que consigue que Julia se pare de nuevo. Ella entorna lo ojos; tiene suerte de pillarla en «modo zen» después de hablar con Laura, porque si se lo hubiese encontrado tras colgar a Pilu, su reacción hubiese sido muy diferente.

—¡Eeeh! —exclama él sin darse por vencido.

Julia se pone de los nervios, porque siente como si toda la urbanización estuviera pendiente de ellos y los demás vecinos pudieran verlos. Da media vuelta y baja las escaleras para dirigirse hasta donde está parado, en la salida al campo que tienen desde la parcela. Al llegar frente a él se queda impactada por su mirada cristalina, tiene los ojos muy claros y muy grandes. Es muy joven. No es más que un yogurín gamberro que vacila a una madurita para reafirmar su masculinidad. Bien por él, en otras circunstancias le habría parecido divertido e incluso se lo habría follado a la primera de cambio para que supiera quién mandaba ahí, pero ahora solo puede pensar en dejarle bien claro que no puede volver a su casa nunca más.

—Escúchame, tienes que dejar de venir por aquí, ¿me entiendes? ¿Sabes que lo que estás haciendo es un delito?

—¿Me vas a denunciar?

El joven pone morritos. Es muy sexy y lo sabe, como también conoce el poder que ejerce sobre ella.

—Si sigues molestando, voy a llamar a seguridad, sí.

—¿Ayer también te molestaba?

—Vete, por favor.

—¿O qué? ¿Qué vas a hacer?

El chico se acerca más a la valla de simple torsión y se aprieta el paquete semierecto contra ella. Luego se frota lentamente, mirándola a los ojos con los labios rosados abiertos.

—Por cierto, también te pido que pares con el mecherito por las noches.

—¿Qué dices? —Da otra honda calada—. ¿Qué pasa, que también quieres que venga por las noches o qué?

—Quiero que dejes de venir.

—Pues yo creo que no es verdad.

—Voy a llamar a seguridad.

—¿Y qué les vas a decir? ¡Ah!, les vas a contar lo de ayer… —Julia se tensa—. Abre, va. —Y vuelve a rozarse sensualmente.

—No te voy a abrir.

—Quieres hacerlo…, vennn. —El chico estira el brazo intentando pasar la mano entre los huecos de la verja.

Julia se queda quieta, le gustaría salir corriendo y llamar a la garita de seguridad o a la policía, pero se queda inmóvil, como hipnotizada. Siente que su actitud también es parte del juego y teme que la vayan a responsabilizar.

—Abre la puerta, por favor —dice de nuevo susurrando.

Ella niega con la cabeza. El muchacho la sigue mirando fijamente, se siente atrapada por su mirada. Él baja la vista hacia su cintura, invitándola a que lo toque. Julia lo mira y se fija en que su miembro está erecto. Por su cabeza pasa el dejarle entrar, bajarle los pantalones, agarrársela y masturbarlo hasta que se corra. Pero enseguida intenta olvidarlo, pese a que no le resulta sencillo: el joven respira fuerte y puede sentir cada respiración casi como un jadeo.

—Ábreme…

En ese instante, de pronto, como si fuera una iluminación, Julia es capaz de verse desde fuera. «¿Qué coño estoy haciendo?», se recrimina.

—No te lo vuelvo a repetir, que sea la última vez que te veo por aquí. —Se da media vuelta sin echar la vista atrás—. Vete o llamo a la policía, te lo aviso —remata mientras avanza hacia el salón.

—¡Que me abrasss!¡Abreee!

El grito ha sido tan desaforado que Julia no puede evitar girarse de nuevo. Al hacerlo se encuentra con el chico con la cara muy roja y el cuello hinchado con las venas marcadas. Está totalmente desencajado, parece un perro rabioso. Le da terror. Julia agradece no haber cedido a sus intentos y sube a toda prisa. Él la sigue con la mirada bañada en sangre, da una última calada al cigarro y lo tira al suelo. Posa su pie y lo aplasta hasta convertirlo en cenizas.

11

Después del violento episodio con el chico, Julia no tiene cuerpo para escribir a su marido y busca como disculpa que él tampoco la ha llamado. Deja pasar así lo ocurrido y lo saca de su mente. Necesita borrar esa mirada y la manera en que el muchacho le ha gritado, que aún ahora le da pánico, mientras suplica que su amenaza surja efecto y no vuelva a molestarla nunca más.

Luego vive una montaña de emociones donde conviven la culpa y el miedo, y es cuando se plantea si por este tipo de cosas no están consiguiendo ser padres. Teme que el episodio se traduzca en un castigo y que jamás puedan quedarse «embarazados». Se odia por haber seguido el juego y haberse mostrado desnuda. No cambiaría a su marido por nada del mundo, es solo que se siente sola y necesita atención. Saberse deseada. Tiene que salir de esa espiral tan perjudicial.

Solo conoce una manera de evadirse del todo. Ya es prácticamente de noche y no piensa hacerse nada para cenar. Coge una bolsa de palomitas y baja al cine que se han hecho en el sótano. Deja la puerta abierta para no quedarse demasiado aislada y enterarse si ocurre algo. Enciende el proyector y navega con el mando a distancia por las numerosas aplicaciones y plataformas. Hay tanta oferta que se siente abrumada, no sabe por dónde empezar. Lleva una temporada sin ver ninguna serie, y tiene varias guardadas para disfrutarlas junto a su marido, así que le resulta imposible decidirse.

Finalmente opta por una película del año de la polca protagonizada por Barbra Streisand y Richard Dreyfuss, *Loca*. La ha visto hacía siglos, pero le apetece volver a verla porque se acuerda de que va de un juicio y de que le había gustado. Le encantan las pelis de juicios. Además, los dos actores le parecen buenísimos y solo por verlos merece la pena.

Mete la bolsa de palomitas en el microondas y espera a que pite para sacarlas. Cuando se las ha servido en un bol negro en el que hay escrito *Popcorn,* se tumba en el enorme sofá cama de color negro y, antes de poner la película, hace un recorrido por las cámaras de videovigilancia desde el móvil para comprobar que todo está en calma.

A mitad de la película, cuando realmente está empezando lo bueno, Julia advierte un par de ráfagas de luz por la pared del sótano. Las localiza a través del marco de la puerta que ha dejado abierta. En un primer momento no reacciona, piensa que son luces de la calle o procedentes de los faros de un coche al pasar por ahí. Sin embargo, no tarda ni un segundo en levantarse de golpe del sofá: vive en el monte, frente a ella no hay ninguna carretera, luego es imposible que sea ningún vehículo. La única explicación posible la asalta con contundencia: la luz proviene de una linterna.

Sale corriendo de la sala de proyección con el móvil en la mano. Lo primero que hace es estirar la mano derecha y encender la luz. Toda la estancia queda iluminada y descubre con claridad de qué se trata: en la cristalera hay un hombre vestido de negro y con un verdugo cubriéndole la cara del mismo color. Es el mismo intruso de ayer, está segura. Al verla, vuelve a desaparecer rápidamente. Julia busca el teléfono de la garita de seguridad y llama. Cuando escucha la voz de la vigilante que ya conoce, solo puede decir con voz temblorosa:

—Está sucediendo de nuevo.

12

Cuando la guardia de seguridad vuelve de hacer una ronda por toda la parcela sin suerte, le pide a Julia que le cuente todo lo que ha ocurrido. Ella se esfuerza en hacerlo con la mayor precisión posible, aunque todo ha sido tan rápido que no puede darle más información. Ambas están junto a la puerta principal de la casa en la parte de arriba de la parcela. Al terminar, la chica le hace un gesto.

—Espere aquí. —Y se aleja hacia un lado para llamar por teléfono.

Julia vigila ambos lados, temerosa de que pueda volver a aparecer el hombre de negro. A los pocos minutos la vigilante regresa.

—He llamado a la Guardia Civil de la zona, vienen hacia aquí. Espero que vengan Candela y Mateo, son de lo mejorcito que hay.

—Muchas gracias.

—He visto que ya están instaladas las cámaras.

—Sí, vinieron los técnicos esta tarde.

—¿Ha revisado las grabaciones?

—No, no me ha dado tiempo.

Julia saca el móvil y se mete en la aplicación para revisar las imágenes. La primera cámara que chequean es la que recoge el ventanal del sótano en el que vio al hombre. Rebobina hasta que lo localiza: el monitor está en el plano fijo en el que aparece la cristalera doble, el porche cubierto de césped artificial y la puerta del cuarto de instalaciones en un lateral. Por el otro lado, de pronto, entra en el plano una silueta negra que se acerca hasta pegarse al cristal. Es un hombre de constitución fuerte que lleva puesto un verdugo que solo deja al descubierto los ojos y la boca. La distancia y calidad de la cámara con el efecto noche hacen que estos rasgos se difuminen bastante y a Julia le resulta imposible identificarlo. En la mano lleva una linterna que mueve varias veces, mientras presta atención al interior de la vivienda. A los pocos segundos una luz se enciende, la silueta del hombre queda más definida, pero las facciones continúan siendo prácticamente igual de imprecisas. El intruso sale corriendo en cuanto es descubierto.

El hecho de poder analizar lo sucedido hace que se dé cuenta de que es una realidad y no una falsa alarma, fruto de los temores que la invaden desde su llegada. El merodeador ha regresado y ella está en lo cierto. Sin embargo, algo le dice que no se dará por vencido y teme que no sea más que el principio de algo que se la escapa de las manos. Pero lo que más le atormenta es no saber el motivo por el que lo hace.

—¿En el interior de la habitación tiene alguna cámara que enfoque hacia ese ventanal? —pregunta la vigilante interrumpiendo sus pensamientos.

—Sí.

Julia busca la que permite acceder a todo el sótano y, al fondo, a la doble cristalera con salida al cuarto de instalaciones y a la parte baja de la parcela, tal y como le ha pedido. Rebobina hasta la misma hora y aparece de nuevo la silueta del hombre, mucho más lejana, moviendo varias veces la linterna mientras pega la cara para mirar hacia el interior. Esta vez las ráfagas de luz cobran un mayor protagonismo atravesando la sala y dibujándose en la pared. A los pocos segundos, en la esquina izquierda, donde está la puerta de acceso a la sala de cine, sale ella, que alarga la mano y enciende la luz de la habitación. Desde este ángulo se los ve a los dos enfrentados, cada uno prácticamente en una esquina de la habitación hasta que, enseguida, el desconocido se marcha corriendo.

—Está claro que en cuanto lo descubres, huye por el lado opuesto por el que ha llegado. ¿El exterior de ambos lados está cubierto por las cámaras? Por si conseguimos averiguar por dónde sale, pero también por dónde ha entrado y el recorrido que ha hecho. —Julia asiente—. Es que si entra por la entrada principal, podemos lograr las de la calle y tendríamos más probabilidades de verlo con la cara al descubierto.

Julia traga saliva, la idea de descubrir quién se esconde bajo el verdugo le hace darse cuenta de nuevo de que, efectivamente, el peligro es algo real. Revisan el resto de cámaras situadas en cada extremo de la casa y que alcanzan la mayor parte de la parcela. Solo hay unos cuantos puntos ciegos que no quedan cubiertos.

En un primer momento las cámaras reflejan cómo el hombre se escapa saltando la valla que da al campo por el lado de la casa de Laura. Otro ángulo recoge cómo minutos antes ha entrado por ese mismo sitio, lo cual es una mala noticia porque significa que muy probablemente no tendrán ninguna imagen de él sin el verdugo y, además, confirmaría la teoría de la vigilante de que tiene que ser alguien que vive por la zona y puede llegar a pie a través del bosque.

Cuando están comprobando las cámaras que dan a la calle principal, escuchan que llega un coche. Al momento alguien se apea de él y acto seguido suena el telefonillo. La vigilante camina directa hacia la puerta y abre. Son los dos agentes de la Guardia Civil y por cómo sonríe la de seguridad, Julia entiende que han tenido suerte y que son los que Aldara quería que fuesen. Julia ve cómo se saludan y la mujer, que debe sacarle un par de años, avanza hacia ella seguida por el chico, que seguramente tenga menos de treinta.

—Buenas noches, soy Candela Rodríguez, teniente de la Guardia Civil.

—Mateo, encantado, señora —se presenta el chico pasando de largo hasta perderse por uno de los laterales de la parcela.

—Aldara —saluda la mujer a la vigilante; el chico le hace un gesto de cortesía—. Nos han llamado porque según tengo entendido ha habido un intento de robo en su casa.

—Así es. Estaba viendo una película en el sótano y de pronto he sentido unos flashes por fuera… He salido y he visto a un tipo muy grande con un verdugo, todo vestido de negro, pegado a la cristalera y enfocando con una linterna hacia el interior. He dado la luz y ha salido corriendo.

—¿Sabe hacia dónde ha ido?, ¿ha vuelto a verlo? —le pregunta girándose hacia la vigilante.

—No le ha visto más, pero tenemos las cámaras de seguridad y se refleja perfectamente lo que describe.

—¿Se le ve la cara en algún momento?

—Solo los ojos y no con demasiado detalle.

—Vamos a necesitar esas grabaciones. En cuanto vuelva mi compañero, tenemos que ir hasta el monitor principal donde se almacenan los vídeos para poder volcarlos, supongo que sabe dónde lo tiene, ¿verdad?

—Sí, por supuesto. Las han instalado esta tarde y me lo acaban de explicar todo.

—Hemos tenido suerte entonces…

—Ayer hubo otro incidente —interviene la guardia de la garita.

—Por la noche, sobre la misma hora, bajé a beber agua a la nevera y, al cerrarla, vi al mismo hombre; muy alto, fuerte, con la cara tapada y todo vestido de negro —continúa Julia.

—Vine enseguida, revisé el terreno, pero no encontré nada. No hay rastro de él en ninguna de las cámaras de la urbanización, luego pensamos que entró y salió por la parte inferior que da al campo y que por lo tanto tiene que vivir por la zona.

—¿Tiene idea de quién puede ser, alguna sospecha?

La guardia lanza una mirada a Julia.

—Tuve un episodio hace un par de días con un hombre, también bastante grande, que me dijo que trabajaba en seguridad de la urbanización y es mentira.

—Doy fe —confirma Aldara.

Aunque Julia ha explicado la que podría ser la versión oficial, en su cabeza aparecen flashes del marido de Paula y del jardinero. Pero lo que cada vez tiene más presente es que pueda ser tal vez el muchacho de la capucha; el pronto que había tenido esa misma tarde le preocupaba. ¿Estaba tan deseoso de estar con ella que se había propuesto entrar en la casa?

—Muy bien, enséñeme, por favor, dónde estaba asomado el hombre —dice Candela interrumpiendo sus pensamientos.

Julia baja por el lateral de la casa de sus amigos, acompañada de Candela y la vigilante, que alumbra con su linterna. Cuando llegan hasta la salida del sótano donde estaba asomado el intruso, Julia enciende los focos de exterior por domótica.

—El hombre se dirige hacia ese lado y sale por la esquina, luego salta la valla hacia el monte. Se aprecia perfectamente en la grabación —añade la vigilante una vez recreado el incidente.

—¿Han visto más?

—Unos cinco minutos antes entra por ese mismo sitio y sube hacia la parte de arriba. Nos queda ver las cámaras frontales y el otro lateral —contesta Aldara.

En ese momento las tres mujeres escuchan unos pasos por detrás, son tan rápidos que todas se giran de golpe.

—¡Quieto! —exclama Candela empuñando su arma con las dos manos.

—Tarde, Cande, tarde —responde Mateo, que da un par de pasos hacia ellas hasta que pueden verlo.

Tiene una mirada triunfal y las manos extendidas simulando sostener un arma, que todas saben que habría disparado mucho antes que su compañera. Julia aún se está reponiendo del susto, y si no fuera porque el agente es de estatura media, se hubiese planteado si tal vez fuese el hombre que la acechaba cada noche.

13

Una vez que Candela baja el arma, Mateo se acerca hasta ellas con gesto afable.

—¿Tiene usted hijos? —interroga a Julia.

Esta vez sí que la pregunta la pilla desprevenida, pero, más allá de su problema personal, prevalece la urgencia y la intriga de por qué es tan importante en ese momento.

—No tengo, ¿por qué?

—¿Sus vecinos? —dice señalando la casa de sus amigos—. En ese casoplón tiene que haber una guardería por lo menos.

—Ellos sí. Tienen tres: un chico y dos chicas, una adolescente y una recién nacida, pero no viven aquí. A él lo trasladaron fuera por trabajo y vienen muy de vez en cuando…

—En Navidades, entiendo —continúa Mateo.

—Tampoco llevan tantísimo tiempo fuera, creo que iban a venir ahora… No sé cuánto tiempo se quedarán, la verdad.

—Está bien saberlo.

Julia lo mira interrogante, no sabe qué conexión puede tener eso con lo que le acaba de ocurrir a ella.

—¿Podemos centrarnos, por favor? —interviene Candela y hace un gesto a su compañero para que lo deje.

—Si han estado fuera, habrá que informarlos, ¿no? —insiste él.

Candela hace como si no lo hubiera escuchado y continúa:

—Tenemos grabaciones. Las cámaras estaban funcionando. Vamos dentro para terminar de ver las que faltan y nos llevamos todo el material.

—Buena idea —dice Mateo enseñando un pendrive que saca del bolsillo de su cazadora.

Una vez dentro, analizan todo lo que las cámaras han recogido en el monitor que tiene en un armario del salón. Inmediatamente después de que el hombre entre desde el monte por la parte baja de la parcela, sube por el lateral que da a la casa de Laura. Camina muy pegado a los árboles y arbustos que se cuelan desde la parcela de la vecina, hasta que llega a la puerta exterior. El sensor de luz de la entrada se enciende y él se queda pegado, totalmente camuflado, a la puerta de color antracita hasta que todo se queda a oscuras de nuevo.

—Dale para atrás —ordena Candela a Mateo.

Este obedece.

—Para.

En la imagen se ve al intruso erguido y pegado por completo a la puerta, justo antes de que se apague la luz.

—Efectivamente es un buen maromo. Yo diría que mide casi uno noventa, ¿recuerda la altura de la puerta?

—Dos cuarenta, mide igual que el muro y tiene la medida que marca la normativa de la urbanización —contesta Julia.

Siguen viendo las grabaciones y las otras cámaras muestran cómo continúa su trayecto por el otro lado.

—Da prácticamente la vuelta a toda la parcela —dice Julia al verlo bajar pegado al porche hasta llegar a la salida del sótano donde lo descubrió al final.

—¿Sabe por qué hace eso? —pregunta de manera retórica Candela, que se contesta a sí misma—. Está haciendo una vuelta de reconocimiento, probablemente para comprobar si alguno de los accesos a la vivienda está abierto. Si tiene suerte y usted se ha dejado alguna ventana sin cerrar o algo por el estilo... Si dice que anoche ya estaba merodeando, lo más probable es que ya tuviera más que estudiada la casa y por eso ha decidido esta noche atacar por el sótano, porque apuesto que pensaba que estaría usted en la parte de los dormitorios, y así evitaría sustos como los de la noche anterior.

—Pues entonces menuda cagada... —dice Mateo jocoso.

—La ley de Murphy también les afecta a «los malos» —responde Candela autosuficiente—. Quizá me equivoque —continúa mirando a Julia—, pero si es un hombre solo el que entra desde el campo y hace todo el recorrido, comprobando que no hay nadie, en la mayoría de los casos significa que el resto estaría esperando fuera.

—¿El resto?

—Sí, el que se adelanta y da el visto bueno en el caso de que las condiciones sean óptimas. El resto esperan fuera y, cuando les dan el OK, ya intervienen todos. Esta gente suele estar muy organizada. —Julia no puede disimular la cara de terror—. Quédese con el lado bueno: casi nunca entran cuando hay gente dentro, no quieren líos. En su caso, si no había ninguna luz dada y no la vio, pensaría que no había nadie. Entran y se llevan lo que pueden de valor, normalmente joyas y relojes. Punto.

Mateo termina de volcar las imágenes y Julia y la guardia de la garita los acompañan a la puerta de entrada. Una vez fuera, Candela se dirige a Julia, que está visiblemente afectada.

—Debería denunciarlo, más todavía si no es la primera vez que sucede. Que ocurra dos noches seguidas no es buena señal. No tiene buena pinta.

—Pero ¿qué denuncio si no me ha hecho nada? —le pregunta Julia desesperada—. Es que no entiendo qué puede querer, pero tengo mucho miedo.

—La entiendo. No podemos saber qué es lo que quiere ese hombre. Pero lo que sí sabemos, señora, es que esto es allanamiento, acoso e intento de robo y que tiene que denunciarlo. Mañana pida cita, desde el covid ya no hay atención inmediata. Solo se atiende con cita previa. Aquí al lado hay un centro de la Guardia Civil, indique que quiere que la cita sea ahí. Igual hasta nos volvemos a ver. En cualquier caso, le dejo mi tarjeta. —Candela se la ofrece—. Llámeme si recuerda algo más.

—O si sucede algo —remata Mateo.

Candela entorna los ojos, quiere matarlo por su falta de tacto. Ha ido a decir exactamente lo que ella se esmeraba en omitir. Los agentes se suben al coche y Julia y la guardia de la garita esperan a que se vayan. Ambas están en la entrada de la calle con la puerta abierta.

—Candela es una crac y él es una eminencia —dice Aldara nada más arrancar el motor—. Mateo es el que se encarga de investigar todos los casos de desapariciones por el maldito conejo ese, Sweet Bunny. Por desgracia, en los últimos meses he tratado mucho con ellos. Cuando desapareció el niño el Halloween pasado, él se encargó de todo. Es un alivio, vive cerca y está superpresente. De hecho, esa noche se encontraba muy cerca e intervino enseguida, pero no hubo suerte. Este bosque es como si se lo tragara todo. Qué horror. Solo espero que no les hayan hecho ningún vídeo de esos… —Julia la mira sin saber de qué habla, no está al tanto del caso—. Los vídeos *snuff*, me refiero. Después de la desaparición del niño tan famoso, el del anuncio, Mateo se encargó del caso y descubrió una red de tráfico de vídeos *snuff* en los que aparecen muchos de los niños desaparecidos. Fue él quien destapó todo el follón en el que estaba metida la madre.

—Eso lo recuerdo.

—Hay que ser muy hija de puta… para grabar a tu propio hijo. Le cuento esto para que sepa por qué le preguntaba insistentemente si había niños en las casas. Está obsesionado con que el monstruo que se esconde bajo el disfraz de conejo pueda llevárselos también.

El niño está jugando con su padre en el jardín trasero de la casa. Se divierten lanzando un balón para ver quién lo mete en una pequeña portería. Menos mal que de momento no es nada competitivo y no le importa perder. Si no, su progenitor no pararía, porque le encanta hacerle rabiar, y si fuese competitivo, el vacile se convertiría en una tortura. Han dejado abierta la puerta del saloncito que da a esa parte y, gracias a eso, escuchan que alguien llama al telefonillo. El hombre se dirige al interior y, al cabo de un minuto, se asoma.

—Hijo, voy a abrir, ahora estoy contigo. Tú entrena, a ver si luego eres capaz de meterme algún gol.

El niño, con una sonrisa en la boca, lo ve subir las escaleras, le encanta que su padre le haga rabiar y le diga maldades, porque eso significa que están pasando tiempo juntos. Vuelve a por la pelota y se entretiene tratando de meterla en la portería y chutando contra un muro de piedra que hay de separación. Los minutos pasan y se aburre, su padre está tardando demasiado. Teme que lo haya dejado plantado otra vez por algún asunto de trabajo, y se acerca a la cristalera para llamarlo por el hueco de las escaleras. Sin embargo, para su sorpresa, está cerrada. Hace apenas unos minutos las puertas estaban abiertas, está seguro porque vio que su padre salía sin tener el reflejo del cristal de por medio. Intenta abrirlas, pero está echado el pestillo. No ha escuchado que las cerrara. Va hacia uno de los laterales y camina hasta la puerta de la entrada que, como esperaba, también está cerrada. Llama al timbre varias veces, pero nadie le abre. Se dirige hacia el garaje cubierto y se fija en que el coche de su padre sigue aparcado, luego no ha podido irse sin él. Quizá haya vuelto a la portería y están como el perro y el gato sin darse cuenta. Regresa a la zona donde estaban jugando y, de camino, comprueba si hay alguna puerta abierta. Pero no tiene suerte y sigue sin poder entrar.

—¡Papá! —exclama—. ¡Papááá!

No obtiene respuesta.

—¿Hola? ¡Papá! ¡Abridme! —grita pegando la cara al cristal para que lo escuchen desde el interior.

Entonces escucha algo por detrás de él. Un chis.

—¿Papá? —pregunta ahora con mayor cautela.

—¿Qué?

El niño se extraña al escuchar ese tono de voz, que parece forzadamente suave, casi como un susurro. ¿Es un nuevo vacile? Seguro que está escondido y quiere asustarlo, como siempre hace. Aunque sabe la que le espera, camina hacia donde ha escuchado la voz. Llega con el convencimiento de que está cayendo en la trampa hasta unas plantas enormes de bambú que sus padres han plantado para tapar la valla exterior. No obstante, se la piensa devolver después. Por la noche se esconderá pegado al marco de la puerta de su cuarto de baño y, cuando salga, le dará un susto de los buenos, de los que nunca fallan. Se fija en que en la parte inferior, entre los troncos, sobresalen las zapatillas de deporte de su padre. Efectivamente, está preparado para pegarle un susto, pero no contaba con que iba a descubrirlo. Esta vez no piensa ser el pardillo y se adelanta.

—¡Uuuh! —grita con entusiasmo mientras empuja las ramas de bambú para descubrir a su verdugo convertido en víctima.

En cambio, nadie reacciona al otro lado. Rápidamente consigue hacer un hueco entre los troncos y se encuentra con que no es su padre quien está escondido, sino un hombre gigante que lo mira inclinando la cabeza hacia abajo. El niño grita desesperado, pero da igual lo mucho que se esfuerce. Una mano enorme le tapa la cara y la otra le sujeta contra la cintura del desconocido, inmovilizándolo por completo. Nadie puede oírlo y mucho menos es capaz de soltarse. El calor de su pis desciende por la entrepierna hasta alcanzar los pies. El miedo lo tiene paralizado. No es hasta que el verdugo lo mete en la casa cuando descubre lo que tiene preparado para él. En ese momento experimenta por primera vez en su corta vida lo que es el pánico.

DÍA 4

14

No hay cosa que más le guste a Julia que el placer de meterse bajo las sábanas calientes de su cama. Sobre todo ahora que se ha quedado fría de estar tanto tiempo fuera con los agentes, con lo mucho que baja la temperatura por la noche. Cuando se tumba por fin, apaga la luz de la mesilla para encender la línea led del techo; necesita luminosidad, nada de tinieblas. Bastante ha tenido ya con el susto del hombre vestido de negro. A ver cómo consigue eliminar la imagen que tiene grabada de él frente a ella, al otro lado de la cristalera, y todas las que había visto gracias a las cámaras de seguridad. Le parece increíble estar viviendo todo eso. Mira el móvil y se encuentra con que tiene un mensaje de Rubén de hace bastante rato: «Salgo ya sin retrasos. A las 13.00 estoy ahí sin falta. Duerme mucho y así te despierto yo, jeje. Te quiero».

Por más que se esfuerza en mantener la mente en blanco, le es imposible, está demasiado nerviosa. Da mil vueltas a la cabeza pensando en quién puede ser ese hombre y los motivos que tiene para intentar entrar en su casa. Quizá se cree que una casa así debería estar llena de joyas de valor y bolsos de lujo. Nada más lejos de la realidad; el dinero se lo han gastado en construir la casa. Es lo único que vale y no se la pueden llevar. Está tan desesperada que está dispuesta a poner carteles diciéndolo si hace falta, pero ¿y si busca otra cosa, algo que no tenga un valor material? Necesitan una alarma en cualquiera de los casos.

Lo ve todo tan negro que se plantea si lo que le está pasando es un castigo por haberse masturbado la otra tarde sabiendo que el chico la observaba. ¿En qué coño estaba pensando? Aunque enseguida deja de martirizarse, le parece ridículo. Bastante castigo ha tenido ya lidiando con el gran vacío que le produce no poder ser madre, además de arrastrar su soledad.

Solo espera que su marido sea la solución para sus problemas y que, cuando lo vean, nadie más vuelva a molestarla. Entonces le asalta otra duda, ¿debería esperar a Rubén para poner la denuncia o hacerlo ella antes? Al final se decanta por la segunda opción: se pondrá el despertador temprano y, aunque vaya medio zombi, tiene la esperanza de que despachen rápido el asunto y llegar como es debido a recibirlo. No quiere enturbiar la bienvenida, se niega a que la pesadilla que está viviendo se convierta en el centro de su vida, ya se lo contará todo durante la comida y le propondrá poner una alarma cuanto antes.

Tras muchos intentos y vueltas a la cabeza consigue dormirse hasta que suena el despertador. Sube la persiana de su habitación. La luz tímida de la mañana le da fuerzas para empezar el día con otra energía: ¡hoy vuelve su marido, por fin!

Mientras calienta el agua para hacerse un té, busca alguna web que lleve desayunos y brunch a casa, sabe que las hay porque se lo habían regalado a una amiga que le contó que le había encantado, pero teme que sea imposible en el mismo día. Tiene suerte y encuentra una página en la que se puede hacer el pedido con dos horas de antelación. Son menús de distintos tipos a los que puedes añadir lo que quieras, las posibilidades son infinitas y lo mejor es que el reparto llega hasta su zona.

La suerte le sonríe, el cuartel de la Guardia Civil más cercano está a quince minutos y, cuando se acerca, se encuentra con que no hay mucha gente esperando a ser atendida. En poco más de una hora ha puesto la denuncia y ha dejado constancia de manera oficial de todo lo ocurrido. Aunque en su fuero interno esperaba que le dieran alguna solución, la realidad es que no puede hacer otra cosa que cruzar los dedos y esperar que nadie vuelva a merodear por su casa o que pillen antes al impostor.

A su regreso se detiene en la zona comercial de la urbanización. Quiere comprar jamón de primera para picar en el jacuzzi por la tarde con la botella de champán que tiene guardada para la ocasión. Cuando abandona el establecimiento cargada con las bolsas, se topa con el marido de Paula, que sale de la ferretería y lleva unas herramientas. Al verlo se da media vuelta y hace como si buscara algo en el bolso. Tiene la piel de gallina, porque por la altura y la espalda podría ser perfectamente el intruso vestido de negro. El individuo se mete en el coche y, cuando arranca, Julia acelera el paso para entrar en el suyo. De pronto tiene muchísima prisa por estar en su casa, pues se imagina, y le da pavor, que él pueda llegar antes que ella y que la esté esperando…

15

El momento más esperado llega cuando escucha una llave que entra en la cerradura de casa. La puerta no se puede abrir porque ha dejado la suya puesta por dentro. Suena el timbre. Julia gira la llave muy nerviosa y se encuentra a su marido. Rubén sonríe y ella lo mira y, como si lo viera por primera vez, se queda prendada de su imponente presencia. Su conciencia interrumpe el momento para recriminarle su acción; ha estado tan excitada por la idea de volver a verlo que no ha preguntado ni mirado antes de abrir. Al otro lado de la puerta podrán haber estado los hombres que tanto miedo le hicieron sentir esos días. Pero, al final, su marido se había retrasado y no aguantaba más.

Lo cierto es que si no llega a ser de día y se encuentra con su silueta, le hubiera dado un infarto, porque Rubén es igual de alto y grande que todos ellos. Él la besa en los labios y a Julia le llega un fuerte olor a tabaco. Es evidente que en su ausencia ha estado fumando. Los besos se acaban y Julia acompaña a Rubén al vestidor para que se cambie, intentando no obsesionarse con que fume. Él deja la maleta a un lado y coloca las llaves, la cartera, el teléfono y unas monedas sobre una de las baldas.

—¿Y eso? —pregunta Julia al ver que su marido tiene un reloj inteligente de la misma marca que su móvil—. ¿Es lo último?

—Estaba hasta las narices de pasar todo el día pendiente del móvil, lo tengo sincronizado y puedo verlo todo, pero no me tiro una hora. Lo necesitaba.

—Ya, ya…, pues para tener todo tan a mano a mí luego no me respondes.

—Porque lo compré en el aeropuerto de vuelta… —Julia se da por vencida, sabe que con las pijadas de la tecnología tiene la batalla perdida—. Si te portas bien, te compro uno —le dice sonriente mientras comienza a desvestirse.

Ella le responde con miradas juguetonas que alaban su torso musculado. Él está encantado.

—¡¿¿Qué??! Tienes ganas…

—No sabes cuántas…

Julia avanza hasta su marido y lo besa en los labios, pero él se aparta un momento y le lanza una pregunta:

—¿Están estos?

—¿Quiénes?

—Javier y Vanesa…

—Que yo sepa no, ¿por qué?

—Creo que me dijo que venían ahora al cumpleaños de su madre y…

—Sí, ella ya lo ha puesto en Instagram, lo de que vienen, pero no sé cuándo. Tranquilo, que como sube hasta cuando caga, seguro que nos enteraremos…

—Querían ver la casa y que fuéramos a cenar algún día antes de irse.

—Genial, para que nos restrieguen que la nuestra es la mitad que la suya…, por no hablar de nuestra familia…

Se hace un silencio.

—Ni caso —dice Rubén para quitar hierro—. Ya los conoces…, pero sabes que nos vienen muy bien. A ver qué fantasmada nos cuenta Javi esta vez.

—Pues no los he visto, ya te lo he dicho.

Julia lo besa otra vez con mayor insistencia para que ninguna conversación le quite el protagonismo y mucho menos si es sobre sus «amiguitos». Luego baja por la barbilla y se para en el cuello.

—Espera, espera…, que acabo de llegar… —dice Rubén, separándose.

—Ya no te pongo, es eso —responde juguetona.

Una parte de ella sabe que está forzando el momento. Parece que necesita reafirmar toda su relación de un plumazo y aniquilar la tormenta de sentimientos que le ha despertado el chico de la capucha. A Rubén no le da tiempo a decir nada, el timbre del telefonillo se le adelanta. Julia va a responder extrañada, hasta que la imagen de la cámara exterior muestra a un repartidor con una cesta envuelta con un lazo…, ¡es el brunch!

—Le abro —responde Julia—. ¡Tengo una sorpresa! —le dice a su marido con ilusión.

La cesta está tan cargada que necesita sujetarla con las dos manos. La presentación es impecable; todo está estudiadamente colocado y tiene una pinta buenísima.

—Espero que tengas hambre.

Rubén sale a su encuentro con una camiseta y un pantalón corto de chándal. Cuando ve de lo que se trata, le cambia la cara.

—Mucha cosa veo ahí…

Se fija en el interior de la cesta, que se ve perfectamente a través del plástico transparente en la que está envuelta.

—Ya verás… —Julia se dirige hacia las escaleras para bajar y tomarlo en la mesa del porche que tiene preparada—. Vamos.

Una vez que quita el envoltorio y empieza a sacar todos los manjares, se gira para ver la reacción de su marido. Para su sorpresa, este sigue con cara de póquer.

—A ver, ¿qué pasa? —pregunta viéndolas venir.

—Ya sabes lo que pasa. La mitad de todo eso no lo puedo comer.

—Sí puedes, es solo que no quieres.

Ambos guardan un pequeño silencio tratando de cuidar sus intervenciones porque saben perfectamente dónde desemboca esa conversación la mayoría de las veces. Julia está en forma, se cuida y hace deporte, pero no vive esclava de su físico. Su marido es diferente: mide la grasa de sus alimentos y los minutos exactos de deporte que tiene que hacer después para quemarlos, por ejemplo. Es un adicto al *crossfit* y necesita salir a correr y a montar en bici casi como una droga. En resumen: el poco tiempo que tiene libre lo dedica más a cuidar su cuerpo que a ella.

—Ya lo hemos hablado muchas veces; son metas, cariño. No puedo ceder ahora o todo el sacrificio y lo que llevo entrenado se irá a la mierda. Bastante me cuesta ser riguroso fuera de casa, como para que encima me pongas trampas aquí y me lo hagas más difícil.

—Pero ¿qué metas? Es que no lo entiendo, ni que fueras a posar para un calendario o tuvieras un desfile en ropa interior… o es que buscas enamorar a todas las vecinas… tú dirás.

—Déjalo, porque no nos vamos a entender.

Rubén entra de nuevo en el salón, Julia le corta el paso.

—¿Ni siquiera te vas a beber el zumo? ¿También engorda mucho o qué?

—Ahora me lo tomo…

—¿Adónde vas entonces?

—¡A mear! Dame una tregua, que estoy *matao*.

Rubén entra al baño y deja la puerta abierta. Julia lo espera apoyada en la isla de la cocina, desde ahí puede verlo orinar de espaldas. Escucha también el sonido de una notificación. Su marido coge el móvil y empieza a leer algo. A los pocos segundos sabe que ha terminado de hacerlo porque su cabeza ya no mira hacia abajo sino al frente, parece pensativo. Entonces vuelve a mirar el teléfono y se mantiene así sin escribir nada ni grabar ningún audio. Se ha quedado completamente quieto. Un rato después, Rubén se guarda el teléfono en el bolsillo, se coloca bien el pantalón y tira de la cadena. Julia se da cuenta de que su rostro ha cambiado.

—Voy a ir a correr un rato —le dice mientras coge la botella de zumo de naranja.

—¿Ahora? ¿No estabas cansado?

—Pero sé que, aunque me meta en la cama, no me voy a dormir. Prefiero cansarme para echarme una siesta y estar bien. Que no quiero empezar cruzado, y sé que gran parte de la culpa es mía, que no lo estoy poniendo fácil.

—Y ya de paso vas a fumar, ¿no? —Él sigue subiendo las escaleras sin contestar—. Pues nada…, no lo entiendo, si ya lo habías dejado. Nos han explicado veinte veces que el tabaco puede disminuir la capacidad de los espermatozoides de fertilizar los óvulos. Que pierden calidad, cantidad y movimiento, y tú sigues…

—Ahora vuelvo.

—¡Espera! —exclama ella—. ¿A ti no te dieron un mando para el aparcamiento de la urbanización?

—Sí, me lo dieron.

—¿Solo uno? —Él se queda un segundo en silencio, es evidente que Julia está aprovechando el cabreo para echarle algo en cara—. Lo digo porque me han dicho que son dos por vivienda y, dado que la que bajo a hacer la compra soy yo, sería un detalle que me dejaras uno antes de salir otra vez.

En una situación normal Julia le hubiese contado el incidente con «Jacinto», pero no tiene ninguna gana de escuchar lo mucho que exagera y cosas por el estilo, como si estuviera perdiendo la cabeza. Rubén no responde, pero lo escucha caminar hacia el dormitorio.

—Ahí lo tienes. Lo dejo en la consola de la entrada.

Rubén cierra la puerta. La respuesta que ha obtenido Julia la deja sin palabras y, enseguida, rompe a llorar. Ella también está agotada, aunque reconoce que no está bien y que podría estar magnificando las cosas. Pero más allá de todo esto, lo peor es que sabe que la actitud de su marido no es normal. Siempre ha sido muy intuitiva, se ha pasado media vida trabajando cara al público y tiene la capacidad de saber cuándo alguien miente. A Rubén lo conoce demasiado, y sabe que la razón por la que se ha ido precipitadamente no es el cansancio, sino el mensaje que ha recibido. Y solo quiere saber qué coño habría escrito en él.

16

Aunque parezca increíble Julia vuelve a estar sola y nuevas dudas la corroen, entre otras si su marido ha salido a correr o está ocultando algo. ¿Tiene una amante o simplemente es que no quiere ser padre y está huyendo hasta que reúna el valor para decírselo? Quizá salir a hacer ejercicio no es más que una excusa para reunir fuerzas y soltárselo a la vuelta. Solo espera que no se trate de una jugada infantil y que sea tan cobarde como para provocarla hasta llevarla al límite. Que no esté buscando que ella dé el primer paso para dejarlo.

Por primera vez se le juntan de una manera irracional sus principales temores: el miedo a ser abandonada y el que le puedan hacer algo. Echa un vistazo fuera para comprobar que el chico de la capucha no está merodeando. Por suerte, de día puede vigilar con mayor claridad, pero el miedo empieza a ser el mismo que el que le entra por la noche. Después de buscar con atención comprueba que no está. Tal vez su aviso ha surtido efecto y no ha vuelto por eso. Aliviada se sienta en el porche y come sin parar mientras le da vueltas a la cabeza. Todo está saliendo mal, esa maravillosa casa en lugar de ser un hogar, como soñaba, se está convirtiendo en un infierno.

El miedo que siente desde que se han mudado la está volviendo más paranoica aún y está consiguiendo separarlos en vez de unirlos. Está tan saturada por todo que ya le da igual que le puedan hacer algo, solo quiere ser madre, es lo único que pide, pero ¿y si Rubén vuelve y le dice que se rinde o que no quiere ser padre, que nunca lo ha querido? ¿Conseguiría remontar y ser feliz? Quizá podría tener un hijo sola, está dispuesta a luchar por ello. Sin embargo, ahí podría radicar precisamente el problema: en la lucha. Podría estar equivocándose y estar peleando a muerte por algo equivocado, obcecada en que la maternidad le va a dar una felicidad que no es real. ¿Y si ya es feliz y no se da cuenta? Tal vez está sumergida en un sueño que nunca se hará realidad. Puede que no se dé cuenta de que también podría transformarse en una pesadilla. Existen muchos casos en los que la maternidad no hace feliz a las mujeres y estas acaban abandonando a sus hijos o haciendo locuras mucho más graves. Podría pasarle a ella, ¿qué haría en ese caso?

Todo esto la lleva a reflexionar sobre si la búsqueda desesperada de atención proyectada en el chico del monte no tiene que ver ni con el aburrimiento ni con las ganas de sentirse deseada, sino que solo sea una vía de escape; una forma de huir del compromiso. Llegados a ese punto, reflexiona, sorprendida: ¿y si su felicidad radicara en hacer lo que le diese la gana, como disfrutar de su sexualidad y ser dueña de su cuerpo, como hacía antes de empezar su relación con Rubén...? ¿Y si ese instinto, que se le ha despertado tan tarde, no fuera más que un salvavidas para evitar caer en la «libertad» de la que disfruta un montón, pero que socialmente no está bien vista para una mujer y mucho menos de su edad? Si fuera así, ese chico no sería una amenaza, sino su salvación; una señal para que despierte, deje de amargarse y lo mande todo a la mierda.

Se levanta y guarda lo que no se ha comido en la nevera para que no se estropee. En uno de los paseos que da para llevar las cosas dentro, descubre una grieta enorme que ha aparecido en una de las paredes de la cocina. Julia la observa y se pregunta si no será más que una metáfora de su relación. Un golpe fuerte en el exterior la saca del trance.

Sale fuera para ver de qué se trata, cuando de pronto escucha ruidos en la parcela de sus vecinos. Se asoma un poco, disimulando, y se encuentra con que la puerta por donde vio al jardinero está abierta. Con tanto trabajo, normal que no la llame nunca. Mira hacia los ventanales de arriba porque algo le llama la atención; por primera vez le parece ver a alguien dentro de la casa. Los cristales están tintados y de día, con el sol dando de frente, apenas se refleja una silueta, pero está convencida de haberla visto. Hay alguien en el interior de la casa de sus vecinos; seguramente ya han vuelto.

Al poco rato escucha la llave de nuevo. Julia sube las escaleras, esta vez de forma mucho más calmada. Teme lo peor. La puerta pivotante se abre y entra su marido muy agitado, jadea y tiene la respiración entrecortada. Apoya las manos en las rodillas mientras toma aire. Cuando se da cuenta de que ella está al pie de las escaleras observándolo, Rubén se le acerca y la besa. Es un beso sincero, con el suficiente amor como para borrar todas las dudas e inseguridades de Julia de un plumazo. Después de todo, él y su deseada familia en común es lo único que importa.

—Perdóname —le susurra al separarse—. Estoy muy cansado, no he dormido nada y estos días han sido muy intensos. Seguro que para ti tampoco ha sido fácil. Déjame que me eche un rato, que no he dormido nada, y después me cuentas. Te prometo que te compenso el mal rato.

Julia se pierde en su mirada. Entonces él remata el mágico instante dándole un largo abrazo. Es el momento perfecto, lo que ella necesitaba, si no fuera porque, al separarse, se da cuenta de que su marido no tiene ni una gota de sudor en el cuerpo.

17

Rubén se dirige al dormitorio. Julia inmediatamente da rienda suelta a lo que le dice su intuición: es evidente que su marido no ha corrido ni ha hecho deporte, porque, si fuese así, estaría empapado en sudor. Aunque también tiene claro que no fingía cuando se ha mostrado agitado, sin aire, delante de ella. ¿Estaba huyendo? ¿De qué? ¿De quién?

Una vez más se enfrasca en un debate interno de teorías y posibilidades, y no le gusta nada saber que empieza a ser algo recurrente. Tiene que dejar de darle tanto a la cabeza o acabará volviéndose loca. Se tumba en el sofá y enciende la televisión con el volumen muy bajo para no despertarlo. Hace zapping de manera compulsiva porque no sabe lo que busca. Hay tanta oferta que al final es incapaz de decidirse. Es una de las lacras del consumismo. Hasta que una imagen llama su atención: un bosque en llamas. El fuego arrasando todo a su paso. Y el humo negro. Julia sube el volumen para escuchar lo que están diciendo, puesto que ahora la imagen que contempla aparece proyectada en un plano enorme detrás de un corrillo de periodistas.

—Estamos hablando de que siguen subiendo las temperaturas de una manera impropia para la época del año en la que nos encontramos, pleno otoño. Y cuando llegan noticias así, es inevitable pensar en el bienestar de nuestros bosques y en todos los incendios que se multiplican.

—Al final volvemos a lo mismo —continúa otro de los colaboradores—, el cambio climático está secando la vegetación, hace que los paisajes sean más inflamables y aumenta así la probabilidad de que se produzcan incendios más grandes y peligrosos.

—Eso es indudable —interrumpe una colaboradora, molesta—, pero tampoco podemos obviar nuestra responsabilidad. Actualmente, la actividad humana es la causa principal de los incendios forestales en España. Más del ochenta por ciento son causados por las personas, intencional o accidentalmente.

—Hay que dejar claro que casi el noventa por ciento de los fuegos son provocados. Dentro de este porcentaje se incluyen también las negligencias. O sea, una cosa es un incendio causado a propósito por un pirómano, y otra un fuego originado por alguien que tira una colilla desde un coche —añade otro de los periodistas.

Julia, de pronto, baja del todo el sonido, pues empieza a escuchar bastante jaleo en la parcela de sus vecinos.

—Mierda —dice mientras se levanta.

Está convencida de que es la maldita mudanza, ya no hay lugar a dudas. Lo único que le queda es cruzar los dedos para que se vuelvan a ir y si es pronto, mejor. Esta vez no sale fuera, sino que se asoma por la ventana del baño de servicio que da hacia la casa. Desde ahí ve muchísimo trajín de personas por toda la parcela. Menudo despliegue, Javier y Vanesa son tan ostentosos que no han dudado en traer a un equipo de fútbol para que les haga la mudanza. Sin embargo, sus sarcásticos pensamientos se cortan de cuajo cuando entre las personas que están en la parte de arriba reconoce a Candela y Mateo, los dos miembros de la Guardia Civil. Y entonces sabe que algo grave ha tenido que pasar.

18

El pie de Julia da toquecitos continuos al suelo a modo de tic nervioso, mientras espera a que se despierte su marido de la siesta. Tiene tanto que contarle que se le acumulan los deberes; por ejemplo, averiguar qué ha hecho realmente cuando dijo que salía a correr. Rubén aparece sin camiseta, rascándose la cabeza y despejándose aún más el pelo, que tiene totalmente encrespado. Se acerca a ella y le sujeta la cara con las manos para besarla suavemente, con mucha delicadeza. En ese instante las elucubraciones sobre una posible amante se desvanecen y cree que quizá sí estaba cansado como decía, que es evidente por la siesta que se ha echado. Tal vez solo fue a dar un paseo y a fumar para calmar los nervios y disimuló la agitación de vuelta.

—Ya estoy… —le susurra al oído sin soltarla.

Ella lo abraza poco a poco, rindiéndose a su calor.

Quiere olvidarse de todo y quedarse a vivir en ese instante con verdadero sabor a hogar. Cuando se sueltan, él la coge de la mano y la lleva al dormitorio. La tumba en la cama y la vuelve a abrazar mientras le acaricia el pelo.

—A ver, ¿cómo estás?, ¿qué tal estos días?

—Ufff, no sé por dónde empezar... Han pasado muchas cosas..., pero antes quiero contarte algo que me tiene preocupada.

Julia se incorpora para quedarse sentada, Rubén la mira interrogante.

—Ha pasado algo en la casa de Javier y Vanesa. Estos días he visto que había alguien dentro, creo que estaba limpiando o haciendo algo en la habitación que da a nuestra piscina, pero hace un rato he empezado a ver mucha gente...

—Se estarán mudando...

—Estaba la Guardia Civil... Había dos agentes de paisano.

—¿Y si iban de paisano cómo sabes que eran guardias civiles? Igual han traído seguridad, son capaces.

Julia toma aire y le explica todo lo que ha ocurrido desde que llegó a la casa: los encuentros con Jacinto, el supuesto vigilante; los avisos del anciano sobre las llamas y el incendio que hubo en la urbanización, la llama que alguien sujeta cada noche frente a la casa, el conflicto con Paula y su marido, los dos episodios con el hombre vestido de negro, que la llevan a pensar que está vinculado con lo que ha sucedido en la casa de sus amigos y que, por eso, se justifica la presencia de los dos agentes de la Guardia Civil. Le cuenta todo, menos, por supuesto, la presencia del chico de la capucha. No confía en que vaya a ser capaz de salir del paso sin que él note algo extraño. Rubén la escucha con atención y conforme avanza el relato la coge la mano.

—Después de todo esto, ¿sigues pensando que no ha sucedido algo en su casa?

—Lo que creo es que tenemos que poner una alarma ya. Ahora llamo para que vengan cuanto antes.

—Gracias, te lo iba a proponer. ¿Y de lo de Javier y Vanesa?

Rubén se levanta de la cama y va hacia el baño para peinarse y asearse mientras siguen hablando.

—A ver, yo creo que con todo lo que ha pasado, es normal que te preocupes, pero, sinceramente, pienso que si has visto que estaban limpiando, igual han descubierto que han entrado en la casa y que faltan cosas... Luego le escribo. Aunque no creo que les joda mucho que les hayan quitado algo, estos ni se enteran. Me pongo con lo de la alarma —dice de vuelta a la habitación.

Rubén agarra el móvil y sale al pasillo mientras busca información sobre a qué empresa de seguridad llamar. Por primera vez en días, Julia tiene un pequeño halo de esperanza. Se acurruca en la cama y se queda ahí un buen rato disfrutando del añorado momento de paz.

—Ya está, vienen mañana a las cinco de la tarde. Me han dado la opción de por la mañana, pero era muy temprano y yo quiero levantarme muy tarde —le explica mientras vuelve a besarla.

El telefonillo estropea la efusiva muestra de amor. Rubén se queda quieto y le hace un gesto para que entienda que él está a medio vestir.

—Voy yo, anda, que tienes un morrazo.

Julia le da un pico y se levanta, va hacia la pantalla y descubre a Candela y Mateo al otro lado. Se pregunta si vendrán por algo relacionado con sus vecinos o si habrán encontrado más pistas sobre el hombre de negro. Abre directamente y teme que ambas cosas puedan estar relacionadas y el problema tome un cariz mayor.

—Buenas tardes.

Los dos agentes la saludan.

—Buenas tardes —responde ella inquieta.

—No se asuste, no venimos por nada nuevo sobre lo que le ocurrió anoche. ¿Ha puesto la denuncia? —continúa la agente.

—Sí, esta mañana a primera hora.

—Perfecto, ya verá cómo se queda en un susto —le contesta Candela más como una frase hecha que con verdadero convencimiento—. En realidad venimos para saber si ha visto a sus vecinos. A Javier, a Vanesa o a alguno de sus hijos. Creo que son amigos, ¿verdad?...

—Sí, sí, lo somos. Compramos las parcelas a la vez...

—¿Los ha visto? —interviene Mateo.

—No, creo que no han llegado aún, ¿o me equivoco? ¿Ha pasado algo?

Candela la mira seria y continúa interrogándola:

—¿No ha visto ningún coche ni nada por el estilo, algún movimiento?

—Sí, he visto varias veces a Karim, el jardinero, trabajando fuera...

—Hemos hablado con él, sí.

—Y este mediodía me ha parecido ver a alguien dentro. —Mateo apunta en una pequeña libreta que ha sacado del bolsillo de su cazadora—. Creo que estaba limpiando, pero la realidad es que apenas se veía más que una silueta lejana. ¿Han entrado a robar? —pregunta asustada.

—Muchas gracias por su colaboración. Si los ve o tiene noticias suyas, llámeme, por favor. Ya sabe cómo localizarme.

—¿No piensa contarme qué está ocurriendo? Me dice que me calme, que todo se va a quedar en un susto y luego me deja así. ¡Cómo me voy a calmar! Dígame, ¿qué ha sucedido?

Después de un pequeño silencio, Candela se lo suelta:

—Sus vecinos han desaparecido.

—¿Todos?

—Sí. Los niños también, incluida la bebé —remata Mateo.

La bebé se porta muy bien, no está nerviosa para llevar horas sin ver a sus papás. Quizá es demasiado pequeña para echarlos de menos. Su piel es extremadamente suave y frágil. Él se deleita observándola y deslizando sus enormes dedos por sus pequeños brazos y sus rollizas piernas desnudas. Está para comérsela, le daría un bocado. Siempre tiene ese pensamiento cuando está con una criatura tan comestible, con los muslos tan gorditos. Otra cosa es que quiera cogerla en brazos. Él no piensa hacerlo, no quiere ablandarse. No se puede permitir hacerlo, tiene que llevar a cabo todo lo que tiene preparado para ella. Está deseando ver cómo reaccionan sus papás cuando se enteren, seguro que estarán dispuestos a matar a mordiscos si fuera necesario para impedirlo. Apaga el cigarro que tenía en la boca y la observa con una media sonrisa en la cara. Cada vez falta menos.

III

Pánico: miedo muy intenso y manifiesto,
especialmente el que sobrecoge repentinamente
a un colectivo en situación de peligro.

1

Después de recibir la noticia como un jarro de agua fría, Julia cierra la puerta a conciencia. A su espalda está su marido de pie, apoyado en el marco de la puerta del dormitorio. Al girarse, lo descubre.

—¿Lo has escuchado?

Él asiente. Julia se ahorra el «te lo dije», está en shock. Tiene un terrible presentimiento. Rubén se acerca a ella y la abraza.

—No me gusta verte así, han sido días difíciles y esto encima no ayuda nada, pero escúchame. —Julia levanta la barbilla para mirarle a los ojos—. Te digo yo que este está metido en un buen lío. Algo de pasta, algún chanchullo, Hacienda o similar, y se han dado el piro hasta que lo arreglen. Vete tú a saber... Se fueron a Colombia porque estaba metido en mil líos, lo mismo lo estaban chantajeando por un tema en concreto, o alguna cosa de esas, y ha preferido quitarse de en medio. La gente con la que se mueve Javier son especialistas en «dar sustos». Igual no es más que eso… Javier es listo, y también tiene mucha gente que le habrá dado el chivatazo para que se adelantaran. Espera que no hayan salido ya de España por carretera o tren y dé señales de vida en cuanto estén lo bastante lejos.

Julia conoce bien a su vecino y sabe que la explicación que da su marido es perfectamente válida. Javier tiene un largo historial de negocios ilegales que había conseguido llevar a cabo gracias a pertenecer a una familia con contactos y poder. Toda la vida se había creído intocable y ese es el mayor de los errores, porque siempre hay algo o alguien que te hace bajar de nuevo a la tierra y, en los niveles en los que se mueven ellos, la bofetada puede ser de campeonato.

—¿Crees que el tipo que intentaba entrar en casa estos días podría haberse equivocado y pensar que era la de Javier y Vanesa?

—Hombre, creo que hay bastante diferencia, ¿no? No le des más vueltas, va. —Julia sigue con gesto preocupado—. Anda, ven, que sé cómo quitarte la preocupación.

Rubén deja de abrazarla y la coge de la mano para llevarla al jacuzzi.

—No lo he calentado —dice ella a regañadientes.

—Yo sí —responde con picardía.

—He comprado champán y un jamón buenísimo.

Las palabras y el tono que utiliza Julia son como si se hubiera chafado el plan.

—No le haré un feo a eso. Voy yo. Ponte «cómoda» —le responde sin darse por vencido.

Julia sabe lo que significa ponerse cómoda para su marido, le encantaría hacerle caso y desnudarse para disfrutar como merecen. Pero, aunque por fin ha llegado el momento que tanto esperaba y siempre dijeron que inaugurarían la casa con un buen baño en el jacuzzi, tiene un nudo en el estómago. Levanta la mirada de golpe, como si intuyera que la observan. No se equivoca, en la enorme encina de enfrente hay una veintena de pájaros mirando hacia donde ella está. Le espanta esa imagen y, pese a los consejos de Laura, su vecina, sueña con tener una escopeta y tirotearlos uno a uno. De pronto, como si le hubieran leído la mente, todos salen espantados, pero la verdadera razón es que han visto cómo se acerca su marido.

—¿Todavía estás así? —le pregunta Rubén, que vuelve con un par de toallas colgadas al hombro y con la botella y un par de copas en las manos—. Antes de que me digas nada: he dejado el jamón sudando un poco, no es que no lo quiera, luego lo comemos.

Deja todo en el bordillo y la besa apasionadamente. Julia se deja hacer sin resistencia, no hay nada que le guste más que los besos de su marido. Después él se quita la ropa y se mete en el agua. Julia mira a los lados, por si alguien lo ha visto; está anocheciendo y sabe que es la hora a la que aparece el chico.

—Vamos, que no hay nadie, que ya solo estoy yo —la anima de manera canalla.

Aun así, Julia se queda en ropa interior y no se la quita hasta que está dentro. Los besos continúan y sus lenguas entrelazadas dan paso a todo tipo de juegos sexuales. El placer es infinito. La combinación del agua caliente con el aire de fuera la transporta a las calas perdidas que han recorrido a lo largo de sus años de relación y en las que también han practicado sexo libremente. Follan como nunca. Mientras lo hacen, Julia se plantea si el deseo por su marido se ha incrementado por lo misterioso que le resulta dudar de él desde su improvisado viaje. En ese caso confirma su atracción por lo oscuro y peligroso. ¿Le gustan los malos? Solo un día antes le perturbó la tentación que le había provocado la presencia del chico de la capucha.

Desvía la mirada hacia el monte y hace un repaso para confirmar que sigue sin aparecer. Por suerte no hay ninguna amenaza y se entrega a su marido sin interferencias, hasta correrse. Al terminar se abrazan con los ojos cerrados. Julia trata de concentrar toda la energía de su cuerpo para que esa vez sea la definitiva y por fin se quede embarazada. Disfruta acurrucada en el hombro de Rubén, empapándose de su aroma. Abre los ojos: mira la esquina de la casa de sus amigos, al ventanal de la habitación donde le pareció ver antes a alguien limpiando. Al fijarse ahora percibe de nuevo una silueta en su interior. Tiene que parpadear para cerciorarse de que es cierto y no el fruto de su imaginación. La luz cada vez es más tenue, pero entonces, poco a poco, la sombra difuminada se va aproximando al cristal hasta hacerse nítida del todo. Julia no puede creer lo que ven sus ojos: es el chico que, con una sonrisa en la cara y la capucha de la sudadera puesta, la saluda con la mano.

2

Al ver al chico asomado a la ventana, Julia tiene que frenarse cuando nota que clava a su marido las uñas en la espalda, pero es demasiado tarde.

—¡Para, leona! —le grita Rubén sacudiendo su espalda para que se detenga.

Julia sonríe disimulando, luego vuelve a mirar hacia la ventana y se encuentra con que el muchacho ha desaparecido, como si de una alucinación se tratara.

No puede evitar hacerse un montón de preguntas: ¿qué hace dentro de la casa de Javier y Vanesa y cómo ha conseguido entrar? Lo primero que le viene a la cabeza es que pueda ser un familiar o quizá un miembro de la Guardia Civil. Aunque también podría tratarse de un trabajador que tuvieran contratado o alguien de mantenimiento, incluso de la mudanza. ¿Cuál de todos es? Lo peor es que se había puesto cachonda con alguien que iba a frecuentar la casa y resultaría ser imposible librarse de él.

Tal vez debería llamar a Candela, pero sabe que si se lo cuenta a su marido, este le dirá que ha visto un reflejo y, además, no confía en que él no vaya a notarle algo en la cara cuando hable del chico. Pese al runrún interno, Julia consigue dormirse en tiempo récord. Junto a Rubén no le cuesta conciliar el sueño, se siente por primera vez en casa. No ha hecho falta dejar las luces encendidas ni las puertas cerradas a cal y canto. Solo han dejado prendida una lámpara pequeña en el salón, lo demás está a oscuras. Una vez dormida, lo que comienza como un sueño placentero desemboca en una terrible pesadilla.

En ella, Julia está de pie al lado del desbordante de la piscina de casa. La encina enorme despliega sus ramas, que parecen aún más largas, y en los extremos tienen pinchos a modo de garras. Sobre ellas se posan pájaros negros, su tamaño es enorme, como el de un hombre. De hecho, al fijarse en ellos, descubre que las cabezas son humanas: la del chico con la capucha, el hombre con el verdugo, el jardinero, Jacinto con su cigarro en la boca, el marido de Paula, su vecino Javier, hasta la cabeza de Sweet Bunny, el conejo de peluche blanco que se lleva a los niños.

Julia se mueve en la cama, pero en el sueño sigue frente a ellos sin apenas pestañear. Ahora todos vuelven a tener sus cuerpos, ya no son pájaros y están repartidos por el monte, mirándola. En las manos llevan unas antorchas encendidas. Parecen una cofradía, miembros de una secta a punto de llevar a cabo un macabro ritual. El fuego la hipnotiza cada vez más, sobre todo conforme se acercan. Siente muchísimo calor, el cuerpo le arde. Está empapada en sudor, pero no es suficiente para apagar las llamas que la consumen.

Julia se despierta de golpe entre jadeos, también está empapada, pero enseguida se da cuenta de que ha tenido una pesadilla. Sin embargo, el miedo persiste: no hay nadie a su lado, su marido no está.

3

Julia se incorpora y lo llama con la esperanza de que esté en el baño.

—Rubén… —repite su nombre una y otra vez—. Rubén…

Al no obtener respuesta enciende la luz de la mesilla, agarra el móvil y sale al pasillo. Toda la casa está a oscuras salvo por la pequeña lamparilla que dejaron encendida en una de las mesas auxiliares del salón. Baja las escaleras y de camino divisa otra vez algo que la inquieta: entre la más absoluta oscuridad que reina en el monte, brilla una llama. Por primera vez la ve con claridad, es más grande que la que surge de un mechero encendido, pero no tanto como la de las antorchas de la pesadilla que acaba de tener. Aun así el miedo es el mismo, la persona que la ha encendido cada vez está más cerca de la casa y tiene que ser por alguna razón. Continúa bajando peldaños y vuelve a llamar a su marido.

—¡Rubén!

Entonces se fija en que hay una luz encendida en el sótano. Va hasta la cocina para coger un cuchillo enorme de porcelana y se dirige sigilosa hacia allí. Al llegar a la planta del sótano, se da cuenta de que la luz procede del cuarto que tienen como trastero, donde están las cajas que todavía no han abierto ni organizado, y también las herramientas, los rollos de plástico enormes y de cinta adhesiva para cubrir los objetos y cosas de la mudanza que habían guardado ellos.

—¿Rubén? —vuelve a repetir.

—Sí —contesta por fin.

Efectivamente la voz procede de esa habitación, Julia camina hasta la puerta, que está abierta, y encuentra a su marido de cuclillas en el suelo terminando de guardar unas carpetas en una de las cajas. Tiene varias al lado e intenta ocultarlas.

—¿Por qué no me contestas?

—No me he enterado, perdona. Salía ya.

—¿Qué estás haciendo a estas horas? —pregunta extrañada.

—Nada, que tengo que presentar todavía unos documentos al ayuntamiento y no podía dormir por la siesta que me he echado. Dándole vueltas en la cama, he pensado que igual había tirado lo que me piden en la mudanza. Pero está aquí, menos mal. Le he hecho fotos con el móvil a todo, porque como los perdamos, estamos bien jodidos. —Julia sigue asustada—. Quita esa cara de susto, anda. Tranquila.

—No es por eso, hay alguien fuera con un mechero, lo que te conté. La llama está cada vez más cerca.

Rubén se incorpora rápidamente.

—Mañana coloco todo bien, no lo toques tú, que lo tengo ya organizado.

Apaga la luz y la adelanta para subir corriendo las escaleras y llegar cuanto antes al salón. Julia va detrás de él, pero al entrar a la estancia y mirar hacia afuera, la luz ha desaparecido, ya no hay ninguna llama que brille en la oscuridad. Rubén la agarra del hombro y juntos suben a la habitación. Se meten en la cama de nuevo y él la rodea con sus brazos; abrazados los peligros son menores. A los pocos minutos Julia está levitando. Su mente se ha relajado, pero no se duerme del todo. De nuevo vive otro sueño.

En él se encuentra de pie en el extremo del desbordante de su piscina. Mira al frente con la mirada perdida y los brazos abiertos en cruz. Frente a ella, desperdigados en la oscuridad del monte, están otra vez el chico de la capucha, el hombre del verdugo, el jardinero, su vecino Javier, Jacinto fumando, el marido de Paula, el terrorífico conejo Sweet Bunny, el peluche blanco que se lleva a los niños... Todos portan una antorcha encendida.

Julia parece abstraída y no se altera por su presencia, hasta que empieza a poner los ojos en blanco. Continúa parada, de pie en el desbordante, pero puede ver el interior de su habitación. Allí está ella misma acostada en la cama junto a su marido. Escucha su propia respiración. De pronto pega los brazos al cuerpo, en tensión, y no deja de temblar, erguida sobre el desbordante. Abre y cierra los dedos de las manos, estirándolos al máximo. Sus ojos están abiertos como platos, parece que van a salir disparados del óvalo de la cara.

En la habitación, el chico de la capucha está de pie, pegado a la cama observándolos con detenimiento mientras duermen. Pero Julia sigue en la piscina sin moverse y, con los ojos otra vez cerrados, grita con todas sus fuerzas. Cuando los vuelve a abrir, a los demás extraños se ha unido alguien más. Todos están en el bosque. Delante de la enorme encina está también su marido con otra antorcha en la mano. Julia le sonríe, pero él no la reconoce. Su mirada es fría, casi robótica. Entonces él baja la antorcha hasta sus pies y se prende fuego. Las llamas se reflejan en las pupilas de Julia, que no puede más que gritar y llorar hasta que por fin da un paso al frente y cae al vacío.

Cuando abre los ojos, se siente aliviada al darse cuenta de que no era más que otra pesadilla. Estira el brazo para abrazar a su marido y no consigue tocarlo, palpa y palpa hasta que se da cuenta de que se ha vuelto a levantar. Sin pensarlo dos veces, sale de la cama escopetada. Quizá no sea justo pagar con Rubén que ella no pueda dormir bien, pero desde luego dejarla sola constantemente contribuye a incrementar ese clima extraño que se ha impuesto entre ellos después de los acontecimientos recientes.

—¡Rubén! —grita con fuerza asomada a la barandilla de cristal del recibidor—. ¡Rubén!

Como no responde, mira las cámaras desde la aplicación del móvil y no hay ninguna luz encendida en la parte de abajo ni en otra habitación de la casa. ¿Dónde diablos se ha metido? Antes de bajar el primer escalón de las escaleras, un ruido en el exterior de la entrada le hace frenar en seco: es el llanto de un bebé. Cree que puede ser el maldito gato de siempre, pero, conforme lo oye más, le parece que ahora sí suena como un bebé humano. En ese breve lapsus el llanto suena cada vez más desconsolado, agudo y hasta distorsionado. Julia se dirige hasta el vestíbulo de la entrada y enciende la luz de fuera. Abre lentamente la puerta hasta que puede ver el camino de peldaños que llegan hasta ella. No hay nadie y el llanto ahora suena más lejano, como si viniera de la parte que da al monte. Sale sigilosamente y se asoma al lateral de la parcela, el que da a la casa de Javier y Vanesa. Todo está en calma, aguanta unos segundos más y entra de nuevo. Al cerrar tiene la seguridad de que lo que ha escuchado no es el maullido de un gato y no se quita de la cabeza que sea el llanto de Estrella, la bebé de sus vecinos. Cierra la puerta con llave y, cuando deja el llavero sobre la bandeja dorada que tienen en la consola de la entrada, ve que hay una nota doblada. La abre y lo primero en que se fija es que está firmada por su marido.

DÍA 5

4

El papel comienza a arrugarse por los bordes porque Julia lo está apretando con los dedos mientras lo lee una y otra vez: «Me he tenido que marchar por una urgencia, Diego está con covid y tengo que cubrirlo. Puto virus, no me odies. Vuelvo en nada, te aviso». Julia no da crédito. No se puede creer que Rubén desaparezca así, justo ahora que sabe lo mal que lo está pasando por todo lo que ocurre a su alrededor. Le da igual que sea una urgencia, urgente es lo que le pasa a ella, que cada vez se siente más sola y descontrolada. Además, ¿cuándo lo han llamado?, ¿mientras dormía o es que seguía desvelado? Le jode que la trate como si fuese tonta, como si no se diera cuenta de que lo del covid era algo recurrente que olía a la legua a excusa fácil.

No piensa consentir este comportamiento, tiene que estar viéndose con alguien. ¿Cuando le dice que volverá pronto significa que vive cerca? Hace un repaso rápido a todas las excompañeras con las que podría estar teniendo algo. Le arden las tripas de la rabia que siente. Después de todo esto, ¿con qué ánimos puede intentar formar una familia? Pero si él siempre está a la defensiva. Si solo se gusta a sí mismo, cómo va a tener un bebé y dejar de ir al gimnasio… Ya, claro. Por eso no se toma en serio lo del tabaco. Es un imposible y lo que más detesta es que no se lo diga a la cara y actúe como un crío.

Muy encabronada, Julia saca el teléfono y revisa las cámaras de seguridad. Según estas, a las tres de la madrugada su marido sale al pasillo desde su habitación con una mochila. Baja al sótano y se dirige al cuarto en el que lo sorprendió antes. La luz se enciende y vuelve a apagarse a los tres minutos, él sale con la mochila perfectamente colocada a la espalda, ¿qué ha ido a buscar? Después abre la puerta principal y las cámaras de fuera lo recogen caminando con prisa hasta que cierra la puerta de fuera. No se ha llevado el coche, pero tampoco le espera ninguno. Aunque podría estar aparcado hacia delante o hacia atrás.

Julia se guarda el teléfono y baja las escaleras corriendo hasta llegar a la habitación del sótano. Al entrar, se da cuenta de que todo está desordenado, hay carpetas por todos lados colocadas en distintos montones. Se acerca al archivador que manipulaba su marido cuando lo sorprendió y, aunque no está segura, le parece que podría faltar alguna carpeta. Sigue mirando y localiza que en una de ellas están las llaves de casa de sus padres, la del chalet que tienen en Soria y la del apartamento en la playa al que Rubén va con su familia desde que era pequeño. ¿Y si no había vuelto para llevarse ningún documento, como pensaba en un principio, sino para coger las llaves del refugio al que pensaba ir con su amante?

Julia deja todo como está y sube cabreada a la cocina para hacerse un café, hoy pasa de té; necesita un buen chute. Da un buen sorbo y enciende la televisión para tenerla de fondo al prepararse el resto del desayuno. Mientras se hace la tostada, zapea un rato, hasta que en el Canal 24h ve una imagen que por poco le hace escupir el café: es la casa de Javier y Vanesa. La enfocan desde abajo, a la altura del campo. La construcción parece aún más alta y desoladora. La voz de un locutor narra lo sucedido:

«Ha desaparecido Javier Carrión, exdiputado del actual partido de la oposición y una de las personas más influyentes en de la Comunidad de Madrid. Se cree que su desaparición podría estar relacionada con un secuestro o con una huida para evitar un posible ajuste de cuentas. Carrión, su mujer y sus tres hijos, el más pequeño una bebé de apenas unas semanas, vivían en Colombia desde que lo destinaran a un puesto directivo en una de las empresas más importantes del país».

En la imagen aparece el jefe de la UCO de la Policía Nacional dando unas declaraciones durante una rueda de prensa: «En un principio los familiares pensaban que podrían haber sido secuestrados en Colombia y que no hubieran llegado a abandonar el país. Sin embargo, hay constancia de que toda la familia voló a Madrid y hay cámaras que los sitúan entrando en la urbanización en un taxi. De hecho, el taxista confirma que es la familia que recogió en el aeropuerto y que los trajo hasta su casa. La familia venía unos días para celebrar el cumpleaños de la madre de Javier Carrión. Una vez aquí, se les pierde la pista. No hemos podido recuperar las imágenes de las cámaras de seguridad de la vivienda porque los cortes de luz son muy habituales en la zona y estaban apagadas. Pero sí tenemos las imágenes del taxi con toda la familia a punto de llegar a su casa y a la mañana siguiente las mismas cámaras de la urbanización muestran cómo su mujer sale a las diez en el coche familiar y vuelve una hora más tarde. En el domicilio faltan algunas maletas y pertenencias. Tampoco se han encontrado sus pasaportes ni documentos de identidad, pero los familiares de Carrión insisten en que no creen que se trate de una huida. El resto es un misterio. Estamos trabajando para averiguar si se trata de un secuestro o de una huida. De momento no podemos contarles nada más. Desde aquí quiero hacer un llamamiento a la colaboración ciudadana para todo el que pueda haberles visto en las últimas horas o tenga información sobre su paradero».

Al terminar se escucha a un periodista que le hace una pregunta. «¿Creen que podría tratarse de otra acción del conejo Sweet Bunny? ¿Podrían estar ampliando el *target* a familias enteras para protagonizar los vídeos *snuff* que circulan en la Deep Web?». El jefe de policía le contesta educado y serio: «Esto ha sido todo. Muchas gracias por su atención. Esperemos encontrar a la familia sana y salva en las próximas horas». En la pantalla aparece una fotografía de todos los miembros posando y sonriendo a cámara. Son la familia perfecta.

Julia traga saliva. Por incómodo que sea hablar del chico de la capucha, tiene que ayudar a encontrar a sus vecinos, sobre todo ahora que no está su marido y, además, esa es la manera perfecta de librarse de él de una vez por todas. Saca el móvil y busca en la agenda el teléfono de Candela, la teniente de la Guardia Civil. Cuando esta responde, Julia dice:

—Puedo ayudarlos. He visto a una persona en la casa de mis vecinos.

Todo está a oscuras, salvo el despacho que se ve al fondo, donde hay una luz muy tenue, entre la habitación principal y las de los niños, separadas por puertas correderas. Camina hacia ahí con la carpeta en la mano, sabe a lo que va, pero el ambiente es propio de una película de terror y tiene miedo. Cuando llega, da un paso hasta entrar. Justo en ese momento una puerta corredera metálica se cierra de golpe a su espalda antes de que pueda reaccionar, otra que hay enfrente se abre. Le parece ver a su amigo, pero la escasa luz anuncia lo que sería una versión animal de este. Parece encorvado, con los hombros y los brazos hacia delante. Tiene las rodillas flexionadas en una posición de ataque. Se fija en sus manos y los dedos de la mano derecha parecen garras; sin embargo, en la izquierda no hay rastro de ellos. En los segundos que tarda en enfocar, escucha el llanto de un bebé. Debe de ser su hija recién nacida. *Él mira hacia los lados, buscándola, pero el tono del sonido le hace dudar de si está en la misma habitación o si procede del hilo musical. Cuando vuelve a mirar al frente, su amigo avanza hacia él. Todo sucede tan deprisa que su cerebro no logra descifrar a qué corresponde el dolor que se hace presente en distintas partes de su cuerpo. Le quema la cara, debe de haberle arañado, y nota un golpe en los ojos que le tira de espaldas. Parece como si se los hubiera intentado meter hacia dentro. Se incorpora como puede y le dice: «Eh, qué haces, eh. Tranquilo, lo he traído todo». Mientras, se zafa como puede, pero los gritos del bebé cada vez son más fuertes. Parece una pesadilla. Trata de ver a su amigo y lo descubre pálido, con cortes en la cara. Parece un zombi. La rabia en sus ojos es tan bestia que entiende que solo le queda una opción: luchar.*

5

Julia cada vez está más nerviosa y decide llamar a Pilu antes de que lleguen los agentes de la Guardia Civil. Necesita desahogarse con alguien y tal vez su amiga tenga alguna información que no hayan hecho pública todavía y que debería saber. Algo que sepa por algún vecino. Sin embargo, esta no responde a la llamada. Julia intuye que sigue enfadada, pero está segura de que el caramelito que le va a poner en la punta de la lengua hará que la llame en cuanto escuche su mensaje. Le deja un audio: «Pilu, sé que continúas mosqueada conmigo. Lo siento, metí la gamba, pero es que no estoy bien. Me están pasando muchas cosas desde que he llegado a la urbanización y estoy un poco superada por los acontecimientos. Por eso te llamaba; para contarte todo bien y disculparme. Además te necesito..., estoy muy asustada. No sé si te has enterado de que ha desaparecido una familia con sus tres hijos en la urbanización: pues son mis vecinos; viven en la casa de al lado. Estoy cagada porque he visto algo horrible, llámame, por favor».

Julia envía el audio y se viste para esperar a los agentes en el vestíbulo de entrada, de cara al monte. Desde ahí puede vigilar que el chico de la capucha no aparezca de pronto. Aunque quizá esté perdiendo el tiempo y todavía continúe en la casa de sus vecinos. Si es así, ella se encargará de que se lo lleven preso en lo que canta un gallo. Si pretendía desafiarla, se enteraría de quién era ella. Suena el telefonillo, comprueba que son los agentes y les abre la puerta de la calle. Candela baja las escaleras junto a su ayudante Mateo y un agente de unos treinta y pico años con el pelo rapado y la cara llena de pecas.

—Gracias por llamarnos —la saluda Candela mientras se acerca—, vamos contrarreloj y cualquier detalle puede ser de gran ayuda.

—En este momento es crucial establecer si se trata de una desaparición forzada o una marcha voluntaria —añade Mateo—. Dice que ha visto a una persona dentro de la casa…

—Así es, pero hoy no. Fue ayer, después de hablar con ustedes.

—¿Y por qué no nos llamó? —le pregunta Candela.

—Pues…, verá, es que no le di importancia, creía que sería algún agente o familiar, pero después he pensado que igual era importante…

—Lo es —dice Mateo irónico.

—¿A qué hora lo vio? —la interroga Candela.

—Sobre las ocho de la tarde, ya estaba anocheciendo.

Por la manera en la que se miran los agentes intuye que a esa hora no debería haber nadie y que, por lo tanto, el chico no pertenecía al cuerpo.

—Pide a Paula que revisen las cámaras que funcionan por si hubiera alguna imagen —ordena a Mateo y después se dirige a Julia—. Le vamos a pedir una descripción detallada de la persona a la que vio, para eso ha venido Roberto. —El agente saluda con un gesto—. Pero antes ¿podría decirnos dónde lo vio y dónde estaba usted exactamente?

—Sí, claro. Síganme, por favor.

Julia cierra la puerta con llave y baja por el lateral de la parcela, seguida por los tres agentes, hasta el porche.

—Nosotros estábamos en el jacuzzi, mi marido había llegado por la mañana. Después de hablar con ustedes, yo estaba muy nerviosa y él me convenció para que nos diésemos un baño y me relajara. —Mateo tose intencionadamente, de manera jocosa. Candela lo atraviesa con la mirada—. No me podía quitar de la cabeza lo que me habían contado durante la visita y, en un momento determinado, miré hacia la casa y me pareció ver una sombra. Algo similar a lo que vi durante la mañana en la misma ventana. Esa, la de la esquina. —Julia la señala con el dedo—. No me pareció que estuviera limpiando porque estaba quieto. Me quedé mirando, pues me pareció extraño, y vi cómo se acercaba al cristal hasta quedarse pegado a él. Entonces sorprendí a un chico con una sudadera y la capucha puesta.

—¿Tenía la luz dada en el interior?

—No, estaba todo apagado.

—Entonces a esta distancia, si dice que empezaba a anochecer y con los cristales ahumados, es posible que fuera alguna sombra o algún reflejo que le hiciera pensar...

—No, no. Estoy segura de que era un chico, lo vi perfectamente.

—Pero entiendo que le sería complicado, casi imposible, ver al joven con precisión —apunta Mateo, que le hace un gesto al otro guardia civil indicando que están perdiendo el tiempo.

—Sé quién es porque ya lo he visto más veces. —Los dos se miran extrañados—. Llevo días viéndolo en el monte mirando hacia aquí, sin quitarme ojo. En un principio pensé que me espiaba porque sabía que estaba sola, pero luego, al verlo dentro de la casa de mis vecinos, pensé que era un trabajador o familiar de Javier y Vanesa, no sé...

—¿Y no llamó a seguridad? —Candela se muestra extrañada.

—No le di importancia, no era más que un chaval que paseaba por el campo. No había hecho nada. Pero ahora estoy convencida de que estaba tanteando. Quizá vio que no estaban mis vecinos y decidió entrar, puede que haya tenido algo que ver con su desaparición.

Mateo la mira subiendo las cejas.

—No adelantemos acontecimientos —dice entre dientes, mirando a Roberto, que le ríe la gracia—. Una pregunta: su marido también lo vio, ¿verdad? Imagino que si estaban juntos...

—No, solo yo. —Julia nota cómo los tres agentes la miran llenos de escepticismo—. Estábamos abrazados, él miraba hacia ahí y yo a la ventana. Lo que les he contado duró apenas unos segundos, no llegó ni a un minuto y, cuando tuve claro que era el chico, avisé a mi marido, pero al ir a comprobarlo, ya había desaparecido —miente para borrar el escepticismo en la mirada de los agentes.

—Entiendo que esto puede confirmarlo él —continúa Mateo.

—Por supuesto, pero no está en casa. Ha tenido que marcharse, una urgencia… Es piloto y debe cubrir hoy a un compañero que ha dado positivo en covid. Pero ya saben dónde pueden encontrarlo…

—Cuando quieras, Roberto —interviene Candela, amistosa, para cortar la tensión que flota en el ambiente—. Es importante que se concentre. Esto nos servirá en un primer momento para descartar gente que tenga acceso a la vivienda, como algún familiar. En ese caso, comprobamos que tenga una buena coartada para descartarlo rápidamente y que no nos robe tiempo de la investigación principal.

El agente se acerca y le pide detalles de la fisonomía del chico. Por suerte Julia lo había visto muy de cerca cuando tuvieron el encontronazo en la valla de su casa e intentó que lo dejara entrar. ¿Y si todo el juego sexual era una excusa para que le abriera y por eso cuando ella se negó, se puso hecho una furia? No obstante, no les cuenta ese episodio: en realidad no añade ningún dato nuevo que pueda tener relación con sus vecinos; ya solo por haber entrado en una casa donde habían desaparecido los propietarios tenían motivos más que suficientes para detenerlo. Cuando Roberto termina de hacer preguntas, separa el lápiz del folio y se lo enseña a Julia, que siente un escalofrío nada más verlo.

—Es él, sin duda —dice completamente pálida.

Candela y Mateo se acercan entonces y, cuando lo ven, ambos se miran perplejos.

—Está de coña, ¿no? —le pregunta Mateo.

Ella niega con la cabeza. Entonces interviene Candela, cauta:

—Julia, este es el parricida. El joven que quemó a su propia madre.

6

Julia no se puede creer lo que ha escuchado.

—¿Cómo? —pregunta.

—Si se acaba de mudar, igual no lo sabe, jefa.

—Hace unos años hubo un incendio aquí. —Julia asiente asustada—. ¿Y no sabe lo que ocurrió?

—No, algo me comentaron, pero poco más..., que hubo un incendio y que afectó a gente de la urbanización. Entendí que debió de ser algo trágico, pero no quise preguntar, no me podía imaginar...

—Nadie se puede imaginar algo así —continúa Candela—. El incendio fue provocado por un chico que quemó a su propia madre.

—El parricida pirómano —añade Mateo abriendo mucho los ojos y dotando de misterio con la voz al apodo que le habían puesto.

—Por lo visto el chico debía de ser un pieza, dicen que a la madre la tenía harta. Se dedicaba a robar motos y a meterse en líos. Una madrugada ella lo estaba esperando fuera, como hacía siempre, pero él decidió que sería la última: llevaba una garrafa de gasolina, la roció con ella y le prendió fuego hasta que la calcinó viva.

Todos guardan unos segundos de silencio. Es una historia terrorífica. Julia está impactada: morir a manos de tu hijo es lo peor que a una mujer le puede pasar… Sin embargo, nada más oírlo visualiza la imagen de la llama resplandeciente en mitad del monte por la noche, cada vez más cerca de su casa. Está aterrorizada y piensa que el chico de la capucha podría ser el parricida. Por el día la provocaba sexualmente y por la noche… ¿la estaba amenazando? ¿Lo habrían soltado y planeaba incendiar su casa? Pero ¿qué hacía dentro de la casa de Javier y Vanesa? ¿Se había colado durante la batida solo para demostrarle lo que era capaz de hacer?… Entonces Julia se da cuenta de que los agentes la observan de una manera diferente, casi inquisitiva.

—Sabe que no tiene mucho sentido lo que… —le dice Mateo antes de ser interrumpido por Candela.

—Quizá lo está confundiendo o sea otro joven parecido a él.

—¡No! Es él, estoy convencida. Aún no les he contado todo: desde la primera noche que pasé aquí, he visto a alguien en mitad del monte con una llama. Debe de ser un mechero o algo que prenda más. El caso es que cada día aparece más cerca. Anoche estaba casi a la altura de la encina. —Señala el árbol—. Es horrible, hasta sueño con ello. En mi cabeza estaba lo del incendio, pero no sabía que fue provocado. Ahora está claro, ¿no? Miren el dibujo. Si dicen que es él... —Julia se frena cuando se da cuenta de que está tratando de convencerlos. Cuanto más analizan cada una de sus palabras, más nerviosa se pone y sabe que resulta disparatada, y más aún después de la explicación tan forzada que ha dado sobre por qué ha esperado un día para avisarlos de que había visto al chico. Es consciente, pero no ha podido parar hasta ese momento en el que quizá ya sea demasiado tarde. Le da tanta rabia que no lo vean tan claro como ella. Es evidente que se han cambiado las tornas y siente como si la estuvieran poniendo en tela de juicio. Está muy incómoda—. Tienen que haberlo soltado, si está en la calle...

—Lo siento, pero estamos en mitad de una investigación importante —la corta Candela—. Tenemos que dar con sus vecinos. Le agradezco su colaboración, nos va a ser de gran ayuda lo que nos ha contado. Nos guardamos el retrato...

—Pero debería preocuparme, ¿cree que vendrá a por mí?

—No se preocupe por el pirómano, no volverá, es imposible. Nos llevamos el retrato para intentar averiguar cómo pudo entrar en la casa.

Julia los acompaña hasta la puerta de salida y se da cuenta de que esta vez Candela y Mateo se despiden de una manera mucho más fría, sin repetirle siquiera que los llame si vuelve a ver al chico. Es probable que no la consideren una testigo fiable y no la tomen en serio. Entonces una duda asoma a su mente, algo que altera de nuevo su estado de nervios: ¿qué había sido oficialmente del parricida para que Candela afirme con tanta rotundidad que es imposible que vuelva?, ¿dónde está ahora?

Antes de entrar en su casa le suena el móvil. Mira la pantalla y es Pilu, su táctica ha surtido efecto. Su amiga está más receptiva que la vez anterior, parece afectada por lo que le ha contado y quiere saber qué más tiene que decirle. Julia le explica todo lo que ha ocurrido, incluido el inminente episodio con los agentes de la Guardia Civil, y cuando termina, su amiga no dice nada.

—¿Pilu? ¿No me has escuchado? ¡Creo que el parricida, el chico que quemó a su madre, me está acosando y puede haberles hecho algo a mis vecinos!

—Pero ¿qué dices, Julia? —exclama finalmente su amiga—. A ver…, tranquila, que vivas en la parcela donde sucedió todo no significa que vaya a repetirse.

Julia siente que el suelo se abre bajo sus pies.

7

Unos segundos después, Julia parece reunir las fuerzas para preguntar:

—¿Cómo que donde sucedió todo?

—A ver…, si vives al lado de la familia que ha desaparecido, tu casa está construida en el terreno donde la quemó. Esta mañana me ha llamado Paula porque había escuchado lo de la desaparición y ya sabes cómo es esto… Sara acababa de contarle un poco antes que era donde había sucedido el parricidio.

—Pero ¿por qué no me lo dijiste?

—¡Cómo te lo voy a decir si no lo sabía! Me explicaste que daba al monte, pero no la calle, y te recuerdo que tampoco me has invitado —no deja responder a Julia—. Además, si lo hubiera sabido, probablemente tampoco te lo habría dicho para no asustarte.

—No me hubiese perjudicado saber que el chico que me acosa es un pirómano y un parricida.

—Cariño, yo, porque te conozco, pero hazme el favor de no repetir mucho eso, porque suena muy raro.

—Ya sé que suena raro, pero es verdad. La primera noche que pasé aquí vi algo brillando en mitad del bosque, era una llama. No tengo ninguna duda. Noche tras noche ha pasado lo mismo. Ayer volví a verla, pero más cerca. Alguien vigila mi casa con un mechero encendido o una cerilla, no lo sé. Fuego es, desde luego. Estoy segura.

—Que alguien se esté fumando un cigarro mientras da un paseo no significa que haya un pirómano que te vigile.

—Vale, vale, lo que tú digas. ¿Me puedes decir, por favor, qué ha pasado con él? ¿Dónde está?

—Julia, está encerrado. No puede ser él. No te obsesiones. Será un foco de alguna casa o alguien que se está fumando un cigarro. Se te está yendo un poquito… Rubén vuelve ya, así que no tienes por qué preocuparte. Ya sé que igual es mucha información de golpe y, encima, nada agradable. Así que es normal que estés un poco asustada, pero no te va a pasar nada. Esto es «un paraíso a treinta minutos de Madrid» —pone voz de anuncio.

—No empieces tú también, ¿cómo puedes estar tan segura?

—Porque está encerrado, ya te lo he dicho. Sé de buena tinta que no lo han soltado ni nada por el estilo.

—Te digo que es él. Seguro que tiene algún permiso. A ver, ¿dónde lo tienen encerrado? —Pilu se queda en silencio—. ¡Vamos, joder, déjate de tonterías! ¡¿Dónde?!

—En el centro que hay en la entrada de la urbanización, el edificio tan feo por el que nos preguntaste —contesta su amiga con la boca pequeña.

—¡Lo ves! Ahí lo tienes.

—Te digo que no puede salir.

—Si es así, ven conmigo a comprobarlo. Quiero mirarlo a los ojos para que sepa que efectivamente está loco si se cree que me va a acojonar. Voy con el mechero yo si hace falta, a ver quién quema a quién.

—Julia, no te estás escuchando… Me das miedo. Entiendo que son muchas cosas y estás sobrepasada, pero, de verdad, déjalo ya. Será alguna casualidad, un chico que se parece… Si dices que lleva capucha igual…, no sé, solo te digo que no te obsesiones o acabarás fatal si ves fantasmas donde no los hay.

—Pero ¿y las llamas? Las veo todas las noches…

—¿Has llamado a la garita para que miren qué puede ser?

—Acaba de estar aquí la Guardia Civil…

—¿Y qué te han dicho cuando se lo has contado?

Julia hace un pequeño silencio.

—Que no me preocupe por el pirómano, que no va a venir.

—Por eso, porque saben que está en tratamiento en el centro y la condena se puede alargar indefinidamente. Ya te digo yo que no han pasado los suficientes años como para que esté mejor. Olvídalo.

Julia se da por vencida.

—Gracias por tu ayuda.

—Oye, si lo digo por tu bien.

—Lo sé, lo sé. Tienes razón, es solo que todo esto me supera. Hablamos.

Julia cuelga sin dar opción a su amiga de despedirse. Inmediatamente entra a navegar desde el teléfono y busca todo lo relacionado con el parricidio. En la pantalla aparecen infinidad de links con titulares como: «Un joven asesina a su propia madre prendiéndole fuego». «El parricida pirómano». «Mata a su madre prendiéndole fuego y provoca un incendio…».

Julia pincha en el primer enlace, que proviene de uno de los periódicos más importantes de tirada nacional, en el que aparece una fotografía del muchacho. Ante la imagen en blanco y negro por poco se le para el corazón: es él. No tiene ninguna duda. Por primera vez lo ve sin capucha y descubre que tiene el pelo liso y oscuro, que le cae sobre la cara. Sus ojos transparentes tienen la misa intensidad que cuando la miraba a través de la valla de su parcela. Incluso ahora siente que en la foto la está taladrando con la mirada. En la imagen, él aparece delante de la puerta de una casa y se sorprende cuando descubre que es la de su vecina.

No lo había pensado: si la amable Laura lleva viviendo toda la vida ahí, como le ha contado ella misma, y esa es la misma casa en la que vivía el chico que había matado a su madre, entonces la amable mujer tiene que ser su abuela.

8

Después del impacto que le ha producido enterarse de todo lo que había sucedido en el idílico lugar en el que vivía, de averiguar quién es el chico que protagoniza sus pesadillas tanto dormida como despierta, Julia pincha en el siguiente enlace, fechado un día después del crimen. Ahora quiere saber cuál es la relación de su vecina con todo esto. Laura le ha contado que lleva en esa casa toda la vida pero que no ha tenido hijos. Entonces ¿qué tiene que ver el parricida con ella? La noticia ocupa una página entera de la sección de «Sucesos» y está acompañada por un retrato de Laura. En él aparece frente a la casa de Julia en bata, cruzada de brazos y con el gesto desencajado mientras habla con unos agentes. Está cerca de su casa, con la fachada oscura, probablemente por las llamas, y de fondo el monte lleno de cenizas y de árboles quemados. En el pie de foto aparece escrito:

«Laura Domínguez, la abuela del parricida y madre de la víctima, junto a los agentes que se personaron en el lugar del incendio». ¿Su abuela? Ahora entiende todo, Laura le ha mentido para obviar el tema.

Julia empieza a leer y se trata de una crónica de los hechos que acaba de conocer. El reportaje cuenta que Aníbal Caballero, el joven parricida, era un pieza y que Cristina, la madre, estaba de los nervios. Ella no podía más, porque se pasaba todo el día pendiente de su hijo, que siempre se metía en problemas. La tenía martirizada, según contaban algunas vecinas. Esa noche él se dedicó a beber y a fumar marihuana. Sabía que su madre le estaría esperando y subió hacia su casa desde el monte con una garrafa de gasolina. Ella, como hacía habitualmente, estaba fumando con los brazos cruzados. Los dos se enfrentaron y él la roció con gasolina y le prendió fuego con su mechero. El texto, que es de un periódico de tirada nacional, menciona que los familiares no se despertaron con la bronca y que ya intervinieron demasiado tarde cuando las llamas habían acabado con su vida y con parte del entorno natural. El incendio se habría extendido y Aníbal, según citaba, sufrió también quemaduras graves.

Julia continúa leyendo más sobre el suceso. Las noticias que encuentra datadas en los meses siguientes ofrecen las novedades del caso hasta el juicio y se da cuenta de que el crimen en sí queda en un segundo plano para dejar paso a una cuestión que trae cola y que protagonizará los titulares de las siguientes crónicas: el asunto principal fue determinar el estado mental del chico cuando mató a su madre.

Y esto, a su vez, hizo que se planteara un debate acerca de si los delincuentes con problemas de salud mental deberían permanecer en una prisión convencional o en un centro especializado en el que tratasen su enfermedad como era debido.

En uno de los artículos que revisa se explica que desde el punto de vista jurídico poco a poco se había llegado a la convicción de que las personas con enfermedades mentales merecían una respuesta sancionadora diferente a la de los criminales en su sano juicio. No debían ser castigados con una pena, sino con una medida de seguridad. El problema radicaba en que, por lo visto, muchas veces no se producía tal diferencia entre ambas sanciones y, en muchos casos, lo que cumplían era una verdadera pena de prisión.

Julia sigue buscando y localiza otra de las noticias en las que aparece Laura, un primer plano, con un gesto serio, y con un titular que dice: «Mi nieto no estaba en sus plenas facultades».

Al terminar de leer vuelve a fijarse en Laura: ¿cómo era posible que no se hubiera enterado en su momento? No hace tanto tiempo de esa imagen y le habían caído por lo menos diez años encima. Seguramente por el disgusto, qué duro tenía que ser perder a una hija de esa manera y encima a manos de tu propio nieto.

En ese mismo instante alguien llama al telefonillo. Julia continúa de pie en el recibidor y tarda un suspiro en mirar por la pantalla. Alguien sale de espaldas del encuadre de la cámara. Sucede tan rápido que no sabe decir si se trata de un hombre o una mujer, quizá sea un repartidor.

—¿Sí? —Y después de unos segundos sin obtener respuesta—. ¿Hola?

Julia abre y esta vez no han tirado ningún paquete por la valla. Camina hasta la puerta exterior donde está el buzón y mira dentro: hay un sobre grande doblado igual que el que dejaron lleno de ceniza. No espera a entrar para abrirlo. Lo que encuentra le rompe los esquemas: un chupete rosa. Julia nota un nudo en la garganta y los ojos se le empañan de lágrimas. No se puede ser tan cruel. Inevitablemente piensa en Paula y su marido y en cómo Pilu le dijo que iban a por ella por haber conseguido semejantes vistas.

Le parece una locura, pero, sean quienes sean, han conseguido su objetivo: incomodarla. Cuando demuestre a Pilu y a los guardias civiles que el pirómano es quien la está acosando, entonces pondrán cartas sobre el asunto. Tiene demasiados frentes abiertos. Si hace falta, escribirá una queja formal a la comunidad por acoso e instalará unas cámaras fuera que, además, graben lo que sucede en la entrada de la casa para presentarlo como prueba si se repiten las visitas. Arruga el sobre sin remitente y lo tira al cubo de basura que hay justo al lado, oculto tras un pequeño muro. Entra en su casa y deja el chupete en una balda del vestidor, para guardarlo como prueba por si tiene de nuevo problemas de credibilidad más adelante. Después termina de prepararse, porque solo hay una manera de demostrar que no se equivoca respecto al parricida: tiene que ir a visitarlo.

9

En lugar de salir por la entrada principal, Julia baja por el lateral de su parcela pegado a la casa de Javier y Vanesa, para salir directamente al campo. No se puede quitar de la cabeza la idea de que su hogar está construido sobre cenizas. El fuego se había extendido y, además de acabar con la vida de Cristina, la madre del chico, había arrasado todo, tanto árboles como animales. Sabiendo esto, antes de visitar al parricida, quiere divisar el paisaje otra vez desde lo alto del monte.

Sube hasta el punto en el que se encontró con el jabalí, salvo que la sensación es distinta: ahora sabe que ahí tuvo lugar el incendio. Al recorrer el mismo paisaje con la mirada, entiende todas las calvas y los troncos de los árboles sin hojas esparcidos por el monte y en la parcela. Por eso en el terreno no hay nada de vegetación, porque se había quemado todo, y durante la obra se había revuelto la tierra, dejándola con ese aspecto de descampado, para prepararla y poder así plantar de nuevo. También se fija en que la gran encina negra sin hojas había sido otra de las víctimas de las llamas; su tronco había sobrevivido. Por otro lado, apuesta a que la fachada negra de la casa de Laura, que tanto le llamó la atención desde el primer día por su terrible estado, antes del incendio no estaba tan deteriorada.

Después de conocer los detalles de lo ocurrido, la estampa global le resulta terrible, sobre todo al imaginar el terreno en llamas. Menos mal que lo habían controlado, porque si se hubiera perdido el entorno natural, habría sido una catástrofe, jamás se hubieran enamorado de un lugar así. Aunque a esas alturas quizá habría sido mejor. No quiere fustigarse más con el tema y decide ponerse en marcha para que no se le haga tarde. Desde donde se encuentra, sigue el camino de tierra que sabe que, pasado el colegio, lleva hasta la parte comercial de la urbanización. Es viernes y, por la hora, Pilu y su grupo de amigas deben de estar a punto de salir de su maravillosa clase de pilates.

Julia avanza directa a la entrada del centro donde está ingresado Aníbal antes de que se tope con ellas por accidente. No quiere tener que escuchar los consejos maternales de su amiga delante del resto y sentirse como una niña o como una enferma. Además, a esas alturas del partido no sabe si será capaz de aguantarse el guantazo que desea darle a Paula para que deje de joderla.

Una vez llega a la entrada exterior del centro, recorre el camino repleto de árboles que disimulan la austeridad del edificio de ladrillo. Sube las escaleras y al entrar por la puerta principal se encuentra con la recepción. Camina hasta el mostrador y se dirige a una de las dos mujeres que hay sentadas porque la otra está atendiendo una llamada.

—Buenos días —dice Julia con la mejor de sus sonrisas.

—Buenos días.

—Vengo a visitar a Aníbal Caballero.

La recepcionista la mira analizándola.

—¿Es un familiar?

—No, la verdad es que no…, pero soy amiga de la familia y…

—Es periodista, ¿verdad?

—¿Qué? No, no…

—Lo siento, pero las visitas están restringidas a los familiares. Solo podrá verlo si viene acompañada por uno de ellos.

La mirada de Julia se pierde por un enorme pasillo blanco que aparece ante sus ojos cuando una enfermera abre la puerta. Tiene que conseguir entrar para verlo. Sabe que la única manera de probar que está en lo cierto es visitando al parricida, pero con lo que no contaba es con que necesitaría hablar con Laura para convencerla de que le permita acompañarla en una de las visitas que le haga a su nieto.

10

Cuando Julia sale del centro, el camino la conduce hasta el aparcamiento de la urbanización, por eso aminora el paso, porque la sola idea de volver a toparse con Jacinto mirándola desafiante con su cigarro en la boca le da pavor. Sin embargo, no es a él a quien encuentra, sino a Julián, el marido de Paula, que está apoyado en su coche. ¿Espera a su mujer o está vigilándola a ella? Julia fantasea con darle las gracias por el chupete, pero acelera el paso y gira a la derecha para ir a la floristería.

Una vez estudiadas las posibilidades que tiene para encarar el delicado tema con su vecina, Julia se decanta por la manera más sencilla de afrontarlo. Al fin y al cabo, Laura es una mujer cercana y, si quiere llegar a ella, tiene que ser sincera y partir de la verdad. Aunque tenga la urgencia de comprobar si el chico que la acosa efectivamente es el parricida, comparte el dolor de la mujer por su enorme pérdida. De hecho, ahora, sabiendo lo que había ocurrido, toda la conversación que mantuvo con ella, en la que le explicó que solo le quedaba su perro, cobraba mayor valor. Se le parte el alma al pensar lo mucho que a la pobre mujer le había tenido que cambiar la vida de la noche a la mañana y el mérito que tenía por sobrellevarlo de una manera tan digna y optimista. Siente admiración por ella y se dice a sí misma que, por encima de todo, va a cuidarla e intentar no abrir la herida para evitar hacerle más daño.

Julia está frente a la puerta exterior de la casa de Laura, ha subido a paso firme y tiene que limpiarse el sudor de la frente. Sigue haciendo mucho calor y eso que el día está nublado. Las flores son preciosas, ha elegido unos lirios blancos, sencillos y elegantes. Eran las favoritas de su madre y significan mucho para ella. Finalmente se arma de valor y toca al telefonillo. Su vecina tarda bastante en contestar, Julia duda de si está en casa y, cuando se dispone a marcharse, escucha su dulce voz.

—¿Sí?

—Buenos días, Laura, soy Julia, tu vecina.

—¿Julia? Pensaba que era la Guardia Civil otra vez. ¿Ha pasado algo? Espera, te abro.

Entra en la parcela y Laura está asomada a la puerta principal y le hace un gesto para que se acerque. Al abrir la puerta del todo, se escapa el enorme perro y se adelanta para saludar a Julia, que sonríe disimulando la poca gracia que le hace que vaya a dejarla llena de babas.

—Perdona, pero es que cada vez me cuesta más subir los escalones… —dice esperándola abajo—. Pero ¡qué flores más bonitas! Me encantan los lirios, has acertado, te va a oler la casa de maravilla.

Julia sonríe con cara de circunstancia mientras implora que sus dotes para tratar adecuadamente a la gente en cada momento le ayuden a acertar con las palabras que está a punto de pronunciar.

—No son para mí, te las he traído a ti.

—¡No me lo puedo creer, qué alegría! ¡Hace años que nadie me regala flores! —dice a la vez que agarra el ramo que le ofrece Julia.

—Ay, sí, perdona…, es por el trabajo, la costumbre…

—Perdona el recibimiento, pero estoy asustada por lo de los vecinos. Te has enterado, ¿verdad?

—Sí, sí. También ha venido la Guardia Civil a hablar conmigo…

—¿Qué les habrá podido pasar? Digo yo que igual se han ido… Yo es que no veo la tele, pero en la radio han dicho que él era diputado y que venía de Colombia. Hablaban de que igual lo han amenazado o que tal vez sabía algo que estaba a punto de salir a la luz…

—Eso mismo dice mi marido.

—¿Ha vuelto ya?

—Sí, sí. Te lo tengo que presentar.

—Me encantaría. Menos mal que no vienes con malas noticias, habría puesto el grito en el cielo. —Laura le hace un gesto para que entre en la casa—. Pero ¡no te quedes ahí! Pasa, pasa. ¿Y a qué se debe este bonito detalle? Yo pensaba llevarte un guiso con alubias que hago buenísimo de regalo de bienvenida, pero como me dijiste que no necesitas comida, no me he atrevido.

—No hace falta, muchas gracias. En realidad, te lo traigo por otro motivo...

Laura la mira a los ojos intentando averiguar la razón. Por planeado que tuviera todo, Julia no puede evitar que se le humedezcan. Ahora que la tiene cara a cara siente ganas de abrazarla. Lo que ha pasado esta mujer es inhumano. La vecina se queda quieta y parece que lee en la mirada de Julia el verdadero motivo por el que está ahí. Y sin previo aviso rompe a llorar.

Julia la estrecha entre sus brazos y le da el más cálido de los abrazos contagiada por la pena, mientras observa el interior de la casa. Por dentro está mucho más cuidada, tiene el estilo de una auténtica casa de campo con vigas de madera en el techo, suelos de cerámica y madera en muchos tramos de la pared. Los muebles son antiguos, pero está decorada con mimo. Sin embargo, resulta un tanto fúnebre porque la mayoría de las ventanas están cerradas y no hay apenas luz.

—Perdona, pero no contaba con que hoy tendría visita. Me gusta tener las ventanas cerradas para que el sol no se coma el color de los muebles y los cuadros. La mitad están descoloridos, como puedes comprobar —se disculpa su vecina, como si le estuviese leyendo la mente.

Julia sonríe y la sigue dentro.

11

Pese a que necesita un buen repaso, el porche cubierto de la casa de Laura, rodeado de árboles, parece un verdadero oasis. Julia está sentada en un sillón de mimbre mirando al monte. Las vistas son muy parecidas a las de su casa, salvo porque su vecina tiene en el jardín árboles muy altos que rompen la vista de muchas zonas del monte. De refilón, también se ve el lateral de su vivienda. Mientras espera a Laura, observa las malas condiciones de la parte de abajo de la parcela que, entre otras cosas, tiene la valla vencida. Así que por ahí se puede entrar con facilidad. No entiende cómo viviendo sola no se muere de miedo. Laura sale con una bandeja en la que lleva té y un platito con galletas. Junto a ella viene su inseparable perro Pepe, que va directo a la parte baja del jardín.

—Ya sé lo que me vas a decir, pero son de avena integral, seguro que te gustan.

Le ofrece una taza de té.

—Siento mucho haberte hecho llorar. Me he enterado hoy cuando ha venido la Guardia Civil para preguntarme si sabía algo sobre los vecinos o había visto algo extraño en su casa estos días pasados. Ellos me lo han contado, yo no sabía nada. En un principio no pensaba mencionártelo, me daba mucho pudor porque apenas nos conocemos, pero con lo amable que has sido conmigo desde el principio, quería que supieras que lo siento en el alma y que aquí me tienes para lo que necesites.

La mujer vuelve a emocionarse.

—Muchas gracias, bonita, quién me iba a decir que tendría tan buena suerte con mis vecinos, con todo lo que hay por ahí, madre mía… No sabes cuánto agradezco lo que me dices. Me hubiera gustado no haberte mentido el primer día diciéndote que mi marido había muerto y no habíamos podido tener hijos. Pero por la manera en que me mirabas y al no decirme nada me di cuenta de que no lo sabías, y en ese momento no fui capaz de contarte la verdad. Así de primeras es algo complicado… Fue estúpido por mi parte pensar que no ibas a enterarte tarde o temprano.

—Lo entiendo.

—Me chocó mucho que no lo supieras, cuando vi que estaban construyendo, pensé que lo sabríais o que os lo habrían contado al comprar la parcela.

—Eso lo gestionó todo mi marido y que yo sepa no se lo contaron o, al menos, no me ha dicho nada…

—Con lo listos que son, igual no querían arriesgarse a que os echarais atrás. Tampoco quise hablar de ello para no asustarte, aparte de que entenderás que me resulta muy doloroso…

—Perfectamente. No me lo puedo imaginar. Siento si…

Pepe empieza a ladrar como loco. La anciana se levanta.

—¡Pepe, para ya, no molestes! ¡Ven o te meto dentro, vamos! Perdona —le dice a Julia—. No es culpa tuya, es solo que no es agradable. Tampoco es algo de lo que esté orgullosa. Además, menuda historia para darte la bienvenida, ¿no? —bromea con su eterna sonrisa, esta vez con gusto amargo, y ofrece una galleta a Julia. Después se queda mirando al horizonte y continúa—: Mi hija siempre fue una bala perdida. Nos llevábamos como el perro y el gato, pero porque nos queríamos mucho. Éramos muy iguales y por eso chocábamos; cuando tengas hijos, lo sabrás. —Laura da por sentado que los tendrá y consigue emocionar a Julia, que escucha atenta su historia—. Se fue de casa muy joven y se casó al poco tiempo con Tiago, un portugués mayor que ella que conoció en Tarifa. Un nómada encantador, pero que no tenía los pies en la tierra. Fueron padres enseguida y, como él no tenía un trabajo fijo, la convenció para dejar la carrera e ir de aquí para allá, sin llegar a tener nunca un hogar ni un trabajo estable para formar una familia en condiciones. Yo se lo repetía para que entrara en razón, les ofrecí nuestra casa incluso, pero eso fue en mi contra; no querían estar cerca de nadie que les recordara que se estaban equivocando. Al final se compraron una casa en Lisboa, cerca de los padres de él. Vivieron allí una década aproximadamente, pero unas Navidades lo echaron del trabajo que tenía de temporero y eso hizo que él perdiera los papeles. Por lo visto la situación se hizo insostenible y Cristina me llamó, porque quería distanciarse de su pareja, para ver si ella y el niño podían quedarse en casa una temporada. Esto fue unos meses antes de la desgracia, no llegó al año. En esa época nuestra relación con ellos era poco más que cordial, apenas habían venido a visitarnos, pero a mi marido y a mí nos pareció una buena idea. Queríamos pasar más tiempo con ella y, sobre todo, con nuestro nieto Aníbal, un adolescente al que apenas conocíamos. Me había perdido tantas cosas… Además era un buen momento: mi marido estaba enfermo y era una forma de que me echaran una mano y de que pasáramos un tiempo juntos y se despidieran de él en condiciones. De recuperar el tiempo que habíamos perdido, vaya.

»Al principio nos organizamos muy bien, fue bonito ver a mi hija en casa conmigo y con su padre, disfrutando de las pequeñas cosas como años atrás. Cuidábamos juntas de él y del jardín, nos divertíamos mucho los tres decidiendo qué flores plantar y dónde. Fue una etapa preciosa. Con un poso agridulce por cómo se había dado todo… pero bonita. Con los años aprendemos a valorar los esfuerzos de nuestros padres y creo que a ella le pasó eso. —Julia asiente para sus adentros al pensar en su madre—. Me lo dijo una noche de verano que nos quedamos aquí charlando, había viajado tanto que olvidó quién era. Estar juntos de nuevo nos vino muy bien a todos. Mi nieto Aníbal también parecía estar contento, se integró de maravilla en el colegio y se pasaba el día fuera con los amigos, hasta que un día la jefa de estudios nos llamó para quejarse de su comportamiento. Lo que no nos imaginábamos es que ese sería el principio de todo lo que vendría después. Empezó a llegar cada vez más tarde a casa, apestando a tabaco y a porros. A veces venía borracho, incluso entre semana. No nos dejaban de llegar avisos del colegio para advertirnos de que faltaba mucho a clase y de que cuando iba siempre tenía alguna bronca con los profesores o con sus compañeros. Cristina estaba muy preocupada y recurría mucho a mi yerno, que se había comprado un camión y trabajaba como transportista para distintas empresas por toda España. Él no llevaba nada bien la distancia que había tomado su mujer y era la manera de aparecer por casa cada dos por tres. Así que cuando ella le contaba lo que hacía su hijo, le parecía normal y lo justificaba como «cosas de la edad». Pero Cristina estaba muy nerviosa y tomó las riendas rápidamente, yo creo que le asustaba la excesiva independencia y el espíritu condescendiente que demostraba su hijo, porque en el fondo se veía reflejada en él y no quería que cometiera sus mismos errores. Aunque yo creo que a la pobrecita también le preocupaba que los demás pensaran que todo era por su culpa, por haberlo hecho mal. Es algo que va implícito en todas las madres, ¡como si de nosotras dependiera el comportamiento de nuestros hijos! Pero da igual. Nosotras actuamos siempre como si fuera responsabilidad nuestra.

»Ella intentó acercarse a él con diplomacia, pero le fue imposible que la escuchara y que atendiera a razones. Si antes chocaban, después la situación se volvió insufrible, y lo mismo sucedía con Tiago, cuya relación con él se fue haciendo cada vez más áspera. Mi marido, el pobre, se enteraba de todo y yo creo que lo estaba matando lentamente verlos así. Recuerdo una de las últimas peleas que presenciamos después de la última visita de Tiago. Fue terrible. Los dos estaban fuera de sí, Aníbal la amenazó con largarse, le dijo que como no fuera más dura con su marido, él se largaría también a Lisboa. Solo quería provocarla, estaba en un momento típico de la adolescencia en el que no soportaba a su padre, pero Cristina entró al trapo y le dijo que si eso era lo que quería, ya estaba tardando en marcharse. Dejaron prácticamente de hablarse y el ambiente en casa cambió de manera radical. Por desgracia, no supimos ver lo que se estaba cociendo.

»Mi hija fumaba mucho, igual que mi yerno y mi nieto. Cuando estaban en casa, había colillas por todas partes... y en el jardín ni te cuento. Hubo un momento en que les prohibí que fumaran dentro porque a mi marido le sentaba fatal, el pobre se ahogaba y, además, apestaba todo a tabaco. Cristina se había pasado al invento ese que dicen que no es tabaco, pero que es igual de malo y huele fatal, así que ella salía siempre fuera, especialmente cuando se quedaba esperando a Aníbal hasta altas horas de la madrugada, como dicen que hizo esa noche... —Laura cierra los ojos y hace una pausa con la cabeza inclinada hacia abajo, como si Julia no pudiera verla—. Creo que el resto de la historia ya la conoces... No pudimos hacer nada, cuando empezamos a oler el humo, ya era demasiado tarde... Nunca olvidaré... —La mujer vuelve a hacer una pausa y se le quiebra la voz—. Lo siento, no puedo seguir.

Esta vez Laura se tapa la cara con las manos y se mantiene así durante un minuto. Julia observa cómo tiembla sin saber bien si dejarla o intervenir afectuosamente. Las dos están en silencio hasta que, de pronto, se escuchan unos ruidos extraños dentro de la casa. Son los mismos gemidos que Julia escuchó la primera vez que vio a su vecina mientras la espiaba y que tan mal cuerpo le dejaron. Ahora tiene la misma sensación. Laura se quita las manos de la cara, tiene los ojos rojos y llenos de lágrimas.

—Me temo que aún no te he contado toda la verdad —dice mirando seria hacia el interior de su casa.

12

La mirada de Laura se ha oscurecido como si una nube negra hubiera cubierto su retina. Julia la observa expectante, parece que va a darle una explicación, pero al final solo dice:

—Espera un segundo, ahora vuelvo.

La mujer se va y Julia cada vez está más intrigada por los extraños gemidos, que no cesan. Pepe sigue a su dueña, pero esta se vuelve hacia él antes de subir las escaleras.

—Aquí, no subas. Tú, aquí.

El perro obedece, Julia la ve subir las escaleras. Al cabo de un minuto, escucha que su vecina dice algo que no alcanza a entender y también el ruido de una puerta que se cierra. Mientras espera tiene la tentación de levantarse e intentar averiguar de qué se trata, pero de pronto Laura la llama desde arriba.

—¡Julia!, sube, por favor.

Se levanta sin pensarlo. Pese a que el silencio ha vuelto, el ambiente ahora le resulta mucho más tétrico que antes. Al pie de las escaleras vislumbra un final oscuro que le pone el corazón en un puño.

—Perdona, que te doy la luz.

Laura da a un interruptor y se ilumina el camino. Julia sube y cuando está llegando a los últimos peldaños, la mujer comienza a andar hasta el fondo del pasillo donde hay un dormitorio con la puerta abierta del que sale luz. Julia la sigue, no sin girarse un par de veces para cerciorarse de que nadie está detrás de ellas.

—Cuando te dije que estaba sola, también mentía. Este es mi marido o lo que queda de él —añade en un susurro.

La invita a pasar y se encuentra con un hombre mayor postrado en la cama con muy mal aspecto. Está de espaldas, como mirando por la ventana. Deja pasar a Laura y en ese momento el anciano se gira con dificultad. Julia respira hondo. Es el hombre que vio el primer día en el aparcamiento de la urbanización. El anciano que protagoniza sus pesadillas ahora yace con los ojos casi cerrados y parece totalmente inofensivo. Tiene, no obstante, peor aspecto. Ahora no tiene abiertos sus ojos enormes como cuando se acercó a ella para avisarla de que tuviera cuidado con el fuego y las llamas.

—Está muy mal. A raíz de lo que ocurrió, se quedó muy tocado, sufrió mucho, y se le aceleró el alzhéimer que padecía desde hacía poco. Fue cuestión de meses, algo horrible y también inesperado. Normalmente está metido en casa, no quiere salir ni a la parcela y, cuando lo hace, tengo que estar muy pendiente para que no se me escape o se desoriente. Aunque alguna que otra vez se me ha escapado, porque estando yo sola me es imposible controlarlo todo el rato. El otro día bajó solo hasta el centro donde tienen a Aníbal… Es increíble que no recuerde ni quién es y que, sin embargo, sepa llegar allí, movido por el deseo de verlo. Ni la enfermedad ha podido con eso. Ha tenido una recaída reciente y hoy no lo ves en su mejor momento —le cuenta casi susurrando para que él no pueda escucharla.

El perro empieza a ladrar desde la planta de abajo y Julia se asusta.

—Ay, mi pobre, no te asustes. Es que no le he puesto la comida —dice Laura mientras sale por la puerta.

Con los ladridos, el hombre ha abierto los ojos de golpe sin que ellas se percaten. Julia va a seguir a su vecina cuando el anciano estira el brazo y la agarra de la mano. El gesto la pilla tan por sorpresa que está a punto de dar un grito. Él la mira con una mezcla de locura y terror.

—Cuidado con el fuego…

Julia vuelve a experimentar la misma angustia que la primera vez que escuchó esas mismas palabras.

13

Laura entra de nuevo a la habitación, apenas han pasado unos segundos desde que salió, y al volver se encuentra con la imagen de su marido agarrando a Julia del brazo.

—Pero, cariño, ¿qué haces? No molestes a Julia, es nuestra vecina. Una joven encantadora que quería conocerte y que me va a hacer mucha compañía.

Mientras habla, Laura se ha acercado y le cuesta que suelte la mano de Julia, porque él aprieta con todas sus fuerzas. Cuando lo consigue, la joven se frota la zona, que tiene marcas rojas de los dedos. El hombre no dice nada, pero intenta hablar, parece luchar para que las palabras salgan por su boca, sin embargo apenas emite sonidos extraños, similares a los gemidos que había escuchado anteriormente. De cerca, resultan aún más espeluznantes, sobre todo porque ahora conoce de dónde procede el motivo de las advertencias.

—Vamos, es mejor que no se estrese —le dice Laura a Julia al oído.

La mujer coge del hombro a su vecina y la invita a salir del cuarto con ella. Ambas bajan las escaleras en silencio. Julia sigue con el susto en el cuerpo.

—Como ves, es cierto aquello de que las desgracias nunca vienen solas —dice al llegar abajo.

Laura entra en la cocina y pone la comida en los cuencos del perro. Este se pega a ella y mueve la cola muy contento.

—Espera, no seas ansioso, que ya te lo pongo.

El enorme mastín obedece y le chupa los brazos. Cuando Laura termina, le acaricia el lomo.

—Es terrible lo que te voy a decir, pero realmente no te mentí cuando te dije que solo me queda mi perro. Pepe es mi mejor compañía… y tengo suerte porque está como un roble. —Laura sale de la cocina seguida de Julia—. Mi marido, sin embargo, ya no es él, apenas puede hablar. La mayor parte del tiempo no me reconoce, está así…, es muy doloroso verlo, mucho. —La mujer sale al porche y se sienta en el mismo sitio de antes, Julia la imita—. El nivel de estrés tan repentino que sufrió dicen que pudo acelerarle la enfermedad. Nos dijo el médico que, con todo lo que estaba pasando, era normal que su nivel de hormonas aumentara y dañara al hipocampo, una parte del cerebro que está relacionada con el desarrollo de enfermedades neurológicas como el alzhéimer. Normal que le ocurriera, no sabes lo que fue esto, lo que sufrimos… Cuando sucedió, todos los medios pintaron a Aníbal como un monstruo, un pirómano, un ser perturbado.

Yo conozco a mi nieto y es verdad que era conflictivo, pero tan solo estaba pasando una mala racha. Sabía cuándo parar, se iba de casa antes de hacer algo de lo que se pudiera arrepentir. Nosotros estábamos convencidos, y aún lo estamos, de que esa noche, aparte de haber bebido, tenía que estar drogado. Fumaba marihuana a todas horas y por las noches, cuando salía de casa, vete tú a saber, pero de primeras nadie le quiso hacer ningún test de drogas ni de alcohol porque obviamente era parte del arma del crimen. Sé que quizá resulte muy difícil entender que después de lo que había hecho quisiéramos lo mejor para él y que tuviera una defensa justa. Su padre no se lo perdonó y volvió a Portugal, murió hace un año de cáncer. Pero para nosotros sigue siendo nuestro nieto, es lo único que nos queda y en parte nos sentíamos responsables de lo que hizo. —Julia escucha muy atenta, con gesto grave—. El crimen fue muy famoso, ocupó muchas portadas y horas de televisión… —Hace un gesto a Julia dando a entender que seguro que ella también lo habría visto o escuchado.

—Quizá lo viera de pasada en algún momento pero no recuerdo nada, la verdad. No he estado muy pendiente de las noticias en los últimos años. Entre los viajes, que igual me pasaba semanas enteras fuera, temas familiares y la casa no me daba la vida…

—Pues fue terrible, llevaron al extremo cualquier detalle de nuestras vidas para que pareciera que no habíamos sido capaces de ver al psicópata que habitaba en él. Lo repetían tanto que hubo un momento en que me planteé que quizá fuera así, que realmente mi nieto era alguien que buscaba hacer el mal y que, por tanto, era consciente de sus actos cuando prendió fuego a su madre, solo que nosotros no habíamos querido verlo. Estoy convencida de que no me equivocaba, pero aun así dudé. Como mucha gente que nos conocía, vecinos de toda la vida de la urbanización, que se sumaron a las calumnias y a las recriminaciones. Muchos se apuntaban a aparecer en los medios tergiversando y afilando cualquier anécdota sobre nosotros. Y con quienes teníamos una relación más estrecha sabían que fue un hecho puntual, que hasta ese día nunca había habido violencia ni malos tratos y mucho menos amenazas hacia ninguno de los miembros de la familia, lo ocultaron o simplemente se lo callaron. Fue otro palo darnos cuenta de que no podíamos contar con nadie y de que incluso los que considerábamos nuestros amigos, a la mínima de cambio se habían sumado también a la criba para terminar de hundirnos. Por aquí hay mucha envidia y esta llama a todos los males. Por eso te avisé el primer día: ojo con quién te mueves y en quién confías porque cualquier día te clavan un puñal por la espalda.

»Por suerte encontramos una buena abogada defensora que había llevado casos similares en los que la sentencia dictaminó que el acusado no estaba en sus plenas facultades cuando cometió el crimen. Nos dejamos todo lo que teníamos, por eso no hemos podido arreglar la casa por fuera después del incendio, pero mereció la pena. Aprovechando el torrente de opiniones derramadas en los medios, forzó un juicio rápido donde no hubiera tiempo para realizar en condiciones los diagnósticos y Aníbal fuera condenado por su salud mental. Elena centró la defensa en que padecía esquizofrenia y que esa noche su realidad se vio alterada de manera importante. Los esquizofrénicos padecen alucinaciones e incluso pueden oír voces que solo escuchan ellos y que les taladran la cabeza hasta que terminan por cometer locuras. Sobre todo cuando están bajo los efectos de las drogas. Para nosotros resulta un alivio pensar que no pudo controlar lo que hacía. No era inocente, pero ayudaba pensar que no pudo evitarlo porque no estaba en su sano juicio.

»El proceso fue rápido, dentro de lo que cabe; el juez falló a nuestro favor y lo consideró un enfermo mental y no un psicópata, como se le había sentenciado desde el primer día, y ordenó su ingreso en el Centro Psiquiátrico Penitenciario de Sevilla y no en una prisión normal, en el módulo psiquiátrico, como sugería el fiscal. Eso hubiera sido terrible para él... y para nosotros. Digo que tuvimos suerte, porque en muchos casos los enfermos mentales tienen juicios rápidos centrados en el delito en sí, y por su celeridad impiden que se dedique tiempo suficiente a analizar y probar la enfermedad. No se pide una prueba pericial psiquiátrica porque no hay tiempo o porque, como dicha prueba cuesta dinero, el enjuiciado no siempre puede solicitarla y acaba en prisión con criminales comunes.

»Después, llevados por el optimismo de que hubiera habido justicia, intentamos por todos los medios que lo trasladaran a un centro en Madrid, pero nos dijeron que solo había una institución parecida a la de Sevilla en Fontacalent, Valencia. Yo estaba desesperada, porque con mi marido cada vez peor, ¿cómo iba a poder visitarlo con asiduidad? Así que, después de todo lo que se nos había calumniado, mi marido y yo fuimos a los medios a pedir que abrieran uno en Madrid, sobre todo para menores. Me costó Dios y ayuda, pero tuvimos suerte y abrieron uno aquí mismo. Yo creo que el hecho de que mi marido estuviera tan mal y que yo tuviera ya una edad ayudó mucho a crear una opinión pública favorable. Aunque ahora, después de un tiempo, me doy cuenta de que, en realidad, si los médicos no ven avances y no consideran posible su reinserción, la condena será mayor que la que habría tenido si no se le hubiera considerado un enfermo. Al final podría pasarse la vida ahí metido.

La mujer termina su relato visiblemente emocionada. Julia la ha escuchado atenta, contagiada por los recuerdos que le vienen a la cabeza por su calidez y manera de explicar las cosas. Le recuerda a su madre y siente lo mucho que la echa de menos.

—Al menos puedes ir a verlo, ¿él tiene algún permiso para salir o…?

—Ojalá, de momento no puede salir.

La respuesta de Laura debería haber sido suficiente para que Julia dé carpetazo al asunto, pero está convencida de que es el mismo chico y necesita alguna prueba que lo demuestre.

—¿Cada cuánto son las visitas?

—Pues nos dan dos opciones: o dos visitas semanales de veinte minutos cada una o una de cuarenta.

—Y ¿cuándo piensas ir?

—Pues no lo sé, hija, porque está todavía peor que mi marido, no reacciona a nada. Está metido en su mundo, en una burbuja. Encima yo no conduzco y antes me bajaba andando, pero ahora me cuesta más subir.

—Y ¿cómo haces para hacer la compra?

—La pido en el súper y me la sube un repartidor a casa, empezaron durante la pandemia y lo siguen haciendo en casos especiales. Creo que también reparten el pan. Pregunta, les queda muy bueno.

—Pues avísame cuando necesites bajar o ir a la farmacia, alguna urgencia o lo que sea.

—Muchas gracias, hace tiempo que no tengo urgencias, por suerte. Pero gracias.

—¿Quieres que te acerque yo? —Laura la mira sin entenderla—. A ver a tu nieto. No me cuesta nada. Puedo llevarte ahora, ¿te dejan entrar con alguien más?

—Sí, cuando mi marido estaba mejor, los dos bajábamos, pero ahora ya...

—¿Podría ir contigo? —Laura la mira perpleja—. Por lo que me has contado, tu nieto, siendo tan joven, tiene que ver más gente. Es que si no le va a pasar como a los indigentes, que a fuerza de que nadie se les acerque o los traten como si estuvieran mal, terminan estándolo. Me encantaría ir y charlar con él, podemos contarle que vivo al lado y, no sé..., cualquier cosa que creas que le pueda interesar y que al menos lo entretenga un rato.

Laura la mira pensativa, parece estar analizando los pros y los contras, mientras Julia cruza los dedos para que la respuesta sea positiva. Quiere comprobar por sí misma su sospecha de que no está tan ausente como aparenta y que, cuando la tenga delante, no podrá disimular el brillo de su mirada ni el deseo entre ambos.

—De acuerdo, pero te advierto que lo que te vas a encontrar es bastante peor que esto —le dice Laura mirando hacia las escaleras.

14

Julia deja el coche en el aparcamiento de la urbanización. Al bajarse de él mira hacia los lados de manera inconsciente por miedo a que aparezca de nuevo Jacinto y pueda interceptarla. Laura se apea después de ella.

—Como ves es el edificio perfecto para la causa...
—dice con ironía Laura frente al bloque de aspecto tétrico.

Julia sonríe levemente y se concentra en no hacer nada que delate que ya ha estado previamente, pero no solo depende de ella. No sabe cómo reaccionará la mujer de recepción cuando la vea. Es probable que haga algún comentario que la delate. Mierda.

Mientras sigue a su vecina hacia el interior del edificio, intenta barajar buenas opciones para salir del paso sin levantar sospechas, pero tiene suerte y, cuando llegan a la puerta de entrada, desde donde se ve el interior, observa cómo la recepcionista que la atendió coge el teléfono para responder a una llamada y esta vez es su compañera la que está libre.

Una vez dentro, la mujer que las atiende saluda cariñosa a Laura mientras su compañera, al teléfono, mira a Julia y sonríe conteniendo las ganas que tiene de decirle: «Vesss…». Después de pedirles el DNI y tomarles todos los datos, la recepcionista llama a alguien para notificar la visita y les dice que pueden ir hacia el control que Julia ha visto a la derecha, en el comienzo de un gran pasillo. Ahí hay un vigilante de seguridad que también saluda a su vecina con cariño. Entonces, una mujer vestida con una bata blanca y un uniforme debajo camina desde el fondo para encontrarse con ellas, debe de ser la persona a quien han llamado para que las acompañara.

—Es Carol, su doctora, es un encanto. No sé qué haría sin ella —le aclara Laura.

Tras pasar el control, Laura hace las debidas presentaciones. A Julia le llama la atención para bien que la describa como «una amiga de la familia» y no como «su vecina». Las dos mujeres siguen a la doctora por el mismo camino por el que ha venido ella.

—¿Cómo está? —pregunta Laura.

—Bien, bien. Tranquilo, como siempre.

Julia se fija en la reacción de Laura, que refleja que el «como siempre» quizá no sea algo positivo, como ella había pensado en un primer momento. Luego, conforme avanzan, es consciente de que está a pocos metros del parricida y de que, si su pálpito es cierto, este será el chico que conoce. El mismo que la espera cada noche con una llama preparada frente a su casa. Y, por tanto, no queda nada para que vuelvan a encontrarse. Está más nerviosa a cada paso que da, e intenta respirar hondo disimuladamente. Aunque no está segura de si será capaz de ocultar todo el miedo y, a la vez, esa incomprensible atracción que siente por él. La doctora tuerce una esquina que desemboca en otro pasillo lleno de puertas numeradas, Laura y Julia la siguen. Cuando llegan al número cuarenta y dos, la mujer abre sin llamar.

La habitación tiene las paredes de color crema y el suelo de un mármol reluciente del mismo tono. Tiene dos camas, pero solo hay abierta una, con signos visibles de que acaba de ser usada, y una mesa de escritorio donde hay una bandeja con comida, que apenas se ha probado. Frente a ellas hay un enorme ventanal, y delante, un chico sentado de espaldas en una silla contemplando el paisaje. Julia no lo reconoce, sobre todo porque es la primera vez que lo ve sin capucha. Tiene la cabeza ligeramente ladeada hacia la derecha y por detrás el pelo muy corto. Si lo lleva igual por delante no sería el chico que busca, porque este tenía el flequillo largo. Sin embargo, Julia piensa que, quizá, se lo podría haber cortado.

—Hola, cariño —dice Laura adelantando a la doctora, que la deja entrar con una sonrisa.

El chico no reacciona, sigue perdido. Julia da un par de pasos que le permiten ver lo que él observa con tanto detenimiento: un jardín frondoso lleno de árboles y vegetación. Laura se acerca a su nieto y lo besa en la frente. Al hacerlo, el chico se gira levemente y Julia siente que le da un vuelco el corazón: es él. Efectivamente, tiene el pelo más largo por delante. Sin embargo, parece ido, ¿está actuando o es su verdadero estado? Quizá le dan una medicación fuerte que le dura una parte del día y en otros momentos, cuando la dosis es menor, está bien. Pero, aunque fuera así, ¿cómo ha podido escaparse?

Su cabeza va a mil por hora, pero ella no se deja intimidar por la cantidad de cuestiones que la inquietan y, poco a poco, con mucha prudencia, se acerca a él. El muchacho apenas reacciona a los gestos ni a las palabras de su abuela y tampoco parece darse cuenta de que Julia está en la habitación.

Lo mira y le cuesta imaginarse a esa persona con la libido por las nubes y la agresividad que había demostrado durante sus encuentros, pero está convencida de que es él y no piensa marcharse de ahí sin una señal o prueba que lo demuestre. Así que se coloca detrás de Laura, en el mismo campo de visión, porque quiere ser testigo de su reacción cuando la vea. Sin embargo, Aníbal no reacciona. En cambio es Julia la que puede observarlo bien y descubre que en el lateral del rostro que no había visto tiene una enorme quemadura que le llega hasta la mitad del cráneo. La imagen es terrible, no puede evitar acordarse de Freddy Krueger, quien protagonizó gran parte de las pesadillas de su infancia, pero lo que realmente la impacta es que ahora sabe el motivo por el que llevaba siempre puesta una capucha cuando va a verla. Ahora solo tiene que pillarlo en un descuido y averiguar cómo consigue salir.

—Mira, cariño, esta es Julia, nuestra vecina. No sabes qué suerte tengo, es un encanto y ha querido venir a conocerte.

—Hola —dice Julia sonriente.

Por primera vez el chico gira la cabeza lentamente y aparca la vista en ella. Julia siente que su corazón se frena y al instante late a mayor velocidad. Vuelven a estar el uno frente al otro, pero el muchacho no dice nada. Su mirada es fría, parece hueca, tanto que la falta de intención resulta de lo más desafiante y ella se pregunta si no es en realidad una especie de amenaza.

—¿No le vas a decir nada?

—No te preocupes, Laura. Es normal, no me conoce... Os voy a dejar un poco solos —dice aprovechando el momento incómodo para acercarse a la doctora.

Julia sonríe a Aníbal, que ahora mira hacia fuera de nuevo, y se reúne con la doctora, que está apoyada en la esquina del armario, junto a la puerta de la habitación, observándolos. Necesita hablar con ella para ver si le da alguna pista que la ayude a esclarecer cómo es posible que un enfermo en ese estado pueda ir hasta su casa para acosarla y transformarse además en un auténtico depredador. Sin embargo, al estar junto a ella, de cara al paciente, se le hace un nudo en la garganta. Y es que empieza a recordar cuando visitaba a su madre en el hospital. Estaba ingresada por el tratamiento en la recta final, cuando le quedaban ya pocos meses de vida. Le viene a la memoria el dolor tan grande que le provocaba ser testigo directo de cómo la inmensa luz que irradiaba su madre se iba apagando poco a poco y lo culpable que se sentía por haber pasado tantas temporadas lejos de casa sin dedicarle el tiempo que merecía. Lo que daría ahora por recuperarlo. Recuerda también cuántas noches había buscado a alguna enfermera, desconsolada, para que tratara de ayudarla, y la de conversaciones que había mantenido con los doctores mendigando que hicieran un milagro que la salvara.

Pero no hubo suerte. La doctora ve el gesto de Julia y los ojos llenos de lágrimas.

—Es la primera vez que viene a verlo, si no me equivoco.

—Sí.

—Impacta, ¿verdad? No hay tantos casos así en gente tan joven... Piense que, aunque parezca que esté sin vida, esto siempre es una buena señal porque significa que estamos consiguiendo acallar esas voces que lo animaban a cometer locuras. La medicación es mano de santo y está consiguiendo que salga del delirio permanente en el que se encontraba cuando entró aquí.

—¿Quiere decir que no fue algo puntual debido a las drogas?

—Su caso es complejo. Después del suceso, estuvo ingresado en el hospital por las fuertes quemaduras y el estado de shock. No recordaba nada de lo que había ocurrido, así que no era consciente de la monstruosidad que había cometido. De hecho, por lo visto, preguntaba por su madre día y noche entre lágrimas, como si fuera un niño pequeño. Después estaba convencido de que todo había sido una conspiración, que él no había tenido nada que ver. Esto derivó en que alguien lo había obligado a hacerlo, en el juicio insistieron en este punto, y dijo que ese alguien eran unas voces que escuchaba. Esto es algo habitual en muchos enfermos psicóticos, se resisten a admitir su trastorno mental pese al enorme desgaste que les producen las alucinaciones, las voces que oyen. Se agarran a la creencia de que estos trastornos son inducidos por grupos organizados o personas individuales que conspiran contra ellos, por ejemplo. Afortunadamente esta continua montaña rusa de emociones ha ido menguando y no tiene nada que ver con la persona que ve ahora. Aunque sigue rechazando su propia patología, y esto dificulta su tratamiento.

Julia la escucha mientras se pregunta si es posible que el muchacho estuviese diciendo la verdad, pero lo descarta de inmediato al recordarlo de nuevo frente a su casa, con esa mirada llena de vicio y esa manera que tuvo de dirigirse a ella. Estaba claro que nadie lo estaba obligando tampoco a encender la llama de manera obsesiva cada noche... Julia cada vez tiene más claro que es él, y cruza los dedos para que el estado en el que se encuentra ahora sea real y apague las voces que le repiten una y otra vez que ella será su próxima víctima.

—Entonces, genial que el tratamiento lo deje así. De momento, no se lo van a cambiar, ¿verdad?

—No, hasta que haya avances. Es un caso complicado. Cuando vienen esquizofrénicos con problemas serios de drogas, la cosa se complica mucho. Se le ha diagnosticado una esquizofrenia de signo paranoide y padece una patología dual, con rasgos de bipolaridad, debido al alto consumo de cannabis y/o alcohol.

—Las drogas tienen que ser terribles para alguien así...

—Así es, en la mayoría de los casos la droga no es la culpable, no es la que ha llevado a la persona a la psicosis. Solo lo hace si existe una proclividad biológica, como en el de Aníbal. Estos enfermos son más difíciles de tratar que los psicóticos puros, porque necesitan de un programa de desintoxicación adicional y una medicación basada en el litio que hace que su recuperación sufra baches y sea mucho más lenta, como puede ver.

—¿Y puede salir? Quiero decir, ¿sale a la calle?

La doctora mira a Laura, que sigue hablando a su nieto con cariño. Después se vuelve hacia a Julia y le hace un gesto para que la acompañe fuera.

15

La doctora avanza por el pasillo en dirección opuesta a la que llegaron. Julia la sigue mientras hablan.

—En teoría no puede salir, pero yo le saco aquí, al jardín —le explica cuando doblan la esquina y dan a un ventanal enorme desde el que se ve el mismo jardín que está mirando Aníbal en su habitación—, y se queda muchas mañanas y también algunas tardes cuando la cosa está tranquila. Le viene bien salir y que le dé el aire. Se da sus paseos y se puede tirar horas sin crear ningún problema ni molestar a nadie. El jardín es enorme, cuatro o cinco veces lo que ve, continúa después de esos arbustos —dice señalando hacia afuera—. Cuando vuelvo, lo encuentro en paz y menos reacio a todo, lo ayuda mucho y es una manera de que sienta que lo apoyamos, que sabemos que tiene un problema y no lo castigamos por ello. —Julia escucha sin pestañear—. En teoría no debería hacerlo, pero, por suerte, soy la responsable y, por tanto, la que paso más horas con él y ¿sabe qué ocurre? Que no estoy de acuerdo en que se deba tratar a todos los internos con las mismas pautas y directrices. Las normas no pueden hacerse iguales para todo el mundo, porque lo que le va bien a uno no le funciona a otro. Y si están aquí es para mejorar con el tratamiento y que puedan salir, porque si no, esto es otra cárcel. No es justo que los que hayan cometido barbaridades en su sano juicio en diez años, o menos, estén en la calle, y los que son víctimas de sí mismos y sus circunstancias se pasen toda la vida apartados del mundo porque no se los haya tratado según sus necesidades reales.

—Pero fuera del centro no ha salido…

—Nooo, ni creo que lo vaya a hacer en mucho tiempo. No ha recibido permisos y al tener el beneficio de estar tan cerca de su familia, no creo que lo vayan a dejar salir, porque, además, primero tendría que dar signos de estar mucho mejor y no es el caso. Tampoco ayuda que Laura, la persona a su cargo, sea mayor. Cuando llegue el momento, que esperemos que llegue, lo mirarán con lupa antes de dejarlo salir, cuestionando si su abuela será capaz de controlarlo como él necesita. Mire la doctora que trabajaba en la Jiménez Díaz y que apuñaló a no sé cuántos en el hospital por no haberse tomado la medicación: cuando la han dejado salir después de varios años, ha vuelto a hacerlo porque su madre, que estaba a su cargo, no se dio cuenta de que dejó de tomar las medicinas que le habían pautado…

—¿Esta semana lo ha dejado salir?

La doctora la mira extrañada.

—¿Por qué lo pregunta?

—No…, por nada, con el calor que ha hecho… He pensado que igual no hay aire acondicionado. Esto es bonito, pero se ve que tiene sus años…

—Sí, es parte de su encanto y sí hay aire acondicionado. Se instaló hace un año, pero, aun así, sí lo he dejado salir. Se está de maravilla. A la vuelta hay muchos árboles, encinas enormes que dan mucha sombra y se está estupendamente. Alguna vez que tardo en encontrarlo viene de echarse la siesta por ahí… Si lo viera en esos momentos se le quitaría el mal sabor de boca de verlo como está hoy.

Julia asiente con una sonrisa mientras mira fuera, hacia la zona del jardín que no alcanza a ver desde donde están y que por su ubicación debe dar a la otra parte del campo. No resulta muy descabellado que, si hubiera encontrado la manera de hacerlo, pudiera salir por ahí y caminar hacia su casa.

—Sí, el jardín es precioso; esta zona es una maravilla. Gracias, doctora, por permitir que Aníbal pueda disfrutar de ello. La verdad es que, después de lo que me ha contado, me gustaría salir y verlo, ¿cree que sería posible?

Pero la mujer no llega a contestar, pues cuando está a punto de hacerlo, escuchan a Laura llamarlas a voces.

—¡¿Julia, doctora?!

Las dos vuelven a girar la esquina hacia el pasillo para acercarse a ella y que deje de gritar.

—Estamos aquí —dice la doctora.

Siguen avanzando hasta la anciana, que está en el marco de la puerta de la habitación de su nieto y se nota que ha llorado.

—Me estaba enseñando el jardín tan bonito que tienen —le explica Julia al llegar a su lado.

Y mientras posa su mano en el hombro de Laura, que está visiblemente afectada, se fija en el interior de la habitación. La mirada del chico la sorprende, tanto que se le clava como un puñal. Aníbal la observa sin pestañear. No se lo espera y resulta muy inquietante. No hay rastro en él del deseo con el que la miraba los días anteriores, pero la calma con la que la radiografía ahora, analizándola sin reparo, la asusta aún más porque se pregunta si, mientras la observa sin disimular, las mismas voces que le ordenaron quemar a su madre no le estarán diciendo en ese instante que, en cuanto pueda, se escape para ir a su casa y hacerle lo mismo a ella.

Las tres mujeres se alejan caminando. Un rato más tarde Laura y Julia se despiden de la amable doctora. Una vez fuera del edificio, Julia se da cuenta de que todavía hay algo que no ha averiguado: ¿qué hacía Aníbal dentro de la casa de sus vecinos?

16

Mientras conduce, Julia se concentra en la carretera para tratar de borrar de su cabeza la última imagen del parricida observándola fríamente. Laura está sentada a su lado, mirando por la ventana con evidente tristeza. Sin darse cuenta tiene la cabeza levemente inclinada hacia la derecha, como su nieto cuando lo vieron ante el ventanal de su habitación. Sin querer hace un pequeño ruido que se le escapa al contener las lágrimas. Julia se da cuenta de que a Laura le están temblando el pecho y la barbilla, que ya no puede disimular más que está llorando. Así que para el coche.

—¿Estás bien? —le pregunta mientras posa su mano sobre el hombro de su vecina con afecto.

—Sí, perdóname…, es que no lo puedo evitar. Por más que lo intento, siempre es así… No sabes lo que es sobrevivir a un hijo. Una madre nunca debería pasar por algo así, es antinatural. —Julia masajea el hombro de su amiga para hacerle saber que está con ella, aunque en realidad las palabras que está escuchando le hacen tambalearse—. Es que no es solo que mi nieto esté como está... Es que mi niña, mi Cristina, ya no está... —Vuelve a llorar a moco tendido—. Es difícil de explicar, pero para mí, aunque ya fuera toda una mujer y fuera madre, Cristina seguía siendo mi niña bonita. La sangre de mi sangre, lo que más quería. Yo la recuerdo jugando en esta misma calle con la bici, y yo asomándome a la esquina para llamarle la atención para que no se alejara, para protegerla por si le pasaba algo... Es horrible, es un vacío y una tristeza inmensa... Constantemente pienso qué he hecho mal, ¿por qué a mí...? —Entonces Julia también rompe a llorar, no puede sentirse más identificada con esas cuestiones que mortifican a su vecina—. ¿Por qué a ella...? La vida es tan injusta, no hay derecho...

Laura no puede seguir hablando por el llanto. Se rompe de nuevo. Julia llora también, desconsolada, tanto que Laura tiene que animarla.

—Ya, tranquila —le dice—. ¡Qué horror, si esto me pasa siempre que voy, te tendría que haber avisado! Es que son muchas cosas, demasiadas heridas que siguen abiertas y que dudo que lleguen a cicatrizar... —Julia no puede parar de llorar, es incapaz de hablar...—. Eh, ¿qué te pasa, bonita?

—No lo sé... —consigue decir entre pucheros—. Es que no lo sé... Es que... creo que nunca conseguiré ser madre...

—No digas eso, ya verás como sí... Estoy segura...

—Y además de que se me parte el alma —continúa Julia—, también me duele no poder experimentar nunca esa sensación… No quiero pasar por esta vida de oyente, quiero vivirla y experimentar todo el ciclo. Quiero una familia… Necesito volver a sentir lo que era estar en casa con mis padres, quiero ese calor. Quiero poder dárselo a mi bebé, ser la mejor versión de mí misma para que nunca le falte de nada… Quiero que mi madre regrese, la echo mucho de menos. Mucho, no es justo…

Laura vuelve a llorar, tampoco puede controlarse. Llega un momento en que la situación resulta cómica. Las dos se miran, con la cara desencajada, y sonríen… Están agotadas emocionalmente.

—Cariño, creo que no te ha hecho ningún bien venir, siento haberme puesto así… —le dice Laura.

—Si no eres tú, son muchas cosas, y me empeño en que puedo con todo y estoy muerta de miedo…, y lo peor de todo es que después de lo que nos ha costado en todos los sentidos crear un hogar, del gran esfuerzo y sacrificio…, no estoy segura de que tengamos garantizado conseguir nuestra familia…, y todo para nada… Estoy cansada de que siempre salga mal. ¡Harta! —Laura la mira esta vez sin decir nada—. Perdón.

Julia se da cuenta de que ha antepuesto sus miedos y debilidades al drama de su vecina. Aun así la mujer la abraza con fuerza y ella le devuelve el gesto con todo su amor. Las dos mujeres se funden en un abrazo que se prolonga durante minutos. Son dos animales heridos. A una le han arrebatado lo que más quería en el mundo y a la otra le han negado el derecho a poder querer de esa manera. Cuando se separan, Laura acaricia la cara de Julia.

—Además, en el peor de los casos, hay más formas de ser madre… No te des por vencida. Nunca hay que rendirse, me oyes. —Julia asiente—. Yo, por mal que esté, no decaigo. Lloro un poco cuando ni Aníbal ni mi marido pueden verme, para desahogarme, y sigo. Tengo que mantenerme firme para que mi nieto me vea bien y mejore. Los dos. Tengo que hacerlo por ellos, no me puedo permitir estar mal —después de una pequeña pausa sigue—: A ver, dilo: «No me voy a rendir».

—No me voy a rendir.

—No me voy a rendir —terminan diciendo las dos al unísono.

17

Al llegar a la puerta de la casa de su vecina, Julia para el coche. Las dos mujeres se miran conscientes de que, aunque ambas vuelven a casa aún más revueltas de lo que estaban antes de entrar en el centro para visitar a Aníbal, se sienten reconfortadas por el cariño y apoyo que han encontrado la una en la otra. Julia tiene la sensación de haberse reencontrado con la esencia de su madre, con su calor y protección, y se atreve a pensar que algo parecido le ha ocurrido a Laura. Seguramente ella había traído de vuelta a su hija Cristina. Le gusta pensar que tal vez el destino ha querido que ese mágico lugar las una.

—Muchas gracias por acompañarme y acercarme a casa.

—No me las des, gracias por dejarme ir contigo. Cuando quieras volver, avísame. Te llevo en coche. Y cuando quieras ir a la compra o a algún recado…

—No te preocupes, si, como te he dicho, en el supermercado empezaron a llevar los pedidos a casa durante el confinamiento y han mantenido el servicio para las personas mayores. Me tienen muy mimada, y para lo demás bajo yo.

—Bueno, pero si tienes alguna urgencia o estás cansada, me lo dices, que a mí no me cuesta nada. De verdad.

Julia la mira, y la fragilidad que desprende Laura, ese poso de incredulidad y falta de esperanza, la traslada a los últimos días con su madre y le entran unas ganas locas de consolarla y demostrarle que no está sola. Necesita darle un abrazo enorme que compense todos los que no pudo darle a su progenitora por tener que viajar por su trabajo.

—No te preocupes, he aprendido a cuidarme sola —le dice agradecida con una sonrisa.

Laura se baja del coche y entra en su casa. Mientras Julia la observa, está convencida de que las palabras que acaba de decirle su vecina también podrían salir de su boca. Acelera y se dirige hacia la suya. En cuanto cruza la puerta del garaje, su marido protagoniza de nuevo sus pensamientos. Aparca y, todavía sentada dentro del coche, mira el móvil para ver si ha escrito o llamado durante el tiempo que ha durado la visita, porque lo había puesto en silencio. Como sospechaba, no ha dado señales de vida. Sin embargo, se encuentra más de ciento cincuenta mensajes sin leer. No son de ese rato, sino que se le acumulan mensajes de los tropecientos grupos de chats en los que está incluida. Cada vez odia más pertenecer a tantos grupos que la bombardean con tonterías a cada segundo. Eso sí que es una pesadilla y no lo que está viviendo. Sale del coche y llama a Rubén. El móvil da tono, pero no responde.

—¿Dónde coño estás? —masculla mientras cierra con llave en cuanto entra en casa.

Va hacia el vestidor y deja las llaves y la cartera. Después se sienta en la taza del váter para orinar y, mientras lo hace, es consciente de que tiene que dejarse de chorradas. Así que, cuando tira de la cadena y se levanta, llama directamente a Jero, un compañero de la misma aerolínea de Rubén, donde también trabajaba ella, con el que suele volar.

—¿Julia?

—Hola, Jero, ¿qué tal? Perdona que te dé el coñazo, pero es que sé que a Rubén le tocaba volar hoy y no recuerdo la hora, no sé si es de madrugada o ya mañana… ¿Tú lo sabes o lo podrías averiguar? Quiero darle una sorpresa…

—¡Hola! No me das el coñazo, mujer. Pues si le ha tocado volar, ni idea, porque sé que Diego volaba con Iván, pues he hablado con ellos antes de que despegaran…

Julia aprieta los dientes cuando escucha que Diego, al que tenía que cubrir de urgencia Rubén, no está enfermo de covid como él decía en su nota.

—Ay, gracias, me habré equivocado y habrá salido a correr. Es que como la semana pasada hubo todo el lío, ya mezclo…

—¿Qué lío?

—Por el covid. La sustitución que tuvo que hacer que se alargó…

Un silencio se impone entre los dos, la tensión que se crea es capaz de cortar el aire y Julia no quiere pronunciar más palabras por miedo a que llegue una respuesta que no quiere escuchar… Se le revela la verdad: no hubo ninguna sustitución.

—Julia, te tengo que dejar, es que yo me pierdo también con los turnos. Que te cuente mejor él cuando vuelva de correr. Me alegro de haber hablado contigo…

—Gracias.

Jero ha colgado. Julia se queda con el móvil en la mano, lo baja lentamente tratando de convivir con el redoble de tambor que bombardea su pecho. Se está poniendo mala por momentos. No puede creer que Rubén le haya mentido descaradamente. Llama de nuevo a su marido. Escucha el tono del teléfono, pero, para su sorpresa, no solo en su dispositivo, sino que está vibrando también en el dormitorio. Julia recorre el pasillo con la esperanza de que Rubén haya vuelto porque su compañero, Diego, sí ha podido volar. Y que no le responda porque está dormido.

18

Después de imaginarse a su marido durmiendo plácidamente, la imagen que se encuentra Julia cuando abre la puerta corredera de su habitación le produce una extraña sensación. Las sábanas de la cama siguen revueltas, pero está vacía. Tenía el convencimiento de que se lo encontraría ahí tumbado y ahora tiene la impresión de que se lo han llevado mientras dormía.

Se agacha para mirar debajo de la cama sin acordarse de que, para esta casa habían comprado una con canapé. Se incorpora y vuelve a llamar a su marido. Entonces averigua de dónde viene la vibración: en la mesilla de noche de Rubén está el cargador que le regaló ella para conectar el móvil, los auriculares inalámbricos y el reloj inteligente de la misma marca. Precisamente es este último el que sigue cargando y el que recibe las llamadas y notificaciones. Julia lo coge para mirar los mensajes y llamadas, pero la pantalla está bloqueada. Aunque enseguida consigue acceder al contenido, ya que conoce los cuatro dígitos que Rubén usa como clave desde hace años para todo. No solo para los dispositivos, sino también para las maletas, las cajas fuertes de los hoteles y demás. Nada más desbloquearlo se encuentra con el registro de todas las veces que lo ha llamado sin éxito. Sigue mirando y, antes de entrar en los mensajes, llega uno que confirma que le ha mentido. Es de Jero y le dice: «He metido la pata. Me acaba de llamar Julia, me ha pillado desprevenido, y creo que se ha dado cuenta. Piensa en qué vas a decirle, pero yo se lo contaría. Cuanto antes lo hagas, mejor. *Sorry*». Julia tiene que controlarse mucho para no llamarlo y darle las gracias por tomarla por idiota. No hay cosa que más rabia le dé que ser la última en enterarse de lo que ocurre. Una vez pasado el primer impulso, trata de averiguar cuál es la verdadera cuestión: ¿qué debería contarle y qué le está ocultando?

Cierra el mensaje y entra en los chats. La imagen que surge junto al nombre de la persona con la que él se ha mensajeado por última vez, antes de que llegara el de su amigo, la impacta como la caída de una guillotina. Su querida vecina Vanesa aparece sonriente y asquerosamente perfecta en su foto de perfil, la misma que usa en sus redes sociales. Julia no piensa, quizá debería prepararse para lo que está a punto de leer, pero se lanza al vacío sin paracaídas. El último mensaje es de esa misma madrugada. Vanesa había escrito: «Vienes, ¿no?». A lo que Rubén había respondido: «Estoy saliendo».

Julia bloquea el torbellino de rabia que siente y retrocede en la cadena de mensajes hasta que ve numerosas videollamadas que se corresponden a los tres días anteriores a su vuelta, en los que él supuestamente estaba cubriendo la baja de un compañero que se había contagiado de covid. Después de lo que acaba de leer, está tan descontrolada que se pone a contar las llamadas. Hay un mínimo de una por día. No hay derecho. Durante esas tres últimas jornadas lo había pasado mal y se había convencido de que Rubén debía estar muy ocupado para no llamarla ni estar pendiente de ella, como hubiera sido lo normal, y resulta que para Vanesa sí había tenido tiempo. La idea de que se hayan estado viendo la revuelve por dentro y cuando se los imagina desnudos provocándose mutuamente, lanza el reloj a la cama. La invaden los celos, encima con ella, no ha podido elegir otra… Qué hija de puta, no se conforma con su marido y sus tres hijos, sino que tiene que llevarse al suyo.

—¡Ojalá te pudras en el infierno, zorra! —grita al dispositivo como si fuera una prolongación de su enemiga.

Julia se queda sentada e intenta controlar la respiración. Está desbocada. La persiana está subida y ve el monte frente a ella. Sus ojos van directos al punto en el que se solía colocar Aníbal para espiarla. Aparecen como relámpagos las imágenes de la tarde que se masturbó delante de él. Aunque prácticamente acaba de llegar de visitarlo y sabe que es imposible que esta vez se haya podido escapar, hace un recorrido con la mirada hasta que se tranquiliza al no encontrarlo observándola de nuevo. Deja de mirar y vuelve a coger el reloj. En su interior sabe que su marido también pondría el grito en el cielo si se enterara del jueguecito que se había traído con el chaval de la capucha sin saber los peligros que acarreaba.

Abre de nuevo el chat entre su marido y Vanesa. El goteo de mensajes es interminable. Antes de que Rubén se fuese a su supuesto viaje de trabajo, cuando todavía vivían en su anterior casa, ella le escribe: «Buen viaje. Ojalá pudiera estar ahí. Ya me contarás. Llámame luego». El texto acaba con el emoticono de un corazón rojo. Su marido responde a continuación: «Estoy muy nervioso, gracias. Te debo tanto… No tengo la menor duda de que, pese a los riesgos, todo esto merece la pena. Gracias». Y el mismo corazón.

Los siguientes mensajes están intercalados con las llamadas, en ellos los dos se tantean si están disponibles para hablar y ella le pregunta si se ha enterado bien de todo lo que tiene que hacer o si necesita ayuda, que desde allí —Julia entiende que se refiere a Colombia— puede echarle una mano para que «todo salga como tiene que salir». ¿A qué se refieren? ¿Qué es lo que tienen planeado para que salga de una determinada forma que ella insiste en supervisar?

El peor de los presentimientos la asalta de golpe y tiene que volver a los mensajes para apartar de su cabeza todas las oscuras posibilidades que se está planteando, a cada cual más macabra, y que darían sentido a la desaparición de toda la familia. Solo espera que la lectura de la cadena de mensajes entre ambos le dé la información que necesita para descartar sus sospechas o que se las confirme y pueda llamar a Candela y Mateo directamente. Lo que no se espera es que la realidad sea muchísimo peor de lo que imagina.

19

Necesita tomar el aire. Julia abre la cristalera de su habitación y sale a la terraza, desde donde disfruta de nuevo del monte. Se sienta en una de las butacas para exterior de diseño que habían comprado y sigue leyendo. Mientras lo hace, lanza alguna mirada a la parcela para controlar el terreno. Avanza en la sucesión de mensajes hasta que llega al día en el que Rubén vuelve de viaje y ¡bingo! A la hora aproximada a la que se fue repentinamente a «correr», localiza un mensaje de Vanesa en el que le escribe: «¿Has vuelto ya? Ya estamos. Ahora estoy sola. Quiero hablar contigo antes de que se lo cuentes, aunque aún no tengas toda la info. Es importante. Ven ya. Avísame cuando quieras. Hazme una perdida y nos vemos abajo, en el campo. Si quieres, a la altura de la casa que tienes al lado para que no nos vea Julia ni nadie». El texto está acompañado otra vez de un corazón rojo. Por eso cuando volvió, no estaba sudado, no había salido a hacer footing, sino que había ido a verla. Sin embargo, a esas alturas le preocupa más la información de la que hablaban que los celos en sí: ¿qué era tan importante como para irse de manera tan descarada y arriesgarse a que ella lo supiera? ¿O es que era eso lo que buscaba?

Lo peor viene cuando llega a la noche anterior y es su marido quien manda el primer mensaje: «Ya tengo todo preparado». Al instante ella responde: «¿Julia está dormida?». Rubén teclea: «Hace bastante ya». Ella no tarda en decirle: «Espera un poco más. Nos vemos donde antes, sal por el campo directamente. Ahora más que nunca no podemos llamar la atención. Y asegúrate de que Julia no se despierte y te vea salir. Ni ella ni nadie. Esto no es un juego. Hazme una perdida cuando salgas». Es evidente que por las horas estos mensajes son después de que Julia sorprendiera a su marido por primera vez en el trastero del sótano.

A Julia se le pone muy mal cuerpo, no es solo que le sea infiel, sino que están metidos en algo extraño. ¿Tendría que ver con la mafia de la que, según Rubén, huían Javier y Vanesa? Se levanta de golpe y entra en casa. Luego sale al pasillo y baja las escaleras a toda prisa hasta llegar al sótano. Abre la puerta del trastero y enciende la luz. Se encuentra con gran parte de los documentos que había guardados en cajas tirados por el suelo, tanto dentro como fuera de sus respectivas carpetas, y recuerda que Rubén había quedado en ordenarlos cuando lo interrumpió porque había alguien en la piscina. Apoyados en la pared siguen los rollos enormes de plástico. Pero se fija en que hay uno tirado en el suelo, junto a unas cajas de herramientas y cintas adhesivas.

Se arrodilla y trata de poner orden a los documentos, leyendo por encima, tratando de entender qué falta, pero es un absurdo. No echará nada de menos, porque ella no se encarga de todo el papeleo de bancos, facturas, hipotecas, licencias, pólizas de seguros y demás…, así que tampoco se enteraría en el caso de que faltara algo. Se pone de pie y llama de nuevo a Rubén. Sigue dando señal, pero tiene la misma suerte; nadie responde.

—¿Dónde cojones estás? Cógelo si tienes huevos… —dice para sí misma mientras da vueltas a qué habrían planeado y dónde estarían en ese momento.

Pero tiene una inspiración y sube las escaleras con la misma decisión que si estuviera haciendo una marcha militar. No se dará por vencida. Nadie se va a reír de ella y si habían hecho algo terrible, como en parte piensa, ella los entregará a la Guardia Civil con mucho gusto.

Una vez en la habitación, agarra el reloj inteligente y busca en el navegador de su teléfono la manera de encontrar el móvil vinculado desde este dispositivo. La respuesta aparece de inmediato y es sencilla: «Abre la app "Encontrar Dispositivos" en tu reloj inteligente y toca el dispositivo correspondiente. Si se puede localizar el dispositivo, se mostrará en el mapa para que puedas ver su ubicación». Julia sigue las indicaciones y descubre que no está conectado a internet y, por tanto, no aparece, pero el corazón le da un vuelco… cuando localiza dónde estuvo conectado por última vez. ¡Maldita sea! Sin pensarlo dos veces, coge las llaves y va en su busca.

20

Los pocos metros que separan la puerta exterior de su casa de la de sus vecinos se le hacen interminables. Julia siente que cada segundo que pasa es una victoria para Rubén y Vanesa, pero cuanto antes les demuestre que no es así porque se han pasado de listos, antes pasará página. Ha salido de su casa con esa convicción, pero, a medio camino, nota un temblor en el rostro y en la barbilla y tiene que parar un momento. Está llorando, no puede controlarse. La armadura que se ha creado en tiempo récord y de manera improvisada es de corcho y no la protege en absoluto. El dolor la ha traspasado: Rubén, su marido, el hombre que la hacía feliz —pese a que en ocasiones ella misma no hubiera estado a la altura, solo tenía que recordar cómo se había comportado con Aníbal— ha dejado de quererla. Ella ya no es su prioridad y, por tanto, tampoco querrá formar una familia. Su casa jamás será un hogar, si es que consigue que siga siendo su casa... Julia se siente mal y, sin previo aviso, tiene una arcada que le hace expulsar todo lo que tiene en el estómago. Aún inclinada, lo primero que piensa, ilusa, al observar su propio vómito es que ojalá fuera porque por fin está embarazada. Pero se teme que el verdadero motivo no tiene que ver con eso, sino más bien con el malestar que le han provocado los últimos descubrimientos y que han puesto su mundo patas arriba.

Se incorpora y se limpia la boca con la manga de la camiseta, que tiene remangada. Toma una bocanada de aire y retoma la marcha hasta que llega al telefonillo de la casa de Javier y Vanesa. Llama varias veces y aguarda. Nadie responde. La esperanza de que estuvieran ocultos allí o de que hubiesen vuelto después de que se fuera la Guardia Civil se desvanece. Tal vez la información que le ha dado el reloj inteligente sobre su geolocalización es errónea y al estar a tan pocos metros de distancia ha marcado el terreno entre ambas casas, quizá todo sea una confusión. Aun así mira a la cámara que tiene enfrente y se pregunta si no la observarán desde el interior mientras se ríen de ella. Pero ¿dónde están los niños y Javier? La incertidumbre y los celos hacen que le hierva la sangre.

Llama de nuevo y deja el dedo apretado en el timbre. Después de que nadie responda, decide entrar. Se dirige hacia el lateral opuesto al de su casa, estira los brazos y se agarra a las placas de hierro oscuro que forman la parte superior de la valla y trepa hasta que consigue subirse al muro enfoscado en blanco. Pasa primero una pierna, después la otra y salta dentro de la parcela. La altura es mayor de lo que esperaba. Como el terreno está en pendiente, la parte que da a la calle es más alta, y la distancia, mayor. Aun así ha caído bien y no se ha hecho daño. En la parte delantera hay dos ventanales verticales desde donde ahora mismo podrían estar viéndola. Julia se esfuerza en descubrir si la observan en ese momento, pero los cristales oscuros se lo impiden.

Camina decidida hasta un camino de escaleras que conduce hasta la puerta principal. Cuando pone el pie en el primer escalón, una alarma empieza a sonar. El ruido ensordecedor casi le provoca un infarto. Han debido de instalarla esa misma mañana. Julia no se mueve y mira hacia los lados, como si fueran a salir policías de todas partes para detenerla. Este pensamiento le hace pegar un respingo y darse la vuelta para salir por la puerta de acceso principal y volver a su casa lo más rápido posible.

Cierra la puerta de la valla exterior y se deja caer apoyando la espalda hasta terminar sentada en el suelo. El corazón está a punto de salírsele del pecho y le cuesta respirar. Siente ganas de llorar, pero un impulso le hace girar la cabeza hacia la casa de sus vecinos. Los cristales de las ventanas de las habitaciones de la planta alta también están tintados, y, aunque no pueda saber si hay alguien al otro lado de la ventana, tiene la convicción de que así es y de que está siendo observada.

Se levanta deprisa para entrar en su casa y llorar a solas cuando da una patada a algo sin darse cuenta. Baja la mirada y se topa con un sobre igual al que dejaron en su buzón con el chupete dentro. Julia lo coge intrigada y camina a buen ritmo hasta la puerta principal de la vivienda. La prisa por saber qué contiene el sobre hace que, por primera vez, entre en su casa sin echar la llave directamente una vez dentro. Abre el sobre. Mete la mano y, cuando toca lo que hay en su interior, siente un escalofrío. Suplica que no sea lo que cree. Sin embargo, en cuanto lo ve pega un grito. Segundos después nota que le flaquean las piernas y que se precipita, sin poder evitarlo, al suelo.

21

U n sonido lejano retumba en su cabeza, como si se
tratara de una alarma que sonara a mucha distancia.
Una melodía que la devuelve del oscuro vacío al que se ha
precipitado de repente. Julia abre los ojos despacio, le duelen
la cabeza y el hombro. Una nebulosa hace que tarde unos
segundos en ubicar dónde está y, sobre todo, qué acaba de
ocurrir para que se desmayara. Entonces lo ve en el suelo, a
menos de medio metro: ahí está el dedo que ha sacado del
paquete. Una falange de hombre, con una alianza, llena de
sangre seca alrededor del corte que ha sufrido.

Las lágrimas empañan los ojos de Julia en cuanto consigue enfocar la terrorífica visión. Se pregunta si el dedo pertenece a su marido o a su amigo Javier. Se incorpora levemente y se arrastra hasta él. Está tan nerviosa que, a simple
vista, no es capaz de diferenciar la uña o la forma del dedo

para estar segura de a cuál de los dos pertenece. Así que hace de tripas corazón y lo agarra. Después tira de la alianza hasta que consigue sacarla y deja de nuevo el dedo en el suelo. Como sospechaba, en el interior hay escritas una fecha y unas iniciales. Ella misma había llevado los dos anillos a grabar meses antes de la boda. Sin embargo, al leerlas se da cuenta de que no es su alianza, porque no lee el día en el que celebraron su amor. El anillo es el de Javier y, salvo que se lo hubieran puesto a su marido, el dedo también debe de ser suyo. Julia tendría que sentirse aliviada, pero la duda de si su marido y Vanesa son los responsables de la amputación se lo impide.

Su móvil suena y reconoce la melodía que escuchaba cuando estaba inconsciente. La han estado llamando, pero no se ha enterado. En la pantalla del teléfono aparece un nombre: «Rubén». La reciente necesidad de hablar con él desaparece. Tiene miedo, no sabe qué decirle y le aterra lo que le pueda contar él. Siente que es un desconocido y que ahora mismo es capaz de hacer cualquier cosa, hasta la más despiadada. El teléfono sigue sonando y lo coge. Julia quiere mantener la calma, pero le es imposible.

—¡¿Qué has hecho?! ¡¿Estás loco?!

—Julia, escúchame, ya lo entenderás.

—Pero ¡cómo has…, no sé quién eres…!

—¡Escúchame! —la interrumpe gritando—. Abajo, donde los documentos…, me dejé una carpeta más escondida con unos papeles… Está detrás de la cajonera grande en el suelo. Tienes que cogerla, los necesito.

—¿Para qué, qué son?

—No preguntes. Si quieres que se acabe esta pesadilla, haz lo que te digo.

—¿Por qué me has mandado esto?, ¿qué habéis hecho?

—Para que sepas que esto va en serio...

—Me das miedo, dime que...

—¡Ahora no puedo hablar, no hay tiempo! Escúchame; trae lo que te digo...

—No, no os voy a llevar nada. No pienso ser cómplice.

Después de un breve silencio Rubén responde:

—Hazme caso y todo terminará.

—¡¿Y cómo te lo doy?!, ¡¿me vais a volver a poner la alarma?!

—Atiende bien: al atardecer, en cuanto se esté poniendo el sol enfrente de casa, en la parcela de la vecina...

—¿En la de Laura?, pero ¿qué dices?

—Tenemos que evitar todas las cámaras. Sales al campo desde nuestra parcela...

—No voy a salir al campo de noche...

—Sales al camino y vas donde la vecina, en la parte de abajo hay un acceso abierto. En la esquina pegada a nuestro terreno hay muchos matorrales...

Julia sabía perfectamente a qué zona se refería. Ese mismo día la había estado contemplando mientras esperaba a Laura sentada en su porche.

—Pero...

—No me falles.

Rubén cuelga y Julia se queda con el móvil en la mano. Está temblando descontroladamente.

22

Las piernas de Julia bajan las escaleras al sótano de su casa a toda velocidad. Llega al trastero, enciende la luz y va directamente hasta la cajonera que le ha indicado Rubén. No hace falta moverla para darse cuenta de que no está pegada del todo a la pared, se pone de cuclillas y saca la preciada carpeta de color negro. En un primer momento, el estado de nervios en que se encuentra le impide ser capaz de entender lo que está leyendo. Pero en cuanto es capaz de prestar un mínimo de atención, descubre la atrocidad que reflejan esos documentos. El impacto es tan grande que tiene que parar. Se queda mirando al frente con los ojos muy abiertos y totalmente pálida.

Alguien llama al telefonillo en ese momento y Julia se sobresalta, por poco se muere del susto. Aunque está en una de las zonas más ocultas de la casa, donde ni siquiera las cámaras pueden verla, siente que no es así y que está siendo observada. Suena otra vez, quien está llamando cada vez lo hace con mayor insistencia. Julia tiene miedo, le faltan las fuerzas para salir de su madriguera y enfrentarse a la imagen que le devuelva la cámara de la calle. Permanece sentada, pegada a la pared, con la cabeza gacha hasta que el sonido cesa. Respira aliviada, pero entonces su móvil comienza a sonar. Es Aldara, la vigilante de la garita de la urbanización. Si alguien está intentando que le abra para dejarle otro sobre o entrar, ella puede ser su salvación.

—¿Sí?

—Julia, ¿se encuentra bien?

La pregunta la sorprende. ¿Está ocurriendo algo fuera de su casa que indique que le ha podido sufrir un percance? Por un momento se imagina la parcela en llamas y le da un paro cardiaco.

—Estoy bien, sí. ¿Por qué?

—Estoy llamando al telefonillo y como no abre...

—Ah, no sabía que era usted... Perdone, perdone..., estaba en la ducha. Ahora mismo le abro.

Julia cuelga y abre desde la pantalla del sótano. Deja la carpeta en un escalón y después sube el resto a todo correr. Se pone una toalla en la cabeza antes de abrir la puerta. Al hacerlo, se encuentra con que Aldara la está esperando.

Su expresión es seria, muy diferente a la amabilidad que desprendía en ocasiones anteriores, incluso durante los momentos más tensos.

—Buenas tardes.

—Buenas tardes.

—¿Me puede explicar, por favor, por qué ha saltado la valla de la casa de sus vecinos? —Julia se queda más pálida de lo que ya estaba. No puede pronunciar palabra—. ¿Qué intentaba hacer? Se lo digo porque si no llego a insistir, ahora mismo estaría aquí la Guardia Civil y le aseguro que no iban a tener la misma paciencia que yo. No sé si es consciente de que es una situación muy delicada; sus vecinos han desaparecido, sus familiares han instalado la alarma esta mañana porque quieren una respuesta a lo que les ha podido suceder y están desesperados por encontrar algún culpable. La conocen, ¿verdad? Porque han llamado corriendo, diciendo que era usted. Ha tenido tan mala suerte de que las cámaras delanteras son de las pocas que funcionan de la casa. Así que deme una buena explicación que darles. —La tentación de contarle todo pasa por la cabeza de Julia como una estrella fugaz, pero enseguida desaparece porque sabe que con lo que ha visto sería el fin—. Y por favor, piénselo dos veces antes de intentar negarlo porque la tienen grabada las cámaras.

—Sí, conozco a la hermana de Javier. Rubén es amigo de la familia desde que eran pequeños y…, verá…, es que estaba en casa y… desde una de las ventanas que dan a su vivienda me ha parecido ver alguien dentro… y…

—Si ha visto a alguien, ha tenido que ser un familiar porque han instalado las alarmas en tiempo récord y son los únicos que pueden apagarlas. Así que…

La vigilante la sigue mirando incrédula, como si el motivo no fuera suficiente para lo que había hecho. Julia se siente acorralada e improvisa con dificultad.

—Ya, no lo sabía…, pero es que no era un familiar. Era un chico, no se lo había contado, pero es que me espía desde el primer día en que llegué…

—¿No será el hombre que intentó entrar en su casa? El que iba todo de negro…

—No, no. Verá, estoy convencida de que no es él porque es otra persona… El chico también viene por las noches. Vi una pequeña luz, en mitad de la oscuridad del monte, y me di cuenta de que era una llama. Cada día de madrugada se va acercando más. Es un chico con una vela o similar…

La mujer la mira con escepticismo.

—Y dice que ha podido verlo…

—Sí, es el parricida. Aníbal Caballero, el chico que quemó a su madre.

Julia mira la reacción de la vigilante, que frunce el ceño.

—Me temo que eso es imposible. El pirómano está internado en el centro…

—Lo sé, el que hay a la entrada. He estado, pero ¿sabe que le dejan salir a un jardín enorme que da al campo? Se pasa solo muchas mañanas y tardes… Estoy segura de que sabe cómo escapar…

—Le repito que es imposible.

—Le digo que estaba dentro de la casa, vean las grabaciones de las cámaras y lo confirmarán.

—Las cámaras estaban apagadas, solo funcionan las que dan a la parte delantera, como ya le he dicho, y al lateral que no da a su casa. Tienen que venir a arreglarlas.

Julia va a rebatirle diciendo que a Candela y Mateo, los guardias civiles, no se lo había parecido, pero cae en que entonces, por lo que parece, no estaba la alarma instalada en la vivienda.

—Es que no estaba dentro, sino fuera…, bajando por el lateral…

—Acaba de decir que lo vio dentro…

—¡No! Me he debido explicar mal por los nervios. Es que me mira como si yo fuera culpable de algo…

—De allanamiento…

—No lo entiende, quería grabarlo para que me creyeran… Es una amenaza, estoy segura de que ha hecho algo o está punto de hacerlo…

Mientras habla se fija en que Aldara mira por encima de su hombro hacia el interior de la casa y recuerda que ha dejado el dedo de Javier tirado en el suelo. Vigila por el rabillo del ojo y lo distingue convertido en una pequeña silueta borrosa. Disimuladamente estira la pierna hacia donde está y lo empuja aún más hacia el interior, donde está segura de que la vigilante no podrá verlo a no ser que entre, y no piensa permitirlo. El fallo es que, aunque intenta ser sutil en sus movimientos, la toalla que lleva anudada en la cabeza de mala manera se suelta y cae dejando al descubierto su cabello seco y perfectamente liso. Julia está segura de que Aldara se ha dado cuenta de la mentira que le ha soltado por la cara de asombro que ha puesto, más que por el pelo en sí. Un incómodo silencio se impone en la escena.

—No haga más tonterías si no quiere tener problemas —dice negando con la cabeza antes de darse la vuelta y salir por donde ha entrado.

La vigilante se larga y Julia cierra la puerta rápidamente para llegar al baño y vomitar lo último que le queda en el estómago. No ha comido casi nada en todo el día y la debilidad se suma al peor estado anímico que ha tenido en su vida. Se lava la cara en el lavabo y sale al pasillo. Su petición de ayuda no ha salido como esperaba, pero, aun así, tiene que dar gracias porque la vigilante no haya descubierto nada más. Desde ahí mira hacia abajo, consciente de que en el último escalón hay encerrado en una carpeta negra el peor de los secretos. Aquel que ha llevado al límite a su marido, pero lo que necesita saber ahora es si ya lo ha sobrepasado o no.

23

Frente a la cristalera de doble altura de su salón, Julia espera a que llegue la hora señalada por su marido. Se le está haciendo eterno y se ha tenido que sentar porque está agotada de tanto dar vueltas por el enorme espacio diáfano. Sigue teniendo miedo, el dedo y lo que ha encontrado solo pueden traer cosas terribles. Pero ¿los había pillado Javier y los había amenazado con quitarles todo o juntos habían hecho alguna barbaridad para quedarse con los niños y formar la familia que ella no podía darle? Quizá ahora eran conscientes de lo que habían hecho y trataban de incriminarla también, metiéndola en el ajo y que pareciera que era cómplice del delito.

Mientras piensa, escucha un fuerte llanto y, enseguida, le viene a la cabeza el gato, se asoma un poco, pero no ve nada. Percibe lejanamente como un lloro. Sube las escaleras para ver si proviene de la entrada, donde ha visto al animal hacerlo de madrugada. Pero no escucha nada y no tiene cuerpo para abrir porque a esas alturas se espera cualquier cosa. Al girarse para bajar las escaleras, de regreso al salón, se encuentra con que otra vez la enorme encina está llena de pájaros negros y palomas. Diría que es la vez que más hay. Siente que la observan y que todo el mundo sabe lo que ocurre en esa casa, de qué va a formar parte. El sueño que tuvo la noche que regresó Rubén se hace presente y vuelve a visualizar a todos esos hombres en el monte, mirándola, y se cuestiona quiénes son realmente y qué relación hay entre ellos. Se está volviendo loca. Pero lo que más la inquieta es saber dónde están los niños, los hijos de Javier y Vanesa, y cruza los dedos para que se los hayan llevado a otro país.

Julia baja con contundencia, no piensa dejarse intimidar por su mirada fija e inquietante. Abre la cristalera del salón para espantarlos cuando escucha de nuevo el llanto. Gira la cabeza hacia la casa de Laura y ahora le resulta evidente que procede de ahí. Ha tenido que ocurrir algo grave e inmediatamente piensa en que quizá le ha pasado algo a su marido. Se asoma y descubre a Laura de rodillas y de espaldas a ella. Su vecina está llorando, pero mucho más bajo que antes.

Su móvil suena en ese momento, Julia lo coge enseguida sin mirar el nombre de la persona que llama, convencida de que es su marido, pero, para su sorpresa, es su vecina.

—¡Julia! —dice Laura entre gemidos.

Julia tiene que recomponerse, el hecho de estar espiando a la mujer y que esta llame la ha descolocado. Su cabeza se ha disparado y tiene una mezcla de extrañeza y miedo, como si la mujer que está viendo no fuera Laura y la llamada se lo confirmara, o que sí fuera y que la llamara para decirle «sé qué estás mirando». Se sentía dentro de una película de David Lynch.

—Laura, dime —responde con prudencia.

—Se ha muerto... Mi Pepe está muerto. Me lo he encontrado en el jardín... El pobre no respiraba y...

La mujer rompe a llorar.

—Laura, ¿estás bien?

—Me dijiste que te llamara si necesitaba algo..., pues necesito tu ayuda, ¿puedes venir?

—¡Claro! Ahora mismo voy.

—Gracias, muchísimas gracias.

Cuando Julia cuelga, la mujer se pone de pie y deja a la vista una manta en la que parece estar envuelto el cuerpo del animal. Laura camina hacia el interior de la casa, seguramente para abrirla. Ella la ve marchar con el convencimiento de que su marido y su amante también están detrás de eso. No tiene ninguna duda de que se han quitado de en medio al perro para que nadie ponga en riesgo su plan.

24

Laura está esperando con la puerta de su casa abierta y nada más ver aparecer a Julia por el acceso que da a la calle rompe a llorar.

—Me lo he encontrado tirado ahí abajo. Era muy mayor, pero estaba muy bien. Tú misma lo has visto estos días... No sé qué le ha podido pasar...

Julia le da un sincero abrazo, aunque no le dirá que está convencida de que el culpable es Rubén o la zorra de su amante.

—Lo siento mucho. Piensa en que habrá sido una muerte rápida, natural... Seguro que no ha sufrido.

Laura la mira con su dulce sonrisa empañada por las lágrimas. Después le hace un gesto para que guarde silencio y la siga dentro de la casa. Cierra la puerta y se dirige hacia el porche. Julia va detrás de ella, convencida de que todo el numerito es para que su marido no se entere de que algo le ha pasado al animal. Una vez fuera, la anciana se acerca al bulto que Julia ha visto desde su parcela, que ahora está dentro de una carretilla vieja de jardinería.

—Más siento yo molestarte, pero me dijiste que te llamara si necesitaba tu ayuda. La necesito antes de que se haga de noche. Lo he envuelto como he podido con unas mantas viejas que tenía, pero quiero llevarlo a la zona de abajo —le explica mirando hacia el extremo inferior de la parcela— para enterrarlo mañana ahí. Es que no quiero que mi marido lo vea si desayunamos en el porche o si le apetece dar una vuelta por el jardín conmigo, porque hoy ha tenido un día bueno —dice con una bonita sonrisa—. Por lo menos...

—Me alegro mucho de que esté mejor.

—Es que no sabes lo que me ha costado ponerlo en la carretilla, era tan grandote... Hay un par de hoyos por el desnivel del terreno, cerca del pozo, y costará menos cavar. El problema es que he podido ponerlo dentro de la carretilla, pero ahora no puedo bajarlo sola, pesa mucho, y con la pendiente me da miedo y, como te he dicho, no quiero que mi marido lo vea.

—Yo la bajo sin problema. Dime dónde lo dejo.

—Te acompaño...

Julia agarra la carretilla y avanza detrás de Laura, que baja lentamente por el terreno poniéndose de lado y aprovechando los desniveles naturales menos bruscos, que es evidente que conoce al dedillo. El perro es enorme y pesa tanto como esperaba; si Laura lo hubiera bajado sola, habría corrido el peligro de acabar los dos precipitándose hasta la parte baja del terreno. Como su vecina la guía, la tarea le está resultando más sencilla y menos dura. Cuando llega al punto en el que se ha parado la anciana, junto a un hueco en el terreno bastante pronunciado, se separa de la carretilla.

—¿Quieres que lo deje ahí? —dice señalando al agujero.

—No, no. Tranquila…

En otra ocasión Julia se hubiera ofrecido a cavar y dejarlo ya enterrado para que Laura no se preocupara por su marido y sintiera que su querida mascota, o familia, como la consideraba, ya descansaba en paz. Pero queda poco para que anochezca, no más de veinte minutos, y es consciente de que si se alarga la cosa, podría alterar los planes de Rubén y estar jugando con fuego.

—Te ayudaría ahora, pero mi marido está a punto de llegar y tengo que prepararle la cena…

—No te preocupes, encima de que me has ayudado… Tampoco quiero enterrarlo ahora, como si lo estuviera escondiendo. Lo voy a dejar un poco cubierto con flores y ramas y ya mañana, cuando mi marido esté dormido, compraré un centro bonito y lo enterraré como Dios manda. Como mi Pepe se merece.

Las lágrimas descienden por las mejillas de Laura. Julia se acerca a ella y la abraza. La mujer llora desconsoladamente y ella se siente mal por tener que salir de ahí pitando.

—Llámame mañana, por favor, y te acerco a comprarlo y te ayudo.

—Gracias. Lo que voy a decir es terrible, pero espero que mi marido no se acuerde de él y no caiga en que falta, porque podría afectarle mucho. Era lo único que nos quedaba.

Laura llora sin consuelo, Julia la agarra de la mano y la mujer la abraza. El calor de su cuerpo le devuelve a su madre por un momento. Echaba tanto de menos esa sensación.

—Vete, que te está esperando tu marido. Yo entro ya también, no vaya a ser que se haya despertado. Gracias, de verdad. Gracias.

Julia se despide con una sonrisa sincera. Le embarga una fuerte nostalgia, la tristeza de saber que Laura, que tanto le recuerda a su madre, ahora estará aún más sola, y que el cruel destino ha querido volver a mostrarle que, aunque no lo parezca, el final puede estar a la vuelta de la esquina.

25

S e está haciendo de noche y Rubén no ha vuelto a ponerse en contacto con ella, por lo que Julia entiende que todo sigue en pie. Sale al porche y vigila que su vecina ya no esté. Le da pena la muerte de Pepe, pero, por otro lado, agradece que se haya metido dentro de su casa para no añadir un extra a la tensión que tiene incluso antes de salir de su parcela. Mira al frente y comprueba que no hay nadie por el campo, ni siquiera las aves que suelen vigilarla desde la enorme encina. Baja las escaleras del sótano y sale. En la mano lleva la carpeta negra y en el bolsillo la llave que abre el candado que pusieron en la puerta de acceso al campo. Cuando llega, abre la puerta y la deja así.

Mientras camina piensa en Rubén y la gran decepción que arrastra porque le haya sido infiel de esa manera tan cruel y miserable. Tan humillante. Lo imagina junto a su vecina y reflexiona en cómo los dos amantes se han deshecho de la pareja de ella. ¿Es ese el destino que preparan para ella? Tiene miedo, mucho, pero está en modo autómata. No puede vivir con ese constante estado de nervios y, además, ya poco tiene que perder... Es demasiado tarde. En ese instante está a medio camino entre las dos parcelas y pueden interceptarla igualmente antes de que entre de nuevo en la suya.

Llega a la parte baja del jardín de su vecina y atraviesa la valla de alambre. Avanza hasta donde han dejado al perro, pero no lo ve, solo las mantas y la carretilla. Quizá lo ha enterrado ya, porque hay un montón de tierra y una pala. Espera unos minutos con el corazón a mil por hora y lanza miradas furtivas en todas direcciones. Por suerte, Laura tiene la luz del salón encendida y, con la que ha dejado ella en el porche, no se enfrenta a la oscuridad total del monte, sino que hay suficiente claridad para apreciar si alguien viene hacia ella. Escucha un ruido, debe de ser él. Por un momento piensa en qué pasaría si en lugar de aparecer solo estuviese también con Vanesa. Quizá sería capaz de mantener la calma, pero no puede asegurar que no saltase a la mínima y acabara sacándole los ojos. De pronto ve una silueta que se acerca por el camino, es un hombre y viene solo. Julia teme ponerse a llorar al verlo y lanzarse a golpearle el pecho recriminándole todo cuando en realidad lo que desea es un fuerte abrazo. En lo más profundo de su ser quiere que todo esto sea una pesadilla y que se despierte de una vez para que acabe pronto.

La silueta avanza un poco más y Julia escucha de nuevo un llanto. Pero no es un gato, está segura. La postura de la sombra se lo confirma: es un bebé y lo lleva en brazos. Entonces tiene un presentimiento. Sabe que se trata de Estrella, la hija recién nacida de Javier y Vanesa. ¿Qué diablos hace con ella su marido y por qué la trae en brazos como si fuera una ofrenda?

Rubén no tenía apenas fuerzas después de lo que había tenido que hacer. No sabía que el asunto se complicaría de esa manera hasta obligarlo a tener que sacar su parte animal para poder salir victorioso. Nunca pensó que llegaría a matar con sus propias manos. Había sido muy duro y doloroso. Sin embargo, las cosas eran distintas ahora que apuntaba con la pistola directamente a la cabeza de Beatriz, la hija adolescente de su amigo Javier, que no paraba de llorar mientras caminaba. La chica agarraba por los hombros a su hermano Carlos, que iba delante de ella con Estrella, la bebé, en sus brazos. Ellos no ofrecían resistencia. Estaba muy oscuro, por lo que caminaban más lento de lo normal para evitar tropezar. Rubén estaba muy nervioso, fuera de sí. La situación estaba tan descontrolada que ya no había hueco para el remordimiento. No estaba dentro de una serie de televisión ni se trataba de una broma macabra; la realidad le decía que no había marcha atrás y que solo había una forma de terminar con todo eso y, por desgracia, no le quedaba otra opción. Su mirada era fría al igual que su actitud. Se esforzaba en no escuchar las súplicas de Bea y el llanto de Carlos, que parecía un niño mucho más pequeño de lo que era. Rubén los mandó callar, pegando la pistola a la espalda de la muchacha, mientras evitaba que todos los recuerdos que tenía jugando con ellos desde que eran bebés le hicieran echar todo por tierra. No eran más que unos críos, podía parar en cualquier momento y decirles que era una broma, un juego. Les enseñaría la pistola y les mostraría que no estaba cargada. Podría parar en cualquier momento y recular, pero ya era tarde. Lo vio quieto donde habían quedado: en la parte de abajo, entre la oscuridad. Le estaba sonriendo y le hizo un gesto para que siguieran avanzando hasta donde estaba él. Justo en ese momento la bebé empezó a llorar.

26

El hombre se acerca aún más a Julia, que se ha quedado completamente petrificada al ver que lleva una sudadera con la capucha puesta. Cuando está a apenas unos metros, puede comprobar que sus temores son ciertos: no es su marido el que trae en brazos a Estrella, sino Aníbal, el parricida, que sonríe cómplice y le vuelve a mostrar a la bebé como si fuera una ofrenda. Lo primero que se pregunta Julia al ver la macabra escena es cómo ha conseguido escaparse del centro cuando sabe que de noche no le permiten estar en el jardín. Teme que el parricida se haya enterado de sus ganas de ser madre y para seducirla haya matado para conseguirle un bebé.

El chico sigue sonriéndole como un lunático. Julia da un paso hacia atrás y se choca con algo, se gira levemente y reconoce la vegetación que oculta el pozo del que le habló

Laura. Está muy confusa. Se pregunta si es casualidad que Aníbal esté en ese lugar, quizá iba a acosarla a su casa y la ha visto. Si es así, ojalá en unos segundos aparezca su marido y se encuentren todos. Pero ¿y si no lo es y es Rubén quien lo manda? Aunque le resulta imposible entender qué relación podría haber entre ellos, cómo se habría puesto en contacto con él, o por qué diablos lleva a Estrella en brazos. Por otro lado, da gracias de que lleve a la hija de Javier y Vanesa y no un mechero o una antorcha, como las anteriores noches. Una nueva cuestión la asalta justo cuando él da el último paso antes de pararse frente a ella a una distancia prudencial.

—¿Qué haces aquí?

—Vengo a traerte un regalito —le dice mostrándosela.

—Esa niña no es tuya...

—Claro que no, es tuya.

Julia no sabe qué hacer y mira por si aparece su marido.

—No va a venir. Creo que tú también tienes algo para mí...

Julia no sabe cómo interpretar esa afirmación: ¿entonces es Rubén quien lo manda?

—¿Dónde está mi marido?

—Me ha pedido que viniera a por el recado que te había mandado y que a cambio te diera esto —dice levantando a la bebé, que rompe a llorar—. Ha pensado que quizá te haga más ilusión —continúa sin perder la calma.

Julia está desbordada. El llanto de la bebé no ayuda. Aunque espera que Laura lo escuche y llame a la garita de seguridad.

—¿Dónde está? No te voy a dar la carpeta hasta que venga él. Puedes decírselo: si quiere esto —levanta la carpeta—, que dé la cara y venga él... o ellos. —No quería perder la oportunidad de hacerle ver que sabía lo de Vanesa.

Él se ríe.

—No tienes ni idea. Tu marido es muy listo, sabe cuidarse bien. Dámela y tendrás lo que tanto buscas. —El chico vuelve a hacer mención de la bebé.

Julia no puede pensar, está bloqueada. Tiene miedo y ya no es capaz de tomar ninguna decisión por vital que sea.

—¿No? —pregunta Aníbal haciendo una carantoña a la criatura.

Julia lo mira fijamente, quiere demostrarle que no le tiene miedo y que no se va a dejar intimidar por él, pese a estar realmente aterrada. Entonces, el chico sonríe de nuevo y deja en el suelo a la bebé, que llora sin parar y mueve los brazos y las piernas. No es una noche excesivamente fría, pero a Julia le parece que no va lo bastante abrigada y teme que le pueda dar una hipotermia.

—¿La vas a dejar ahí?

La niña llora sin parar.

—No te conviene que alguien nos oiga y se entere de todo, ¿no crees? Mira cómo te necesita, lo bien que te va a quedar en los brazos...

Julia mira hacia la casa de Laura, que no parece escuchar nada, y piensa que es muy probable que no oiga el llanto desde dentro porque podría tener la televisión encendida o estar en alguna habitación que diese al otro lado.

—Dásela a su madre, no se vaya a olvidar de ella... —dice con retintín.

Aníbal contesta algo, pero el llanto es tan fuerte que Julia no lo escucha, solo le ve mover los labios.

—Ahora tú eres su madre —suelta mientras se va alejando de la bebé—. Aunque, como la dejes llorar más, puede que al final todos salgamos perdiendo.

A Julia no le da la cabeza para interpretar lo que le está diciendo, está pendiente de la niña en el suelo. La martiriza verla tan indefensa y duda de si debería cogerla o si se trata de algún tipo de trampa. Cuando vuelve a levantar la mirada, divisa a lo lejos a Laura con una pala en la mano. Probablemente la que ha usado para enterrar a su perro. Al verla teme que él la descubra porque, por mucho que conozca el camino, mientras baja puede tropezar o hacer algún ruido. Entonces se da cuenta de que al llevar la capucha, Laura seguramente no haya reconocido a su nieto. Le asalta la duda de si sería capaz de persuadirlo si supiera que es él, para que los deje en paz tanto a ella como a la bebé, o si Laura acabaría como su hija: muerta a manos de alguien de su propia sangre. Intenta mantener la calma, pero la bebé no para de llorar y siente que el corazón se le va a salir disparado.

—¿Dónde está mi marido? —repite para ganar tiempo mientras su vecina se acerca y le hace un gesto para que no diga nada.

Julia hace un leve movimiento y él corrige su posición para seguir enfrentado a ella, quedando completamente de espaldas a Laura. Es lo que quería que ocurriese. A no ser que un ruido la delate y él se gire, no podrán verse las caras.

Julia solo piensa en que Laura golpee al chico, y una vez que hayan avisado a seguridad, que pase lo que tenga que pasar. En ese momento aparece otra vez la sombra de la duda de si su marido iba a largarse con la vecina y le daba el bebé como soborno para que no dijera nada de lo que habían hecho ni de lo que había dentro de esa carpeta. Le parece una locura, pero ¿es que no había casos y documentales sobre padres que se deshacían de su familia, de sus propios hijos? Madres que los abandonaban o los ahogaban para recuperar su vida anterior o empezar otra sin ataduras... No pensaba decir nada, no sería tan tonta.

—Dame la carpeta —le dice Aníbal en tono imperativo.

Julia ve cómo Laura cada vez está más cerca y eso le da fuerzas para no ceder. Mueve la cabeza y aprieta la carpeta con fuerza mientras calcula cómo coger a la niña del suelo y tenerla pronto en sus brazos.

—¡Dámela! —dice con la furia que Julia ya conoce reflejada en sus ojos.

Laura está muy cerca, Julia respira aliviada, pero, sin previo aviso, Aníbal se lanza hacia ella para agarrar la carpeta. Ella se arrima al pozo y evita que consiga su propósito, pero con el movimiento al chico se le ha caído la capucha: no hay ni rastro de las quemaduras que le vio en un lado de la cara y de la cabeza cuando lo visitó en el centro. Julia se queda perpleja, no entiende nada.

A continuación tiene lugar algo espeluznante. Mientras mira alucinada el rostro intacto del chico, ve por detrás a su salvadora, que camina más despacio para que no la oiga ahora que está más cerca, al tiempo que escucha algo por detrás de ella. Es un gemido y proviene del fondo del pozo. El llanto de la bebé no la había dejado escucharlo antes, pero ahora lo distingue bien: es alguien que intenta pedir auxilio. Se da la vuelta deprisa y nota cómo el muchacho le arranca la carpeta de la mano, pero no intenta recuperarla porque toda su energía está ahora en averiguar si hay alguien dentro del pozo. Entonces escucha un grito detrás de ella: es Laura. Aníbal la debe de estar atacando, ¿la matará como hizo con su madre? Julia se gira, pero siente un golpe seco en la cara que la frena y hace que caiga de espaldas hasta el fondo del pozo.

IV

Aquellos que no recuerdan el pasado
están condenados a repetirlo.

GEORGE SANTAYANA

1

La noche en que cambió todo

El día en que por primera vez Laura notó que su marido estaba desorientado supo que algo grave le sucedía, pero no fue hasta semanas después que, durante una conversación, se dio cuenta de que él no recordaba nada de lo que habían hablado hacía un rato y temió que Germán, como tantos otros conocidos, padeciese los estragos del alzhéimer. Los médicos se lo confirmaron y le avisaron de que la enfermedad, que podía avanzar a distintos ritmos, a su edad lo más probable es que lo hiciese a pasos agigantados. Ella estaba en buena forma, pero los años también empezaban a dejar mella en su cuerpo, sobre todo en las rodillas y en los lumbares. La cabeza siempre la había tenido estupenda, de eso no podía quejarse, pero, aunque lo negara, lo cierto es que necesitaba ayuda para poder acompañar a su marido y evitar tener algún susto. Así, en ese momento, en el que le parecía que el mundo se le caía encima, no imaginó que aquel problema también traería cosas buenas.

Una tarde recibió una llamada de Cristina, su única hija, que llevaba dieciséis años viviendo en Lisboa, donde había formado una familia junto a Tiago, su marido portugués, para preguntarle si le parecía bien que volviera a España con su hijo Aníbal. Le explicó que las cosas no iban bien en casa y que quería tomar distancia. Además, pensaba que le vendría bien regresar a la casa en la que se había criado y pasar tiempo en familia, algo que en los últimos años no habían hecho.

Laura siempre había sido una mujer cariñosa y abierta. Muy familiar y generosa, alguien que pensaba en los demás antes que en ella misma. Pero desde que se fue su hija, aprendió a vivir de una manera más independiente, ya no confiaba ni dependía tanto de los seres queridos y las amistades: se protegía, porque no quería tener que volver a vivir una separación. Se preparaba para saber que en cualquier momento podían desaparecer. De hecho, muchos amigos ya habían muerto y eso hizo que se volcara en lo que consideraba esencial en su vida: su marido, su perro Pepe y su casa. Y no se refería a la vivienda en sí, sino al lugar privilegiado, en mitad del campo, en el que vivían y en el que, por suerte, ya no estaba permitido construir.

Laura se pasaba horas andando por el monte con Pepe y su marido, disfrutando de los árboles y la naturaleza. Aplaudían cuando el riachuelo, que cruzaba frente a su casa, tenía otra vez cauce gracias a las lluvias o salían a coger setas y espárragos en temporada... La independencia y salud que le *brindaba estar en contacto con la naturaleza le habían hecho revivir y reunir las fuerzas necesarias para afrontar la enfermedad de su marido. Aun así no dudó ni un segundo en decirle que sí a su hija; ella había tenido mucha suerte al haber encontrado a un hombre como Germán, pero sabía que no era lo habitual. Pese a que Tiago era un hombre rudo que había hecho que se distanciaran, Cristina lo había abandonado todo por él, así que Laura siempre pensó que había logrado ser feliz. Por eso, en ese momento, aunque una parte de ella se alegraba de que su hija fuera capaz de tomar sus propias decisiones y poner distancia si la necesitaba, también le daba lástima que hubiese llegado a esa situación. De cualquier forma, Laura recibió la noticia como un regalo, porque al menos ahora su nieto Aníbal pasaría más tiempo con ellos.*

Ahí comenzó una nueva etapa en la que todos los roces que ambas habían tenido durante años, sobre todo en la adolescencia de Cristina y cuando decidió dejar de estudiar para seguir a su marido por distintas ciudades de España y fuera de ella sin un trabajo estable, desaparecieron. Laura se encontró con que Cristina era una mujer diferente. Tenía la misma alegría de siempre y ese sentido del humor ácido, que según quién podía no entenderse, pero era más que evidente que ser madre le había hecho darse cuenta de que, en el fondo, ambas no eran tan diferentes. Al fin y al cabo cuando una madre percibe que su hijo necesita un toque de atención, porque su experiencia le dice que se está equivocando, deja las medias tintas para salir al rescate por brusco que resulte.

Los primeros meses juntos tuvieron una magia especial, volvieron justo al terminar el curso escolar y parecía que con-

tinuaran en una extensión de un verano infinito. Cristina y Aníbal echaban de menos Lisboa, pero agradecían poder vivir sin conflictos constantes. La salud de Germán dio un subidón importante; era feliz y se esforzaba en estar «presente» para disfrutarlos. Pese a que al mismo tiempo, poco a poco, una parte de él también se fuera escapando. Y, sin duda, Laura era feliz. No solo porque Cristina la ayudaba, sino porque esta ya no tenía que aguantar a Tiago, que se había mudado con sus padres. Él, con lo que les habían dado por la casa que tenían en su tierra, se había comprado un camión y trabajaba en una empresa que se dedicaba a transportar productos de España a Portugal y viceversa. Trabajaba de noche y esto le permitía hacer alguna parada de vez en cuando para visitar a Cristina con la excusa de ver a Aníbal. Aunque a este le ponía malo ver cómo su padre la enredaba. Después de estas visitas venían semanas en las que su hija volvía a estar apagada y evitaba los momentos de intimidad, probablemente para no tener que dar ninguna explicación. Aníbal no era tonto y se daba cuenta de que en realidad a su padre le daba igual cómo estuviera o el daño que su actitud estuviese haciendo a toda la familia. Llegó a un punto en que lo odiaba y se lo hacía saber a su madre sin ningún miramiento, delante de sus abuelos. Esto era fuente de conflicto y provocó que en los últimos meses la relación entre madre e hijo empeorara mucho y las peleas fueran constantes.

Los meses anteriores vivieron contentos y disfrutando de cada instante, como las sobremesas en el porche del jardín, sobre todo después de cenar, porque se quedaban recordando detalles de cuando Cristina era niña. Laura volvería a estos momentos en el futuro cada vez que necesitara un poco de paz. Podían pasarse horas rememorando detalles de las aventuras que habían vivido en familia, todas las hazañas, torpezas y trastadas. A Aníbal le encantaba enterarse de todas las maldades que su abuela le contaba sobre su madre.

— Ves como tú también las liabas... Luego me dices a mí —le reprochaba cuando se enteraba de alguna de las que había organizado su madre a su edad.

Los cuatro disfrutaban juntos, riendo y rememorando. Escuchaban las valoraciones de Aníbal sobre cada tema que sacaban a colación con una sonrisa en la cara. Eran conscientes de que ya no era ningún niño y se sentían orgullosos del hombrecito guapo y listo en el que se había convertido. Laura intentaba que esos destellos de felicidad ayudaran a Germán a conservar la memoria y evitar así que los recuerdos se evaporaran. Lo más bonito era que Aníbal proponía esas reuniones y, cada vez que lo hacía, su madre y su abuela sonreían cómplices, conscientes de su gran triunfo: comprobar que el chico prefería pasar un rato en familia conversando, aunque fuera sobre tonterías, a encerrarse en su habitación para ver la tele o quedarse pegado a la consola o al móvil que le acababan de regalar por sus buenas notas. Lo pasaban muy bien, aunque hubiera en ello algo agridulce que a Laura no se le escapaba: Aníbal siempre fue un niño muy sensible y adulto para su edad. Si quería que pasaran ese ratito juntos pese a verse todo el día, era porque sabía que quizá no les quedaban muchos más. La edad, ahora que eran abuelos, cada vez estaba más presente y hacía más mella en su salud, y Laura era consciente de que cualquier día esa felicidad podría resquebrajarse.

De hecho, este momento no tardó mucho en llegar. La noche en la que ocurrió todo los tres cenaron en la cocina, Germán no había salido de la cama en toda la tarde, y después no tuvieron su habitual rato de charla en el porche. Hacía un par de semanas desde la última visita de Tiago, y Aníbal y Cristina no habían dejado de discutir desde entonces. Así que evitaban pasar más tiempo del necesario juntos. A Laura le dolía mucho presenciar el conflicto entre ambos, pero no la dejaban mediar y cuando lo hacía, era peor, porque su hija acababa discutiendo también con ella. Y estaba convencida de que todo esto estaba afectando a la salud de su marido.

Germán llevaba días un poco peor, se desorientaba más, y Laura tenía que estar pendiente de él durante la noche para que no saliera de la habitación solo, porque, aparte de que pudiera marcharse, le daba miedo que se cayera por las escaleras. Pero esa noche tenía planeado echar la llave a la cerradura que había puesto en la puerta de su cuarto, y tomarse una pastilla para dormir y poder recuperar así tiempo de sueño y descanso. Y así fue: cuando terminaron de cenar, Laura le dijo a su hija que no necesitaba que la ayudara a recoger y la echó de la cocina de buenas maneras con la esperanza de que saliera un rato con Aníbal y arreglaran las cosas, pero no fue así. Él les dio las buenas noches y subió las escaleras hacia su cuarto y Cristina salió sola al porche a fumar. Cuando terminó, Laura salió con su hija.

—No fumes más, anda, que eso mata.

—Ay, mamá, déjame, que esto no es fumar... Es un vapeador, no tiene nicotina y, además, para un vicio que tengo... Si total, todos vamos a morir en algún momento, ¿no?

—Me da igual que no tenga nicotina la cosa esa, como se llame, es igual de malo para los pulmones, que lo he buscado en internet...

Cristina entornó los ojos sin replicar a su madre.

—¡Venga, a mimir! —le dijo Laura imitando a su hija de pequeña.

Cristina sonrió, Laura le apretó el hombro y se dirigió de nuevo hacia el interior de la casa. Después entró en su dormitorio, intentando no hacer ruido porque su marido seguía dormido, llevaba todo el día así. Lo miró con nostalgia, influenciada por los miedos de su nieto Aníbal, consciente de que podían volverse tangibles en cualquier momento. Tuvo que contener sus ganas de darle un beso en la frente para no despertarlo, y se dirigió al baño. Estaba cansada debido al insomnio. Así que abrió el armario que había detrás del espejo, en el que se había estado mirando mientras se lavaba los dientes y se ponía crema, y se tomó una pastilla para dormir.

Cuando horas después, en plena madrugada, los ruidos de las sirenas de las ambulancias la despertaron, Laura sintió una punzada en el pecho que la convenció de que no estaba soñando. Miró al lado y vio que su marido dormía como un tronco, ajeno al gentío. Consiguió levantarse de la cama para corroborar que, efectivamente, había ocurrido algo grave en la calle porque, desde la ventana de su habitación, veía mucho ajetreo en la parte del monte que colindaba con su parcela. Llamó a su hija y a Aníbal, pero ninguno de los dos respondió. Esto le hizo tener un presentimiento horrible.

Bajó las escaleras lo más deprisa que pudo y, al salir a la calle, descubrió que había mucha más gente de la que esperaba. Varios coches de policía habían acordonado la zona y también se fijó en que estaban aparcadas una ambulancia y un camión de bomberos. Al ser de noche no vio que una gran parte del campo estaba quemada, incluido el suelo que pisaba en ese instante. El humo y la ceniza lo invadían todo, y enseguida notó que le costaba respirar. El terreno se había incendiado, pero habían conseguido apagarlo. Se giró hacia su casa y fue consciente de que había estado a punto de llegar a su parcela. Aunque, por suerte, el único daño que veía era que la fachada que daba a ese lateral estaba teñida de color carbón. Los bomberos estaban apagando las últimas llamas, que habían alcanzado a la enorme encina milenaria que presidía el lugar.

Escuchó unas voces a un lado y vio cómo el servicio de emergencias trasladaba un cuerpo bajo una sábana blanca en una camilla. Con los movimientos del desnivel del terreno, un brazo se descolgó y asomó debajo de la tela. La piel estaba completamente abrasada, pero lo que llamó la atención de Laura fue una pulsera plateada que reconoció de inmediato. Era la que le regaló a su hija las pasadas Navidades. Un grito de dolor escapó de su garganta. Salió directo del estómago, dejándola hueca. La angustia e incomprensión eran infinitas, ¿qué había sucedido? Sintió un dolor intenso, pero no podía abandonarse a él, porque aún tenía que averiguar si a Aníbal también le había ocurrido algo así. Sacó el móvil, que había cogido al levantarse, y lo llamó. Entonces escuchó el tono detrás de ella. Se giró de golpe y lo vio sentado dentro de la misma ambulancia en la que estaban metiendo a su madre. Llevaba puesto el chándal que usaba para estar en casa, como pijama, y tenía la cara quemada. Miraba hacia abajo, completamente en shock. Laura salió corriendo hacia él.

—¡Aníbal!

Y cuando estaba punto de alcanzarlo, le cerraron la puerta en las narices. Un policía se interpuso en su camino.

—Lo siento, señora, pero no puede verlo ahora.

—¿Cómo? Es mi nieto, tengo que estar con él. Solo quiero saber si está bien.

—Lo llevamos al hospital, pero está detenido.

—¿Qué? ¿Por qué?, ¿qué ha hecho?

—Ha quemado a su madre.

Sintió que el mundo se le venía encima. No podía creer lo que acababa de escuchar. Suplicó que hubiera oído mal y se tratara de una confusión. La ambulancia arrancó en ese momento y la vio marchar, pero no sabía aún cómo reaccionar ante los hechos. El pecho le latía a mil por hora. Su cuerpo seguía bajo los efectos del somnífero que se había tomado y no respondía a sus impulsos. Le parecía que todo estaba ocurriendo a cámara lenta.

Cuando recuperó de nuevo sus facultades, se fijó en que el policía que le había explicado lo ocurrido avanzaba hasta un coche oscuro que había aparcado un poco apartado de todo el tumulto. Un hombre vestido de negro salió del asiento del conductor al verlo llegar y, después de unas palabras, este le sonrió y le dio la mano. Parecía que lo estuviera felicitando. El agente se alejó después para integrarse al resto de equipos que trabajaban de manera coordinada al mismo tiempo. Laura dio unos pasos hacia el desconocido, convencida de que era *el inspector jefe, para preguntarle por los detalles de lo ocurrido. Pero este no le dio pie porque, en cuanto se quedó solo, sacó su móvil y se puso a hablar por teléfono. Aun así ella estaba lo bastante cerca como para verlo y oírlo bien. Cuando lo escuchó, identificó su voz y supo que lo conocía.*

Julia abre los ojos, aturdida, no sabe dónde está. Le duelen el cuerpo y la cara, especialmente la nariz y el cuello. Además tiene un fuerte dolor de cabeza. Nota que está tumbada sobre algo incómodo, una base irregular que se le clava por distintas zonas del cuerpo. El olor es muy fuerte, casi insoportable. Al enfocar la mirada se da cuenta de que lo que ve es el cielo, cuya luna ilumina lo justo como para distinguir las paredes de piedra del embudo en el que está metida. En un segundo todo cobra sentido: está dentro del pozo al que la ha tirado Aníbal, después de darle un palazo en la cara. De ahí el fuerte dolor. Mete la lengua y nota que tiene un diente roto. La boca le sabe a sangre, gira la cara y escupe como puede a su lado, pero tiene tan poca fuerza que la mitad le cae sobre la mejilla. Conforme está ladeando la cara, recuerda el ruido que escuchó dentro del pozo, donde ahora se encuentra.

—¿Hola?

No obtiene respuesta, tampoco nota ningún movimiento. Intenta moverse, pero le cuesta horrores, su cuerpo no reacciona. El miedo a quedarse paralítica planea sobre ella. Además todo a su alrededor está muy oscuro. Alguien se ha asomado levemente y la observa desde arriba. Es la silueta del chico, que no se ha vuelto a poner la capucha. Julia teme que le haya hecho algo a Laura. De fondo vuelve a escuchar llorar a la bebé.

—¡Socorro! Aníbal, sácame de aquí, te lo suplico. Haré lo que quieras, por favor… Ya tienes la carpeta, no contaré nada para que puedas seguir saliendo al jardín y dar tus paseos… Seguro que Javier y Vanesa quieren recuperar a su hija, ¡vamos! —El chico no dice nada y Julia lo mira a contraluz e imagina su oscura mirada clavada en ella—. ¡Por favor! Ayúdame a salir de aquí.

Julia ladea la cara de nuevo tratando de ver si hay alguna manera de poder subir, en el caso de que consiguiera moverse, y entonces ve algo que rompe todos sus esquemas. Por debajo de su hombro asoma un trozo de tela y una parte de una cuerda que enseguida identifica como una de las mantas en las que Laura había envuelto a su perro muerto. Julia abre los ojos como platos, no puede creerlo. La ha lanzado al mismo sitio que al perro de su vecina. Quiere gritar de rabia y dolor. No entiende nada. Entonces todo se vuelve aún más oscuro, alguien más se ha asomado y hace que llegue menos luz al interior. Es un hombre alto y robusto, más aún que el chico. Se esfuerza en verlo, pero no es hasta que presencia cómo se lleva un cigarro y expulsa el humo lentamente que siente un golpe en el pecho: es Jacinto, el falso vigilante de la garita de seguridad de la urbanización. El miedo vuelve a apoderarse de ella y lo primero que se pregunta es qué está haciendo él ahí y qué relación puede haber entre ambos. ¿Son ellos los responsables o trabajan para alguien? Pero ¿quién puede estar tan interesado en la carpeta como para llegar a este extremo? Piensa en su marido y en Vanesa, pero también en Javier y en que quizá no era su dedo el que mandaron en el sobre y sí el de Rubén con el anillo de aquel para confundirla. Podían haberlo planeado todo para que ella se lo tragara, y eso había hecho. Aunque también el supuesto vigilante podría ser otro interno y tratarse de la travesura de un grupo de obsesos del centro que buscaran dar rienda suelta a los mandatos de las voces que rigen su comportamiento... En cualquier caso, fuera quien fuera el responsable, tiene que conseguir salir de ahí.

2

Cristina dio la última calada a su vapeador y entró en casa para acostarse. Había bajado la temperatura y era la noche más fría en semanas, pero necesitaba fumar y retrasar el momento de subir a su habitación. Miró a su alrededor, todo estaba a oscuras, y en el cielo brillaban las estrellas y la luna. En los asientos que solían ocupar su madre y Aníbal no había nadie y, pese a que en parte fuera su culpa por llevar tantos días rara y no haber hecho nada por solucionarlo, esto le hacía sentirse muy sola.

Cuando entró en su cuarto, las paredes se le echaron encima. Otra noche más sola. Ella había tomado la decisión de separarse de su marido, al menos por un tiempo, pero daría lo que fuera porque las cosas no hubieran tomado ese rumbo y todo siguiera como siempre. Estaba muy inquieta, llevaba días bastante nerviosa después de su última visita y del regalo que le había dejado. Estaba muy confundida y no sabía cómo actuar, debía compartirlo con su familia, pero no se sentía capaz, odiaba que pudieran verla como alguien débil, y así le haría sentir Aníbal. Estaba segura de que, como venía siendo costumbre, él sería el único en decirle la verdad, porque se parecían tanto que era el que mejor la conocía. Le hubiese gustado seguir tragando como si nada, hacer de tripas corazón con tal de que su familia no se dividiera en dos, como había ocurrido, pero no lo soportaba más. Le hacía demasiado daño. Y no solo él, sino cómo había dejado su huella en lo que más quería. Su hijo Aníbal se empeñaba en hacerle ver lo terrible que era su padre y al final se comportaba igual que él.

Cristina se había alejado de Tiago, pero, sobre todo en la última semana, los gritos y las discusiones eran constantes. No podía más, solo quería vivir y no la dejaban, y menos ahora que la situación era mucho peor, y no porque se le hubiera ido la mano, como en tantas otras ocasiones, sino precisamente por lo contrario. La última vez lo había dejado subir a su cuarto porque su madre había salido a dar un paseo con su padre y Pepe, y había pasado algo irremediable. Se sentía muy culpable y se avergonzaba de ello. En un rato había tirado por tierra todo lo que tanto coraje le había costado, todos los avances conseguidos, y ahora se veía más atrapada que nunca. Él volvía a tener el control, y eso le dolía. Cristina empezó a llorar, tanto que llamó la atención de su hijo Aníbal, que de nuevo tomó cartas en el asunto casi como lo hubiera hecho su padre.

3

Mientras los bomberos apagaban las llamas, cada vez había más vecinos y curiosos que se acercaban al lugar del incendio. Laura se había quedado obnubilada mirando al hombre al que había visto hablar hacía un segundo con el agente y cuya voz acababa de reconocer. Ella estaba en trance después de ver la mano de su hija colgando de la camilla y de escuchar que fue Aníbal quien la había quemado. Pero aun así, entre el ir y venir de bomberos, agentes y vecinos, recordó con claridad la primera vez que oyó aquella voz.

Fue una tarde en que, estando en el jardín con Pepe y su marido, oyó voces al otro lado de la valla de su casa. Era una pareja, un hombre y una mujer que estaban hablando sentados bajo la sombra del árbol que salía de su parcela. Se acordaba perfectamente porque estaban plantando unos rosales que le había comprado su hija por su cumpleaños. Su marido caminaba por el jardín de aquí para allá, pero ella se quedó quieta para intentar escuchar lo que decían. De hecho, subió un poco hasta quedar muy cerca, pero tapada por los setos y enredaderas que plantaron para disimular lo fea que resultaba la simple torsión. Desde ahí prestó atención a lo que hablaban, parecían discutir sobre los pros y los contras de vivir en un lugar como ese.

—Esto es el paraíso, mataría por vivir aquí —fue la última frase que escuchó a la mujer antes de que su marido comenzara a llamarla y tuviera que bajar sin que la descubrieran.

El hombre no dijo nada más, pero sí lo vio acariciarle el pelo y después agarrarle la cara para besarla. A Laura le pareció una auténtica demostración de amor. En ese momento no supo que ese sería el punto de inflexión que determinaría el resto de su vida, sin oportunidad de retorno.

Ahora estaba tan nerviosa que no pensaba en que pudiera ser una casualidad o quizá algo peor. Así que se acercó aún más a él, convencida de que debía de ser el jefe de policía.

—Perdone, soy la abuela del chico, me acaban de decir que...

—Lo siento, pero yo no puedo ayudarla —le respondió apartando la mirada.

—Me han dicho que él ha matado a mi hija, pero eso es imposible... —siguió diciendo desesperada.

—Lo siento, señora —la interrumpió, esquivándola—, le digo que yo no puedo ayudarla.

El hombre se montó en su deportivo negro, evitando todo contacto visual, y se fue sin decir nada más. Laura se *quedó en el sitio sin saber qué hacer, no era capaz de registrar lo que acababa de ocurrir y continuaba bajo los efectos del sedante. Empezó a dar vueltas observando la triste estampa. Una policía se acercó a ella junto a un médico para ofrecerle ayuda. Ella la rechazó y siguió con la atención puesta en lo que estaba sucediendo. Pese a su estado, se dio cuenta de que una vez que el fuego había sido apagado rogaron a los vecinos que volvieran a sus casas. Alguno quiso acercarse a ella, pero los evitó como pudo. Después los equipos profesionales quitaron también los precintos que acordonaban la zona. No los vio tomar muestras de ningún tipo y tanto los bomberos como la policía estaban recogiendo todo para irse. El disgusto y la incredulidad dieron paso a una gran indignación al ver que no había ningún afán por saber qué había sucedido. Parecían tener una respuesta, y Laura se negaba a creer que fuese cierta. Se acercó de nuevo al mismo policía y cuando le preguntó si no pensaban investigar el suceso, obtuvo una respuesta que le confirmó que, lamentablemente, estaba en lo cierto.*

—Señora, ya sabemos todo lo que necesitamos, aquí no hay nada que investigar. Nos pondremos en contacto con usted cuando pueda ver a su nieto.

En ese momento, dentro del caos en el que se encontraba, fue consciente de que su pequeño Aníbal ya había sido juzgado y sentenciado.

4

Los días posteriores pasaron lentos. Al despertarse cada día, tras apenas dormir un par de horas, se daba cuenta de que lo que había ocurrido no era un mal sueño, sino que la pesadilla que había destrozado a su familia se había convertido en realidad. Así transcurrieron también los siguientes meses. El proceso fue muy rápido, pero el acoso y la mala praxis de los medios, sumado a la falta de empatía y el linchamiento de muchos vecinos con los que habían convivido de manera civilizada durante años, resultó mortal.

Se cebaron con la muerte de su hija, pero sobre todo con su nieto Aníbal, que dejó de ser su «Aníbal» al que tanto quería para convertirse en el «parricida pirómano». Y lo peor de todo es que ni siquiera hablaron con ellos para que les contaran cómo era él en realidad. Eso no les interesaba, no querían sentimentalismos ni medias tintas, solo buscaban el titular sen-

sacionalista. *Les daba igual saber el tipo de familia que eran, ni su relación con el resto de los miembros, no querían nada que no fuera retratarlo como un monstruo para toda España: «el temible parricida pirómano».*

En todos los programas aparecían testimonios de padres del colegio en el que estudiaba, profesores, vecinos, supuestos amigos... Todo el mundo se subía al carro para perfilar una personalidad en la que, de pronto, ser amable e introvertido significaba ser alguien extraño y perverso. «Se veía venir», decía un chico de su clase con el que solía salir por la urbanización. «Era muy reservado y estaba obsesionado con su familia, pasaba mucho tiempo con su madre y sus abuelos... Yo creo, pues eso: que se obsesionó», decía un vecino de la misma edad. No había ningún testimonio que no estuviera perfilado bajo el mismo punto de vista e iban hacia la misma conclusión: la horrible forma en la que había matado a su madre a sangre fría. Todo se resumía en que era un enfermo mental o un psicópata. No querían profundidades ni explicaciones. Nadie indagó más allá del entorno cercano donde había vivido los últimos meses, no les interesaba su vida anterior en Portugal, solo todo lo que corroborara que era un parricida sin corazón.

Esto no fue suficiente como para convencer a Laura de la culpabilidad de su nieto. Ella se decía que estaba enfermo, después del suceso apenas hablaba y, cuando lo hacía, era para defenderse. Aníbal contaba que todo era una conspiración y que él no lo había hecho, que habían sido dos hombres. Ella lo creía y, pese a que había llamado repetidas veces a la policía para que lo investigaran, no la habían tomado en serio. Sobre todo porque los profesionales estaban convencidos de que aquellas afirmaciones venían dadas por la esquizofrenia que padecía y que lo llevó a hacer aquella barbaridad.

La abogada de oficio que llevaba la causa de Aníbal vio un filón en todo el determinismo que envolvía el futuro de su defendido y se empeñó en solicitar un juicio rápido:

—Normalmente en casos como este, en el que la salud mental es la clave de la actitud del imputado, no aconsejo un juicio rápido porque no hay tiempo suficiente para llevar a cabo las pruebas pertinentes que demuestren que no estaba en plenas condiciones cuando sucedió todo, pero este es un caso especial y creo que el hecho de que sea tan famoso y que se le haya dado tanta bola y entrevistas va a nuestro favor. La gente que lo conoce lo pinta como un psicópata que estaba a punto de explotar, pero todos los profesionales señalan que se trata de una esquizofrenia de libro. Puedo recabar varios testimonios de especialistas en el tema muy cualificados que nadie pondrá en duda. Tener garantías en un proceso rápido es una ventaja, créame. Lo preparamos bien y vamos a por todas. No se puede imaginar lo doloroso que resulta que el proceso se alargue en el tiempo. Eso sí que es demoledor.

Laura no había tenido tiempo de salir del profundo hoyo en el que había caído en picado a partir de aquella madrugada, y tenía la sensación de que en general había un especial interés en dar carpetazo al asunto, pero finalmente accedió. No sin antes llamar a Tiago, su yerno, para consultarle, pero este le dijo que lo dejaba en sus manos. No parecía preocuparle el destino que tenían preparado para su hijo.

Aunque más breve de lo normal, el juicio fue durísimo. Laura hacía de tripas corazón cada vez que escuchaba una *nueva falsedad sobre los hábitos y personalidad de su nieto. La fiscalía manipulaba cada testimonio y detalle para construir una personalidad acorde a lo que ya habían avanzado de manera sólida los medios y, conforme pasaban las sesiones, Laura fue consciente de que no había nada que hacer. Para todos ellos Aníbal era culpable, incluso antes de entrar el primer día en la sala.*

Lo único bueno fue que la abogada tenía razón y, pese a los intentos de la fiscalía, que le quiso juzgar como a un criminal que hubiera planeado y ejecutado el homicidio de manera premeditada, para que le cayera una pena de por lo menos veinte años en una prisión de alta seguridad, al final consiguieron que fuera considerado como víctima de una crisis esquizofrénica, la enfermedad que padecía. Aníbal fue castigado como alguien que, cuando cometió el asesinato, no era consciente de sus actos ni de la gravedad de estos, y lo ingresaron en uno de los pocos centros especializados que había, en Sevilla.

A pesar de esta aparente buena noticia, Laura estaba en un sinvivir: su marido se apagaba por segundos, en Lisboa no daban señales de vida y Aníbal estaba en otra comunidad autónoma a la que no podría ir tantas veces como le gustaría, no solo por lo que supondría económicamente viajar hasta allí cada vez, sino porque, además, no tenía con quién dejar a su marido, por el miedo a que la pudiera organizar en cualquier momento. Con todo esto, prácticamente daba por perdida la continuidad de las visitas a su nieto y eso la entristecía aún más.

Sin embargo, le pareció encontrar la solución a este problema cuando un día temprano escuchó ruidos fuera y vio que la parcela que había ardido estaba llena de excavadoras. Entonces su situación empezó a cambiar. Durante varios días un gran equipo de obreros se dedicó a remover las tierras de tal manera que el negro de las cenizas quedó difuminado. Solo estaban presentes en la parte del riachuelo y en la subida al monte hasta llegar a la altura de la gran encina, que milagrosamente se había salvado. Al principio pensó que intentaban reforestar el terreno para que recuperara cuanto antes su estado natural. Sin embargo, sus esperanzas se vieron truncadas cuando otra mañana observó cómo un equipo de una empresa de construcción separaba el terreno en dos mediante una valla para empezar a construir una mansión en la parte más alejada de su casa. Enseguida llamó al presidente de la comunidad, pero este la despachó rápido, porque desde el incidente habían pasado a ser los apestados y poca gente había mostrado algún tipo de amabilidad o comprensión por el drama que estaban viviendo. Todos los consideraban culpables de que se hubiera incendiado parte del monte y de que su maravillosa urbanización se hubiera devaluado al asociarse a un crimen tan horrible.

No satisfecha con el resultado de su gestión, fue al ayuntamiento, pero no la atendieron con la excusa de que no tenía cita. Volvió una segunda vez respetando el turno, y le dieron de nuevo largas. No fue hasta que amenazó con llamar a los medios que le dijeron que era cierto, que habían aprobado la licencia para construir en la parcela que se quemó al lado de su casa. Laura puso el grito en el cielo y les dijo que eso era ilegal, que se trataba de terreno protegido y que tenían que dejar que se regenerara. Les increpó cuanto pudo sin perder

*las formas. Sin embargo, le respondieron que existía una mo-
dificación reciente en las normas urbanísticas y que si había
un incendio en un terreno protegido, se podía construir siempre y cuando lo que se edificara fuera de uso social.*

—*Tenga por seguro que así será* —*le dijo el funcionario
tratando de finiquitar el asunto.*

—*¿Y puede decirme qué van a construir? Entiendo que
será algún centro, un colegio, una residencia... Dígame...*

—*Me temo que esa información no puedo dársela.*

—*Escúcheme, podrían construir un centro para presos
con problemas mentales. En España solo hay dos y sería una
manera de ayudar...*

—*¿A quién?, ¿a personas como su nieto? Ese es el mensaje que quiere que mandemos... Mata a tu madre, que nosotros haremos cuanto sea posible para que disfrutes de todos
los privilegios...*

*La respuesta que había obtenido era tan desorbitada
como la actitud tan a la defensiva que tenía el técnico del
ayuntamiento desde que Laura entró por la puerta, lo cual le
hizo sospechar que tenía que haber gato encerrado.*

Laura se levantó de golpe.

—*Tarde o temprano me enteraré de qué están construyendo ahí y, como sea una vivienda unifamiliar, no pienso
parar hasta que le retiren la licencia, así que no pierdan el
tiempo en construir nada.*

*Los meses siguientes su crispación fue creciendo en pa-
ralelo a los avances de la obra. Y es que para su disgusto su
amenaza no había tenido el efecto deseado. La estructura de
la primera construcción estaba formada por distintos bloques*

prefabricados y, aunque avanzaba en tiempo récord, era tan inmensa que le hacía dudar de si su intuición le estaba fallando y si se trataba de un edificio público como le habían asegurado. Pero una tarde de invierno, mientras sacaba al perro, confirmó que no se equivocaba. Delante del proyecto, que iba muy adelantado, había dos hombres contemplando la obra. En la acera estaban aparcados sus coches y varios contenedores y camiones. En lugar de llamar a Pepe para que se quedara frente a su casa como solían hacer, porque habían vallado la parcela de al lado y no podían pasar, lo dejó que fuera hasta la zona en la que estaban ellos y, cuando pasó de largo, tuvo la oportunidad de acercarse con disimulo. Al pasar por su lado, observó que los dos estaban fumando y el más alto daba una palmada en la espalda al otro.

—Esto va a ser un palacio, vamos a vivir como reyes.

Laura no había querido mirar demasiado para no llamar la atención, pero cuando estaba prácticamente a su lado, el otro hombre se giró levemente para saludar.

—Buenas tardes.

Al escucharlo, Laura reconoció su voz y supo enseguida que lo conocía. Ahora no llevaba barba y estaba peinado y vestido mucho más elegante, pero sabía quién era: el hombre con el que habló la noche en que murió su hija pensando que era el jefe de policía. El mismo que había escuchado charlando con su mujer en la parcela de al lado. Al reconocerla, él apartó la mirada.

—Buenas tardes —respondió Laura.

El otro hombre, el más alto, la ignoró directamente y siguió hablando sin reparar en ella. Laura continuó su cami-

no intentando discernir si el «Vamos a vivir como reyes» hacía referencia a sus futuras viviendas. Aquella nueva casualidad le hizo abrir aún más los ojos y escuchar con atención a esa intuición que le decía que ahí había gato encerrado. Le parecía demasiada casualidad que aquel hombre se cruzara tantas veces en su vida, en momentos tan cruciales y de una manera «tan casual», siempre en relación con el episodio más terrible que le había tocado vivir hasta la fecha. Y estaba convencida de que averiguar qué estaba haciendo exactamente ahí la noche del incendio aportaría luz a la oscuridad que se cernía sobre lo que realmente le ocurrió a su hija.

5

Las obras en las parcelas junto a su casa seguían avanzando y Laura presenciaba como, poco a poco, el bello paisaje había sido sustituido primero por cenizas y después por bloques de hormigón. Cuanto más rápido iba la obra en la parcela más lejana a la suya, más convencida estaba de que se trataba de una vivienda. Sabía que algo olía mal y vivía obsesionada con obtener respuestas para averiguar si, como le decía su instinto, los propietarios tuvieron algo que ver con el incendio.

Cada día paseaba con el perro para echar un vistazo y tratar de sacar información a los obreros. Nunca con descaro, sino saludando educada e improvisadamente para después intentar que le contaran algún detalle con comentarios como «qué bonita está quedando la casa» y cosas por el estilo. Pero la mayoría de las veces la saludaban con un gesto y no se paraban a hablar con ella. No pudo conseguir nada hasta que,

cuando comenzaron las obras de la construcción que queda-
ba justo pegada a su parcela, les falló el agua y llamaron a su
puerta para preguntarle si les podía prestar a través de la
manguera del jardín. Laura vio que por fin era su oportuni-
dad, se lo estaban poniendo en bandeja. Puso su mejor son-
risa y dirigió el proceso junto al jefe de obra, al que dio con-
versación. Se lo fue llevando a su terreno hasta que le
reconoció que estaban construyendo dos viviendas, pero que
eran dos constructoras diferentes. La otra era de alto standing
y se trataba de una mansión prácticamente terminada gracias
a que se habían ahorrado meses por ser prefabricada alguna
de sus zonas.

Esa misma tarde salió con Pepe al monte y desde la par-
te alta del camino, donde no llegaron las llamas, observó la
enorme vivienda casi terminada y la otra que comenzaban a
levantar pegada a su casa, justo en el lugar en el que murió
su hija Cristina y donde aún quedaban rastros del incendio.
Estaba contenta porque tenía algo sólido, nunca mejor dicho,
para poder poner una queja o denuncia, pero, mientras con-
templaba lo mucho que había cambiado el lugar en el que
había pasado más de media vida, no pudo evitar que las lá-
grimas resbalasen por sus mejillas.

A la mañana siguiente trató de ponerse en contacto con
la persona que había estado al mando de la investigación
de la muerte de su hija, si es que a no hacer nada se le podía
denominar así, pero no le fue posible. Ni esa ni las siguientes
veces la atendió. Hasta que un día se presentó en la puerta de
su despacho y amenazó con llamar a los medios si no la deja-
ban pasar.

—Estoy segura de que estarán deseando que les den carnaza —le dijo a la secretaria, que pretendía que se fuera a su casa tal y como había venido.

Finalmente pudo sentarse cara a cara con él para contarle todas las casualidades e irregularidades que hacían que resultara más que sospechosa la presencia de al menos uno de esos hombres el día del incendio. Por fin tenía la oportunidad de hacer que se abriera la investigación, que en realidad nunca hubo, para esclarecer lo sucedido. Laura no se anduvo con medias tintas y le dijo que estaba convencida de que esas personas habían incendiado el terreno para poder recalificarlo siguiendo la normativa de que se construyera algo público, pero que tenía pruebas de que no era así y que se estaban haciendo dos casas de lujo.

—Al menos uno de esos hombres, que creo que son los propietarios, estaba el día del incendio. Yo misma hablé con él —remató su relato.

Él la escuchó atento y, cuando terminó, le contestó que eso no eran más que elucubraciones sin el peso necesario para abrir una nueva causa, que el asunto estaba cerrado y que lo dejara pasar. Aunque estaba muy cabreada por la injusticia tan grande que se estaba cometiendo, Laura asintió y se fue a su casa. Tenía la batalla perdida y debía asumirlo, al fin y al cabo, ¿quién era ella para llevar la contraria a los profesionales que habían evaluado a su nieto y que lo consideraban culpable debido a la enfermedad que padecía? A ojos de los demás no era más que una vieja que había enloquecido después de lo sucedido y que intentaba justificar a su nieto para liberarlo. Pero él ya estaba cumpliendo su condena y nadie *iba a molestarse en perder el tiempo para que lo declararan inocente.*

Las semanas fueron pasando y, pese a que intentaba olvidarse del tema, Laura continuó con el runrún de si el incendio había sido o no provocado por aquellos hombres. Por más vueltas que le daba, la única opción que tenía alguien que estuviera empeñado en construir en un terreno así, en el que estaba prohibido levantar cualquier cosa, era que se pudiera recalificar después de un incendio para construir un edificio para el servicio público. Esa era la parte que peor espina le daba a Laura, pues le costaba creer que, después de jugársela, se arriesgaran a que cualquiera los denunciara y les hicieran derribar lo construido. Y, aunque tuviera cierta lógica, eran demasiadas casualidades. Entendía que la mirasen como si estuviera loca cuando lo planteaba.

Sin embargo, aunque sabía que era algo disparatado, la imagen de su futuro vecino la noche del incendio dando una palmada al agente se le repetía una otra vez, al igual que la manera en que la evitaba cada vez que se cruzaba con él. En qué cabeza cabía que alguien que se estaba construyendo una vivienda a su lado ni siquiera llamara un segundo para presentarse. Laura era una perra vieja y sabía que su intuición no le fallaba y que había algo sospechoso.

Una noche, mientras veía las noticias junto a su marido, que estaba completamente ausente, se fijó en que hablaban de un diputado de la Comunidad de la zona en la que vivían al que se le estaba abriendo una investigación por delitos fiscales. Cuando apareció en la pantalla su imagen, reconoció al propietario de la mansión más alejada de su casa, el hombre que charlaba con el que ella vio la noche del incendio. Por lo que contaban, estaba hasta el cuello de irregularidades y exigían que diera explicaciones y que pagara por ello. Laura por fin encontró la manera de justificar lo que no terminaba de encajar en su teoría: solo una persona con tanto poder y acostumbrada a negocios turbios podía llevar a cabo algo tan terrible como lo que estaba segura que habían hecho para lograr construir donde no se podía.

A la mañana siguiente decidió llamar al telefonillo de la casa de su famoso vecino. Sabía que llevaban viviendo en ella un par de semanas, porque vio que hacían la mudanza, aunque no había conseguido coincidir con él en la calle. Además, como era fin de semana, seguramente estarían en casa. Enseguida respondió una chica, que se refería al hombre como «el señor», para decirle que no podía atenderla.

—Dígale que soy la vecina de al lado, la señora mayor, y que como no me atienda él, lo hará la policía y no creo que quiera que les cuente lo que sé.

Cuando apareció por la puerta, el hombre miró a Laura de arriba abajo con superioridad y sin hacer ningún intento por disimular lo mucho que le molestaba que se plantara en su casa y exigiera verlo.

—Dígame —dijo sin rodeos.

—Buenos días, soy la vecina de al lado…

—Lo sé, ¿qué quiere?

La rudeza con la que se dirigió a ella le provocó un nudo en la garganta. No cabía duda de que estaba acostumbrado a intimidar a la gente. Pero, a esas alturas de la vida, Laura *ya no tenía nada que perder y, si iba a jugar a ser tan directo, ella no pensaba quedarse atrás.*

—Venía a decirle que sé lo que han hecho... —El inquilino de la mansión de lujo bajó el nivel de soberbia: parecía sorprendido, aunque se esforzara en ocultarlo— para construir aquí, ¿sabe a lo que me refiero?

Javier la miró un segundo sin decir nada y, después cambió el gesto. Ahora mucho más amable.

—Sé lo que le pasó y lo siento mucho, de verdad. No me puedo imaginar lo doloroso que tiene que ser perder a una hija de esa forma tan cruel, pero no busque culpables donde no los hay —le dijo condescendiente.

—¿Acaso usted no lo es?

—Estoy intentando ser amable, la próxima vez llamo a seguridad.

—Hágalo, así podrán escuchar lo que tengo que decirle...

—¿Qué es lo que quiere?, ¿a qué ha venido?

—Quiero saber la verdad. Provocaron el incendio para poder construir, ¿no es cierto?

—Está loca... A partir de ahora, si quiere volver a molestarme, hable con mi abogado. Yo no tengo nada más que hablar con usted...

Laura intervino con energía antes de que cerrara.

—Sé lo que han hecho, y si piensan que se van a salir con la suya, están equivocados. Esto es una vivienda, no es un edificio para uso público, y por tanto reúne los requisitos para que se la tiren abajo. Lo sabe de sobra y, sinceramente, me parece que no se puede permitir otro escándalo más.

—Usted es libre de contar la milonga que le dé la gana a quien quiera, pero tenga en cuenta dos cosas: la primera, que en su situación nadie la creerá, yo mismo me aseguraré de que así sea; y la segunda, que ya puede tener ahorros porque, sin pruebas, la demanda que le voy a poner por difamación la dejará en la calle.

Laura se lo quedó mirando, perpleja. Se había puesto muy a la defensiva y en ningún momento había negado o explicado que no tuvieran nada que ver con lo que planteaba. Solo había mencionado las consecuencias legales para destruirla del todo. Estaba convencida de que había dado en el clavo y que el hombre se había visto descubierto.

—Es cierto... —dijo sin poder creer que por fin las piezas encajaran.

El tipo no esperó ni un segundo para darle un portazo en las narices. Laura tuvo que morderse el labio para contener la rabia y las ganas de llorar. Ahora sabía que era verdad, pero también que difícilmente podría hacer nada cuando era evidente que tenía todas las de perder.

6

Laura hizo el camino de vuelta a su casa llorando a lágrima viva, saber que su nieto no tenía nada que ver con el crimen que le habían adjudicado le provocaba una impotencia horrible. Además de un dolor que no era capaz de medir. No dejaba de pensar en lo disgustada que estaría su hija si pudiera ver por todo lo que había tenido que pasar. Solo esperaba que allá donde estuviera descansara en paz sin conocer nada de lo que había acontecido después de su muerte.

Pasaron los días y Laura siguió dándole vueltas al asunto. No podía dormir, se pasaba el día obsesionada, estudiando las distintas opciones de que disponía para conseguir que se hiciera justicia y el nivel de éxito que podía obtener con ellas. En realidad, lo único que estaba en su mano era tirar de los medios para pagarles con su misma moneda.

Pero acusarlos públicamente de algo así también podía volverse en su contra, pues la demandarían por calumnias y acabaría viviendo en la calle junto a su marido y su perro, como le había amenazado su vecino. La única batalla que podía ganar, o por lo menos sacar a la luz con cierta probabilidad de éxito, era conseguir que se pusiera el foco en que ninguna de las dos casas eran edificios públicos, pero estaba convencida de que habrían contado con eso y que guarían algún documento. Y además tendría que estar bien asesorada por un abogado con experiencia y no podía permitirse semejante lujo.

Dos días después del encontronazo en casa de su vecino, la ansiedad fue dejando huella en ella y se tradujo en la manera de relacionarse con su marido, y también afectó a su estado anímico. Entonces recibió una llamada que le trajo un rayo de esperanza. Era su abogada que, después de muchos meses sin hablar, le comunicaba una buena noticia que le pilló totalmente por sorpresa.

—Van a convertir la antigua residencia de ancianos que hay en la entrada de la urbanización en un centro psiquiátrico penitenciario. Lo acaban de aprobar porque solo existía uno en Sevilla, donde está Aníbal, y otro en Valencia, y ya era hora de que hubiera uno en Madrid. Se han puesto en contacto conmigo porque se estima que en dos meses se haga el traslado de, entre otros internos, Aníbal.

Laura por poco dejó caer el teléfono al suelo, no se lo podía creer. Cada vez pasaba más tiempo entre una visita y otra y notaba a su nieto más ausente, como si ese régimen escaso de encuentros le afectase. Así que no podía ser mejor no-

ticia. Sin embargo, pese al júbilo que sentía, su primera reacción no fue ponerse a dar saltos de alegría y celebrarlo, como cabría esperar, porque sabía que nada de esto era fortuito y que detrás de la medida tenía que estar la mano de su vecino.

7

La buena noticia calmó las aguas, la idea de volver a tener a Aníbal cerca hizo que Laura se parara en seco y pensara seriamente si no estaba dejando de lado sus verdaderas prioridades para darse de morros contra un muro que jamás podría derribar. Pese a que estaba convencida de que su vecino era el responsable de que se hubiera tomado la decisión de convertir la residencia de ancianos en un centro psiquiátrico penitenciario en tiempo récord, se propuso no pensar más en ello y disfrutar de los años que le quedaran intentando ayudar a su nieto y a su marido para que estuvieran lo mejor posible.

Para ella lo importante era recuperar la ilusión por centrarse de nuevo en su nieto. Y también en su marido, para dedicarle el tiempo y la dedicación que exigía y, por supuesto, merecía. No quería más distracciones ni energía desperdiciada. La familia volvería a ser su motor. Para ello se propuso olvidarse de los avances de las horribles construcciones modernas que estaban destrozando el paisaje. Por otro lado, no se quería ni imaginar el poder y los contactos que debían de tener para haber llegado al punto en el que estaban y que solo ella hubiera sospechado algo.

Veinte días más tarde de la fecha prevista abrieron el centro y se produjo el traslado de Aníbal. Cuando Laura supo que al día siguiente podría visitar a su nieto, fue como si le dieran un chute de esperanza. Había retrasado su visita desde que le dieron la noticia, porque cada vez le resultaba más complicado viajar debido a que su marido estaba muy descontrolado y no tenía con quién dejarlo. Además, sabía que en nada se volverían a ver y encima con la asiduidad que siempre había querido.

Pese a que la residencia de ancianos llevaba décadas en la urbanización, Laura no la conocía. Cuando entró en el edificio por primera vez, temió que el cambio hubiera sido para peor y que la cercanía no le compensara. Se veía a la legua que habían pintado y dado un rápido lavado de cara al edificio, pero que todo era bastante antiguo. Mientras recorría el pasillo, le entraron unas ganas terribles de llorar. Necesitaba ver a su nieto, pues no había sido posible hasta ahora. Se lo había negado los meses anteriores por las dificultades y porque sabía que el traslado era inminente. Y esta necesidad hacía que aflorara toda su fragilidad.

Al entrar en la habitación se sorprendió gratamente, porque era mucho más amplia de lo que esperaba y, sobre todo, tenía muchísima luz. Laura buscó a su nieto con la mirada. Aníbal estaba sentado de espaldas a ella con la vista fija en una enorme ventana.

—Cariño, por fin…, qué ganas tenía de verte —le dijo mientras se acercaba a él para abrazarlo.

Su nieto nunca había vuelto a ser el mismo y no esperaba que respondiera a su efusiva muestra de cariño, aunque tampoco que no reaccionara de ningún modo y que siguiera ausente, como si nada, ignorándola por completo. Laura pensó que la estaba castigando y que tendría que hacer un doble esfuerzo para demostrarle que lo seguía queriendo y ganarse su confianza de nuevo, para que tuviera claro que nunca lo abandonaría. Agarró la silla que había en la esquina de la habitación, se sentó junto a él en silencio y le posó la mano sobre la rodilla cariñosamente. Entonces sucedió algo que le rompió todos los esquemas. Sin dejar de mirar por la ventana, Aníbal empezó a hablar.

—Mamá…

—¿Qué pasa, cariño, te estás acordando de tu madre? Yo también me acuerdo mucho de ella. Todos los días, todo el tiempo.

—Mamá…

—¿Sí? Mamá…

—Hay algo que no sabes…

8

La noche del incendio Aníbal subió a su cuarto enseguida, dijo «buenas noches» con la boca pequeña y subió los peldaños de dos en dos. Se encerró con el pestillo echado, se encendió un porro que tenía hecho, se asomó a la ventana para que no se quedara el olor y estuvo hablando por videollamada con Alejandra, una chica rubia de pelo muy largo y ojos enormes y azules que iba a su clase. Habían empezado a verse fuera del colegio. No podía gustarle más y eso hacía que perdiera la noción del tiempo y no se diera cuenta del ruido que hacían. Su habitación y la de su madre daban pared con pared y, al rato, Cristina siempre le daba toques con los nudillos para que colgara, pero esa noche no ocurrió así. Cuando terminó la llamada y volvió el silencio a la habitación, la escuchó llorar. No era la primera vez que sucedía desde que se habían mudado con sus abuelos, más bien era una constante. Sin embargo, los sollozos sonaban más que nunca y, pese a que llevaban días evitándose el uno al otro porque al final siempre acababan como el perro y el gato, decidió llamar a la puerta de su madre.

—*Mamá, ¿estás bien?*

Cristina dio un respingo, estaba tan mal que no pensó que su hijo pudiera alarmarse.

—*Vete a dormir, Aníbal, mañana hablamos —contestó, intentando controlar la voz para no sonar afectada.*

—*¿Ha pasado algo?*

—*No, no...*

—*Venga ya, déjate de tonterías. —Aníbal trató de abrir la puerta, pero su madre había cerrado el pestillo—. Venga, abre..., ¡mamá!, ¿ha pasado algo malo?, ¿me tengo que preocupar?*

—*No, no... De verdad...*

Cuanto más reconfortantes querían parecer las palabras que pronunciaba Cristina, más evidente era que mentía. Esto, sumado al desagrado que le provocaba que no lo dejara entrar para hablar con ella en condiciones, le hizo sentir mucha impotencia y eso condujo a que sonase cada vez más brusco.

—*Déjate de tonterías, es otra vez por papá, ¿no? Por eso llevas así tantos días... ¿Qué coño ha pasado? ¿Te ha hecho algo? ¿Te ha pegado?*

—*No, no...*

—*No me mientas, porque no soy tonto, ¿qué ha pasado va?*

Aníbal bajó un poco la voz cuando se dio cuenta de que en cualquier momento podía salir su abuela y entonces sí que le iba a ser imposible sacarle a su madre el motivo por el que estaba así. Lo que no sabía era que Laura se había tomado una pastilla para dormir y estaba disfrutando de un profundo sueño. El chico forzó la manivela de la puerta para conseguir abrirla, pero no hubo manera. Su madre cada vez lloraba más en el interior. Sin darse cuenta, Aníbal replicó la actitud de su padre. Por mucho que quisiera ayudar a su madre, la forma de actuar era igual de violenta y conseguía el efecto contrario. Cristina estaba en la esquina de su habitación, tirada en el suelo hecha un ovillo, mientras él la increpaba e intentaba abrir la puerta de malos modos. Todas las veces en las que Tiago había hecho lo mismo se hicieron presentes y Cristina se desmoronó aún más.

—Vete... —suplicó.

—¡No hasta que me digas qué ha pasado!

—Por favor.

—Es que eres idiota, mamá. No te das cuenta de que sigue jugando contigo, de que te trata como una mierda. No le importas nada, no le importamos ninguno de los dos. ¿Te ha amenazado?, ¿te ha pegado?

—¡No! Ya te lo he dicho.

—¡No, claro! Como si yo me chupara el dedo. Estoy cansado ya de vuestros juegos y vuestras gilipolleces... De que pienses que no me entero de nada y...

—Estoy embarazada —lo interrumpió Cristina antes de romperse de nuevo.

9

Hacía varios días que Cristina había descubierto que, contra todo pronóstico, estaba embarazada. Lo supo durante una consulta al ginecólogo, a quien acudió después de la última visita de Tiago porque estaba preocupada. No le venía la regla y llevaba bastantes días cansada. Lo lógico hubiera sido haberse hecho un test directamente antes de ir a verlo, pero ni se le pasó por la cabeza que pudiera quedarse embarazada pasados los cuarenta años, y encima de manera natural. Su ginecólogo le dijo que no era lo normal, pero que en su caso se había dado porque aún seguía ovulando. Después la advirtió que tenía que cuidarse mucho: hacer ejercicio, no beber ni fumar, respetar la tabla de alimentos que podía comer y, sobre todo, no tener estrés. Por supuesto, no sabía que tenía una familia desestructurada. Lo lógico hubiera sido contárselo enseguida a Tiago y compartirlo después con el resto de la familia, pero, pese a que deseaba con todas sus fuerzas que esa criatura fuera a cambiarlo todo, sabía de sobra que eso no iba a ser así.

Era consciente de que no estaba siendo una buena madre o al menos no había gestionado del todo bien cómo se habían desarrollado los acontecimientos. Veía en Aníbal la huella de los conflictos entre ella y su marido, y no quería imaginarse lo que no podía controlar. Esa era la mayor de las torturas, la gran culpa. No quería hacer pasar por eso al bebé, ya fuera niña o niño. Se merecía una bonita infancia. Sabía que tenía que pedir ayuda a su madre y a su hijo Aníbal, a pesar de todo. Ellos siempre estaban para ella, pero cuanto más los necesitaba, más los alejaba y más sola se sentía, y cuanto más pensaba en todo ello, más lloraba, como en ese momento, encerrada en el cuarto mientras su hijo aporreaba la puerta desde el pasillo de la casa de sus padres.

—¿Es de papá? —preguntó por fin Aníbal cuando consiguió recobrar el aire.

Cristina no era capaz de enfrentarse al juicio de su hijo.

—Cómo se puede ser tan tonta, ¡joder!... Que parece que no lo conoces, hostia... Tan lista para unas cosas y tan tonta para otras... Que siempre estás igual. —Aníbal lloraba mientras maldecía en voz alta—. ¿Se lo has dicho?

—No —contestó Cristina armándose de valor.

Su padre no lo sabía. Después de escuchar la respuesta, Aníbal se dio media vuelta y se dirigió a su habitación para encerrarse con pestillo. Entonces no sabía que esa sería la última vez que hablaría con ella.

No fue hasta horas más tarde, de madrugada, cuando unos gritos lo despertaron en mitad de la noche. No reaccionó enseguida porque pensó que se trataba de un sueño. Después escuchó el motor de dos coches que se detenían cerca y de alguien al bajarse de ellos. En su calle jamás pasaba nada y le pareció muy extraño. Se levantó corriendo y se asomó a la ventana, preocupado porque pudiera ser su madre a quien había escuchado gritar. Desde la ventana vio a dos tipos vestidos de negro derramando líquido de dos bidones por el terreno de al lado. Aníbal se fijó mejor y descubrió el cuerpo de su madre tirado junto a unas piedras grandes. Bajó las escaleras a toda prisa y corrió como nunca en su vida hacia donde había visto a Cristina. Lo demás sucedió muy deprisa. Cuando llegó, intentó parar a uno de los tipos, que tenía un mechero en la mano.

—¡Eh! ¿Qué están haciendo? ¡Pare! —le gritó.

La zona en la que había visto a su madre estaba más oscura porque se encontraba entre unas rocas justo en el sitio en el que comenzaba a descender con mayor inclinación la parcela.

—¡Mamá! —exclamó en cuanto vio que el cuerpo seguía ahí.

Pero antes de que pudiera hacer nada el fuego se extendió a gran velocidad por el terreno. Lleno de impotencia y desesperación, fue testigo de cómo las llamas alcanzaban el cuerpo de su madre. Aníbal corrió hacia ella, pero una llamarada se interpuso en su camino. Giró y gritó con más fuerza. Intentó acercarse a su madre, pero era imposible. El tiempo se paró en el instante en que, completamente desencajado, fue testigo de cómo el fuego se tragaba a su madre. No obstante, no quiso rendirse. Tenía que llegar hasta ella y, pese a que fuera un imposible, corrió de nuevo, esta vez hacia el lado opuesto para intentarlo desde ahí, pero tropezó con algo y se cayó al suelo. El incendio avanzaba hacia él a la velocidad del rayo y notó cómo se le quemaba la cara.

10

Las palabras que acababa de pronunciar Aníbal habían dejado completamente confundida a Laura. Tenía que tratarse de un error.

—Hijo, qué dices... —respondió mientras rezaba para que no fuera más que un delirio de su nieto.

—Mamá estaba embarazada... —insistió el chico, que seguía mirando por la ventana—. Eso fue lo último que me dijo.

Laura presenció cómo una lágrima descendía por la mejilla en la que su nieto tenía las cicatrices de las quemaduras. Intentó que hablase más, pidiéndole que le contara la conversación que había tenido con su madre la noche que sucedió todo para saber si era cierto o no, pero él no abrió la boca.

Al llegar a casa, subió a la habitación de su hija, que permanecía prácticamente intacta. No había recogido ni ti-

rado nada. Abrió el primer cajón de la mesilla que usaba Cristina junto a la cama, y sacó una agenda de piel marrón. Fue directa a la letra «G» y llamó a su ginecólogo. Le respondió la chica de la recepción, que le prometió darle el recado al doctor. Este le devolvió la llamada media hora después y, cuando Laura le contó el motivo por el que había contactado con él, el médico hizo un silencio antes de confirmarle que lo que le había contado Aníbal era cierto.

Ese fue el preciso momento en el que Laura decidió que no iba a seguir esperando de brazos cruzados a que se hiciera justicia. Si la policía no pensaba hacer nada, sería ella quien les daría su merecido, y ya sabía por dónde empezar.

Jacinto, el supuesto vigilante de seguridad de la urbanización, está asomado al pozo junto al chico. Va vestido completamente de negro y fuma, como siempre. Julia ya no tiene ninguna duda de que él es el hombre que intentó entrar en su casa las dos veces en que lo sorprendió. Pero ¿qué hacía junto a Aníbal? ¿Era otro interno del centro al que también habían contratado Vanesa y Rubén para librarse de ella?

Julia saca fuerzas, pero cuando va a hablar, escucha otra vez llorar a la bebé. Se la imagina en el suelo junto a Laura, pasando frío, suplicando entre llantos que sus padres la cojan. Aunque quizá Estrella solo es parte del gancho para tenderle una trampa y está ya, en ese instante, protegida y no en las condiciones que pasan por su mente de manera alarmista.

—Jacinto, por favor, sacadme de aquí. No sé lo que os habrán pagado por esto... ¿Tenéis que deshaceros de mí, es eso? —Escucha la risa del chico, pero no es suficiente para interrumpirla. Julia sigue hablando de carrerilla—. De mí y de Javier, ¿verdad? Porque no ha sido él, ¿no? Era su dedo... Son ellos, quieren marcharse juntos con los niños y borrarnos del mapa... Escuchadme —dice cada vez más desesperada—. Tengo ahorros, puedo daros más de lo que os hayan prometido... Por favor..., no quiero meteros en problemas, os pago y me voy fuera..., a mi pueblo, donde sea... No tienen por qué saberlo. —Julia sigue dando argumentos y conforme más habla, más se da cuenta de lo absurdo que suena todo.

Hasta que llega un momento en el que se queda en silencio tratando de interpretar en sus miradas si puede albergar un ápice de esperanza. Pero no logra verlos con nitidez y, además, la forma hierática con que la mira el tal Jacinto tampoco ayuda a tener una pista. Entonces escucha una voz suave de fondo, cree que es Laura. Julia siente un fuerte alivio. Los dos hombres se miran y Jacinto desaparece de su campo de visión. Ella teme que hagan algo a su vecina. La bebé sigue llorando. Entonces el chico se gira de nuevo hacia él y le dice:

—Hasta ahora, papá.

11

Después de la muerte de su esposa y de la detención de su propio hijo como autor de los hechos, Tiago mantuvo su trabajo en la carretera, pero decidió pasar menos tiempo en Madrid y poner su atención en lo único importante que realmente le quedaba. Nunca visitó a Aníbal, no tenía ganas ni fuerzas para mirarlo a los ojos. Los medios habían sido muy claros y lo ayudaron a pasar página. Siguió llevando mercancía a la capital de España, pero no visitó a sus suegros. Hasta que recibió la llamada de Laura una mañana por sorpresa y le puso en vilo. Llevaba demasiado tiempo ignorando sus llamadas. Ella insistía en que estaba convencida de que Aníbal no había matado a Cristina y resultaba tan perseverante que le fue imposible quitarse de la cabeza aquella tragedia. Cuando ya lo único que quería era largarse, porque sabía que nada traería de vuelta a su mujer. Sin embargo, esa vez su suegra no se anduvo con tapujos y fue directa al grano.

—Sé quién mató a Cristina —le dijo cuando Tiago cogió la llamada.

Y él estuvo a punto de dejar caer el teléfono al escucharla. Ya le iba a repetir de nuevo que no era una buena idea seguir anclada en el pasado, que eso no le devolvería a su hija y la sarta de obviedades que llevaba diciéndole desde entonces, cuando ella volvió a insistir.

—Conozco a los hombres que lo hicieron. Tienes que venir.

Así fue como Tiago decidió que escucharía todo lo que Laura tenía que contarle y que, por duro que resultara, aprovecharía además para visitar a su hijo y acallar así sus remordimientos. Llevaba meses que no se quitaba a Aníbal de la cabeza y soñaba con él prácticamente cada noche. Había intentado bloquear todos sus sentimientos hacia él, pero la culpa no desaparecía y cada vez era más difícil ignorarla.

Hizo la mayor parte del viaje comiéndose las uñas. Estaba muy nervioso por regresar a la casa donde su esposa vivió su última época, donde tanto fue a visitarla. Iba a reencontrarse con el lugar en el que sucedió todo, con sus suegros y, especialmente, con Aníbal.

Tuvo que hacer un esfuerzo sobrehumano para no romper a llorar nada más poner el pie en la parcela, antes de llamar al telefonillo y que le abriera Laura. Tras darse un abrazo, que parecía simbolizar un gesto de paz entre ambos después de la abismal distancia que los separó tras la muerte de Cristina y la detención de Aníbal, su suegra lo invitó a entrar.

—*Germán está en la cama, la medicación lo deja grogui. Si luego no baja él, subimos a verlo. Si te parece, claro. Vamos fuera* —*le dijo mientras comenzaba a andar para que la siguiera hasta el porche.*

Laura no le ofreció nada, estaba demasiado preocupada por contarle todos sus descubrimientos. Finalmente, después de varios preámbulos, se armó de valor y le confesó que Cristina estaba embarazada en el momento de su muerte. Tiago se quedó de piedra y en un principio no dijo nada. Laura contaba con esa reacción, así que insistió y le contó que había hablado con su ginecólogo y que este se lo había confirmado. Para probarlo le sacó un sobre con los informes médicos que Cristina guardaba en su mesilla de noche. Él bajó la mirada para ver los papeles y las lágrimas resbalaron por su cara.

—*Laura, tienes que perdonarme...* —*La mujer miró intrigada a su yerno, esperando lo peor*—. *Yo lo sabía. Debió ser la última vez que fui a visitar a Aníbal, tuvimos un desliz y... Me lo acababa de contar y habíamos quedado en arreglar las cosas y empezar de cero otra vez. Íbamos a volver a vivir todos juntos.* —*Mientras Tiago se desmoronaba, Laura lo miraba tratando de asimilar todo lo que le acababa de contar*—. *Perdóname, no quería que sufrierais más. Lo siento mucho.*

La mujer fue a abrazarlo, pero, en un segundo, el estado de Tiago cambió por completo. La cólera hizo acto de presencia, tenía tanta rabia que empezó a blasfemar y a despotricar. Estaba realmente enfadado. Ella intentó calmarlo. Germán, que había bajado por sorpresa, fue testigo de la escena sin que notaran su presencia y se puso a gritar y a pegarle porque no lo reconocía y pensaba que era alguien que había entrado a robar y a hacerles daño. Laura y su yerno consiguieron tranquilizarlo gracias a la medicación que le habían recetado para ese tipo de crisis, y cuando hizo su efecto, cayó dormido. En ese momento, Laura aprovechó para contarle a Tiago todo lo que sabía y explicarle las teorías que tenía relacionadas con la más que posible implicación de sus vecinos en la muerte de Cristina.

El hombre escuchaba atento las irregularidades que señalaba su suegra, y que los dos culpables habían llevado a cabo gracias al enorme poder que tenían. Si fuera cierto lo que señalaba Laura, el incendio no sería más que otro chanchullo en el currículo de acciones ilegales de este tipo. De pronto todo cuadraba y tenía sentido, aunque solo había una manera de asegurarse.

Tiago salió escopetado a la casa de Javier, el exdiputado, para que él mismo se lo aclarara. Llamó sin parar al telefonillo hasta que una chica muy educada le dijo que «el señor no estaba en casa». Él le preguntó a qué hora regresaría y la empleada doméstica le contestó que no lo sabía, que era mejor que se fuera. Pero no pensaba darse por vencido, no se movería de ahí hasta comprobar si le estaba mintiendo una vez lo interrogara sobre sus sospechas.

Llevaba más de cuatro horas sentado en el bordillo de la acera de enfrente. En todo ese tiempo no había parado de fumar un cigarrillo tras otro mientras pensaba en su mujer embarazada. No quería recordar aquella noche, pero nadie más que él deseaba probar la inocencia de Aníbal. ¡Aníbal! Miró el reloj, le quedaba una hora para visitarlo. Tiago se encendió otro cigarro y se levantó para caminar dando vuel-

tas delante de la casa. La suerte se puso de su lado cuando, un cuarto de hora después, al final de la calle apareció un cochazo de color oscuro que se dirigía hacia donde él estaba, al lado de la puerta de la casa de Javier.

Tiago se echó hacia un lado y, cuando se abrieron las puertas del garaje, una vez que pasó el automóvil, se coló dentro de la parcela. Javier iba a bajarse del coche cuando vio a un hombre enorme parado frente a él. Reculó en sus movimientos y decidió echar el cierre de seguridad para hablarle desde dentro, sin salir. Tan solo bajó mínimamente la ventanilla, lo suficiente como para escucharlo bien, pero que no pudiera agredirlo ni abrir la puerta desde fuera. Tenía tantos frentes abiertos que no sabía quién era y no pensaba salir hasta que se fuera.

—Perdón, ¿usted es…? ¿Qué quiere? —preguntó con prudencia, aparentando normalidad.

—Soy el viudo de Cristina, la mujer que murió en el incendio… —le dijo mirándolo fijamente a los ojos—. Sabe a quién me refiero, ¿verdad?

De pronto el hombre cambió el gesto, ahora mucho más amable.

—Claro, ya vino a hablar conmigo su suegra. Siento muchísimo lo que le ocurrió, pero…

—¿Y qué ocurrió?, ¿usted lo sabe?

Tiago lanzó la pregunta mientras se echaba hacia atrás para dejarle abrir la puerta, a modo de señal, con la mirada fija en él, estudiando al milímetro cada gesto por pequeño que fuera. No quería perderse nada que lo ayudara a valorar su «presunta culpabilidad». Entonces la mirada de Javier se tor-

nó fría, había vuelto a aparecer todo su poder, y mostraba que no se iba a dejar intimidar por un mindundi como él.

—Escúcheme bien, porque no pienso alargar eternamente este jueguecito que se traen entre los dos. Ya les he trasladado al muchacho cerca, ¿qué más quieren? Disfruten de eso y olviden un pasado que no pueden cambiar. Y no vuelvan a amenazarme si no quieren que me deshaga de todos ustedes —dijo señalando hacia la casa de sus suegros—. «El viudo y padre del parricida pirómano mata a sus suegros en un ataque de locura». La prensa difundirá encantada que los culpaba de lo mal que estaban criando a su hijo para que acabara haciendo lo que hizo mientras usted trabajaba fuera. A estas alturas la gente se creerá cualquier cosa que digamos que ha ocurrido dentro de su casa, así que yo que ustedes me andaría con cuidado. Y más usted, si no quiere terminar entre rejas y medicado. Le aseguro que con la cantidad adecuada de litio y ansiolíticos tendrá unas alucinaciones que le costará creer que no es cierto todo lo que le repitamos. No tiene más que ver a su hijo.

Tiago tenía los ojos llenos de rabia. No pudo controlarse más y dio un par de golpes fuertes al cristal con los puños cerrados mientras gritaba.

—Yo que usted no haría eso. Váyase a casa y deje de incordiar. A los viejos no les queda mucho tiempo, aprovechen y vayan a ver al chico ahora que pueden. —Javier levantó el móvil para que su oponente pudiera verlo—. Y dicho esto, salga de mi casa si no quiere que llame a la policía.

Tiago se quedó atónito, lo que le había dicho Javier confirmaba las teorías de su suegra y cambiaba la perspectiva de todo lo que había creído hasta ese momento. Pero, en lugar de intentar romper el cristal para agarrar del cuello al vecino o esperar hasta que se apeara del coche, le hizo caso y salió a la calle. Se había dado cuenta de que había cámaras que le habrían grabado colándose en la propiedad y hablando con él. Javier no había salido del coche, por lo que podría testificar que él estaba amenazándolo y que por eso se encerró y se había quedado dentro. De hecho, las imágenes en las que él había aporreado el cristal salvajemente serían una prueba determinante. A partir de ahí podría inventarse cualquier cosa, pese a que en realidad era él quien lo estaba amenazando. Además decidió dejarlo pasar porque tenía la necesidad imperiosa de ver a su hijo y quedaba poco para acudir a esa cita. No podía aguantar más para tenerlo frente a él y abrazarlo. Necesitaba decirle cuánto sentía no haber estado a su lado todo ese tiempo.

12

Reencontrarse con su hijo, verlo encerrado y en un estado que nada tenía que ver con lo que había sido, fue la gota que colmó el vaso. Al mirar a Aníbal, se dio cuenta de que no quedaba nada del chico cariñoso y alegre que había sido de pequeño, ni tampoco del cabezón combativo y adolescente que era capaz de enfadarse y discutir durante horas por lo que creía y al que muchas veces había tenido que llamar la atención y pararle los pies. Tiago se había apoyado en todo eso cada vez que flaqueaba y tenía ganas de verlo. Ahora lo miraba y no encontraba nada de ese temperamento con el que le recriminaba que su familia se hubiera roto por su culpa. Solo podía fijarse en los efectos que Javier acababa de mencionarle. Lo tenían dopado completamente, era cierto que no era más que la víctima de una mentira que había acabado por creerse. «Le aseguro que con la cantidad adecuada de litio y ansiolíticos tendrá unas alucinaciones que le costará creer que no es cierto todo lo que le repitamos. No tiene más que ver a su hijo». El recuerdo de las palabras de Javier se le clavó como un puñal y tuvo que contener las lágrimas. Su hijo no parecía acordarse ya de nada de lo ocurrido y podría decirse que había encontrado una especie de paz artificial. Se abrazó a Aníbal y lo besó en la mejilla, después se separó y se quedó un rato apoyando su boca en la mejilla mientras le decía una y otra vez:

—Lo siento, hijo, lo siento..., perdóname...

Laura se acercó a él y le agarró por los hombros con cariño para que supiera que no estaba solo, que la tenía a ella. Su yerno le había contado todo lo ocurrido mientras bajaban hacia el centro para la visita. Inexplicablemente no estaba enfadada ni disgustada, no había puesto el grito en el cielo al enterarse. Una extraña templanza habitaba en ella; era la tranquilidad de conocer la verdad por terrible e injusta que fuera. A partir de ahí sería más fácil tomar las decisiones acertadas para tirar hacia delante.

Los días siguientes fueron los más complicados. Ambos compartieron el dolor y la ira que les provocaba saber que Aníbal tenía razón cuando le dijo a su abuela que él era inocente, que lo habían hecho dos hombres a los que no conocía. Lo peor era que ellos sí sabían quiénes eran y no podían hacer nada. Odiaban no solo que su poderoso vecino no negara los hechos, sino que además no tuviera el menor problema en amenazarlos y humillarlos, demostrándoles lo poco que contaban sus vidas y el abismo que había entre los unos y los otros. Laura y Tiago se calmaron mutuamente, pero ambos verbalizaron que lo que había hecho esa gente era imperdonable. *Aquellos dos hombres habían saboteado su familia y el entorno maravilloso en el que vivían, su templo sagrado, y encima los habían enfrentado. Pero lo peor de todo era que Javier, el exdiputado, no mostraba ningún arrepentimiento. Lo más seguro era que el otro tampoco.*

Tiago regresó a Lisboa, donde le esperaba el resto de su familia, a la que también tenía que cuidar. De momento decidió no contarles nada. No quería hacerles más daño y sabía que la verdad les iba a doler. La estancia se hizo mucho más difícil porque se le hacía cuesta arriba no visitar a Aníbal lo mucho que merecía, ahora que había desbloqueado su amor por él, y porque le costaba controlar más los constantes arrebatos de cólera que lo empujaban a tomarse la justicia por su mano.

Un mes después de su primera visita al centro, Tiago vio a Aníbal y a sus suegros, que lo necesitaban tanto como su hijo. Antes de instalarse en la casa tenía planeado hacer una visita a su vecino. Pero no a Javier, sino al otro. El hombre al que su suegra afirmaba haber visto la noche del incendio. Tiago quería repetir la jugada, conseguir que lo mirara a los ojos y le dijera que él no lo había hecho.

Cuando se bajó del coche comprobó que la obra aún no estaba terminada, pese a que en su última visita parecía que quedaba ya muy poco. La puerta de la calle estaba abierta. Seguramente aún no funcionaba el telefonillo y por eso la dejaban sin cerrar: para que los obreros y los que vinieran durante el día con distintos materiales pudieran pasar con facilidad. Tiago se coló en la parcela y bajó por el terreno que parecía un descampado, sin rastro del color verde que lo ca-

racterizaba. Al llegar a la altura donde estaba la piscina sin llenar, pero con el gresite y demás remates terminados, apareció el jefe de obra, o al menos eso pensó. Un hombre con bigote que debía tener diez años más que él.

—¿Quería algo?

—Sí. Soy el vecino de al lado, vivo en esa casa —dijo señalándola— y quería hablar con los dueños...

—Me temo que eso es imposible porque llevan un par de semanas sin pasar por aquí, trabajan fuera. Aunque quizá esta semana me llamen para avisarme de que vienen, siempre lo hacen sobre la marcha.

Él le dio las gracias, disimulando su decepción. Se despidieron y el hombre lo acompañó hasta el camino de subida. Cuando Tiago estaba a punto de salir, observó la casa de Javier.

—No se moleste tampoco en intentar hablar con ellos, se han ido —era evidente que se refería a Javier y a su familia—. Me han avisado para que estuviese pendiente por si les llegaba algo y para que les echara un ojo a la casa de vez en cuando.

—¿Sabe cuándo piensan volver?

—Ni idea, pero, por cómo hablaba, entendí que era para largo. Llámelo mejor por teléfono y que se lo cuente él.

—Eso haré, gracias.

Tiago caminaba por la calle pensativo: así que esa gentuza se había marchado. Eso no sería un impedimento para que siguiera con lo que había planeado. Finalmente se quedó toda la semana haciendo guardia la mayor parte del tiempo desde la ventana de su habitación. Hasta que al cuarto día vio un deportivo negro aparcando frente a la casa de los vecinos: era el coche que había visto Laura, sin duda.

Tiago salió de casa con calma y una vez más entró en la parcela por la puerta abierta, sin avisar a nadie. Cuando estaba bajando por el lateral, un obrero se cruzó con él.

—¿A quién buscas? —le preguntó.

—Soy el vecino y quería hablar con el dueño, acabo de verlo entrar.

—Un momento.

El chico se dio la vuelta y entró en la casa. Un hombre alto y atractivo apareció antes de que Tiago pudiera bajar mucho más hasta acercarse al árbol que se colaba desde la parcela de su suegra y adonde tenía pensado llegar para hablar con él, si tenía suerte y no le hacían ir hasta donde estaba. Los separaba una distancia más que prudencial, pero pudo distinguir a la perfección cómo la expresión del vecino se transformaba al verlo. Solo necesitó un par de segundos para descifrar el mensaje que sus ojos cargados de culpa y tristeza le transmitían: «Lo siento», decían a gritos. Y entonces no tuvo duda, supo con total seguridad que el exdiputado y él eran los dos hombres que estuvieron en la parcela aquella noche para incendiarla, los dos responsables de todo, a los que se refería Aníbal insistentemente cuando defendía que él no había hecho nada. Ambos se quedaron mudos. Tiago no esperaba un momento así, porque se había preparado para que confesara. El jefe de obra lo sacó de sus pensamientos y se colocó junto al vecino.

—Buenos días, hoy sí ha tenido suerte.

Tiago no le respondió, para cuando el hombre terminó la frase, él ya había empezado a caminar hacia la salida. Rubén lo vio marchar, preocupado, no había sido capaz de estar a la altura de las expectativas que Javier puso en él. Lo *pilló tan desprevenido que no había podido controlar su reacción.*

—Ahora entro, tengo que hacer una llamada —le dijo al jefe de obra mientras contemplaba cómo Tiago se alejaba.

El jefe lo dejó solo y él llamó a Javier, pero, como era de esperar, este no respondió y esperó a que saltara el contestador para dejarle un mensaje. «Javier, no sabes lo que acaba de pasar. Ha venido el viudo… Ha aparecido en la parcela y no me ha dicho nada porque estaba el jefe de obra, pero lo sabe. Estoy seguro. Me preocupa que se haya enterado y quiera que confesemos o que viniera buscando…, ya sabes…, no quiero pensar lo que haría si se enterara de que tengo yo todos los documentos. Tenemos que solucionar esto de alguna manera, yo no puedo vivir tranquilo pensando que puede saberlo todo, imagínate que consigue…, tú ya sabes…».

Rubén colgó preocupado y entró de nuevo en la casa.

Al otro lado de la valla, escondida detrás de los setos que camuflaban la verja, estaba Laura que, como le había pedido su yerno, había grabado todo lo que había dicho Rubén con el móvil que Tiago le había dejado. No habían captado la conversación llena de amenazas y negaciones que los dos esperaban que se produjera entre ambos, pero lo que acababa de escuchar superaba con creces sus expectativas y no podía esperar para ponerle la grabación a Tiago. Ahora más que nunca estaba convencida de que la venganza se servía en un plato frío.

V

Ejecutar:

Llevar a cabo una acción, especialmente
un proyecto, un encargo o una orden.
La ejecución puede ser voluntaria o forzosa.

Matar a una persona en cumplimiento
de una sentencia.

1

La familia Carrión, Javier, Vanesa y sus tres hijos, llegó muy temprano a Madrid, exactamente a la hora en punto que marcaba el vuelo, que además era directo. Tuvieron suerte porque no hubo retrasos y habían conseguido dormir la mayor parte del tiempo en el avión. Así que salvo Estrella, la bebé, que pasó algún ratito malo, el resto estaba como una rosa. El conductor del taxi que habían reservado los esperaba a la llegada y los llevó a casa. Como era fin de semana tampoco se encontraron con demasiado tráfico y llegaron en tiempo récord.

Una vez en casa, mientras Bea y Carlos iban a sus habitaciones para reencontrarse con todas las cosas que no se habían podido llevar a Colombia, Vanesa sacó la ropa de las maletas y la colocó bien para que no se arrugara. Estaban sin chica porque la de toda la vida se había echado un novio allí *y hacía una semana les había dicho que se despedía para ir a trabajar a la misma fábrica donde estaba su pareja. Así que hasta el lunes no llamaría a la misma agencia que le encontró a Delia diez años atrás.*

Por su parte Javier hacía un repaso al jardín y a la parcela para ver si todo estaba en orden. El martes era el cumpleaños de su madre y cuando se marcharon a Colombia le prometió que volverían para celebrarlo con ella. Aunque perfectamente podían haberse escaqueado; en realidad, esa era la excusa que habían dado a todo el mundo para volver, pero lo cierto era que Javier tenía que personarse para resolver junto a su abogado varios frentes abiertos que cuanto antes resolvieran, mejor, y hablar con su amigo en persona para zanjar el asunto que tan preocupado lo tenía y que llevaban arrastrando demasiado tiempo.

Tiago observaba a Javier a través de las lamas abiertas de las contraventanas de su habitación, las mismas por las que se había asomado Cristina antes de salir al terreno la noche en que la mataron. Había visto llegar a toda la familia y al rato observó cómo salía por la puerta el padre y bajaba por el lateral derecho hasta que le perdió de vista totalmente. Llevaba días preparado, pues sabía que si la publicación de Vanesa en Instagram no mentía, tenían que llegar un día antes o ese mismo día, como así fue. Por fin había llegado el momento. Fue hacia la cama y agarró el retrato de su mujer que tenía en la mesita de noche, junto al que dormía cada noche. Después bajó y avisó a su suegra y a su hijo de que el juego comenzaba. Cogió el paquete que Laura y él habían preparado con esmero, se puso una gorra y un chaquetón y salió de casa, no sin antes darles un abrazo fuerte.

Cuando abrió la puerta de la calle, vio pasar frente a él uno de los coches de la familia y tuvo que meterse dentro de golpe para que no lo descubrieran. No contaba con que fueran a salir tan pronto. El coche circulaba rápido, pero pudo ver que la que conducía era Vanesa y que, salvo que llevara a uno de los pequeños y no los hubiera visto, parecía que iba sola. Aceleró el paso, tenía que darse prisa por si volvía enseguida y lo sorprendía en mitad de lo que llevaba tanto tiempo esperando hacer.

2

Javier estaba contemplando las vistas desde la parte de abajo de la parcela, apoyado en la barandilla de cristal, cuando escuchó que se abría la puerta de la sala de estar en el sótano. Se dio la vuelta y vio a Carlos, su hijo mediano, con una pelota de fútbol en la mano y una sonrisa de oreja a oreja. Los toques de balón pasaban a un segundo lugar cuando Javier ponía toda la energía en picar a su hijo con bromas y cortes constantes. No lo podía evitar y, aunque no lo hacía con maldad, no se daba cuenta de que resultaba molesto, incluso torpe. Una llamada al telefonillo interrumpió el juego. En un primer momento, Javier no se inmutó porque, aunque su mujer se había asomado hacía unos minutos para decirle que iba a ver si tenía hueco en la peluquería, su hija Beatriz estaba en casa y podía abrir. Pero dada la insistencia con la que seguían llamando, dedujo que, para variar, debía estar

hablando por teléfono o grabándose mientras hacía baileci-
tos, así que corrió al interior para que no se despertara la
bebé.

—*Hijo, voy a abrir un momento, ahora bajo. Ve entre-*
nando, a ver si eres capaz de meterme algún gol luego.

Vio sonreír a Carlos y fue directo a las escaleras, pero
antes vio por la cámara del telefonillo desde el monitor que
había en esa planta a un hombre impaciente con una gorra y
un paquete. Justo cuando este iba a volver a llamar, intervi-
no Javier.

—*Le abro. Perdone, es que estaba fuera, ya subo* —*le*
dijo por el interfono.

Observó que el mensajero entraba y subió corriendo las
escaleras hasta llegar a la puerta. Al abrirla, se encontró con
que el repartidor esperaba prudentemente a medio camino
con una gorra y una mascarilla puesta, Javier se acercó a él.

—*Hola.*

—*Hola* —*respondió, estirando el brazo para que cogie-*
ra el paquete—. *¿Javier Carrión?*

—*Sí.*

—*Su DNI, por favor.*

Javier fue deletreando cada número mientras bajaba la
mirada para ver si el remitente le daba una pista y averigua-
ba qué era lo que le enviaban. Tiago aprovechó el descuido
para propinarle una descarga con el aparato que llevaba en
la mano y que resultó no ser una máquina para llevar el con-
trol de los pedidos como al principio había supuesto.

El dueño de la casa tuvo varios espasmos y, antes de que
su cuerpo pudiera reaccionar a las descargas, Tiago le dio un

cabezazo en la frente que le hizo caer fulminado. Una vez que tuvo a su presa en el suelo, bajó la mirada para verlo y vio que estaba sangrando, pues por su frente se deslizó una gota de sangre que fue a parar al torso de Javier. Al golpearle se había hecho una herida en la ceja que le sangraba, pero que en caliente no le dolía. Se limpió como pudo con un pañuelo usado que llevaba en el bolsillo del pantalón y agarró al hombre de los tobillos para arrastrarlo al interior de su casa. Después cerró, echó la llave que había puesta y se la guardó en el bolsillo. No había ninguna luz dada, pero para nada resultaba un lugar sombrío. Sus dimensiones eran descomunales, al igual que los enormes ventanales desde los que se veía el monte. La decoración era tan estudiada, como de catálogo, que parecía más la recepción de un hotel que el vestíbulo de una casa. A su derecha había varias habitaciones con las puertas cerradas. Algunas daban a un patio interior, una especie de invernadero enorme que aportaba un toque muy especial al lugar. Tiago se dio cuenta de que de una de las habitaciones salía música a un volumen bajo. Tuvo que acercarse bastante hasta que supo que procedía de la que estaba al fondo del todo.

Recorrió los metros que le faltaban hasta llegar a ella con sumo cuidado y con el aparato antiviolación preparado para actuar. Abrió la puerta lentamente y allí se encontraba Beatriz, la adolescente que había visto en las publicaciones de su madre y en las suyas propias en Instagram, haciéndose fotos con el palo selfi de cara a la puerta y con el ventanal con el paisaje de fondo. La hija mayor de Javier y Vanesa estaba repitiendo la foto infinidad de veces y, mientras miraba el objetivo con su mejor pose, vio aparecer una silueta en la puerta.

—¡Papá, llama antes, va! —dijo mientras bajaba el teléfono.

Pero no era su padre, sino un tipo aún más alto y corpulento que le dio una descarga que la tumbó de inmediato. El llanto de Estrella sorprendió a Tiago, que no había caído en que había una cuna portátil que parecía un cesto lleno de lazos rosas. Vanesa la había llevado a la habitación de Bea para que no la perdiera de vista mientras ella salía. No se fiaba de su padre y de su hermano, con lo brutos que eran, y le dijo a su hija que no tardaría más de una hora...

Tan solo le faltaban el niño y la madre, que no sabía cuánto tardaría en volver. Tiago lo buscó por la casa, pero no dio con él. Hasta que cuando bajó las escaleras y llegó a la parte de abajo, se lo topó fuera lanzando un balón contra un muro y una portería. Aprovechó una de las veces en las que estaba de espaldas para cerrar la puerta de acceso a la habitación y salió para jugar al escondite. Le gustaba la idea de que el niño lo persiguiese y no viceversa. Pero no podía demorarse mucho, quería tenerlo todo preparado antes de que Javier o su hija se despertaran.

Subió los peldaños de las escaleras de dos en dos, acompañado por el llanto de la bebé que se escuchaba en la última planta. En ese momento notó la vibración de su móvil en el bolsillo del pantalón, era su hijo. Estaba fuera y llamaba para que le abriera, tal y como habían quedado. Apareció cargado con una mochila de la que sacó una cuerda fuerte para atar a Javier entre los dos. Cuando estaban en ello, alguien llamó al timbre de la entrada. El chico se levantó sigilosamente para comprobar por la mirilla que era Carlos, el mediano, que había rodeado la parcela para encontrar a su padre o a alguien de su familia que le abriese. Tiago asintió a su hijo y salió por la puerta lateral para poder rodear la casa y colocarse tras el niño. En menos de cinco minutos tenía sus dos manos enormes tapándole la boca y apretándole contra él para inmovilizarlo. No quería usar la descarga contra un niño de esa edad, lo necesitaba bien espabilado para todo lo que tenían pensado. Lo llevó al vestíbulo de la entrada donde lo esperaba su hijo con la bebé en brazos y los deberes hechos: tanto Javier como Beatriz estaban en el suelo atados y con la boca tapada con un esparadrapo. El niño intentó gritar y patalear cuando los vio.

—Quieto, ¡para! No te va a pasar nada —le dijo Tiago para intentar calmarlo.

Antes de que le diera tiempo a terminar la frase, su hijo ya había avanzado hasta él para darle una descarga que hizo que Carlos perdiera el conocimiento inmediatamente.

—Ha sido suave —dijo el chico cuando su padre le echó una mirada fulminante—. ¿Qué querías que hiciera?

El sonido de la puerta del garaje los alertó de que un coche estaba a punto de entrar. Desde donde estaban se escuchaba el motor.

—¡Vamos! —le gritó Tiago señalando la puerta de la habitación que les pillaba más cerca, una de las que daban al invernadero.

El chico obedeció, pero tenía a la bebé en brazos y no paraba de llorar. Su padre se la arrebató.

—Ocúpate de eso —dijo señalando a Javier y a sus dos hijos mayores—. Ata al crío y tápale la boca... coge el móvil al padre, lo abres con su huella y le mandas un mensaje a la madre, se llama Vanesa o amorcito o cariño... ¡lo buscas! —le ordenó mientras se dirigía a las escaleras.

—¿Y qué le pongo?

—Que estáis dando un paseo..., «así tienes un rato para ti...», me esperas ahí, ahora vuelvo.

Tiago bajó las escaleras a toda pastilla, con la bebé cada vez más nerviosa. No quería que la madre la escuchara al entrar, se diera cuenta de que ocurría algo raro, llamara a la policía y les jodiera el plan. Llegó al sótano de la vivienda y entró por una pequeña puerta en uno de los laterales a un cuarto diminuto en comparación con el resto de la casa, lleno de herramientas y maquinaria para el jardín y la zona exterior. Enfrente había una puerta metálica con franjas por las que entraba luz de fuera. Tiago dejó a la niña sobre unos cojines que quitó de unas sillas que había apiladas en una esquina, y que colocó sobre el suelo. Después abrió la puerta con la llave que estaba puesta en la cerradura. Antes de salir se puso unos guantes, agarró una bolsa de basura y, conforme subía hacia el aparcamiento de la vivienda, fue arrancando ramas de los árboles y arbustos que le complicaban el camino.

Al llegar a la altura del coche vio que la mujer lo había descubierto y lo miraba con desconfianza, así que decidió improvisar, saludarla con la mano y ser lo más educado posible. Intercambiaron un par de frases y pudo notar cómo, en cuanto se creyó que estaba trabajando en el jardín, Vanesa se relajó y entró en la vivienda. Solo tenía que volver a entrar por *donde había salido y hacer con ella lo mismo que con el resto de sus familiares, salvo que esta vez tendría que esforzarse aún más en mantener el control para no hacerle lo mismo que le hicieron a su mujer. Aunque no sería necesario, no pensaba ser tan tonto de echar por tierra el resto del plan y, además, nunca permitiría que Javier se lo perdiera. Llevaba demasiado tiempo esperando para ver el dolor en sus ojos.*

3

Llevaba días sin dormir apenas, no comía ni bebía cuando el hombre entraba en la habitación en la que estaba atado y le ofrecía que lo hiciera de un vaso con una pajita. Podía verlo con dificultad porque el cuarto en el que lo tenían retenido estaba completamente a oscuras, pero la luz que entraba de fuera al menos le permitía saber hasta dónde debía estirar los labios para poder beber algo. Javier seguía sin saber qué le había ocurrido a su familia, y eso lo estaba matando. No guardaba ningún recuerdo más allá de estar con su hijo Carlos y que cuando abrió al repartidor, este le hizo perder el conocimiento: el resto era un interrogante. Recordaba escucharlos gritar, pero poco más, y ni siquiera estaba seguro de ello, parecía haberlo soñado. Necesitaba saber qué les había sucedido a Vanesa y los niños, si se encontraban bien o también los mantendrían atados en algún otro lugar. Estaba com-

pletamente desquiciado. Pero esa rabia y desesperación se habían ido apagando en paralelo con su energía. Ya casi no tenía fuerzas.

La puerta se abrió y apareció la silueta a contraluz del hombre enorme vestido de negro y con la cara cubierta por un verdugo del mismo color, que lo vigilaba a cada rato. Estaba fumando, como las anteriores veces. Pese a que la habitación apestaba, reconocía ese olor porque él fumaba la misma marca de tabaco. Volvió a ofrecerle algo de beber, Javier notó cómo la pajita le rozaba el labio y se enganchó a ella como un recién nacido al pezón de su madre. Se terminó todo de un sorbo y escuchó cómo el vaso tocaba el suelo cuando el hombre lo dejó junto a las patas de la silla en la que se había sentado frente a él. Por más que se esforzaba no podía verle bien los ojos a través del verdugo. Entonces escuchó el crujir de la silla y supo que estaba más cerca, como si se hubiera echado hacia delante. Podía notar su respiración.

—¿Dónde están? —preguntó imperativamente el desconocido.

—¿Cómo? —respondió confundido.

—Que me digas dónde están.

Javier estaba tan agotado que le parecía estar soñando e hizo un esfuerzo por recordar y saber a qué se refería, pero era incapaz. Lo único que recordaba era el golpe en la cabeza, por lo mucho que le dolía. Nada más. No sabía qué había pasado ni a qué se refería su torturador cuando le preguntaba dónde estaban... ¿Se refería también a su familia?

Pasaron unos segundos, pero no obtuvo respuesta por su parte y el silencio le resultó terrorífico. No sabía si se habría levantado y estaría en otra parte del cuarto. Estiró los dedos de la mano lo máximo que pudo para intentar alcanzar algo que lo ayudara a escapar, pese a que no estaba seguro de que fuera a encontrar nada. Entonces escuchó el crujido y sintió el hachazo, el inmenso calor. Un dolor extremo seguido del ruido de sus dedos cuando cayeron al suelo disparados. Se retorció del dolor. No quería que lo encontraran así, que ese fuera el recuerdo que tuvieran de él. Gritó desesperado, a punto de perder el conocimiento. Entonces el verdugo se acercó a él y le echó en la boca el humo del cigarro que estaba fumando. Era el mismo olor. Antes de que le pudiera suplicar, su agresor agarró tres de sus dedos del suelo y se los metió hasta el fondo de la boca. Pudo notar cómo una uña le arañaba la garganta, pero el dolor no era nada comparado con las demás heridas abiertas y el sufrimiento emocional que estaba viviendo. Sufrió una arcada, estaba a punto de vomitar. Se inclinó y los escupió. Fue a gritar, cuando el tipo, que se había puesto de rodillas, le puso otro de sus dedos en los labios, indicándole que debía guardar silencio. Pese a que estaba muy cerca seguía sin poder verlo e identificar alguno de sus rasgos. Su captor encendió la linterna de su móvil y lo apoyó sobre su rodilla. La luz desde abajo le daba un aire aún más siniestro, pero no fue hasta que se quitó el verdugo y vio quién era cuando recibió un nuevo golpe al descubrir que lo conocía. Javier era muy malo tanto para las caras como para los nombres porque jamás prestaba atención, solo cuando le interesaba o se trataba de alguien que le conviniese recordar, y esta vez lo reconoció al instante.

—Hemos buscado por toda la casa y seguimos sin encontrar la documentación.

—¿Qué documentación? Es que no sé de qué hablas —dijo desesperado mientras se le caían las lágrimas, fruto de la impotencia y el dolor tan grande que sentía.

—La que demuestra los chanchullos que habéis hecho para montaros el palacio aquí, que prueba la muerte de mi mujer y el habernos arruinado la vida a todos nosotros y, en especial, a mi hijo Aníbal.

Aun maltrecho y en desventaja, Javier seguía creyéndose mucho mejor que aquel viudo.

—Yo no tengo nada de eso...

Tiago dejó el móvil en el suelo y se puso de pie. Con esa iluminación propia de una película de terror y desde su posición a Javier le pareció aún más alto. Entonces observó cómo se metía la mano en un bolsillo del pantalón y sacaba unos alicates. Ahora sí que estaba aterrorizado.

—Mentiroso, ¿quieres que me quede otro más? —dijo señalando a su mano.

—No te estoy mintiendo... No los tengo yo... Por favor, no le hagas nada a mi familia. Te lo ruego.

Tiago sacó unos trozos de tela de su bolsillo.

—¿Quieres que te haga un torniquete o prefieres morir desangrado?

—Un... torniqueteee — suplicó Javier mientras lloraba desconsolado.

—Pues dime dónde los guardas...

—No los tengo yo, los tiene...

—... Rubén. —Tiago completó la frase y empezó a reírse mientras le echaba el humo en la cara intencionadamente—. ¿Quién crees que ha organizado todo esto?

4

Los últimos días habían sido especialmente duros para Rubén, porque se había tenido que marchar solo de viaje cuando su mujer más lo necesitaba. Justo en el momento que supuestamente debía ser uno de los más felices de sus vidas: el día en el que estrenaban por fin la casa de sus sueños. El proyecto por el que tanto se había sacrificado y al que ambos habían dedicado tanto tiempo y energía para que al diseño no le faltara de nada y se convirtiera rápidamente en su hogar.

Él había puesto todo de su parte, Dios lo sabía. Nadie se creería lo mucho que le había costado llegar hasta ese momento, y no solo en el plano económico. Había sacrificado demasiadas cosas y le estaba pasando factura. Desde que el deseo por empezar una nueva vida en ese terreno se hizo patente, no había vuelto a ser él mismo. Su cabeza no le daba tregua y ese viaje era crucial porque podría ser el punto de inflexión que necesitaba en su vida. Podría ser su salvavidas o, por el contrario, su dulce condena.

Lo peor de todo era lo distante que se había sentido de Julia y volvía preocupado por cómo iba a recibirlo. Sabía que no se había portado bien con ella, simulando que no podía hablar ni leer los mensajes, dándole largas. Además sabía que no era normal la manera en la que se había ausentado esos días y en un momento tan especial. No le había quedado otro remedio, no quería que le hiciera más preguntas. No podía arriesgarse a que lo descubriera y tuviera que contárselo sin estar junto a ella, encima estando Vanesa detrás de todo eso, con la rabia que le tenía. Necesitaba solucionarlo antes, porque, ocurriera lo que ocurriera, no quería hacerla sufrir más. En ese sentido se alegraba de tener a su lado a la que hasta ese momento solo era la esposa de su amigo. Ella siempre estaba muy pendiente de todo y le había abierto los ojos para que moviera ficha de una vez. Tenía que conseguir que Julia no lo descubriera, porque jamás se lo perdonaría. Eso sí que sería un punto y final.

Había intentado dormir durante el vuelo de vuelta, pero fue incapaz; aparte de darle vueltas a todo, se dijo firmemente que conseguiría estar bien con Julia esos días hasta que estuviera a punto y le diera la noticia. Estaba muy nervioso, porque en unos días, dependiendo de cómo fuera todo, su futuro podía dar el giro que tanto esperaba.

Pero a su vuelta la bienvenida ya marcó la pauta de lo que seguiría después, cuando prácticamente al llegar, en mitad del comienzo de una discusión por la dieta y el ejercicio que él seguía a rajatabla y que a Julia parecía que la irritaba tanto, recibió un mensaje de Vanesa que decía: «¿Has vuelto ya? Ya estamos, ahora estoy sola. Quiero hablar contigo antes de que se lo cuentes, aunque aún no tengas toda la info. Es importante. Ven ya. Avísame cuando quieras, hazme una perdida y nos vemos abajo, en el campo. Si quieres a la altura de la casa que tienes al lado para que no nos vea Julia ni nadie». El texto estaba acompañado de su habitual corazón rojo. Rubén fue consciente entonces de que no estaba bien y que no hacía otra cosa que sacar toda la tensión para volcarla sobre su mujer, incluso en detalles que carecían de importancia. El mensaje de Vanesa era la oportunidad de salir de casa para no entrar en bucle y verla, aunque fuera un momento. Además le intrigaba mucho aquello de «… Es importante. Ven ya». Rubén aprovechó el pique para justificar que necesitaba hacer ejercicio y que iba a salir a correr. Y utilizó la técnica de no decir nada para no dar pie a más preguntas o enfrentamientos. Simplemente se preparó y se fue.

Nada más cerrar hizo la perdida a Vanesa y cuando colgó aceleró el paso porque se dio cuenta de que tenía que salir a la calle principal para coger el camino que llegaba a sus casas por el campo, y tenía que evitar que alguien lo viera. Podría haber salido directamente desde su parcela, pero no quería sembrar sospechas y que Julia lo viera desde arriba. Era demasiado arriesgado.

De camino pensó en que haberse ido de forma tan brusca le venía bien para hablar con ella y quitarse el problema cuanto antes. Decidirían entre los dos cuándo se lo contaba a Julia. Aunque él creía que lo mejor era esperar unos días hasta que tuvieran todo claro y supiera bien qué decirle.

Rubén iba a paso ligero por el camino que estaba pegado a las casas que daban al monte. Cuando se estaba acercando a la de sus vecinos, vio a Vanesa asomada y esta le hizo una señal con la mano para que entrara en la parcela. A él le pareció un poco exagerado, pero saltó por encima de la valla que estaba vencida y se reunió con ella en la esquina pegada a su casa, donde la vegetación era mucho más frondosa y quedaban más ocultos. Al verla de cerca le llamó la atención lo pálida que estaba, tenía los ojos muy rojos y el pelo grasiento, como sucio, para lo impecable que iba siempre. Le costaba reconocerla.

—¿Estás bien?

—No…, te he mentido. En realidad no puedo hablar de eso. No tengo tiempo…, y no te puedo explicar mucho. A Javier le están pisando los talones y ahora mismo no es seguro estar aquí, podrían estar siguiéndonos. Tiene que parecer que nos hemos ido. Te prometo que en cuanto estemos a salvo, te llamo y estaré contigo…

—Me estás asustando… ¿Quién os está siguiendo?

—Necesito los papeles, todos los documentos.

—¿Para qué?, ¿quién los quiere? ¡¿Qué cojones está pasando?!

Rubén estaba a punto de perder los nervios.

—Es mejor que los tengamos nosotros y que les mandemos alguna foto como prueba, porque si vienen y no estamos, van a ir a por ti. Créeme cuando te digo que no vas a querer que eso ocurra.

—Pero ¿cuándo?

—Tiene que ser ya. Antes de que salten las alertas cuando nadie nos vea y empiecen a buscarnos. No podemos que-

darnos aquí si no queremos que nos pillen. Ya volveremos cuando todo esté solucionado. Por eso tiene que ser ya, hoy mismo.

—¿Hoy? Están en cajas, ni sé dónde las habrá puesto Julia. No puedo ignorarla, ponerme a buscar como si nada una carpeta y después esconderle lo que estoy haciendo.

—Te iba a pedir que me la trajeras por la noche, así puedes buscarla de madrugada mientras ella duerme. Será más difícil que nos vea alguien y, por tanto, más seguro para nosotros. Manda un mensaje cuando lo tengas todo, da igual la hora. Vete, ahora salgo yo. —Y cuando estaba a punto de irse, lo cogió del brazo y continuó—: Gracias. Te llamo en cuanto pueda y me cuentas todo, te lo prometo. Ya verás cómo todo va a ir bien. Vete, yo me escondo aquí y luego salgo. No quiero causarte problemas. Si nos traes los papeles, no los tendrás.

Rubén se despidió con un gesto extraño, muy contrariado. Le daba miedo verla así. Una vez más le pasaba factura pertenecer al entorno de Javier en el que, por extensión, les tocaba pagar a justos por pecadores.

Vanesa lo vio marchar y enseguida giró la cabeza hacia una de las ventanas de la vieja casa de sus vecinos. Desde ahí la estarían viendo sus hijos mientras los apuntaban con una pistola. En el bolsillo llevaba el móvil con una llamada que le habían hecho previamente y por la que podían escuchar toda la conversación. Una palabra fuera de lo acordado o algún gesto extraño que hiciera sospechar algo a Rubén y, cuando volviera, sus hijos estarían muertos sin haberse podido despedir de ellos. Tiago bajó los prismáticos con los que no se había perdido detalle y la apuntó con la linterna desde ahí, encendiéndola y apagándola.

Rubén hizo el camino de vuelta preocupado, aunque intentaba ver el lado bueno de todo eso: si les pasaba la carpeta, él quedaría exento de todo, ya no irían a por él y, además, se libraría durante una buena temporada de Javier. Se paró frente a la puerta de su casa y, aunque estaba cansado porque había vuelto andando a buen ritmo, avanzó hacia donde la cámara exterior no podía enfocarlo y dio unos saltos para que fuera más verosímil que había estado haciendo ejercicio. Julia lo recibió y él optó por abrazarla y pedirle paciencia porque la iban a necesitar. Después se acostó. Estaba agotado por el viaje y por todo, y pese a que en un primer momento le costó conciliar el sueño, porque la cabeza le iba a mil por hora, a los pocos minutos se durmió profundamente.

Luego llamaron al telefonillo y escuchó desde su habitación hablar a su mujer con unos agentes sobre la desaparición de Javier, Vanesa y sus hijos. Cuando estos se fueron, salió a calmar a Julia y esta vez intentó no mentirle. Le explicó que probablemente sus amigos estaban metidos en algún lío que los había obligado a desaparecer. Su único pecado en realidad fue omitir información.

Durante la tarde se esforzó en quitar hierro a todo lo que le contaba su mujer para que el ambiente en pareja fuera bueno y no acabaran como el rosario de la aurora. Sin em-

bargo, cuando le contó la historia de Aníbal y cómo había quemado a su madre e incendiado el terreno, Rubén decidió escucharla atento para mostrar empatía hacia ella, pese a que dudaba mucho de que fuera cierto aquello que le explicó poco después de que alguien la esperaba de madrugada con una antorcha en el campo. Era imposible, el chico estaba encerrado y no se imaginaba a su abuela haciéndolo. Llevaba meses muy tranquila, desde que trasladaron a Aníbal cerca de ellos. También era imposible que fuera el abuelo. De la familia solo podía ser el padre, aunque le extrañaba porque cuando se había enfrentado a ellos durante la obra siempre lo había hecho de cara... Tenía que ser una casualidad, seguramente alguien que fumaba cuando salía a pasear al perro. No quería seguir hablando de eso, ahora que empezaba a levantar cabeza al menos en lo relacionado con todo aquello.

Pese a que se había echado una buena siesta y estaba muy inquieto, tuvo que hacer un esfuerzo sobrehumano para no dormirse enseguida cuando se acostó junto a Julia por primera vez en su nuevo hogar. Su mente estaba alerta, pero su cuerpo no podía más. Le empezaban a pasar factura los nervios y todas las mentiras. Bajó hasta el cuarto del sótano en el que tenía guardado todo. Por precaución había desperdigado el contenido en distintas carpetas que había escondido a conciencia para que no estuvieran todos los huevos en la misma cesta en caso de que hubiera algún tipo de inspección o alguien los acabara interceptando. Cuando todavía no había encontrado más que una cuarta parte del material que tenía que recopilar, bajó su mujer muy asustada porque no lo encontraba y porque, según señalaba, la persona que la ob-

servaba con la llama desde el monte estaba ahí en ese mismo momento. *Rubén le dijo que estaba aprovechando la falta de sueño por la siesta para buscar unos documentos que le pedían en el ayuntamiento y que le preocupaba no haber conservado.* Ambos subieron, pero, al llegar al salón, no había nadie en el monte como ella afirmaba. Volvieron al dormitorio y esperó más de una hora hasta que estuvo seguro de que Julia estaba completamente dormida.

Ya con todo preparado y cuando estaba a punto de escribir a Vanesa como le había pedido, tuvo una idea: no iba a entregarles todos los originales, especialmente el que más le afectaba, el relacionado con el pago a Jacobo por los servicios prestados la noche del incendio, que firmaron todas las partes para que ninguna pudiera delatar a la otra en un futuro; se lo guardaría como garantía, por si algún día se les ocurría inculparlo. Ese era su salvavidas, porque demostraba que Javier había pagado a Jacobo para que ejecutara el plan, pese a que él, Rubén, también hubiese participado. Así que lo puso en el suelo y le hizo una buena foto que sería lo que les proporcionaría vía mensaje.

«Ya tengo todo preparado», escribió cuando escondió la carpeta negra con el original detrás de una de las cajoneras en las que guardaba los documentos. Al instante ella respondió: «¿Julia está dormida?». Él tecleó rápido: «Hace bastante ya». Vanesa no esperó a responder: «Espera un poco más. Nos vemos donde antes, sal por el campo directamente. Ahora más que nunca no podemos llamar la atención. Y asegúrate de que Julia no se despierte y te vea salir. Ni ella ni nadie. Esto no es un juego. Hazme una perdida cuando salgas».

Rubén cogió su copia de la llave que abría la puerta que comunicaba la parte baja de su parcela con el campo y se puso en marcha. A esa hora todo estaba a oscuras y tuvo que ayudarse del móvil para poder alumbrar con la opción linterna y no tropezar con alguna piedra o tronco. Cruzó lo que quedaba de la valla de sus vecinos hasta que se acercó al mismo punto en el que había estado antes y divisó a Vanesa, esta vez apoyada sobre algo que sobresalía entre la vegetación y que parecía un pozo hecho de ladrillos. Se aproximó con la carpeta en la mano, pero, antes de llegar hasta ella, recibió una fuerte descarga en la espalda, seguida de un golpe en la cabeza que le hizo perder el conocimiento.

5

Siempre que se despertaba, ya fuera de una siesta o por las mañanas, se echaba las manos a la cara y se frotaba los ojos. Era un hábito que Rubén repetía de manera inconsciente, como si eso le fuera a espabilar. Sin embargo, cuando abrió los ojos esta vez, algo le impidió estirarse. Había sido tal el impulso con el que lo había intentado, que sintió que se había quemado las muñecas con la cuerda que tenía anudada y que no le dejaba moverse. Lo intentó de nuevo, pero le fue imposible soltarse. Bajó la cabeza y descubrió que tenía otro nudo anudado a los tobillos y que estaba amarrado a la silla. No reconocía el lugar, seguía muy confundido.

La primera impresión no podía ser más horrible, el espacio era muy siniestro: una habitación de pequeñas proporciones con las paredes grises y llenas de humedades. Es más, parecía un zulo propio de los peores tiempos de la Guardia

Civil. El suelo era de baldosas blancas con motitas de colores, que no recordaba cómo se llamaba, pero que se usaban mucho en los años setenta y se habían vuelto a poner de moda. Aunque estas no eran nuevas; además muchas estaban partidas y en algunos sitios directamente faltaban y solo había quedado el hueco. Frente a él no había nada, miró hacia arriba y solo vio una bombilla que colgaba de un cable y que era la única iluminación de la estancia. Después desvió los ojos hacia un lado y solo encontró una pequeña montaña de leña llena de telarañas. Y en el otro lado descubrió que tampoco había ninguna ventana.

El espacio tenía un poco de profundidad y el fondo permanecía en penumbra. Solo diferenciaba una nube de humo que le impedía vislumbrar lo que había detrás de ella. Rubén utilizó todas sus fuerzas para intentar soltarse, pero no sirvió de nada. Cuando iba a apartar la mirada para seguir reconociendo el lugar, algo captó su atención. Detrás de la nube empezó a distinguir un bulto borroso que al hacerse más nítido identificó como un hombre. El corazón le latió a toda velocidad. Frente a él estaba un desconocido muy alto dando una profunda calada al cigarro que tenía en la mano. Ahora sabía de dónde venía toda esa humareda. Antes de que diera la siguiente calada supo quién era, lo había reconocido: se trataba del marido de aquella mujer, la muerta.

Apenas había aparecido en los medios de comunicación que se centraron únicamente en el chico y en los padres de la fallecida. Sobre todo la abuela fue la que actuó como portavoz y dio entrevistas durante los juicios proclamando la inocencia de su nieto y la petición de justicia para que no ingresara en prisión, sino en un centro en el que fuera curado. Poca gente conocía su cara, pero Javier y él sí. Ambos habían sido visitados por él en su propia casa. Reconocía la intensidad de su mirada, la misma con la que lo miró el día en que se presentó de repente en su parcela mientras él hacía una visita de obra.

El hombre caminó hacia él y le dio una nueva calada al cigarro. De cerca le pareció incluso más alto de lo que recordaba. Tiago le echó el humo en la cara. Rubén cerró los ojos como acto reflejo, pero tuvo que pestañear varias veces por el picor.

—Sabes por qué estás aquí, ¿verdad? —preguntó Tiago inclinando la cara para mirarlo directamente.

Rubén quiso responder, pero sus palabras resultaban ininteligibles. Así que negó con la cabeza enérgicamente. Tiago estiró el brazo hacia él y él echó la cara hacia atrás intentando esquivar un golpe que en realidad no pensaban darle. Su captor solo quería quitarle el esparadrapo de un tirón y, cuando lo hizo, se le saltaron las lágrimas y pensó que casi hubiera preferido el puñetazo.

—Repito, ¿sabes el motivo por el que estás aquí?

Rubén se pensó la respuesta, estaba muy asustado y empezó a negar con la cabeza de manera exagerada. No podía parar de temblar.

—En el bolsillo del pantalón tengo mi cartera, ahí están las tarjetas, te diré el pin…

—No me tomes por idiota. Mi suegra siempre dice que los que se pasan de listos son los más tontos porque se creen superiores, y llega un momento en que están tan subidos que no son conscientes del ridículo que hacen porque todo el mun-

do percibe la mierda que son, menos ellos mismos. —*Rubén tragó saliva*—. *Ella y mi hijo querían estar aquí, pero bastante tienen ya con todo lo que han visto... Como ves, te tengo calado, a ti y a tu amiguito.*

Rubén se hizo el tonto mostrándose confundido, como si no supiera de quién estaba hablando.

—*Yo no he hecho nada.*

—*Eso no es lo que me han contado. Esa noche estabas ahí.*

—*Yo no la quemé, ¡lo juro! He traído todo, en la carpeta veréis que él pagó a Jacobo para que alguien lo hiciera* —dice buscándola con la mirada.

—*¿Quién?*

—*El mismo Jacobo San Juan, la mano derecha de Javier. Un lameculos que hace todo lo que él le manda.*

—*Como tú, vamos...*

—*Él fue quien lo hizo. Yo llegué después...*

—*No me mientas. Aníbal siempre ha dicho que fueron dos hombres. Así que había otro más. No estaba solo.*

Tiago lo miró fijamente.

—*¿Qué insinúas? ¡Está mintiendo! ¿Por qué tengo que ser yo? Ya te digo que llegué después, cuando ya había ocurrido todo.*

—*Eso no es lo que dice él...*

—*Lo hizo con otro, un currito que también cobró una buena pasta... Mira la carpeta, tiene que estar todo ahí. Además, normal que escurra el muerto, ¿qué te va a contar Jacobo?*

—*No nos lo ha contado él* —Rubén abrió los ojos expectante—, *sino tu amiguito Javier.*

6

Era sábado por la tarde, después de comer. Julia y Rubén habían almorzado en una terraza con los padres de él. La sobremesa se había alargado y, pese a que se moría por encerrarse en su piso del centro de Madrid, con el aire acondicionado a tope, y echarse una buena siesta, había cedido a los encantos de su mujer y la había dejado conducir para llevarlo a «un sitio sorpresa». Rubén no tenía ni idea de adónde se dirigían y cuanto más se alejaban, más marciano le parecía todo. Llegó a pensar que la sorpresa era una noche de hotel en la sierra o incluso algo más lejos, pero su destino estaba a menos de veinte minutos. Al aparcar el coche, se topó con una pradera asilvestrada que daba al monte cerca de un chalet. El paisaje era muy bonito, pero hacía tanto calor que no le apetecía nada bajarse del coche.

—¡Ven! —exclamó ella, cada vez más nerviosa y buscando su complicidad.

—¿Qué hacemos aquí?

—¿Qué te parece? —le preguntó, traviesa, bajándose del vehículo—. ¡Ven, sal!

Rubén salió a regañadientes.

—Me estoy achicharrando y nos vamos a abrasar, el sol pega muchísimo.

Julia lo agarró de la mano y lo llevó hasta la sombra que daba una frondosa encina que se colaba del terreno de al lado.

—¿Te imaginas vivir aquí? Podríamos construirnos la casa de nuestros sueños...

—Cariño, esto es espectacular...

—Es que mira qué vistas...

—Sí, sí..., son una locura. Pero es que estamos en Mordor y a mí me gusta vivir en el centro, poder ir andando a los sitios, la inmediatez para hacer planes, tener a los amigos cerca... y ¿el aeropuerto? Desde aquí, como haya tráfico, voy a tardar una eternidad.

—Si hay tráfico, reconócelo, desde todos lados vas a tardar una eternidad. Hazme caso... Tú mira qué vistas, ¡qué paz! No vamos a encontrar nada así, tan cerca del centro de Madrid. Cariño, necesito salir de allí, no puedo más. Me estoy ahogando, las cosas no nos están yendo bien...

—No nos está yendo bien una en concreto, no «las cosas...».

—Sabes a lo que me refiero.

—Pero ¿tú eres consciente del Cristo que es construir una casa? Eso es peor que un parto..., perdón.

—Yo quiero formar un hogar aquí. Es el lugar indicado para resetear e intentarlo de nuevo tranquilamente... —Él sabía que era cierto que si seguían así, podían acabar mal de la cabeza.

Cada mes que pasaba, Julia seguía sin quedarse embarazada y se estaba convirtiendo en una verdadera losa para ambos, sobre todo para ella. Sentía que estaban en un punto sin retorno y Rubén terminaba por hacer lo que siempre hacía: darle a su mujer todo lo que necesitaba para hacerla feliz, porque si estaba fallando en lo principal, tenía que intentar compensarlo.

—Esto es el paraíso, mataría por vivir aquí —continuó Julia.

Rubén le acarició el pelo y le agarró la cara con las manos para darle un beso lleno de amor.

—Además, aquí tampoco creo que se pueda construir...

—Eso no lo sabemos...

Rubén miró extrañado a su mujer, que le puso ojitos, conocía esa cara.

—¿Qué quieres que haga?

7

Cuando apagó el motor del coche, Rubén podía escuchar el latido de su corazón de forma distorsionada, como si golpeara tan fuerte que el eco retumbara en todo el monte. Había llegado a la hora acordada, faltaban solo dos minutos para las tres y media de la madrugada. Cuando salió de casa, se maldijo por encontrarse inmerso en esa situación, pero ya no había marcha atrás y cuanto antes acabaran, antes podría pasar página. Solo quería hacer feliz a su mujer y, si todo salía como habían planificado, en un mes, como mucho, podría darle la buena noticia.

Después de que Julia lo llevara a ver el terreno, esa misma semana, Rubén fue a ver a Javier para ver si él encontraba la manera de ayudarlo a construir en el lugar que había enamorado a su mujer. Julia ya había hecho sus averiguaciones y sabían que era zona protegida y que, por tanto, estaba prohibido hacer obras, pero, como ella dijo, señalando a la casa vieja que tenían al lado: «Digo yo que por una casa más tampoco pasa nada, ¿no?».

Julia insistió tanto que, por no llevarle la contraria, Rubén accedió a ir a ver a Javier para comentárselo, pero sabía que era «un imposible» y agradecía que así fuera para continuar viviendo en el centro de la capital. No contaba en absoluto con poder llevar a cabo el capricho de su mujer, pero no quería verse en la tesitura de que ella sacara el tema en alguna cena y su amigo le dijera que no sabía de qué estaba hablando. Tampoco contaba con que Javier prestara atención y no le cortara a la mínima de cambio para hablarle sobre cualquier negocio que estuviera emprendiendo. Puesto que, normalmente, era él quien copaba la conversación y no dejaba hablar a nadie. Rubén se ponía de los nervios y siempre se iba jurándose que esa sería la última vez que le bailaría el agua como un bobo, pero al final siempre volvía a hacerlo. Como esta vez en la que, milagrosamente, consiguió contarle sin interferencias que Julia había encontrado un lugar maravilloso para construirse una casa.

Durante el relato, Rubén remarcó los contras y recibió comentarios de su amigo como «Está bien perderte un poco y estar tranquilo, pero ojo a no quedarte fuera». En un momento dado, Javier cambió de tema y fue a buscar una botella de bourbon que le habían regalado porque, según dijo, «es lo que necesitas ahora». Rubén se quedó solo en el enorme salón con vistas al Retiro. Sacó el móvil del bolsillo del pantalón y escribió a Julia un mensaje: «Pinta mal la cosa. Ahora te cuento. TQ». Guardó el móvil y escuchó una voz a su espalda que lo asustó. Era Vanesa, la mujer de Javier. Había escuchado de refilón la conversación y venía, como siempre tan arreglada y sugerente, para ver si tenía alguna foto del terreno o si le podía dar más detalles de dónde era. Rubén no recordaba haberse quedado nunca a solas con ella. Sacó el teléfono y le enseñó un par de fotos de selfis de los dos con el monte de fondo que Julia se había empeñado en hacer para «recordar el momento».

—Pero ¡esto es una fantasía! I'm in! —dijo al verlo.

Rubén sonrió al pensar que estaba bromeando, pero nada más lejos de la realidad. Vanesa quiso que la llevara a verlo esa misma tarde, pero él le dijo que no podía... No estaba seguro de si Julia se lo tomaría bien, siempre le había tenido ojeriza, y si se lo contaba, tendría que ser porque lo hubieran conseguido, no fuera a ser que al final se quedara sin terreno y sin mujer. Además, de pronto la asertividad con la que la mujer de su amigo hablaba le dio miedo. Y es que, aunque en ese momento parecieran utopías, cuando ella verbalizaba los planes, estos sonaban mucho más reales que unos minutos atrás.

Vanesa hablaba de la posibilidad de hacerse con el terreno y segregarlo en dos parcelas. Por supuesto, la mayor sería para ellos, Rubén lo sabía aunque ella no lo especificara. Le dijo que conseguirían construir en tiempo récord gracias a la empresa de un amigo especialista en casas modulares prefabricadas. En un par de días, lo que parecía una mera fantasía de su mujer se fue materializando en realidad. Ella estaba dispuesta a lograrlo a toda costa. En un primer momento, Javier no se mojaba mucho ni quería que lo moles-

taran demasiado con el asunto. Fue Vanesa la que tiró de Rubén y fueron forjando una estrecha relación.

Julia le preguntaba a menudo si había algún avance y él intentaba no quitarle hierro al asunto para mantenerse neutral por si se gafaba la cosa. Objetivamente no había forma de justificar que fueran a construir ahí sin que se les echaran encima los vecinos y los ecologistas. En un primer momento, Rubén esperaba que el asunto se quedara en el aire, así que tampoco insistía mucho. Pero pasaban los meses, los intentos de embarazo seguían fallando y esto iba minando el ánimo de su mujer y haciendo mella en la relación. En apenas unos años habían pasado de ser la pareja perfecta a dos personas que convivían con la frustración que les provocaba el sentirse fracasados frente a la mayoría de parejas que conocían.

Fue entonces, una mañana después de no haber pegado ojo en toda la noche dándole vueltas, cuando se dijo que la actitud de Julia no era un capricho, sino que podía tener razón y que aquella casa, la construcción de su propio hogar, era lo que necesitaban. Se dio cuenta de que tenía que apostar por la única carta de la baraja que de momento podía traerle de vuelta la felicidad que tanto añoraba.

Así que esta vez sí que se implicó. Como no podía ser de otra manera, la idea para que todo encajara y los dejaran construir fue de Javier. No tuvo que esforzarse mucho. En cuanto Vanesa y él consiguieron que los tomara un poco en serio, dio con ella casi en lo que dura un pestañeo. Lo que proponía podía sonar descabellado, pero era una práctica habitual para algunos de sus socios en las zonas de la costa o de parajes naturales donde también estaba prohibido edificar.

—Esto en España pasa todo el tiempo, chiquitín —le dijo dándole una colleja en el cuello a su amigo.

Unos días más tarde, Rubén estaba a punto de subirse a un avión, que debía pilotar hasta Puerto Rico, cuando recibió una llamada de Javier. Quería verlo cuanto antes. Él le explicó que no volvería hasta la tarde-noche del día siguiente. A las nueve de la noche estaba llamando al timbre. La interna de origen filipino le abrió la puerta y enseguida apareció a su espalda Vanesa y le sonrió como una niña antes de guiñarle un ojo. Rubén se fijó en que estaba notablemente arreglada y se preguntó si sería para la ocasión. Sin embargo, esta vez Javier lo estaba esperando en su despacho y no la dejó pasar. Educadamente la invitó a que los esperara fuera, Vanesa no discutió y salió cerrando la puerta tras ella.

—Está hecho. —A Rubén se le iluminó la cara, no se lo podía creer—. Espero que tengas ahorros o te vas a hipotecar de por vida, porque esto lo vamos a hacer a lo grande. Tengo la manera, y ya he hablado con la gente que nos va a echar un cable para que todo «fluya»; solo hay un tema. Algo que, conociéndote, no te va a hacer gracia. —Rubén iba a preguntar, pero no lo dejó intervenir—. No obstante, escucha lo que tengo que decirte. Yo he movido mis hilos y pienso seguir haciéndolo, tú no te preocupes por lo que te he dicho antes, que no os va a faltar de nada, yo me encargaré de eso. Pero te necesito, porque ¿no creerás que todo es gratis? Cada cosa tiene su precio y tu papel aquí es fundamental.

En ese momento, en el que esperaba, en plena madrugada, parado frente al terreno, Rubén se preguntaba cómo le habían convencido para ser él quién ejecutara la primera y más arriesgada parte del plan.

8

Apenas apagó el motor de su coche, Rubén vio que Jacobo, la mano derecha de Javier, le hacía un gesto con la mano para llamar su atención. Estaba agachado, completamente vestido de negro, como él, dejando una garrafa en la esquina que daba a la valla de la casa antigua que colindaba con el terreno en el que iban a intervenir. La posó en el suelo y se dirigió de vuelta a su coche, aparcado justo delante del de Rubén, que se bajó del suyo y miró nervioso hacia los lados.

—Tranquilo, que esto está chupao. Aquí no hay ni un alma y no hay cámaras —le explicó mientras le daba una palmada en la espalda.

A Rubén nunca le había caído bien Jacobo, le parecía un oportunista que se dedicaba a comer de la mano de Javier y que se había convertido en su sombra a base de reírle las gracias y decirle a todo que sí, sin cuestionarle nada. Quizá en el fondo le molestaba porque se sentía reflejado en él. Al fin y al cabo ahí estaban los dos jugándose el cuello. Una vez más había caído en las redes de Julia, de Vanesa y de su amigo, que de una manera o de otra siempre conseguían lo que querían.

Rubén lo imitó y sacó las garrafas que llevaba en el maletero para dejarlas en la esquina opuesta. Un poco más y ya estaría todo dispuesto. Mientras seguía, se concentraba en pensar que iba a ir sobre ruedas, como le repitió Javier cuando vio la preocupación que tenía porque el fuego pudiera llegar al monte y a las casas que había en esa zona y también a las de al lado.

—No te preocupes. Los vecinos llamarán antes a los bomberos, pero, por rápidos que sean, el terreno que nos interesa se habrá calcinado. Y ahí es donde yo entró en acción. Piensa que sin esta parte va a ser imposible conseguirlo.

Rubén no se lo había podido discutir y por eso estaba ahí, a la intemperie, pasando frío y cerrando el maletero. Jacobo iba muy rápido y ya estaba rociando la parte más cercana a la casa de al lado.

—¡Eh! Un poco más lejos, que vas a quemar la casa —le dijo, tratando de no subir demasiado la voz.

Él le hizo caso y se separó de la vivienda. Rubén miró hacia el campo y, cuando notó el nudo que se le estaba haciendo en el estómago, decidió bloquear cualquier tipo de remordimiento y de culpa. Sin pensarlo más, se lanzó a verter poco a poco la gasolina en el terreno haciendo un caminito. Pero entonces sucedió lo más inesperado, aquello con lo que ninguno de ellos contaba. Javier había insistido en que no sería nada, «nadie os verá», y que en cuanto estuviese disfrutando de un buen gin-tonic mientras miraba el paisaje desde su piscina desbordante se le olvidarían cada uno de los detalles que en ese momento se le hacían un mundo. Solo tenía que echar gasolina y tirar el mechero. Justo cuando estaban a punto de prenderlo, ocurrió algo que lo cambiaría todo: escuchó ruidos a su espalda y, al girarse, vio a un chico corriendo hacia él desde la calle donde habían aparcado los dos coches, bastante distanciados uno del otro para no llamar la atención de los vecinos.

—¡Eh! ¿Qué está haciendo? ¡Pare! —le gritaba a Rubén mientras avanzaba en su dirección.

El chico solo le hablaba a él, Jacobo había descendido por el terreno y no estaba tan visible. Entonces sucedió algo que Rubén jamás olvidaría. El chico no dejaba de gritar y sonaba aún más desesperado, pero ahora lo hacía mirando hacia uno de los laterales donde había unas rocas enormes.

—¡Mamá!

Rubén se fijó en la zona a la que se dirigía el adolescente y descubrió que entre las rocas y las piedras había un cuerpo. No lo había visto hasta ese momento. Era una mujer, la madre de aquel chaval. ¿Qué cojones había hecho Jacobo? Entonces él siguió increpándolo y lo amenazó con que iba a llamar a seguridad. Sacó su móvil mientras seguía caminando hacia su madre, pero Jacobo se le adelantó. Rubén vio al amigo de Javier al fondo y cómo, de repente, apareció una llamarada que avanzó a gran velocidad hacia la mujer, que en pocos segundos quedó envuelta en las llamas. Rubén abrió los ojos como platos, quería ayudarla, pero tuvo que apartarse deprisa para que las llamas que recorrían el resto del reguero no se le echaran encima.

—¡Mamááá! —gritó Aníbal con todas sus fuerzas.

—¿Estás loco?, ¿qué cojones haces? —preguntó Rubén a Jacobo, fuera de sí.

—¡Vamos! Recoge las garrafas y métete en el coche.

Jacobo se acercó hasta Rubén y lo agarró del brazo para llevárselo con él. El fuego se estaba propagando tan rápido como esperaban y cada vez estaba más cerca de ellos.

—No podemos irnos, hay que ayudarla.

Veía las zancadas que estaba dando el muchacho para llegar cuanto antes hasta su madre. Pero cuando estaba a punto de alcanzar su objetivo, una nueva llamarada se interpuso en su camino. Giró levemente y gritó con más fuerza. Todo ocurrió a la velocidad del rayo, pero Rubén tuvo tiempo de intercambiar una mirada con el chico, que no se rendía y que quería alcanzar a su madre, aunque el cuerpo de esta se consumiese entre las llamas, sin moverse.

Mientras Jacobo casi había llegado a su coche, Rubén era testigo de cómo el chaval no se daba por vencido y volvía a intentarlo. Entonces lo vio caer. Él dio un brinco, esperando a que se levantara, pero seguía en el suelo. El fuego avanzaba hacia él muy deprisa y Rubén se lanzó, sin pensarlo, a ayudarlo, y consiguió tirar de él antes de que lo devorasen las llamas, que ya le habían alcanzado el rostro. Lo arrastró con una fuerza que nunca supo de dónde sacó hasta la acera y lo dejó allí, inconsciente. Miró hacia el coche de Jacobo, pero este había salido volando.

Javier no olvidaría en la vida la llamada que le hizo Rubén esa madrugada. Estaba tan nervioso que no encajaba *las palabras ni terminaba ninguna frase. Lo primero que entendió fue «La hemos cagado» seguido de un «Estamos jodidos», que repetía cada dos segundos. Lo que le estaba contando su amigo superaba con creces cualquiera de los asuntos que había llevado a cabo hasta la fecha, por escabrosos y carentes de ética que fueran. Aquí había una muerte y sus manos estaban manchadas de sangre de una forma u otra. Pero no podía dejarse contagiar por el estado de Rubén, tenía que coger el toro por los cuernos si no quería que ese fuera el fin de todos. Su cabeza se puso a funcionar y en menos de un minuto prometió hacer las llamadas necesarias para estar cubiertos y que el asunto se zanjara de una manera que no les salpicara ni por asomo.*

En veinte minutos había llegado la policía, los bomberos y el 112. Cada equipo se puso en marcha, mientras Rubén observaba todo desde el coche, siguiendo las indicaciones de Javier. No podía marcharse de allí y tenía que quedarse dentro del coche para mantenerse al margen, pero a su vez debía ir informando a su amigo de cómo se desarrollaba todo.

Rubén contemplaba a los bomberos intentando apagar las llamas para poder recuperar el cuerpo de la mujer que yacía sobre las cenizas, al tiempo que los agentes estudiaban la zona. Entre ellos estaba Aguado.

—Tú, tranquilo, que está todo controlado. Hago una llamada a Aguado, él se encargará de todo. Os pongo en contacto cuando esté por ahí. Espera en el coche hasta que él pueda acercarse a hablar contigo. Tranquilo, porque es de fiar, me debe muchos favores y con él no hay problema —le había dicho Javier por teléfono.

Ahora lo miraba desde la sombra y no podía evitar pensar si cabía la posibilidad de que Aguado tuviera la suficiente ética como para no deber ningún favor a Javier o venderse de esa manera. Poco a poco fueron apareciendo vecinos que curioseaban, intentando comprender qué había sucedido. El fuego fue controlado enseguida y Rubén se repitió que todo iba a ir bien, que era lo mismo que le había dicho Javier una y otra vez. Sin embargo, un grito lo puso en vilo.

—¡Aníbal! —exclamó una voz femenina.

Era una mujer mayor que buscaba al chico que ahora estaba metido dentro de la ambulancia, esperando para ser atendido en mejores condiciones en el hospital. Aguado la interceptó antes de que pudiera llegar a él y le cerró la puerta de la ambulancia en las narices. A continuación el agente se dirigió a Rubén. Este salió del coche y, pese a que por dentro estaba como un flan porque había una parte de él que todavía temía que fuera a detenerlo, tomó aire e intentó actuar como lo hubiese hecho Javier en esa situación. No necesitó más que el primer «Está todo controlado» para entender que, en efecto, estaba con ellos. Le contó rápidamente la versión oficial y cómo quedaría zanjado el suceso. Rubén tuvo que contener las ganas que tenía de echarse a llorar y sacar a relucir una enorme sonrisa. También dio al policía un apretón de manos, como hubiese hecho Javier. Aguado se lo había ganado.

El agente se fue enseguida para no llamar la atención y él sacó el móvil para llamar a su amigo y contarle lo que le acababa de decir Aguado: que la versión oficial era terrible, pero que resultaba tan sólida que nunca nadie apuntaría hacia ellos.

Cuando estaba a punto de subirse al coche para largarse de ahí volando, apareció la mujer que había salido gritando de la casa y lo sorprendió. Estaba visiblemente alterada. Hasta que ella se lo dijo, Rubén no sabía que era la madre de la mujer que acababan de matar y, por tanto, la abuela del chico que él había rescatado de las llamas.

De golpe la solidez de la teoría oficial que le acababan de confirmar y que habían improvisado sobre la marcha se tambaleó. Ella no podía creer que fuera cierta y él no podía hacer otra cosa que apartar la mirada. En primer lugar, para que no lo reconociera cuando fueran vecinos, y en segundo, porque se sentía incapaz de negarle la verdad. El miedo a que ella pudiera leer el remordimiento en su mirada hizo que se despidiera de manera brusca. No podía soportarlo más, aquella señora mayor le estaba golpeando en la cara con la realidad que se empeñaba en obviar: el daño personal e irreparable que habían causado. Arrancó el coche y se alejó del lugar del crimen dejando atrás a la anciana que acababa de trastocarlo por completo, pero que aún lo haría mucho más en el futuro.

9

Cada palabra que salía por la boca de su agresor resultaba un nuevo golpe difícil de encajar para Javier, que trataba de entenderlo mientras luchaba para no desvanecerse. Estaba muy débil, había perdido mucha sangre y solo le quedaban las ganas de recuperar a su familia. El olor dentro de la habitación era cada vez más nauseabundo.

—Estás mintiendo… Rubén no haría algo así… —respondió cuando lo escuchó terminar.

—Me parece que infravaloras demasiado a tu amiguito. Creo que no sabes de lo que es capaz.

—Lo tiene él, todos los originales. Yo no tengo nada, no podía guardarlos en casa, era demasiado arriesgado. Me están investigando por otras cosas…

—Lo sé, tu mujer nos ha enseñado y dado las claves de todo… Solo quería que supieras que esto no es ningún juego.

—¿Dónde está?, ¿qué has hecho con mis hijos?

—¿Sabes lo que estoy aprendiendo con todo esto? Que a veces nos creemos que somos Dios y que todo el mundo nos tendrá que aguantar de por vida… y admirarnos y besar por donde pisemos. Pero no es así, porque la gente está hasta los cojones de ser un cero a la izquierda para los que dirigís el cotarro… Porque mientras ellos se las apañan para poder pagar la puta factura de la luz, que se ha triplicado, vosotros estáis haciendo chanchullos para ver cómo os podéis llevar más millones de euros por la patilla, ¡es de locos! Es terrible darte cuenta de que tu historia, tu experiencia vital, no cuenta para nadie, que ni los jueces se preocupan de que uno tenga una vida justa. Que eres un currito, una persona normal, de la calle…, pues te jodes…, y lo haces… hasta que un día dices: ¡Hasta aquí! —Javier tragó saliva—. Y, como te decía, eso es exactamente lo que le ha pasado a tu amiguito.

—Pues si es así, ya os lo habrá dado todo, ¿no? Y sabrás que te estoy diciendo la verdad.

—Si el problema no es que nos lo haya dado o no… Es lo que nos ha pedido a cambio…, y no pienses que es a tu mujercita. —Javier escuchó atento—. ¿Te ha contado las ganas que tienen de ser papás y lo mucho que les está costando?

Javier negó con la cabeza, no podía creerse lo que estaba oyendo. En ese momento se abrió la puerta y entró el chico con Estrella, su bebé. El hombre estiró los brazos el máximo que le permitieron las cuerdas que lo mantenían atado para intentar cogerla. De una de ellas colgaban las tiras de tela roída del muñón.

—Él también está deseando abrazarla —continuó Tiago sonriente—. Nos ha pedido papeles falsificados que demuestren que la han adoptado fuera de España. Sabes que en la Deep Web se puede conseguir cualquier cosa. De hecho, porque no andamos muy bien de dinero..., porque, además de no haber tenido justicia y de que hayáis manchado el nombre de mi hijo y de mi mujer, inventándoos un conflicto que nunca existió entre ellos... —Tiago empezó a llorar, no podía más—, tampoco hemos tenido la indemnización que nos hubiese correspondido y que nos hubiera permitido contratar a alguien para no tener que ensuciarnos las manos y ponernos a vuestro nivel. Pero dado que la justicia de este país, como todo lo demás, está a servicio de tipejos como vosotros, no nos ha quedado más remedio.

Javier escuchaba sin quitar la vista de su hija, que lloraba desconsolada. Y les suplicó que la dejaran en sus brazos. Pero sucedió precisamente lo contrario, el muchacho se dio la media vuelta y cerró la puerta cuando salió. Se llevó a Estrella.

—¡Nooo... Dadme a mi hija, mi niñaaa! —gritó desesperado Javier.

—¡Escúchame! —El exdiputado dejó de llorar de golpe, asustado por el grito—. De ti depende que se la lleve o no. Alguien tiene que pagar por lo que hicisteis... Decide si quieres ser tú o tu amiguito... Solo puede quedar uno.

Javier lo miró extrañado, no terminaba de comprender a qué se refería. Tiago fue hacia él, lo desató y después lo empujó al suelo. Desde esa altura, su agresor parecía un gigante, y ni se planteó la opción de atacarlo ahora que ya no estaba *atado. Sabía que no tendría oportunidad de ganarle y que este lo aplastaría como a una mosca.*

La puerta por la que acababa de salir el chico se abrió de nuevo y, cuando Javier vio a quién tenía delante, entendió a qué se refería Tiago. Su expresión se transformó de inmediato: si quería mantener unida a su familia tenía que sacar fuerzas. Javier miró al frente con el mismo arrojo que un perro salvaje.

10

Todos los intentos que Rubén había hecho hasta el momento para explicar qué ocurrió en realidad la noche del incendio, para dejar claro que él no había matado a nadie, no sirvieron de nada. Estaba desesperado, cansado y aturdido todavía por el golpe. Llevaba horas sin comer y notaba que le flojeaban las piernas. De vez en cuando escuchaba gritos a lo lejos, como si alguien estuviera siendo torturado en otra habitación. Si lo hubiera sabido, jamás le habría llevado a Vanesa la carpeta con todos los documentos. Pero ahora ya era tarde y no servía de nada arrepentirse, bastante se fustigaba ya. Tenía que conseguir salir de ahí.

La puerta no se abrió hasta horas después y cuando lo hizo, dos siluetas entraron en el cuarto en el que lo tenían retenido. La luz del pasillo estaba encendida e iluminaba levemente la estancia. Tardó apenas unos segundos en darse cuen-

ta de que se trataba de la madre de la mujer que murió en el incendio... y ¡del chico! ¿Cómo era posible que ya estuviera en la calle? Al verlos, Rubén se puso a temblar, tenía miedo, y al mismo tiempo sentía la necesidad de disculparse y de sacar todo lo que le llevaba torturando desde aquella fatídica noche. Se puso a llorar, había cargado durante tanto tiempo con el peso que suponía saber que les había destrozado la vida que, sumado a la situación tan extrema en la que se encontraba, se notaba desbordado...

—Lo siento, lo siento mucho... Yo no quería... —se lamentó entre lágrimas—. Fue Jacobo, la mano derecha de Javier quien lo hizo. Él tiró el mechero... Fue él quien la quemó, lo juro... —No podía ver bien la expresión de ambos por el contraluz, pero sabía que seguían de pie frente a él—. No tendría que haber ocurrido algo así, no estaba planeado. Solo debíamos quemar el terreno y avisar antes de que se extendiera demasiado y afectara a más campo del deseado y a las casas colindantes, como la suya.

Laura se acercó y se llevó un dedo a la boca para que guardara silencio. Rubén obedeció, pero las lágrimas siguieron corriendo por sus mejillas.

—Hemos revisado todo lo que nos has traído. —El rehén esperaba que ese fuera el momento en el que le dijeran que todo estaba en orden y que lo liberarían porque había cumplido su parte. Pero no fue así—... Y, después de haber tenido que retrasar todo por ti porque estabas de viajecito, resulta que uno de los documentos, en el que se especifica la cantidad que cobró el señor Jacobo San Juan por el «trabajito», no es el original y, por supuesto, falta el tuyo... ¿o te piensas que somos imbéciles?

—Yo no tengo ningún contrato porque no hice nada.

El muchacho se acercó a él y sin previo aviso le agarró de una oreja. Rubén sintió un corte seco y un intenso dolor. La sangre chorreaba como muestra de que el infierno era real.

—¡No vuelvas a mentirme! Quemasteis a mi madre...

—Es verdad, yo estaba con Jacobo aquella noche. Pero lo que cobramos no era por matar a nadie, solo teníamos que quemar el terreno para poder construir... Ese era el pacto... Lo demás no estaba planeado, fue un accidente.

—¿Dónde está?

Rubén lloraba de impotencia, no había ningún contrato a su nombre. Esa era precisamente la única coartada que tenía, aparte del original en el que constaba que Jacobo había cobrado por quemar el terreno. No quería dárselo bajo ningún concepto y soltar la última carta que le quedaba. El documento que todos firmaron en su día para que ninguno traicionara al resto y que intentaba evitar que cayera en las manos equivocadas.

—Muy bien, cariño... —La mujer hizo un gesto a su nieto.

El chico sacó un cuchillo con una hoja enorme y se colocó detrás de Rubén, que sintió el frío de la hoja en el cuello.

—No lo haga, por favor...

—¿Dónde están?

—Le juro que solo se firmó el contrato con Jacobo. Javier y yo somos amigos de toda la vida. No necesitábamos firmar nada. ¡Se lo juro!

—¿Y el original?

El chico apretó más el cuchillo y una gota de sangre descendió por el cuello de Rubén.

—¡En mi casa! Está en mi casa...

Rubén llamó a Julia con el cuchillo en la yugular, intentando estar sereno y transmitirle seguridad, pero por dentro estaba roto. Sin embargo, la respuesta de su mujer nada más aceptar la llamada le rompió todos los esquemas.

—¡¿Qué has hecho?! ¡¿Estás loco?! No sé quién eres...

Él no sabía a qué se refería ni si estaba al tanto de lo que sucedía. Ni por asomo se imaginaba qué le había ocurrido para que reaccionara así. Y es que, mientras él esperaba atado, solo en ese cuartucho de mala muerte, el chico había dejado un sobre con el dedo de su amigo y socio en su casa. Julia lo había abierto y lo peor de todo es que pensaba que había podido ser él, su marido, quien había hecho semejante atrocidad.

El cuchillo apretando su garganta cada vez más fuerte dirigió el resto de la conversación. Rubén le pidió que buscara la documentación original, que había dejado dentro de una carpeta escondida en el trastero, y le indicó que se lo llevara de madrugada al lugar que le había dicho previamente Laura. Por suerte, ella no podía verlo, porque en ningún momento paró de llorar. Solo hubo dos instantes en toda la precipitada conversación en los que Rubén se salió del guion que le habían marcado para utilizar sus propias palabras y hablarle desde el corazón. El primero fue cuando le dijo: «No preguntes. Si quieres que se acabe esta pesadilla, haz lo que te diga». De verdad quería que se acabase y ella era su única esperanza. El otro fue cuando le dijo que no le fallara. Conforme pronunciaba estas últimas preguntas, esforzándose por contener el llanto, se preguntaba si no sería él quien le había *fallado a ella. Después colgó. Sintió cómo el chico aflojaba el cuchillo hasta alejarlo de su cuello. No sabía cuánto quedaba para la madrugada, pero rezaba para que fuera pronto.*

—Bien, todo marcha según nos dijo Javier... —dijo Laura intencionadamente.

Rubén no sabía a qué se refería. Estaba expectante. Deseaba que lo que insinuaba la señora no fuera cierto, pero sabía que por mucha hermandad que siempre hubiera demostrado su amigo Javier, en una situación límite como en la que se encontraban, le habría vendido sin pensárselo dos veces.

—Lo siento, de verdad... —dijo a modo de súplica.

—¿Sabes qué pasa? Que a estas alturas no nos vamos a conformar con un «lo siento». Alguien tiene que pagar por lo que hicisteis y Javier tiene muy claro cuál de los dos debe ser...

—¡Jacobo, ya se lo he dicho! Fue él quien la mató y lo quemó todo. Yo ni la había visto... hasta que no apareciste —dice mirando al chico— y corriste hacia ella no sabía que había una mujer ahí...

—Vosotros no hicisteis nada, ¡claro! Tú pasabas por ahí... Lo vi claramente en tu cara mientras te suplicaba que me ayudaras aquella noche... —soltó con sarcasmo.

—¡Yo no la maté! De verdad que no sabía que estaba ahí... intente impedir que lo hiciera... pero él lo prendió todo... Jacobo, fue él... ¡Yo te salve, si no te hubiera arrastrado, ahora también serías cenizas! —dijo desesperado al chico sin medir sus palabras.

La luz era tan tenue que no le permitió ver que no había ni rastro de las quemaduras en su cara.

—Pues entonces ya sabes lo que tienes que hacer… Si tu mujer nos trae lo que falta, por nuestra parte estamos en paz. Pero creo que Javier no piensa lo mismo…, y me temo que solo puede quedar uno…

11

Javier seguía dentro del cuartucho junto a su torturador cuando escuchó unos pasos que se acercaban por el pasillo.

—Ahí está. Mucha suerte… Y no te preocupes por Estrella, tu amiguito la va a cuidar como a una reina —dijo Tiago con retintín.

La puerta se abrió y Javier no vio al que hasta ese momento era su amigo Rubén, sino una silueta oscura que representaba la figura del enemigo. La persona capaz de traicionarlo por salvar el culo y encima llevarse a su hija Estrella de premio. Junto a él estaba la señora mayor, la madre de la mujer que murió en el incendio, y… ¿el chico? Javier no podía creerlo y pensó que se encontraba tan mal que debía tratarse de alguien parecido o de una alucinación. Todavía no sabía lo que le depararía ese reencuentro, pero ya se lamentaba de no haber hecho caso a Jacobo cuando le propuso qui-

tarse de en medio a la abuela simulando una caída o muerte natural, después de que Rubén lo martirizara día y noche con la preocupación que le generaba que la mujer se pasara el día en la obra de su casa, según le contaba el encargado. Pero su amigo le paró los pies como de costumbre. Sin embargo, ahora se preguntaba si no había sido una táctica para confundirlo y seguir tramando un plan junto a ellos.

Al verlo aparecer quiso lanzarse a por él, pero necesitaba coger fuerzas y retrocedió arrastrándose para apartarse y ganar algo de tiempo. Cuando lo hizo, se dio con algo que había en el suelo y que era la fuente del hedor tan fuerte que flotaba en el ambiente. Se giró y descubrió que se trataba del cuerpo sin vida de Jacobo. La expresión del que fuera su mano derecha era de puro terror. La imagen lo estremeció, pero Javier se mostró impasible, ya nada lo sorprendía y no se podía permitir decaer. No tenía tiempo, solo se preguntaba si Rubén también estaría detrás de la muerte de Jacobo. Nunca le gustó y no le había perdonado lo del incendio, así que no le extrañó que hubiera acabado tomando cartas en el asunto. Al fin y al cabo, ¿no era lo que él mismo le había enseñado y siempre le echaba en cara que no hacía?

Rubén dio el último paso antes de entrar en la habitación. Escuchó un gruñido extraño. Apenas había luz y tardó unos segundos en darse cuenta de quién era el que emitía sonidos extraños desde el suelo. Dio un paso más y lo vio arrastrarse mientras lo miraba completamente desencajado. Parecía un perro rabioso y tenía manchas oscuras por todos lados. Rubén se dio cuenta de que eran restos de sangre seca. Era como un muerto viviente. El hedor resultaba insoporta-

ble, pero no podía dar marcha atrás aunque quisiera salir. Los demás se habían ido, cerrando la puerta al salir y llevándose el móvil que iluminaba el espacio. Los dos amigos estaban completamente a oscuras. Tal vez les hubiese gustado sentarse a hablar, abrazarse y llegar a una solución entre los dos. Juntar sus fuerzas para superar juntos el peor momento de sus vidas, pero la realidad fue otra. Estaban completamente agotados y al límite. Todo lo que querían y por lo que habían luchado estaba en juego. Ambos acababan de escuchar una sentencia: «Solo puede quedar uno». Lo siguiente fueron golpes y más golpes, cabezazos, mordiscos, desgarros y sangre, muchísima sangre.

12

Rubén estaba en el suelo encima del cuerpo sin vida de su amigo Javier. Se habían golpeado mutuamente de la manera más salvaje posible. Todo seguía a oscuras, ellos habían actuado al límite. Les dejaron muy claro que uno de los dos tenía que pagar por lo que habían hecho. Los dos habían colaborado y querían sobrevivir para poder seguir con sus vidas junto a sus familias, era lo único que deseaban a esas alturas.

Le sabía la boca a algo amargo, notaba restos de carne entre los dientes y también un hilo de sangre que discurría por su barbilla. Había conseguido placar a su adversario de una vez por todas, dándole un mordisco en la yugular. Javier se había agitado como un toro desbocado, tratando de soltarse para taponarse la herida, pero él lo había agarrado con todas sus fuerzas hasta que sintió cómo la víctima se desplomaba y él caía encima. De pronto el silencio había vuelto a la habi-

tación, solo escuchaba su respiración agitada y el latido de su corazón a mil por hora.

En ese momento se abrió la puerta y alguien dio la luz. Rubén pudo ver con claridad a Javier muerto con una expresión que daba miedo: los ojos muy abiertos, como su boca llena de heridas y sangre seca. Había sangre por todos lados, pero más en el suelo, debajo del cuerpo de su amigo se acumulaba la que le había salido del cuello. Su aspecto era terrible, tenía heridas y cortes por todos lados. Al fondo de la habitación vio a Jacobo también muerto. Mientras se fijaba en él, sintió cómo alguien lo agarraba del pelo y lo levantaba con brusquedad. Después lo sujetó con las dos manos y lo empotró contra una de las esquinas de la habitación. Era Tiago, que lo miraba fijamente a menos de un palmo. Rubén ya no tenía miedo, solo suplicaba que lo dejara marchar.

El hombre lo amenazó para conseguir la última información que necesitaba antes de dar su misión por acabada. Una vez que consiguió lo que buscaba, le dio instrucciones de cómo proceder para ser liberado de una vez por todas.

Cuando Rubén escuchó lo que tenía que hacer, se dio cuenta de que aún le quedaba la parte más dura: los niños. Antes de salir hasta el cuarto en el que los tenían encerrados, Tiago le dio una pistola con un silenciador puesto pero sin munición. Después le mostró que él llevaba otra con silenciador pero cargada, y le dijo que no dudaría en usarla si se le ocurría hacer alguna tontería.

—Te estaré vigilando, quiero que sientas mis ojos en tu nuca todo el tiempo. No lo olvides en ningún momento.

Tiago abrió la puerta, encendió la luz y Rubén se encontró con las miradas de terror de Beatriz y Carlos. Junto a ellos había un montón de toallas entre las que descansaba Estrella. La bebé estaba tapada y con varios biberones a su lado. Los niños estaban cegados por la luz y, en cuanto vieron a Rubén, su expresión cambió. Tenían esperanza. Pero duró poco esa sensación cuando el mejor amigo de su padre, aquel con el que habían jugado desde niños, los apuntó con una pistola y les pidió que lo acompañaran.

—Tranquilos, os voy a llevar con vuestros padres. Todo va a estar bien.

Los liberaron y le dieron a la bebé a Carlos para que la llevara en brazos. Delante iba Beatriz y detrás el niño con la cría, en fila india. Rubén también percibió cómo arrastraban algo por el pasillo y dedujo que alguien estaba sacando los cuerpos de Javier y Jacobo. El frío de la noche les golpeó el rostro. Los niños no paraban de llorar. Carlos agarraba a su hermana pequeña con fuerza. Deseaba ver a su padre para que le hiciera una de sus gracias, que tanto echaba de menos. Beatriz caminaba desconfiada, sintiendo cómo la pistola rozaba su espalda cada vez que daba un paso más lento que el anterior. No entendía qué estaba pasando ni si Rubén los estaba ayudando o si era una encerrona. El amigo de su padre no la dejaba que se diera la vuelta para mirarlo. Recordaba que, cuando había buscado sus ojos mientras estaban en el cuarto, solo había encontrado una mirada fría que no era capaz de reconocer. Sin dejar de llorar, suplicaba que todo fuera una pesadilla y que pudiera despertar en su habitación de Colombia para salir a tomar un batido con sus amigas y grabar unos TikToks.

—Rubén, por favor, suéltanos. Queremos ir con nuestros padres, ¡por favor!

—Estamos yendo. ¡No hables!

Les hizo un gesto para que bajasen por la parcela, siguiendo las instrucciones de Tiago, hasta que vieron una mano que les hacía una seña abajo del todo. Carlos y Beatriz pensaron que era su padre y sonrieron, pero cuando dieron un par de pasos más se dieron cuenta de que no era él, sino el chico que acompañaba a la señora mayor que les llevaba algo de comer y daba el biberón a Estrella.

Rubén vio que el muchacho le sonreía y bajaba el arma. Él le devolvió la sonrisa, había cumplido su parte y solo quería largarse de ahí cuanto antes. Se apartó de los chicos, sabiendo que al final todo había salido bien, pero un disparo del arma con silenciador que llevaba Tiago interrumpió el momento.

13

Dos días después

En un plató, la presentadora del programa de máxima audiencia de las mañanas de la televisión española se dirige a los espectadores hablando directamente a cámara.

—Y a continuación comentaremos el terrible crimen que tiene en vilo a toda España. Intentaremos aportar un poco de luz al misterio que rodea a la desaparición y posible asesinato del exdiputado Javier Carrión y su familia a manos de su vecina. ¿Qué ocurrió aquella madrugada? ¿Qué llevó a Julia Martínez a cometer un crimen como el que nos ocupa? ¿Lo hizo sola o con ayuda de su marido? ¿Dónde están ahora? Y ¿qué ha sido de los hijos del exdiputado?, ¿han sido también víctimas de esta terrible asesina? Trataremos de responder a todas estas cuestiones —dice con énfasis.

En el momento en el que deja de hablar entra un vídeo, la voz de una periodista relata lo ocurrido sobre un montaje con detalles de la urbanización, las fachadas de los chalets, el campo, así como imágenes de archivo del incendio, del juicio de Aníbal, declaraciones de Laura, fotos recientes de Javier con sus tres hijos, etcétera.

—Recordemos que hace apenas cuarenta y ocho horas, Laura Domínguez, que ustedes recordarán por ser la abuela del famoso parricida pirómano, llamó a la Guardia Civil de madrugada alertando de que había escuchado ruidos en su parcela. Les contó que al asomarse había visto a su vecina lanzando algo al pozo que tiene en la parte baja de su jardín. La llamó desde la ventana repetidas veces sin éxito, así que bajó para hablar con ella. Pero, al salir al jardín, se encontró con el pozo en llamas y no localizó a su vecina por ningún sitio. La mujer sufrió una caída y no pudo llamar por teléfono, se lo había dejado en su habitación, hasta un buen rato después. Esto hizo que, cuando los bomberos consiguieron apagar el fuego, hubiese pasado más de hora y media. En el interior se encontraron restos humanos y cenizas que también podrían serlo. Se están analizando los restos, pero de momento se ha confirmado que había tres cráneos y diversos huesos que habrían sobrevivido a las llamas. Todo parece indicar a que podrían pertenecer a Javier Carrión y su esposa Vanesa, cuya desaparición había sido denunciada días atrás. Todavía no se sabe el paradero de sus tres hijos, también desaparecidos. Beatriz de diecisiete años, Carlos de siete y Estrella, una bebé de pocas semanas.

»Julia Martínez, la presunta autora de los hechos, es una mujer de treinta y nueve años, ex azafata de vuelo y residente en la misma urbanización desde hacía unos días. Tenía una estrecha relación con la familia, porque Javier era amigo de su marido Rubén desde que eran pequeños. Este es otro de los enigmas, ya que Rubén también se encuentra desaparecido, y se especula con que haya podido tener algo que ver con el crimen. Lo que está claro es que todos los que la conocen coinciden en que Julia estaba mostrando un comportamiento extraño.

En la pantalla aparece Pilu, y en la parte inferior puede leerse «Pilar Romero, amiga de Julia».

—Hacía tiempo que no quedábamos y cuando la vi días antes, me preocupó bastante. No estaba bien. Llevaban tiempo intentando ser padres y no lo conseguían. Estaba muy irascible con el tema. Traté de que se apuntara a pilates con un grupo de amigas, pero no quiso integrarse porque ella no tenía niños como el resto. Además estaba muy paranoica, muy miedosa, aunque yo creo que era más un tema de soledad que el miedo en sí…

Después de Pilu, la cámara enfoca a Paula, la amiga de esta, que habla con soltura mirando a la reportera que está fuera de plano. Debajo aparece el rótulo: «Paula Torrebejano, vecina de Julia».

—En un desayuno estuvimos hablando de la desaparición de Roberto, un niño de la urbanización, al que se llevó el conejo Sweet Bunny en la noche de Halloween. Ella nos dijo que un hombre mayor la había advertido de que tuviera cuidado con el fuego y le contamos que había habido un incendio en su parcela, pero sin entrar en detalles para no asustarla, aunque parece que se lo tomó muy en serio…

A continuación ofrece su testimonio la guardia de la garita de seguridad que viene anunciada como «Aldara Jiménez, vigilante de seguridad de la urbanización».

—Hubo varios intentos de robo en su casa durante los días anteriores al suceso. Las cámaras mostraron a un hombre vestido de negro y con la cara tapada. Ella se obsesionó con el incidente y estaba convencida de que alguien la espiaba durante el día… Me dijo que era Aníbal Caballero, el parricida —pone cara de circunstancia—, que sigue internado y es imposible que salga… Después las cámaras la captaron saltando a la casa de sus vecinos el día de los hechos. Los familiares de estos habían colocado una alarma esa misma mañana, y cuando saltó, me personé. Ella me dijo que había ido porque había visto dentro al parricida que la observaba desde el bosque con una llama encendida cada noche. Yo le llamé la atención, pero no le di mayor importancia en ese momento.

—Hay quien especula que el hombre de negro que quería entrar en su casa era su marido, y que era una tapadera para que no se sospechara de ellos y no se prestara atención a lo que estaban haciendo, aunque yo creo que se lo quitó de en medio porque estaba liado con su amiga —explica Paula, que ha vuelto a aparecer en imagen.

Ahora es la doctora encargada de Aníbal en el centro la que complementa el testimonio de la vigilante. El pie esta vez anuncia a «Carol Ortega, asistente psiquiátrica en el centro Penitenciario de la Comunidad de Madrid».

—Es muy probable que Julia estuviera sufriendo un brote de esquizofrenia, que se acentuó cuando vio a alguien intentando entrar en su casa varias veces. Si además le habían contado recientemente lo que hizo Aníbal en la parcela en la que había construido el chalet al que se acababa de mudar..., es muy probable que mezclara las cosas y creyera que todo podía estar relacionado y tal vez se obsesionara con la idea de que el muchacho pudiera estar acosándola y quisiera quemarla como a su madre. Finalmente es lo que terminó haciendo ella en el pozo. De hecho estuvo en el centro visitando a Aníbal ese mismo día, vino con la abuela del chico, pero quiso quedarse a solas conmigo para hacerme preguntas sobre su enfermedad y tratamiento. Por lo que he visto y leído, creo que ambos tendrían una patología y sintomatología muy similares. Es como si se hubiera mimetizado con él. Puede que buscara respuestas a lo que le estaba sucediendo a ella y, si pensaba que el chico la visitaba, querría comprobar si de verdad podía salir a verla o no. Ella estaba convencida, pero era imposible. Se creó su propia realidad y probablemente las voces que escuchaba en su cabeza, como le ocurrió a Aníbal, le dijeron que acabara con el resto.

La imagen de Laura, muy afectada, llena la pantalla. Está sentada con una muleta y apoyada en el respaldo de la silla: «Laura Vellés Domínguez, abuela de Aníbal Caballero, el parricida pirómano, y vecina de Julia Martínez».

—Me pidió ir a ver a mi nieto y no me pude negar. Era una mujer muy normal, encantadora. Muy cariñosa. Yo le abrí las puertas de mi casa porque nunca imaginé que pudiera hacer algo así. Cuando esa noche la vi a la altura del pozo que tenemos en el jardín, no me lo podía creer... Llevaba una carretilla cargada con algo envuelto en mantas. Algo grande que después lanzó al interior. La llamé desde arriba, pero no contestó. Estoy segura de que me oía, aunque actuaba de una manera autómata, como si estuviera poseída.

La voz de la periodista toma otra vez protagonismo mientras se muestran imágenes de la fachada de ambas casas, del camino que pasa por la puerta que las dos tienen hacia el campo y que las une, el pozo, fotos de las redes sociales de las dos familias...

—De momento se sigue investigando el terrible suceso. Según fuentes de la Guardia Civil, junto al pozo se encontró una carretilla en la que había huellas y ADN de la presunta asesina, que días antes había sembrado falsas alarmas para que no pusieran la atención en ella. La mujer habría borrado también las grabaciones de las cámaras de seguridad. En un primer momento, cuando los familiares de los Carrión se empezaron a preocupar por ellos, no se pudo obtener ninguna grabación porque todas las cámaras estaban apagadas. El hecho se justificó porque se había ido la luz, algo habitual en la zona, y habían dejado de funcionar. Al no haber nadie en la casa no se habían reseteado y cuando las volvieron a activar muchas de ellas, sobre todo las interiores, no funcionaban. Ahora estamos convencidos de que se deshizo de las que podían delatarla.

A continuación aporta su testimonio un agente: «José Vicente Andrade, jefe de la UCO».

—Aún estamos a la espera de los resultados de los análisis de los huesos encontrados y de las autopsias. Seguimos analizando las huellas de las dos casas y estudiando si los cuerpos estaban con o sin vida antes de quemarlos. Los indicios apuntan a que probablemente las víctimas no estaban muertas cuando las lanzó al pozo, ya que no se ha encontrado apenas sangre en la vivienda de la familia Carrión, tan solo de Vanesa en el lavabo de su cuarto de baño. Sin embargo, en el trastero de la casa de Julia sí hemos encontrado restos de plásticos, cuerdas, trozos de ropa y pequeñas muestras de sangre que seguramente será de alguno de los miembros de la familia Carrión. También hallamos el chupete de Estrella, la hija recién nacida de sus amigos y vecinos, y el dedo anular de la mano de Javier, con su alianza de boda puesta. Probablemente ahí es donde los tuvo retenidos y después los trasladó inconscientes en la carretilla por el camino del campo, por la noche, cuando nadie pudiera verla.

Después de esta intervención termina el reportaje y vuelve a hablar la presentadora, que ahora está sentada a una mesa semicircular acompañada de varios periodistas.

—Es tremendo, increíble que pueda ocurrir algo así —dice mirando a cámara—. Y encima prácticamente en el mismo lugar donde sucedió el parricidio. Parece una maldición...

—Bueno, es que nada sucede porque sí cuando hablamos de problemas de salud mental como los de Aníbal y Julia —interviene la periodista mayor que tiene a su derecha, con gafas de pasta.

—A mí, me vais a perdonar, pero después de ver el vídeo, lo que me parece raro es que alguien que hace algo así se tome tantas molestias en borrar todo, como si no quisiera que la descubrieran, cuando resulta de lo más evidente por todas las pruebas y señales que ha dejado —interviene el hombre que está sentado junto a ella, muy bien vestido y engominado.

—Yo lo veo claro —interviene ahora la otra periodista, una rubia muy atractiva con evidentes retoques estéticos en la cara—. En los crímenes pasionales, como es el caso, el asesino se ensaña con la víctima por la rabia incontrolable que siente, pero, después, suele haber un cuidado: los cubren con sábanas, ropa o mantas; los colocan en una posición más delicada o menos expuesta; los limpian o eliminan toda prueba, especialmente grabaciones de cámaras, para que no quede constancia de lo que han hecho y no solo para no ser detenidos...

—Se avergüenzan de lo que han hecho, por el lazo emocional con la víctima, y esto los lleva a querer ocultarlo —añade la periodista de las gafas de pasta—. Estoy convencida de que Julia los quemó directamente para que nadie pudiera ver con exactitud qué les había hecho.

—Vamos a intentar resolver a nuestros espectadores algunas de las mayores incógnitas: ¿qué ha ocurrido con su marido? ¿Creéis que pudo ayudarla y han huido los dos o que también podría ser una de las víctimas?

—Todavía es pronto para saberlo, a la espera de los resultados de los que nos hablaba el jefe de la UCO, pero lo que sí sabemos es que también ha desaparecido y que la señal de su teléfono se pierde esa misma noche en la casa de Javier y Vanesa, aunque siempre hay un pequeño margen de error, más aún estando tan cerca las viviendas —dice el cuarto periodista, de mayor edad que el resto—. Podría haber estado en otro punto de la misma casa, en el campo o en la parcela de al lado... En cualquier caso, las llamadas indican que Julia y Rubén hablaron por teléfono un par de minutos esa misma tarde. ¿Podría ser sobre algo relacionado con lo que hubieran planeado? Después Julia pasó a ver a su vecina, como nos ha contado esta, para preguntarle qué iba a hacer esa noche... Si pensaba ver algo en la televisión o salir al jardín.

—Laura, la vecina, dice que estaba rarísima y que ahora piensa que intentaba saber si el terreno iba a estar despejado o si tendría que esperar hasta muy tarde para que no la vieran —añade la periodista de gafas.

—No sé si las autopsias nos podrán ayudar, pero perfectamente él podría haber participado en el juego. Esto demostraría que ella no actuó sola. Me parece más real que toda la logística la hayan llevado a cabo entre dos —dice la rubia.

—Yo lo dudo, el marido no estaba en España cuando desaparecieron los vecinos. Creo que Julia aprovechó la confianza que tenían para dormirlos y sacarlos durante las noches. Los retuvo en el trastero, donde se han encontrado todas las pruebas, y después los trasladó al pozo en la misma carretilla. Han confirmado que las huellas encontradas en los mangos son de ella, de eso no hay duda —dice el periodista engominado.

—Has dado con una de las claves: «El marido no estaba en España cuando desaparecieron los vecinos» —interviene la presentadora—. Y aquí es donde queremos contarles una exclusiva. Una información a la que solo ha tenido acceso este programa.

La mujer de las gafas sonríe, cómplice, a la presentadora y toma la palabra.

—Sí, porque hemos hablado de los mensajes que se han encontrado entre Vanesa y Rubén, en los que parece que podrían tener una aventura. Esto apunta a otro de los motivos por los que Julia pudo actuar de esa forma. Pero resulta que ahora sabemos que el motivo de la complicidad entre ambos era otro…

—Tenemos la confirmación de que Rubén estaba fuera de España los días anteriores al suceso, no porque estuviera cubriendo la baja de un compañero con covid, como pensaba Julia, sino porque estuvo en una de las mejores clínicas de fertilidad, en Los Ángeles. Y habría sido Vanesa, la mujer de su amigo, quien se la había recomendado a espaldas de Julia. De ahí todos los mensajes entre ambos —dice la otra periodista.

—Tenemos los vuelos que confirman esta información y un correo que le llegó a Rubén al día siguiente de los asesinatos en los que esta clínica le comunicaba los resultados del seminograma y demás pruebas que le habían hecho, confirmándole su imposibilidad para ser padre. Por lo tanto es muy probable que él le ocultara toda esta información a su mujer y que Julia encontrara los mensajes entre ambos y asociara el comportamiento extraño de Rubén a unos posibles cuernos. De hecho existe la declaración de un compañero de la compañía aérea de Rubén que dice que ella lo llamó esa tarde muy mosqueada, pero que él no le quiso contar la verdad porque se lo había prometido a Rubén: «Estaba tan desesperado como ella por tener hijos y estaba quemando el último cartucho» —dice el periodista engominado.

—He hablado con la hermana de Javier Carrión, que es también amiga de la pareja y conoce a Rubén desde que eran pequeños —se suma la periodista de gafas—, y me ha explicado que Vanesa le contó que Rubén le había confesado su problema a Javier un día que habían bebido, pero que como este siempre ha sido un gallito, no le dijo nada de las dificultades que habían tenido ellos para tener a sus tres hijos. Fue Vanesa la que, cuando se lo contó su marido, compartió con Rubén su historia y le aconsejó la clínica. Por lo visto fue Vanesa la que le puso en contacto con el mismo doctor que los había tratado a ellos. Esto es lo que hizo que se creara ese vínculo «secreto» entre ellos…, pero el doctor ha insistido en que no tenían una aventura y que Rubén perdía el culo por Julia, literalmente ha dicho que «se desvivía por ella».

—Por tanto existe la posibilidad de que Julia lo apretara y él hubiera terminado contándole que era estéril. El saber que no podían tener hijos y la posible infidelidad, sumado a todo lo anterior que ha descrito la doctora, habría avivado ese brote con resultados fatales —interviene la presentadora.

—Perdonadme, pero yo no me quito de la cabeza a la bebé, ¿qué habrá sido de la pequeña? —dice la periodista de gafas.

En el plató se crea un violento silencio.

14

Dentro del pozo, tumbada y mirando hacia arriba, Julia estaba atónita después de escuchar las palabras que acababa de pronunciar el chico hacia el tal Jacinto. ¿Cómo que papá? No podía estar más descolocada. Laura le había contado, cuando hablaron en el porche de su casa, que su yerno había muerto de un cáncer. ¿Le había mentido y no era otro preso con problemas de salud mental, sino su padre? ¿Aquel hombre que fumaba sin parar y le hacía una radiografía con la mirada cada vez que le había tenido enfrente era el viudo de Cristina? Su vecina le había contado que había vuelto a Lisboa con el resto de su familia y que no regresó nunca, ¿qué estaba haciendo ahora aquí? ¿No había muerto? Antes de que siguiera pensando en todo ello, una sombra anunció que alguien más se asomaba al pozo. Era Laura y llevaba a Estrella en sus brazos. Julia se quedó muda.

Su primera reacción al verla fue la de alegrarse porque estuviera bien, pero ese alivio se vio relegado por la sombra que se cernió sobre la escena. Y no porque la luz fuera casi inexistente, sino porque era consciente de que esa mujer había pasado por cosas terribles, que ella no le desearía a nadie, y que debía ser fácilmente manipulable. Por eso no podía dejar que esos dos enfermos la convencieran para actuar en su contra. Tenía que tirar de la buena relación que había entre ambas para conseguir que la ayudara. La mujer la miraba fijamente desde arriba, rodeada de su yerno y su nieto.

—Laura, gracias a Dios. Ayúdame a salir de aquí, por favor...

Ella no dijo nada y se mantuvo erguida con la bebé en brazos a una altura suficiente para que Julia supiera que estaba ahí. Pero, después de unos segundos, soltó un torrente de palabras:

—Chisss... —dijo para que no siguiera hablando. Julia iba a insistir, pero Laura la interrumpió con contundencia—: No, eso no va a pasar y, tranquila, tampoco va a aparecer mi marido para intentar ayudarte, como el primer día que llegaste, cuando te intentó avisar en el aparcamiento de la urbanización. Hemos tenido que subirle la medicación para no correr el riesgo de que se fuera de la lengua otra vez... ¡Ay, si le hubieras hecho caso! Pero no. Para ti solo era un viejo loco, un don nadie..., ¿verdad? Y los don nadie no contamos... ¿Para qué se va a molestar uno en hablar con nosotros? Ni aunque os salváramos el culo durante las obras de vuestra casa dándoos gratis el agua que necesitabais... Mucha pasta, pero luego bien tacaños... —mientras Julia escu-

chaba sorprendida el relato de su vecina, se dio cuenta de lo poco que se conocían en realidad, pero que sus palabras eran muy ciertas—. ¡¿Cómo ha podido costar tanto conseguir la maldita carpeta con los documentos?! Tú sabes lo que hemos tenido que hacer, lo mucho que nos hemos sacrificado para que todo saliera bien. Ya conoces a Tiago, ¿verdad? —su yerno movió la mano saludando—, o Jacinto, como prefieras. Si no le hubieras interrumpido las dos veces que intentaba entrar en tu casa de madrugada para llevársela, quizá todo esto no se hubiera alargado tanto y hubiera terminado de otra manera. Pero no, has tenido que estar pendiente día y noche de todo: de si alguien te observaba y si intentaban entrar, que si venías a verme para hablar de mi nieto, que si vamos a visitarlo, por favor... Y todo el jueguecito de los detectives con tus queridos vecinos..., como si te fueran a dar una placa, vamos. Cuando hablaste con la Guardia Civil para decirles que mi nieto estaba dentro de tu casa, me tuvieron que agarrar... ¡No has fastidiado el plan porque Dios no ha querido! Porque Dios lo ve todo y sabe lo que ha sucedido en estas tierras y cómo habéis llegado para envenenarlas y arrasarlas. Sabe bien lo que habéis hecho y no os va a dejar iros de rositas.

—Laura, de verdad, que yo no sabía nada... Me he enterado cuando he visto los documentos que me ha pedido Rubén. Yo ni sabía que existían...

—No te justifiques, por favor. Solo respóndeme a esto: en el caso de que, como dices, no lo supieras..., si tanto querías ayudarme, ¿por qué no me lo has contado cuando has leído los informes y toda la documentación? Porque no pen-

sabas hacerlo, ¿verdad? Qué maja es esta señora tan amable y pobrecita lo que le pasó; ahora, mojarme para ayudarla si pongo en juego mis lujos y caprichos... No, claro. Ibas a ser capaz de vivir a mi lado como si nada, haciendo gala de tu cinismo, propio de una verdaderaególatra a la que no le preocupa nada más que lo que afecte a su caprichoso ombligo.

Julia, aparte de seguir sin poder moverse, se había quedado muda.

—Dime la verdad; sí, lo sabías...

—¡No! Te lo prometo.

—Pero sabías que aquí no se podía construir, ¿cierto?

—Sí.

—Porque era un paraje natural, un terreno protegido..., lleno de vegetación y especies animales, lleno de vida..., y sabías que solo se podría construir si se incendiaba y se edificaba algo para un uso social...

—No lo sabía...

—¡Ah, vaya! Y nunca preguntaste, ¿no? Se había conseguido lo imposible y no quisiste saber, claro. Porque es mucho más cómodo. Mucho mejor no enterarte de esos trapos sucios para que no te salpiquen y te quiten tiempo de placer...

—El clásico de las bolsas de basura llenas de fajos de billetes, vamos —interrumpió Tiago.

—Es curioso cómo te afectan tanto unas cosas, para las que eres tan sensible, y para otras prefieres mirar a otro lado —siguió diciendo Laura—. Eso se llama cinismo y, sobre todo, egoísmo... —La mujer lloraba mientras le soltaba el rapapolvos y Julia también—. ¿Sabes que en el expediente del ayun-

tamiento vuestros casoplones constan como «Edificios de uso público»? Me pregunto si teníais pensado los cuatro que quien quisiera podía ir a bañarse en la piscina, a tomar el sol en la terraza o meterse en el jacuzzi municipal... Hay que tener morro, y lo peor es que nadie lo cuestiona, como cada uno va a su bola, nos tienen idiotizados. Y los que lo hacemos sufrimos amenazas. Nos avisan de lo fácil que es quitarnos de en medio... y aquí, el que no ha sacado más metros, ha hecho un pozo, un anexo a la casa o cualquier obra pirata. Así que todo el mundo hace la vista gorda y aquí no ha pasado nada, «cosas de ricos».

—Por favor te lo pido. Te lo suplico...

—Y encima lloras y pides misericordia, como tus amiguitos. Dos prepotentes sin ninguna empatía que, de pronto, quieren que sientas por ellos lo que ni siquiera serían capaces de sentir por sus propios hijos. No se puede vivir por encima del bien y del mal. Alguien te tiene que enseñar que las cosas no son así, aunque sea a la fuerza, que el karma existe y el universo tarde o temprano te devuelve lo que siembras. Y en este caso no habéis sembrado nada, habéis arramplado y despoblado... Solo habéis sembrado dolor e injusticia, odio y falta de empatía y de compasión.

Al escuchar que Laura solo hablaba de Rubén y Javier, así como de los hijos de este último, pensó qué le había podido ocurrir a Vanesa. ¿Y a sus hijos, qué había pasado con ellos? Le dio por imaginar que la habían matado o había tenido un accidente, y ellos la habían abandonado a su suerte. ¿Solo corrían peligro las mujeres? No entendía nada. ¿Qué estaba pasando? ¿Qué querían hacer con ella?

—¿Por eso me acosabais, para vengaros? ¿Habéis matado a Vanesa para que Javier y Rubén sufran tanto como vosotros? Para que sepan lo que se siente...

—No te engañes —responde Laura—, no teníamos ningún interés en acosarte, lo único que queríamos era entrar en tu casa. Si no lo conseguía uno de madrugada, tenía que lograrlo el otro durante el día. Tiago había visto de qué pie cojeabas cuando te vio mirar a los jovencitos en el supermercado el primer día que llegaste aquí. Una vez más, si le hubieras abierto la puerta, quizá todo esto no se habría alargado tanto y no tendríamos que haber llegado tan lejos.

«¿Adónde habían tenido que llegar?», se preguntaba Julia. Laura hizo un gesto con la barbilla que señalaba al pozo. Julia creyó que se refería a lo que le habían hecho a ella: lanzarla al fondo de un palazo que le había roto los dientes.

Intentó incorporarse, pero, al hacer el amago de moverse, la base sobre la que estaba y que se le clavó en distintas zonas del cuerpo estuvo a punto de abrirse. Consiguió estirar una mano para agarrarse y no resbalar cuando notó que estaba apoyada sobre algo lleno de pelo. Antes de enloquecer, se dijo que debía tratarse de Pepe, el perro de Laura, que seguramente una parte de su cuerpo se hubiera salido de las mantas que lo envolvían. Pero volvió a palpar con las yemas de los dedos y se dio cuenta de que la superficie era redonda y que al seguir tocando había una zona sin pelo que, sin duda, era una oreja humana. Se trataba de alguien con el pelo corto y que no llevaba pendientes, por lo que podría ser un hombre. Julia retiró la mano asustada, suplicando que no fuera su marido. Ella estaba completamente tumbada encima de él, que a su vez estaba tirado haciendo una cruz con el perro de Laura, tan solo le sobresalían la cabeza a la altura de su cintura y las piernas por el otro lado. También asomaba un brazo, y cuando vio que le faltaban tres dedos de una mano, confirmó que era Javier y no Rubén. En el fondo se sintió aliviada.

Julia estaba temblando, tan en shock que no podía llorar ni gritar. Solo notaba que le temblaban la boca y los párpados, que su corazón latía cada vez más fuerte y que, de una manera extraña e incomprensible, sentía como si bombease dentro de la cabeza y a cincuenta grados. Entonces puso toda su atención y vio a Vanesa debajo del todo, también con el pelo corto y los ojos muy abiertos, que expresaban verdadero pánico. Si ambos estaban ahí, no quería pensar en quién estaba entre ellos, aguantando el peso. Al lado había un hombre calvo que Julia identificó como el ayudante de Javier, «su secretario», como él lo presentaba. Giró la cabeza hacia el otro lado y descubrió que de la oscuridad sobresalía una zapatilla de lona blanca con dibujos de superhéroes…, y no estaba suelta, sino que la calzaba alguien que estaba situado por debajo de Javier y que no podía ser otro que su hijo Carlos. Fue entonces cuando Julia empezó a gritar. Si hubiese podido, hubiese propinado patadas y puñetazos, hubiera trepado fuera del pozo para matarlos con sus propias manos. El dolor fue aún mayor cuando por debajo del pie del chico se fijó en una coleta de cabello rizado. Era Bea, la hija mayor de Javier y Vanesa, que también tenía una de sus piernas colgando. La falta de luz le impedía descubrir otros detalles igual de escabrosos, pero la estampa seguía siendo una auténtica pesadilla.

Ninguno respiraba. Estaban todos muertos. Por eso olía tan mal, sus cuerpos se estaban descomponiendo. Se acordó de Pepe y cómo no había parado de ladrar y olisquear por la zona mientras Laura y ella hablaban en el porche de su casa. Era horrible. Julia gritó de dolor. Estrella rompió a llorar al mismo tiempo, como si también estuviese viendo los cuerpos de su familia sin vida y fuera consciente de su pérdida.

Julia seguía histérica.

—Por favor, solo quiero salir de aquí y volver con mi marido... ¿dónde está mi marido? —gritó a lágrima viva. Ya le daba igual que le hubiera sido infiel con Vanesa. Solo quería que las cosas volvieran a ser como antes, como si no hubiera pasado nada de todo aquello.

—Tu marido... —Laura utilizó un tono cargado de intención que provocó las risas de su nieto y de su yerno.

Julia notó cómo se le secó la garganta y se la aceleró el pulso. El tono que había utilizado su vecina hizo que le saltaran todas las alarmas: ¿qué había querido decir? Quizá no se había equivocado con Rubén y él tenía algo que ver con todo eso, al fin y al cabo era el único que no se encontraba ahí abajo pudriéndose. Estaba a punto de llorar de rabia, impotencia y decepción cuando escuchó a Laura terminar la frase que había dejado a medias.

—No te preocupes, que también nos hemos encargado de él. —Julia tenía el corazón en un puño—. Bueno, en realidad has sido tú la que lo ha hecho, que a mí me pesaba mucho —dijo la mujer haciendo un gesto con la barbilla hacia el interior del pozo—. Nosotros solo hemos tenido que lanzarlo junto a los demás.

Julia entendió de pronto a lo que se refería: era ella quien se había encargado de su marido. Laura hablaba del cuerpo envuelto entre mantas y sujetado por una cuerda. No era Pepe a quien ella había llevado hasta ahí, sino a Rubén. Lo había transportado en la carretilla con sus propias manos.

—Hemos pensado que querrías que esta vez sí estuviera contigo en la inauguración de vuestro nuevo hogar, el que tanto os merecéis.

15

Tres días después

El terrible crimen llena los informativos, los programas de televisión y todos los periódicos del país. Laura está sentada frente a la televisión de la cocina junto a su yerno y su nieto. Los tres siguen con atención cada dato y testimonio nuevo que dan, satisfechos por haber conseguido que Julia pase por lo mismo que su nieto; está siendo sometida a un linchamiento y juicio popular idéntico al que, aún hoy, sufre Aníbal. Ninguno de los dos podría demostrar jamás su inocencia porque ya estaban juzgados y sentenciados de antemano. En la mesa de debate dentro del programa de actualidad que tienen puesto, los invitados ponen de manifiesto sus dudas y conclusiones sobre el suceso.

—Lo que no me cuadra es que si Rubén y Vanesa no estaban liados, por qué ella le manda mensajes para hablar y él le dice que lo tienen preparado... —expone un tertuliano después de media hora desmenuzando cada detalle que desgrana el mediador.

—Igual sí estaban liados, vete a saber —responde otro—. Esto puede ser un bucle infinito. Yo creo que, dadas las circunstancias, lo que no podemos pretender es entender exactamente los motivos, porque sería imposible. Una auténtica pérdida de tiempo…

—Otra cosa no, pero motivos y pruebas… —responde el mediador—. Por supuesto que no podemos meternos en su cabeza, pero está claro que todos los condicionantes de los que hemos hablado por sí solos son fuertes y juntos fueron una bomba de relojería difícil de gestionar en un momento así.

—A veces las circunstancias te pueden y tu cabeza hace un clic que te impide ver con claridad…, y ya no hay vuelta atrás —añade otra tertuliana.

—Yo me atrevo a decir que muy pronto se va a dar por cerrado el caso, tengo mis fuentes y me aseguran que con todas las pruebas firmes que tienen lo importante es demostrar que Julia es quien está detrás de los hechos, que haya justicia y las familias puedan pasar página y descansar de toda esta exposición mediática lo antes posible. El resto es añadir morbo y teorías que harán que las heridas nunca cierren… Mira los pobres familiares de las niñas de Alcàsser… Tiene que ser espantoso eso de que cada dos por tres el caso vuelva a estar de actualidad, con todos los detalles. Creo que no deberíamos fomentar eso —expone otro tertuliano.

Tanto Laura como su yerno y su nieto se habían esforzado mucho en fabricar las suficientes pruebas e indicios como para que nadie cuestionara lo ocurrido o perdiera tiempo y dinero en investigarlo a fondo. En ese momento, delante del televisor, no pueden estar más satisfechos al comprobar que cuanto más detalles de la investigación se van haciendo públicos, más cerca están de lograr su objetivo.

Nadie sospecharía jamás que una mujer mayor como Laura, que ha pasado por todo lo que ha pasado ella y que aparece en los medios día y noche contando lo ocurrido con lágrimas en los ojos junto a sus muletas, pueda estar ocultando toda la verdad. Ni se imaginaría que en realidad la supuesta caída no era más que otra estrategia para ganar tiempo mientras Tiago, que ya había destrozado los móviles, terminara de colocar las cuerdas, restos de ropa y pelos, y todo lo que pudiera dejar rastros de sangre y ADN de las víctimas, incluido el chupete de Estrella y el dedo de Javier. Pero en lo que más se esmeró fue en dejar fuera de la carpeta los documentos que probaban los chanchullos de Javier, Rubén y Jacobo, para que los vieran bien y los relacionaran directamente con el incendio que acabó con la vida de Cristina. Por supuesto, después se encargó de resetear también las imágenes de las cámaras de seguridad, como hizo anteriormente en la casa de Javier y Vanesa, para que no quedara constancia de nada de lo acontecido.

Aunque todo está saliendo bien, ninguno de los tres se despega del televisor, esperando que por fin se desvele la verdad: que Javier y Rubén habían provocado el incendio y que, para quitarse el muerto, se habían llevado por delante a

Cristina y a Aníbal. Pepe baja de la planta de arriba de estar con Germán, últimamente no se despega de él, y a Laura le preocupa, consciente de la gran intuición que tienen los animales. Entonces, por fin sucede lo que tanto deseaban: el presentador del programa da paso en directo a una reportera que habla desde la puerta de la casa de Julia y Rubén.

—Y esta tarde, según fuentes judiciales, en la vivienda de Julia Martínez, la presunta autora de los hechos, se han encontrado documentos en los que se prueba que tanto su chalet de diseño como el de sus vecinos habrían sido construidos de manera ilegal.

En la pantalla ahora aparece un agente de la UCO.

—Mientras seguíamos sacando huellas en el trastero de la casa, nos hemos fijado en que había una carpeta con documentos. Al principio no prestamos mucha atención, porque había una cajonera llena con más carpetas y archivadores, pero luego hemos visto que se trataba de documentos y justificantes de pago que acreditan que las dos casas se han construido ilegalmente. Se ha edificado en un paraje natural cuando es algo que está totalmente prohibido. Solo se podían construir edificios de uso público y no parece que las viviendas cumplan los requisitos exigidos.

—Por tanto —continúa la reportera—, parece que cuando se produjo el incendio provocado por Aníbal Caballero, el parricida pirómano, tanto el exdiputado Javier Carrión como su amigo Rubén de Luque vieron la oportunidad perfecta para construirse de manera ilícita la casa de sus sueños, y no se pensaron dos veces en tirar de sus contactos y artimañas para llevarlo a fin.

Laura, su yerno y su nieto se abrazan y juntos lloran de emoción. Lo que decían en televisión era la muestra de que su plan había merecido la pena y todo había salido bien: habían conseguido darles su merecido y que hubiera justicia para Cristina y Aníbal. Sin embargo, habían tenido que sacrificar la cuestión más difícil: el demostrar públicamente la inocencia de Aníbal. Lo habían discutido mucho, pero al final decidieron resignarse, porque eso podría señalarlos directamente a ellos y al final acabarían siendo los malos. Por eso se esforzaron tanto en recuperar todos los documentos que tenía Rubén, sobre todo los originales. No podía quedar ninguna copia y mucho menos el original. Nunca debían encontrar los pagos por incendiarlo ni nada que lo demostrara. Corrían el riesgo de que alguien pudiera atar cabos, que registraran el sótano de su casa y, por mucho que lo limpiaron durante estos días, es probable que se les hubiera pasado algún detalle. Sería fácil demostrar que fueron ellos o que, al menos, los retuvieron ahí. El objetivo era que se pudieran probar solo los chanchullos con el ayuntamiento para todas las licencias. Ellos sabían la verdad y con eso les bastaba. Aun así, ya tenían preparado el comunicado de prensa y la estrategia para hacer la presión que hiciera falta y conseguir que de verdad esa parcela fuera utilizada para un servicio público.

Tiago y Laura miran a David que, por primera vez, desde que le contaron lo que le había sucedido a su madre y a su hermano Aníbal, llora delante de ellos sin ocultarse.

16

La noche del incendio David estaba durmiendo en la cama de su habitación en el hogar de sus abuelos paternos en Lisboa, donde vivía desde que su padre decidió vender la casa familiar. Así quiso castigar a su madre por haberse ido a España a casa de sus suegros junto a su hermano gemelo Aníbal. La casa familiar en la que los dos hermanos habían pasado una infancia feliz fue víctima de lo tóxica que se había vuelto la relación de sus padres desde que a Tiago lo echaran del trabajo unas Navidades. Los gemelos también lo sufrieron y fueron utilizados como moneda de cambio mediante chantajes emocionales.

Los últimos meses habían sido terribles, las peleas eran constantes y cada vez era más frecuente ver señales en el cuerpo de su madre que demostraban que a su padre se le estaba yendo la situación de las manos. Aníbal siempre fue el abo-

gado de las causas perdidas e intentaba mediar entre sus progenitores, incluso en los momentos más violentos. Después hablaba con uno y con otro, pero esto no le gustaba nada a Tiago, que lo ponía en su sitio cortándole las alas. Entonces comenzaron también las tensiones entre los dos hermanos, porque Aníbal exigía a David que tomara partido al mismo nivel que él, cuando este optaba por todo lo contrario: en lugar de entrar en el mismo bucle en el que estaban metidos ellos, cada vez pasaba más tiempo fuera de casa saliendo por ahí y fumando marihuana con los amigos para evadirse de los problemas familiares.

Esto enfurecía a Aníbal, que sufría tanto por ver que su familia se desmoronaba que le recriminaba su actitud, al igual que lo hacía con sus padres, hasta el punto de casi culparle por lo que estaba sucediendo. Por eso, el día en el que Tiago y Cristina comunicaron a sus hijos que se iban a separar y que podían elegir si quedarse en Lisboa con él o marcharse a vivir a Madrid con ella, a la casa de los abuelos a los que prácticamente no conocían, David lo tuvo claro. Sobre todo porque parecía que Aníbal tampoco dudaba y vio la oportunidad de distanciarse de él.

Cada hermano eligió un camino distinto, y lo que para uno supuso un gran peso y un paso más hacia una nueva vida que jamás hubiera elegido, para el otro resultó liberador dejar de estar en un constante segundo plano para explorar quién era en realidad sin tener que ir en el pack ni vivir bajo la sombra de alguien que para todos era su versión perfeccionada.

El problema fue que, aunque no quisiera verlo, David también echaba mucho de menos a su hermano gemelo, con el que había sido uña y carne y con el que había disfrutado muchos buenos ratos familiares en épocas anteriores. También se sumó la falta de supervisión de su padre, que cada vez intentaba pasar más tiempo en Madrid para ver a su todavía mujer con la excusa de visitar a su otro hijo, y la benevolencia e incapacidad para imponerse de sus abuelos portugueses. Todo esto dio como resultado que el chaval se convirtiera en un auténtico bala perdida.

David no se enteró de lo que le había ocurrido a su madre y a su hermano hasta bastante tiempo después. Su padre y sus abuelos se lo ocultaron porque no querían que un hecho tan traumático lo llevara a abandonarse o que se diera a las drogas, por ejemplo, y que terminara igual o peor que Aníbal. Pero él no era tonto y sabía que algo estaba pasando. Al ver que su padre no pasaba tanto tiempo en Madrid y que no alargaba los viajes de trabajo, pensó que ya se habrían separado del todo. Entonces fue consciente de lo mucho que le dolía pensar en que quizá jamás volverían a estar todos juntos y, pese a que se empeñaba en hacerse el duro y esconderlo, era frecuente que en una de las cien mil veces en las que se acordaba de su hermano a lo largo del día acabara llorando.

Este fue el motivo por el que su padre se lo acabó contando, después de sorprenderlo varias veces, y que David terminara confesándole la pena que tenía porque pensaba que su hermano y su madre ya no lo llamaban ni lo querían por no haber elegido irse con ellos. Tiago hizo especial hincapié en que Cristina lo quería mucho y Aníbal también, y quiso dejarle claro que su gemelo no era como le pintaban los medios y que había sido víctima de continuas calumnias. Le explicó que antes de que ocurriese todo habían decidido estar juntos de nuevo y que esperaban un bebé. Pese a que sabía que le iba a afectar mucho toda esta información, era la mejor manera de que entendiera que ellos también lo echaban de menos y que estaban deseando volver a formar una familia. Pero, pese al esfuerzo por que David no se sintiera culpable, Tiago no pudo evitar que su hijo se torturara pensando en que si él no se hubiera distanciado de ellos, aquella noche habría estado a su lado y habría podido evitarlo.

Después de esto su situación empeoró notablemente, tenía continuos ataques de ira, sobre todo cada vez que veía que su padre volvía a pasar más tiempo en Madrid, alargando los viajes de trabajo, y que no le dejaba ir a ver a su hermano al centro en el que estaba ingresado.

La única manera que su padre encontró de calmarlo fue contándole que se quedaba tantos días porque él y su abuela Laura tenían pruebas para creer en la inocencia de Aníbal y que no se preocupase más porque estaban luchando para que su madre y su hermano tuvieran la justicia que merecían. Cuando todo estuviera solucionado, podría ir a ver a su hermano con tranquilidad, pero había un alto riesgo de que todo el asunto volviera a salir a la palestra y no querían que los medios se cebaran con él cuando habían conseguido mantenerlo al margen de semejante infierno todo ese tiempo. Sin embargo, lo único que consiguieron fue que David se empeñara en participar.

Al principio se negaron porque querían protegerlo, para que siguiera con su vida de la manera más normal posible, dentro de las difíciles circunstancias. Pero él defendió con uñas *y dientes que ya eso le iba a ser imposible, y que por lo menos le permitieran ayudarlos a proporcionar la justicia que realmente merecían su madre y su hermano y así sentir que había hecho algo por ellos.*

Mientras su padre y su abuela ultimaban los detalles, él siguió estudiando en Lisboa, guardando el secreto para que sus abuelos paternos no sospecharan nada. Sin duda, la parte más dura fue no poder ir a visitar a su hermano, pero Laura le pidió que fuera paciente hasta que las cosas volvieran a colocarse de manera natural y que no se preocupara, que ellos estaban trabajando para que así fuera.

Hasta que por fin llegó el día en que viajó a Madrid, con la excusa oficial de ir a visitar a su abuelo Germán, que estaba bastante pachucho. Laura y Tiago aprovecharon la ventaja de que en los medios nunca se hubiera mencionado que «el parricida pirómano» tuviera un hermano gemelo, para determinar la participación de David en el plan. Si querían que Julia sufriera igual que Aníbal, su presencia era una carta fundamental para volverla loca de cara a la galería y que cuando contara que el parricida pirómano la acosaba, cuando todo el mundo sabía que seguía ingresado, nadie dudara de que había perdido la cabeza y que ese fuera uno de los motivos por los que cometería un crimen tan atroz como el que le iban a adjudicar. Para garantizar esa confusión, Julia no debía descubrir que David no tenía las cicatrices que le quedaron a Aníbal por el fuego, por lo que siempre llevaría puesta la capucha de la sudadera. Eso también ayudaría a que resultara más difícil que alguien pudiera reconocerlo.

En un primer momento solo debía espiarla de día desde el monte dejándose ver y volver por las noches con la llama. Vigilar y anotar cada hábito que facilitara la entrada en la vivienda. Pero como Julia había sorprendido a Tiago las dos veces que había intentado entrar en la casa, mandaron a David para ver si él conseguía entrar en la casa y encontraba los documentos que demostraban que Javier y Rubén habían organizado, participado y pagado a Jacobo para que tuviera lugar el incendio. Lo que el chico no esperaba era que Julia fuera a traducir su presencia como un juego sexual. Pero, sobre todo, lo sorprendió sentir también la misma atracción.

La odiaba con todas sus fuerzas y la deseaba con la misma intensidad. Ella se dejaba ver y eso provocaba en él una erección constante. Y se convirtió en un reto conseguir entrar, seducirla y que le abriera las puertas de su casa. Pero cuando estaba a punto de conseguirlo, la tarde en la que Julia bajó casi hasta la puerta de salida al campo donde él la esperaba, ella se arrepintió y lo dejó tirado en el último momento. En ese instante la hubiera matado con sus propias manos, suerte que no le abrió la puerta, porque posiblemente lo hubiera hecho mientras se la follaba fuerte, causándola el mayor dolor posible.

La odiaba con todas sus fuerzas, a ella, a su marido y a sus amiguitos. Odiaba su narcisismo y aires de superioridad. Menos mal que, aunque con retraso, todo siguió su rumbo y disfrutó de la guinda de asomarse desde la casa de Javier y Vanesa para que Julia lo viera mientras se follaba a su marido en el jacuzzi exterior de su casa. También había disfrutado muchísimo dejándole los paquetes con el chupete de Estrella y el dedo de Javier, sobre todo con este último.

17

Laura seguía asomada al pozo, con la niña en brazos, junto a su nieto David. Mientras que Tiago había aprovechado para irse corriendo y dejar todo en orden. La mujer disfrutaba de la superioridad que tenía respecto a Julia para observarla fijamente. Esta, a su vez, los miraba desde abajo, inquieta. Ahora que sabía que estaba rodeada de cadáveres, el hedor se hacía insoportable e intentaba no moverse mucho para no perder el equilibrio y acabar abajo del todo. Se miraron ambas, y Laura no pudo evitar estar triste.

—Créeme cuando te digo que ojalá no hubiéramos llegado a esto. Ojalá nunca hubieras puesto el ojo en este lugar…, ojalá ahora pudiera vivir junto a mi hija y mis nietos… Ojalá los hijos de tus amigos estuvieran durmiendo para ir mañana al colegio como cualquier día… Ojalá consiguieras ser madre junto a tu marido…

Laura la miraba llena de pena y de rabia, recordando el esfuerzo tan grande que había tenido que hacer para obviar todo esto cada vez que tuvo que acercarse a ella de manera amistosa. Aunque no hubiera podido controlarse y se lo dejara caer de alguna forma cuando le hablaba de los animales salvajes y de cómo había sido ella la que había irrumpido en su hábitat y no ellos en su «hogar» como ella pensaba...

—¿Recuerdas la frase que le dijiste a tu marido cuando le enseñaste el terreno? «Mataría por vivir aquí». Mira por dónde él se lo tomó al pie de la letra. Él y su amiguito Javier. Los hombres ejemplares, sembrando ejemplo.

Julia recordó ese primer momento, en que le llevó por sorpresa a la parcela y, bajo la sombra de un árbol, le intentó convencer de que ese era el lugar perfecto para «volver a empezar» y conseguir crear el hogar que tanto llevaban buscando. En el trayecto de vuelta, después de que Rubén se resistiera a querer abandonar su vida en el centro para mudarse a las afueras por idílico que fuera el lugar, había insistido más en ese sueño.

—Hazlo por mí. Lo necesito, cariño, de verdad. Necesito resetear y estar tranquila, es lo que nos dicen todos los médicos.

—Pero ¿para qué seguimos hablando de este tema si no se puede construir allí? Tú misma lo has dicho.

—Tira de Javier, ¿no va siempre de sobrado? Pues aprovéchate, joder. Aunque tengamos que morder un poco de polvo, va a merecer la pena —insistió.

Rubén no le dijo nada más. Días después él se enteró de que era muy probable que el problema para tener hijos viniera *por su parte. A ella le había mentido diciendo que se había hecho las pruebas y que todo estaba en orden, pero lo cierto es que no soportaba que su masculinidad se viese cuestionada y hasta ese momento no se había sometido a ningún examen médico. Al día siguiente de que Julia le expresara su deseo fue a hablar con su amigo. Quiso compensar a su esposa por todo lo que no le estaba dando. Quizá en ese sentido ella sí tenía razón cuando le decía que ese hogar podía ser un nuevo comienzo que anestesiara los demás golpes. Rubén quería primero darle el lugar idóneo y después intentar buscar otra vía que les facilitara una solución al drama que vivían. Al fin y al cabo, lo importante en la vida era tener un hogar, un centro, porque a partir de ahí los problemas eran mucho más llevaderos. Pero los meses seguían pasando y el embarazo no llegaba. Entre eso y la agónica muerte de su madre, Julia no levantaba cabeza. Cada vez estaba más frustrada y a él le costaba mucho que se ilusionara con la casa después de todo lo que había tenido que hacer para llegar hasta ahí. La muerte de aquella mujer y la sombra constante de sus familiares lo mantenían en vilo. Tenía que traer luz a ese hogar que ya empezaba con mal pie, y gracias a Vanesa pudo tomar cartas en el asunto para solucionar el problema de una vez por todas. Él solo trataba de buscar un futuro, aunque se equivocó en los medios. Lo más triste era que Julia jamás se enteraría de esto y que sospecharía que Rubén le había sido infiel con Vanesa. Nada más lejos de la realidad.*

Laura mecía a Estrella mientras hablaba.

—¿Sabes? Los hijos no tienen que pagar los errores de sus padres, no tienen la culpa de quiénes son sus progenitores

y no deberían cargar con ese peso toda la vida. —Laura miró hacia David, que escuchaba atento con los ojos empañados—. Aunque perderlos puede destrozarlos, y tampoco se lo merecen. Mi hija estaba embarazada cuando la quemaron viva, se lo acababa de contar a su marido y habían decidido arreglar las cosas y volver a vivir todos juntos. Eso no salió en ningún sitio. Solo se cebaron en lo mala madre que fue y en lo loco que estaba su hijo. No te mentí cuando te dije que este lugar sería perfecto para conseguir ser padres, que lo conseguirías pronto. —Julia la miró confusa, sin saber adónde quería llegar—. ¡Toma! —Laura lanzó a la bebé, que cayó sobre Julia—. Ahí está tu ansiado bebé. Ahora ya lo tienes todo. Espero que disfrutéis en familia de vuestro dulce hogar... ¡Ah! Y permite que te corrija: yo no hubiera dicho «mataría por vivir aquí»..., es mucho más apropiado: «Moriría por vivir aquí».

Julia consiguió coger a la bebé y la abrazó con todas sus fuerzas. Entonces sintió cómo la rociaban con un líquido que olía muy fuerte a gasolina. Gritó y lloró desconsoladamente, tanto o más que Estrella, que se había mimetizado con ella. Después notó cómo la botella de plástico que acababan de vaciar sobre ellos le golpeaba la frente. Cuando miró hacia arriba, vio que Laura tenía una luz brillante entre los dedos y enseguida pensó en el reflejo de la llama que veía cada noche desde su casa en mitad del oscuro bosque. Era una cerilla encendida. Julia la miraba con terror mientras caía a cámara lenta al interior del pozo. Las llamas lo quemaron todo. El fuego se apoderó de sus cuerpos y el dolor que sintió fue indescriptible. También para Laura y David, que se abrazaron conscientes de que aquella mujer y la bebé estaban su-

friendo de la misma manera en la que había sufrido Cristina. No podían imaginarse una muerte peor y habérsela brindado también los llenaba de paz.

Por su parte, Tiago presenció la escena desde la cristalera del dormitorio de Julia y Rubén. Desde allí contempló las llamas con un nudo en la garganta, mientras su mirada se perdía entre sus recuerdos.

18

La noche en la que sucedieron los hechos

Aníbal acababa de enterarse de que su madre estaba emba-razada. Ella no se lo quería contar por el dolor que le produ-cía la situación y porque llevaba años aguantando los malos tratos de su marido y le daba miedo. Además, su hijo no la respetaba, aunque ella sabía que era porque no podía gestio-nar el dolor que sentía por la situación familiar. En el fondo, se daba cuenta de que tan solo trataba de protegerla, solo que no sabía hacerlo.

Cristina sentía verdadero pavor y una profunda con-tradicción: por un lado no quería abortar, hubiese dado lo que fuese porque esa criatura hubiese llegado en un momento vi-tal completamente diferente, pero, a la vez, no podía volver con su marido. No podía decírselo bajo ningún concepto o Tiago la presionaría y chantajearía de tal manera que no po-dría evitar volver a caer en sus redes y ser suya de nuevo. Se negaba, antes preferiría estar muerta. Por eso, cuando su hijo había llamado a su puerta aquella noche alertado por su incesante llanto, ella había echado el pestillo para no tener que mirarlo a los ojos cuando la interrogara.

Sin embargo, la presión psicológica que Aníbal ejerció sobre ella hizo que no se pudiera contener, por lo que estalló y acabó contándoselo. Aníbal se quedó atónito, esperando a que le dijese que se trataba de una broma, pero la aclaración no llegó y, cuando pudo procesarlo, perdió los nervios. El chico actuó con la misma violencia que tantas veces él mismo había recriminado a su padre. La mera posibilidad de que sus padres pudieran volver le parecía una pesadilla.

Siguió aporreando la puerta e increpándola para saber si el bebé era de su padre y si se lo había contado. Cuando consiguió sacarle que no se lo había dicho, él vio la oportunidad de acabar de una vez por todas con el maltrato y el acoso constante al que su progenitor la tenía sometida. Regresó a su cuarto, echó el pestillo también y se encerró en el baño que quedaba más lejos de la habitación de su madre para que esta no le oyera. Estaba fuera de sí, totalmente descompuesto por la rabia, pero consiguió contenerla y armarse de valor para sacar el móvil y llamar a su padre, que estaba en la carretera trabajando y al que no dejó hablar.

—Papá, escúchame bien: tú has separado a esta familia. Eres el culpable de que no estemos juntos y de que nada sea como antes, pero te da igual. Nosotros dos te damos igual. Para ti, solo tú eres importante. Y aun así sigues sin dejarnos en paz. Sin dejarla vivir en paz. Te llamo para que sepas que, aunque mamá te baile la mona, ella ha rehecho su vida. Está

embarazada y el niño no es tuyo, así que va siendo hora de que nos dejes tranquilos. No sé qué más señales necesitas. Vete a la mierda. ¡El niño no es tuyo!

Aníbal colgó a su padre sin que tuviera derecho a réplica y con el corazón en un puño.

Cuando Tiago escuchó las últimas palabras de su hijo, su mirada se ensombreció, no podía creer lo que acababa de escuchar. Sin pensarlo dos veces, llamó a Cristina, pero esta no respondió y le saltó el contestador. Lo intentó varias veces mientras aceleraba, pero ya le daba igual no obtener respuesta, había decidido que modificaría su ruta para presentarse en la casa de sus suegros y que a Cristina no le quedara otra opción que decirle algo.

Cuatro horas más tarde Tiago aparcaba su enorme camión en la esquina de la calle principal con la de la casa de sus suegros, que era muy estrecha y por la que resultaba un infierno conducir y aparcar en ella. Caminó, decidido, hasta la puerta y volvió a llamarla; aunque el teléfono daba tono, ella seguía sin contestarle. No pensaba darse por vencido, dio la vuelta y entró en la parcela que quedaba en uno de los laterales de la casa de sus suegros, adonde daba, entre otras, la ventana del dormitorio de Cristina. Cogió una piedra y la lanzó contra la contraventana, que estaba cerrada.

—¡Cristina! —exclamó sin alzar mucho la voz para que nadie más se despertara.

Esperó unos segundos y, como no se asomaba, lanzó otra piedra. Dio en el blanco, pero Cristina no aparecía. Iba a gritar más fuerte cuando por fin se abrió la contraventana. Era ella, su gesto fue de auténtico terror cuando lo vio.

—¿Qué haces aquí? ¡Vete!

—Quiero hablar contigo.

—Ahora no, por favor, vete.

—Baja o me pongo a dar gritos aquí, ¿quieres que se enteren todos?

Cristina se sentía contra las cuerdas, asintió y cerró las contraventanas. Tiago se quedó esperando en el mismo lugar. Por un momento la escena le recordó a sus primeras citas, cuando ella era una cría y se empeñaba en que sus padres no se enteraran de su relación por la diferencia de edad que había entre ambos. Sin embargo, la situación no podía ser más opuesta. A los pocos minutos ella dobló la esquina abrigada con una rebeca que se había puesto antes de salir y caminó hacia él decidida, pero con cierta cautela, tratando de buscar en sus ojos el nivel de peligro que había de que todo acabara mal. Él la vio llegar aguantando los celos que tenía y que le impedían pensar con lucidez. Finalmente ella se paró, a una distancia más que prudente.

—¿No tienes nada que contarme? —le preguntó Tiago, que no podía reprimir las lágrimas.

Ella lo miró asustada, no sabía qué decirle ni cómo actuar.

—No —dijo con la boca pequeña.

—Tu hijo me ha llamado para contarme que estás embarazada...

—¡Eso es mentira!

—¿Que me ha llamado o que lo estás?

—*Que lo estoy. Te ha mentido, te lo ha dicho porque está dolido... Siente que no te importa y no sabe cómo llamar tu atención.*

Cristina intentaba resultar convincente, pero Tiago la interrogaba con la mirada, buscando cualquier ápice de duda que la delatara. Para ello dio un par de pasos más hasta que se quedaron enfrentados a menos de un metro. Ella se puso muy nerviosa, no quería que se repitiera lo de la última visita, cuando él aprovechó que Aníbal no había vuelto a casa y que sus padres estaban dando un paseo para forzarla. Ella se había resistido, le suplicó que parara, pero no fue suficiente para impedir que la penetrara. Aquella tarde había sido violada por el que legalmente todavía era su marido y ahora esperaba un hijo de él.

—*Te prometo que es mentira, no estoy embarazada —dijo dando un paso hacia atrás para separarse de él.*

—*No me mientas... —le susurró mientras ganaba de nuevo cercanía.*

—*Te lo prometo. —Una lágrima descendió por la mejilla de Cristina, que se rindió y no intentó distanciarse de él.*

—*A ver si vas a ser tú la que quiere llamar mi atención, ¿eh? —insinuó pegando su bragueta a la cintura de su mujer.*

—*No —dijo Cristina, separándose.*

—*¿Cómo que no? ¿Es que no te gustó o qué?*

Tiago había vuelto a pegarse a ella y la sujetaba agarrándola por las nalgas. Ella intentó separarse sin éxito.

—*Te he dicho que no, para.*

Cuanto ella más se resistía, él más la apretaba contra sí. Ahora que la tenía bien sujeta, aprovechó para pegar su cara contra su cuello y oler el aroma que tan irresistible le parecía. Cristina notó su respiración y rompió a llorar, no quería volver a tener que pasar por eso, menos ahora que sabía que llevaba un bebé dentro de ella.

—¡Socorro! —gritó de repente.

Enseguida notó cómo él la tapaba la boca con la mano. Ella intentó gritar de nuevo, aunque sus súplicas ya no sonaban tan fuertes.

—¡Cállate! —exclamó él desesperado.

Cristina le mordió la mano para volver a gritar.

—¡Ayuda!

Tiago le apretó la boca con mucha más fuerza para asegurarse de que ya no tuviera opción de decir nada. Entonces ella le dio un rodillazo en la entrepierna. Él se retorció de dolor, pero no la soltó, sino que la agarró con más violencia. Cristina apenas podía respirar, estaba muy asustada. Su marido estaba fuera de sí, podía verlo en su mirada y en su rostro desencajado. Los siguientes segundos, en los que hizo un último intento por gritar, se le hicieron eternos. Fue notando cómo en lo que dura un pestañeo se le agotaba el poco aire que le quedaba.

Tiago percibió cómo de pronto el cuerpo de su mujer dejó de ofrecer resistencia. En ese momento escuchó el motor de un coche, que aparcó al lado del terreno, y observó que un hombre se bajaba de él y caminaba hacia donde estaban, llevando algo en la mano. Tiago estaba muy nervioso, Cristina seguía inconsciente, pero no tenía tiempo de comprobar si respiraba o no, porque el hombre se estaba acercando muy deprisa. Sin pensarlo la dejó en el suelo, junto a uno de los grupos de grandes rocas que había por toda la parcela, y bajó corriendo, pegado a los arbustos y plantas que había junto a la valla para no ser descubierto, hasta la parte de abajo del terreno, donde se escondió detrás de más vegetación.

Desde ahí fue testigo de cómo el hombre bajaba hasta donde hacía solo un momento él había estado discutiendo con su mujer, y empezaba a echar un líquido de una garrafa que era lo que llevaba con él. En ningún momento el desconocido miró hacia donde estaba Cristina en el suelo, Tiago estaba convencido de que no la había visto. Él, sin embargo, no le quitaba ojo para ver si conseguía ver si respiraba o se movía. Estaba en una encrucijada: por un lado quería ayudar a su mujer, pero por el otro, no quería arriesgarse a que estuviera muerta y que aquel hombre lo descubriera. Entonces apareció otro coche oscuro que aparcó casi en el terreno. Otro hombre vestido de negro bajó de él y fue derramando más líquido de otra garrafa. Ahí es cuando empezó la verdadera pesadilla. Mientras él se debatía en si intervenir o no, su hijo Aníbal apareció en lo alto de la parcela para pedirles que pararan. Pero lo que más le sorprendió a Tiago es que él sí sabía que su madre estaba en el suelo. ¿Lo había visto todo desde alguna ventana e iba a delatarlo? No tuvo ocasión, después de amenazar a uno de los hombres con llamar a seguridad, el que estaba más abajo, donde Aníbal no había mirado, dejó caer una cerilla. Las llamas envolvieron a Cristina rápidamente. Tiago contempló la bizarra escena desde su escondite y vio cómo su hijo caía al suelo cuando trataba de llegar hasta ella. El fuego estaba acorralando a Aníbal a gran velocidad, pero también iba a alcanzarlo a él en su escondite y tuvo que huir hacia el bosque. Corrió y corrió, intentando no pararse a pensar en lo que acababa de ocurrir, hasta que se subió a su camión en tiempo récord. Tiago se largó de allí antes de que llegase la seguridad de la urbanización, los vecinos y los equipos de emergencias.

Los meses posteriores fueron muy duros. Echaba de menos a Cristina y el remordimiento asomaba cada día en su mente. La duda de si seguía viva cuando la dejó entre las rocas y si podía haberla salvado lo atormentaba. Pero después se decía que en realidad no había podido hacer otra cosa. Él no había elegido matarla, solo había intentado darle lo que le gustaba, lo que les unía desde hacía tantos años. Estaba harto de tanto jueguecito, ya era hora de que volviera a casa de una vez con ese mocoso. Fue ella la que lo había llevado al límite, a él no le había quedado otra que largarse para que no lo detuviesen. Sufría por Cristina y por Aníbal, a quien toda España tachaba de monstruo y se ensañaba con él. Pero, al fin y al cabo, ellos se lo habían buscado. Sin embargo, David no era culpable de nada, pero lo estaba pasando mal. ¿Qué le quedaría si su madre estaba muerta; su hermano gemelo, en un psiquiátrico, y su padre, en la cárcel por haber matado a su esposa…? Solo tendría a sus abuelos, a los que no se sabía cuánto tiempo más podría quedarles. Le dolía dar la espalda a Aníbal, sobre todo después de lo que estaba pasando, y sacrificar su relación por mucho que él lo hubiera rechazado tantas veces, pero era la única garantía que tenía de que nadie sospechara que había sido él quien había matado a Cristina. De este modo podía seguir cuidando a David.

Por eso se volcó con él y trató de mantenerlo al margen, para que no se enterara de lo sucedido hasta que tuviera la certeza de que no iba a hacer alguna tontería y acabara fatal. Cuando hablaba con su suegra, ella le repetía que notaba a Aníbal ido, como anestesiado, ausente... «Como si nada de lo que sucediera a su alrededor fuera con él». Eso ayudaba a Tiago a lidiar con su culpa, ya que por lo menos parecía que su hijo no sufría. Y justificaba su ausencia diciendo que la relación entre ellos estaba muy deteriorada antes de que ocurriera todo y que no se sentía con fuerzas para verlo en ese estado, y que encima pudiera recriminarle algo. Si eso ocurría, no estaba seguro de no desmoronarse. Laura siempre pensó que la actitud de Aníbal hacia su padre era propia de la adolescencia y, pese a que entendía las razones que Tiago le explicaba, ella estaba segura de que temía que su hijo le echara en cara que eso había sucedido porque se habían separado, y que era por su culpa, como siempre decía, porque no había estado para impedirlo.

En realidad Tiago vivía su particular infierno, pendiente en secreto de cada noticia nueva sobre el caso, con la sensación de que, aunque Aníbal era el gran culpable por unanimidad, en cualquier momento se podría descubrir algo que lo inculpara. Por eso evitaba por todos los medios el contacto con Laura, a la que no sabía si podría engañar del todo. La distancia no impedía que viviera en un sinvivir, no quería imaginarse cómo iría a por él su suegra si se enteraba de la verdad. Con que pusiera la mitad de energía y empeño que en defender a su nieto, estaría completamente perdido. Por suerte, sus padres estaban ahí para agarrarle de las orejas como cuando era un niño y no dejarle que se precipitara al vacío cada vez que se refugiaba en el alcohol.

Hasta que su suegra lo llamó para sacarlo del calvario en el que vivía. En un primer momento, Tiago casi sufrió un infarto cuando ella le dijo que sabía quién había matado a Cristina. Estaba convencido de que lo había descubierto y la llamada era una advertencia. Pero, para su sorpresa, ella le explicó que había encontrado a los hombres que provocaron el incendio. Él le había dado muchas vueltas a quiénes podían ser, pero jamás se hubiera imaginado que fueran personas con tanto poder. De la noche a la mañana se le presentó la oportunidad de dejar de vivir con el miedo a ser descubierto si conseguían probar que habían sido ellos. Así podría redimir sus pecados. Sería la forma de saldar su deuda con su hijo, lo que necesitaba para poder volver a mirarlo a los ojos. Pero no solo era esto lo que le hizo salir corriendo para Madrid, sino el temor a que alguno de los implicados en el incendio pudiera confesar que no habían quemado a Cristina, sino que previamente estaba ahí tirada y que nunca la hubieran visto si no hubiese sido por Aníbal. Eso hizo que su principal misión fuera tomar las riendas de la operación para ser él en todo momento quien hablara con ellos, radicalizando hasta el mayor de los extremos el plan para que nunca hubiera opción de que los dos hombres pudieran contar su versión de los hechos.

No le costó mucho llevar a Laura a su terreno, la amarró desde lo emocional y aprovechó el momento en el que ella le demostró que Cristina estaba embarazada cuando murió para decirle que lo sabía y que pensaban volver juntos. Cuantas más posibilidades de ser feliz tuviera su hija la noche de *su muerte, más ganas tendría Laura de pagarles con su misma moneda. Él tuvo que hacer un esfuerzo sobrehumano cuando su suegra le confirmó que era cierto lo que le había contado Aníbal esa noche por teléfono, y a partir de ese instante sería otra la duda que le rondaría la cabeza: ¿era verdad que el padre era otro hombre o esa criatura era el fruto del encuentro que habían tenido semanas antes?*

Lo demás vino rodado: pese a que la espera se hizo larga, las obras de la casa de Rubén, el segundo hombre que vio llegar la noche del incendio, se retrasaban, y con ello la posibilidad de darle a él y a su mujer, la persona que según su suegra se había encaprichado del terreno y había movido todos los hilos hasta conseguir construir ahí, su merecido. Esto los tenía en un sinvivir, puesto que habían sufrido ya el inconveniente de que Javier y su familia se largaran a Colombia de la noche a la mañana. Su plan se tambaleaba y debatían cómo modificarlo o buscar una manera distinta de ejecutarlo.

Pero los astros se alinearon y la mudanza de la pareja de al lado prácticamente coincidió con la visita de sus poderosos amigos. Fue Vanesa, la mujer de Javier, quien les dio la ventaja de prepararlo todo en tiempo récord, después de anunciar en sus redes que regresaban para la celebración del cumpleaños de su suegra. Una buena logística, el aparato antiviolación, la pistola con silenciador que compró en el mercado negro gracias a los contactos que había hecho durante los trapicheos que había llevado a cabo con la excusa de los productos que oficialmente transportaba, y una buena dosis de teatro y concentración cada vez que los torturaba, sabien-

do que Laura podía estar fuera escuchándolo todo, hicieron el resto.

Solo hubo un instante en el que, de pronto, fue consciente de lo que estaban haciendo. Ocurrió justo cuando apuntaba con su arma desde el porche a Rubén, que guiaba a su vez a los tres hijos de sus amigos, apuntándoles también con una pistola falsa, hasta el pozo donde los esperaba David. Laura estaba a su lado, ambos sabían lo que sucedería a continuación y, pese a que ninguno dio muestras de flaqueza, estaban seguros de que solo bastaría que uno de ellos se arrepintiera para que todo se quedara a medias.

Tiago se fue acercando lentamente y, cuando no había riesgo de fallar, disparó a la cabeza de Rubén, que se desplomó inmediatamente. Beatriz y Carlos no tuvieron casi tiempo de reaccionar. Ella recibió un balazo en el cuello y otro en el estómago. Antes de que pudiera agonizar, recibió un tercero en la cabeza que resultó mortal. Carlos intentó escapar nada más escuchar los disparos, pero David lo agarró y le dio con la pala en la cabeza. Tiago hizo el resto. Laura se acercó y cogió a la bebé en brazos y la meció al tiempo que le cantaba, entre lágrimas, una nana que solía cantar a su hija cuando era pequeña.

Mientras su suegra y su hijo remataban la faena, él se fue para dedicarse a dejar de la manera correcta todo lo que tenían pensado en la casa de Julia y Rubén, para que no quedara ninguna prueba o rastro que los pudiese inculpar, y que todo indicara a la ex azafata de vuelo que se acababa de mudar ahí, incluso también a su pareja. Para ello, una vez eliminado su rastro, se dedicó a agrupar las pruebas en el trastero que

Rubén les había dicho que tenían en el sótano de la vivienda y que harían que nadie tuviera la menor duda: el dedo amputado de Javier, el chupete de Estrella, los trozos de cuerda, los cabellos, las prendas de la familia desgarradas y la joya de la corona: los documentos que desvelarían los delitos cometidos por Javier y Rubén para poder construir sus casoplones en un lugar protegido.

Una vez terminada esta parte, Tiago fue a por su premio. Después de todo, se lo había ganado. Cuando Rubén asesinó a su amigo, él entró para contarle los siguientes pasos, pero antes le dijo que si quería salir con vida, tendría que decirle dónde guardaba las cosas de valor. Su respuesta fue que ni siquiera tenían caja fuerte porque todo se lo habían gastado en la casa y en la clínica de Los Ángeles a la que acababa de viajar para que estudiaran sus problemas de fertilidad. Sin quitarse los guantes que llevaba puestos, fue arramplando con las joyas y caprichos que veía sin que resultara demasiado evidente ni llamara la atención. Al fin y al cabo, ya se había llevado un buen pellizco en la casa de su amiguito Javier. Después de que obligara a Vanesa, la mujer de Javier, a que quedara con su vecino en el pozo y le pidiera los documentos que necesitaban, él siguió apuntando a sus hijos y la obligó a que confesara dónde tenían la caja fuerte. Le dijo temblando que la mayoría de cosas de valor las tenían en Colombia, pero que en su vestidor había una maleta en la que había mucho dinero negro. Tiago sabía que, aunque era imposible que hubieran arreglado el destrozo que había hecho a las cámaras y aún no habían puesto alarma, era arriesgado regresar a la vivienda, no solo por si alguien los veía, sino porque podía desatar las sospechas de su suegra y su hijo. Si no encontraba una excusa de peso, podrían convencerlo de que no merecía la pena y se quedaría sin maleta. No se esforzó demasiado, tiró de algo real: les contó que cuando golpeó a Vanesa, esta se dio con el lavabo del cuarto de baño y que no recordaba haber limpiado las manchas de sangre más que en el suelo. Ninguno lo frenó, pero David se empeñó en ir con él para demostrarle su valía. Tiago se colgó del hombro una mochila en la que dijo que tenía trapos, toallas y los productos de limpieza. Pretendía llenarla de dinero. Cuando entraron, pidió a su hijo que vigilara por si venía alguien mientras él iba a la habitación de Javier y Vanesa. Pero en lugar de eso, David se dedicó a espiar a Julia y Rubén mientras follaban en el jacuzzi. Cuando Tiago lo sorprendió, tiró de la capucha y le hizo saber con firmeza que no podía volver a hacer ninguna tontería así que pusiera todo en peligro.

Ahora, desde la cristalera del dormitorio de Julia, pensaba en todo ello mientras veía las llamas saliendo del pozo, pero ya sin el dolor que sintió aquella madrugada cuando presenció escondido cómo ardía lo que más quería.

Agradecimientos

Quiero dar las gracias en primer lugar a todos lectores que dedican su tiempo a leer mis historias y que con tanta pasión después hablan sobre ellas y recomiendan su lectura. Es un privilegio poder escribir desde la diversión que va implícita en el género, sin sacrificar el abordar temas que están a la orden del día en nuestra sociedad y que muchas veces pasamos por alto. Gracias por confirmar que la novela negra es un vehículo magnífico para poder abordarlos de frente.

Gracias a todas las personas que han confiado en mí y me han contado sus preocupaciones, haciéndome partícipe de los problemas y el estigma social que supone la dificultad para tener un hijo.

A Gonzalo Albert y Ana Lozano, por conocerme tanto y saber apretarme las tuercas para que esta historia haya llegado al punto máximo al que debería llegar. También a Pilar, Marta, Pablo y todos los que han formado parte del proceso de creación de *Dulce hogar* y a los que después se esfuerzan para que llegue al mayor número de lectores interesados posible. Es un gusto trabajar con vosotros.

También a Alexander por su arte para pintar la cubierta y a Jesús y a Sandra por el retrato.

Por supuesto gracias a Penguin Random House y al equipo de Suma por seguir confiando en mí.

Parte de la esencia del libro es el reto de mudarse y construir una nueva vida, de hacer hogar. Por ello, se lo quiero dedicar a mi grupo de amigos y vecinos, que me han confirmado que el hogar no es solo las cuatro paredes en las que vives. Tengo mucha suerte de estar tan bien rodeado.

«Para viajar lejos no hay mejor nave que un libro».

Emily Dickinson

Gracias por tu lectura de este libro.

En **penguinlibros.club** encontrarás las mejores
recomendaciones de lectura.

Únete a nuestra comunidad y viaja con nosotros.

penguinlibros.club

Penguin
Random House
Grupo Editorial

penguinlibros